Je staat in mijn sterren

Claudia Carroll

JE STAAT IN MIJN STERREN

the house of books

Oorspronkelijke titel
Personally I Blame My Fairy Godmother
Uitgave
AVON, a division of HarperCollins*Publishers*, Londen
Copyright © 2010 by Claudia Carroll
Copyright voor het Nederlandse taalgebied © 2011 by The House of Books,
Vianen/Antwerpen

Vertaling
Yvonne de Swart
Omslagontwerp
marliesvisser.nl
Omslagillustratie
Getty Images
Opmaak binnenwerk
ZetSpiegel, Best

ISBN 978 90 443 3235 3
D/2011/8899/127
NUR 302

www.thehouseofbooks.com
www.claudiacarroll.net

Mijn enorme dank gaat als altijd uit naar mijn agent en lieve vriendin Marianne Gunn O'Connor. Wat zouden we zonder jou moeten? En naar Pat Lynch... Je bent geweldig!

Dit is mijn eerste boek voor uitgeverij HarperCollins en ik kan het team van het label Avon niet genoeg bedanken voor hun warme onthaal. Vanaf de allereerste dag is het een groot plezier geweest om met jullie te werken. Me bij Avon aan te sluiten voelt alsof ik er familie bij heb gekregen en geloof me, ik weet hoe bevoorrecht ik ben er deel van uit te maken. In het bijzonder wil ik de fantastische Kate Bradley bedanken voor haar geweldige gedachten, ideeën en suggesties voor dit boek. Sammia Rafique, absoluut de geduldigste vrouw van deze planeet, heel hartelijk bedankt! En ik wil Caroline Ridding bedanken, Claire Power, Keshini Naidoo en Charlotte Wheeler... Op de een of andere manier voelde overleg met jullie nooit als werk!

Moira Reilly, je bent ongelooflijk en het is een genot om bij 'Team Moira' te horen. Bedankt Tony Perdue, harde werker die je bent. Verder gaat mijn dank uit naar een zeer bijzondere vrouw die me bij Avon heeft binnengehaald, Maxine Hitchcock.

Ook mijn lieve familie en vrienden wil ik bedanken voor hun niet-aflatende steun. Jullie weten hoeveel jullie voor me betekenen en ik wil graag van deze gelegenheid gebruikmaken sorry te zeggen voor de keren dat ik jullie tot wanhoop heb gedreven tijdens het schrijven van dit boek... Ik weet het, ik weet het, ik ben een vreselijk mens, lief dat jullie het allemaal met me uitgehouden hebben!

Tot slot wil ik al mijn lezers bedanken die zo aardig waren mij te schrijven en vriendelijke dingen over mijn boeken te zeggen. Het betekent heel veel voor me dat jullie ze waarderen.

Ik ben onwijs trots op dit boek en hoop dat jullie er ook van genieten.

Voor mijn grote vriend Weldon Costelloe.
Liefs en bedankt.

'Pas als het eb wordt, kom je erachter wie naakt gezwommen heeft.'

Warren Buffet

'Ze zeggen dat als je God om de vervulling van je liefste wens vraagt, Hij een van de volgende drie antwoorden geeft. Het eerste antwoord is: ja. Het tweede is: nog niet. Het derde is: ik heb iets veel, veel beters voor je in petto.

Met antwoord drie begint dit verhaal...'

Jessie Woods

Proloog

Er was eens een meisje wier liefste sprookjesfiguur Assepoester was. Ze voelde zich erg met haar heldin verbonden, want ze hadden veel gemeen. Net zoals bij Assepoester stierf haar moeder toen ze drie jaar was en bleef ze alleen met haar vader achter. Ze kon zich er weinig van herinneren, maar merkte dat iedereen – buren, verre familieleden die ze nog nooit had ontmoet en daarna ook nooit meer zou zien – plotseling vreselijk aardig tegen haar was. Ze hadden het thuis niet breed en haar vader moest hard ploeteren om de kost te verdienen. Maar hoe druk hij het ook had, altijd haastte hij zich van zijn werk naar huis, zodat er tijd was om zijn kleine prinses haar lievelingssprookje voor te lezen.

En dus groeide dit kind, haar naam was trouwens Jessie, al dromend op. Maar ze droomde nooit over petemoeien of pompoenen die op wonderbaarlijke wijze veranderden in glazen koetsen die voortgetrokken werden door muizen. Dat vond ze eerlijk gezegd allemaal een beetje gek en overdreven. Nee, wat Jessie het mooiste van het Assepoester-verhaal vond, was de slotzin: 'En ze leefden nog lang en gelukkig.' Omdat ze dat het allerliefst wilde. Lang en gelukkig leven in een gigantisch kasteel ergens heel ver weg, waar haar vader nooit meer zo hard hoefde te werken of geldzorgen had. Ergens waar ze hem als avondeten iets anders kon voorschotelen dan die eeuwige macaroni in tomatensaus op brood, wat zo'n beetje het enige was wat ze kon klaarmaken. Ergens heel ver weg van het armzalige huurhuis waarin ze woonden, ergens waar ze zich met Kerstmis een mooi versierde kerstboom en cadeautjes zouden kunnen veroorloven en waar ze misschien zelfs op vakantie naar zee konden, net zoals de andere meisjes in haar klas. En vooral ergens waar ze zich geen zorgen meer hoefde te maken over haar vader. Ergens waar hij gelukkig zou zijn, zo gelukkig dat ze nooit meer zijn gedempte gesnik door de flinterdunne muur hoefde te horen als hij 's nachts in zijn slaapkamer zachtjes huilde en dacht dat zij sliep.

Maar toen ze tien werd, gebeurde er iets wat Jessies wereldje op z'n kop zette. Iets waardoor ze zich meer dan ooit Assepoester voelde. Ze had altijd al gepopeld om de wijde wereld in te trekken en haar dromen te verwezenlijken, en nu kon ze werkelijk niet meer wachten. Maar alle kansen in de loterij van het leven leken tegen haar te zijn. Want hoe kon een meisje uit een achterbuurt ooit op een rijk en beschermd leven hopen? Ze was niet slim of scherpzinnig genoeg om een succesvolle arts of rijke advocaat te worden, gesteld dat ze de studiekosten had kunnen betalen. Maar toen wist Jessie opeens hoe ze het deurtje kon openen dat haar naar het magische wonderland kon leiden.

Roem, besloot ze, zou haar sleutel zijn. Haar ontsnapping.

Beroemd worden. Want het kon niemand iets schelen waar sterren vandaan kwamen of hoe arm ze in hun jeugd waren geweest, toch? Ze zou keihard werken, haar verleden van zich afschudden, zich opwerken en een levend succesverhaal worden, met alle glitter en glamour die daarbij hoorde, net als de presentatoren op tv die ze zo bewonderde. En hun werk leek zo ontzettend makkelijk. In een microfoon kletsen. Mensen vragen stellen, knikken en luisteren. Dat kon toch iedere idioot! En als er iets was waar Jessie goed in was, was het wel vragen stellen en luisteren. Het zou een makkie zijn. Ze zou het slapend kunnen. Ze zou een vermogen verdienen, mooie spullen kopen, overal herkend worden en, het belangrijkste van alles, flink ver weggaan en goed voor haar vader zorgen in een huis dat zo groot was dat je er een vredesconferentie zou kunnen organiseren.

En als ze toevallig ook nog de prins van haar dromen tegen het lijf zou lopen, dan jippie...

Negentien jaar later

Een

'Er was eens een beeldschone, moderne prinses met een leven zo volmaakt dat het wel een droom leek. Hier woont ze, in haar eigen fantastische palazzo met de prins van haar dromen, de succesvolle ondernemer Sam Hughes. Ik heb het natuurlijk over de populairste tv-ster van het land, de vrouw die mij vandaag in haar adembenemende huis heeft uitgenodigd, de enige echte Jessie Woods!'

'En... CUT!'

O god, ik wist dat dit een slecht idee was. Die laatste zinnen kloppen van geen kanten. Om te beginnen is mijn huis absoluut géén palazzo, zo noemen alleen opdringerige makelaars het omdat er toevallig veel roze marmer in zit. Dat ziet er op foto's geweldig uit, maar geloof me, het is alsof je op een overdekte ijsbaan in de winter woont. Een ijsbaan of een mausoleum. Bovendien is het niet van mij, ik huur het van een stel dat een paar jaar naar het buitenland is. Als het echt van mij was, zou ik nog eens goed over al dat roze nadenken; vanuit bepaalde hoeken is het net babykots. O ja, en ik woon ook helemaal niet met Sam samen, in elk geval niet officieel. Hij heeft zijn eigen huis op het platteland omdat, let op, hij het hier te klein vindt voor twee mensen. Zijn huis heeft tussen haakjes zo ongeveer de afmetingen van Versailles.

'Jessie, wat vind je ervan als we je hier bij de vleugel filmen?' kwinkeleert Katie, de interviewster, vanaf de andere kant van de kamer. Ik zit op een barkruk waar ik make-up opgesmeerd krijg en ben absoluut nog niet klaar voor de camera. Maar even voor de goede orde: Katie is geweldig; jong, zelfbruinende-spray-bruin, mager, ambitieus en vooral in haar element als ze voor de camera staat. Net als ik op haar leeftijd. Geef haar twee jaar en ze doet misschien hetzelfde werk als ik. Ze is levenslustig en energiek en met een microfoon in haar hand praat ze op precies hetzelfde toontje als een stewardess. Werkelijk, ze zou zo een veiligheidsdemonstratie kunnen geven. Bovendien eindigt ze, net als de meeste tv-presentatoren, elke zin met een uitroepteken en gebruikt ze constant het woord 'geweldig'.

'Ooo, Jessie, ik heb een geweldig idee. Misschien kunnen we je filmen terwijl je iets op de piano speelt. Dat zou leuk zijn, toch?'

Ze kijkt me stralend aan, met zo'n opgewekte, hoopvolle blik dat ik niet het lef heb om te zeggen dat ik nauwelijks de vlooienmars kan spelen. De vleugel staat er eigenlijk alleen voor de show, zoals zoveel in dit huis. Ik bedoel, wanneer wordt er nog op zo'n ding gespeeld behalve tijdens concerten in Carnegie Hall?

'O, nee, stop, wacht even... Ik heb nog een veel geweldiger idee.' Gelukkig is Katie van gedachten veranderd, maar

ze klinkt op de een of andere manier nog steeds als een stewardess die je vriendelijk verzoekt het tafeltje voor je in te
klappen omdat we over een kwartiertje zullen landen. 'Wat
dacht je ervan als jij náást de vleugel staat en vertelt over
al die prachtige foto's die erop staan? Ja? Zou dat niet
ehhhhh... wat is het goeie woord, geweldig zijn?'

'Ja, Katie. Dat zou... geweldig zijn.'

Wat ben ik toch een sukkel. Wanneer leer ik nu eens dat
het een waardeloos idee is om een filmcrew te ontvangen
die een huiselijk dagje-uit-het-leven-van wil filmen als ik
a) een kater vanjewelste heb, b) vanwege punt a) precies
zeventien minuten geslapen heb, c) me met de grootste
moeite net op tijd mijn bed uit kon hijsen om de woonkamer op te ruimen voordat die lui arriveerden, zodat ik als ze
een andere kamer in willen behoorlijk de sigaar ben. In dit
huis is de wet van troepverplaatsing van kracht; ik heb de
ene kamer nog niet opgeruimd of ergens anders verschijnt
een overeenkomstige hoeveelheid troep. En omdat de wc
beneden al ongeveer drie weken verstopt zit, stinkt het hele
huis als Calcutta bij laagwater en ik heb geen geld voor de
loodgieter. Tja, loodgieters. Gods manier om je duidelijk te
maken dat je te weinig verdient. Maar het toppunt van alle
ellende is punt d), dat dit huis een maandelijkse nachtmerrie
aan het worden is: mijn Visa-rekening is zojuist in een zorg-
wekkend dikke envelop met de post gekomen. Hij ligt op de
schouw en kijkt me verwijtend aan, alsof hij me uitdaagt
hem open te maken.

Op punt d) kom ik later terug. Wat me op dit moment het
meest zorgen baart, is dat het voor die arme visagiste een
hele toer is om de paarse wallen onder mijn dikke, opge-
zette, bloeddoorlopen ogen te camoufleren en me enigszins

toonbaar te maken. Ik word namelijk geacht er voor deze shoot stralend, gezond en schitterend uit te zien, niet bleek en afgepeigerd, met een tong als een tapijttegel en een hoofd waarin een betonmolen draait.

Dan nog een verschrikkelijke gedachte: als mijn agent zou zien in wat voor belabberde staat ik momenteel verkeer, zou hij me onmiddellijk laten afschieten. Eigenlijk was het zijn idee dat ik mee zou werken aan deze krankzinnige *Een dag uit het leven van*-documentaire, omdat dit seizoen van de tv-show die ik presenteer bijna afgelopen is. Dat betekent dat mijn contract verlengd moet worden, en daarom vindt hij het tijd om 'me vaak met mijn hoofd op tv te laten verschijnen en dan komt de rest vanzelf'.

De show die ik doe, *Jessie Would,* is een lichtvoetig, gezellig, gezinsvriendelijk programma vroeg in de avond, waarin mensen absurde, onzinnige opdrachten sms'en, die ik dan allemaal moet uitvoeren. Ja, allemaal; de leuke, de vervelende en de ronduit obscene. Mijn werk is dus eigenlijk gewoon gebakken lucht en zoals voornoemde agent mij voortdurend in herinnering roept, is het gezien de huidige economie niet handig om uit gebakken lucht te bestaan. Zeker niet als je tot over je oren in de schulden zit omdat je wanhopig probeert gelijke tred te houden met de leefstijl van vrienden die hoe dan ook willen feesten alsof het de laatste dagen van de wereld zijn.

'Laat geworden gisteravond, Jessie?' fluistert de knappe visagiste meelevend, terwijl ze haar mascaraborsteltje net zo vaardig hanteert als een chirurg zijn scalpel. Ik knik schuldbewust. Terwijl het niet eens mijn schuld was. Als het aan mij lag, had ik namelijk al om halftien met een beker warme melk en twee schijfjes komkommer op mijn ogen in bed gelegen. Echt. Maar Sam, mijn lover, kreeg een lastminute-uitnodiging voor een feest van een vriend/concurrent uit de zakenwereld waar we per se heen moesten. Het is een lang verhaal, maar het komt erop neer dat Sam er lucht van had gekregen dat er binnenkort een plaats vrijkomt als jurylid in zo'n tv-programma waarin ondernemers ideeën mogen voorleggen aan een stel superkritische experts. Die experts branden deze ideeën – sommige lumineus, andere waardeloos – dan af of stelen ze en doen dan net alsof ze ze zelf verzonnen hebben. Sorry, ik bedoel natuurlijk dat ze in die interessante commerciële mogelijkheden gaan investeren, ahum. Hoe dan ook, de man van het feest is geregeld jurylid in dat programma, en Sam dacht dat het feest een ideale gelegenheid voor hem zou zijn om te netwerken en in een vroeg stadium zijn plekje veilig te stellen, om het zo maar te zeggen. Hij zou ook echt geschikt zijn voor die show, en dat zeg ik niet alleen omdat ik hem aanbid. Sam is jong, charmant, succesvol, heeft bij zo ongeveer alle bedrijven die je maar kunt bedenken een vinger in de pap en hij gelooft er heilig in dat goed zakendoen een sjamanistische gave is die maar weinigen is gegeven. En omdat hij een gerenommeerd econoom is en zo nu en dan columns schrijft voor *The Times* is hij vaak op tv. Eén commentator heeft hem zelfs tot een soort vertegenwoordiger van de financiële wereld gebombardeerd en omschreven als 'iemand die de kunst verstaat economie voor de gewone man toegankelijk te maken'. Blablabla. Bij vrijwel elke rentestijging of failliete bank haalt een actualiteitenrubriek van Channel Six Sam van stal om de betreffende crisis scherp en helder te becommentariëren. Het helpt natuurlijk dat hij er waanzinnig goed uitziet: gladgeschoren, strak in het pak en tv-vriendelijk. Op een Darcy-achtige manier. Typisch een lange, donkere, knappe man, een soort Kennedy-telg, inclusief het dikke, weerbarstige haar, de grote tanden en de gebruinde huid. Het type man waar ook homoseksuelen op vallen. Hij werkt ongelooflijk hard, runt ongeveer twintig verschillende zakelijke projecten tegelijk en heeft al bijna vijf jaar niet meer geslapen. O ja, in zijn vrije tijd heeft hij ook nog een autobiografie geschreven die binnenkort uitgegeven wordt met de titel, ik zweer dat ik dit níét verzin: *Als business de nieuwe rock-'n-roll is, ben ik Elvis Presley.*

Vraag me niet waarom hij die tv-schnabbel zo vreselijk graag wil, hoewel hij bij wijze van grap vaak zegt dat je door op tv te zijn dichter bij God komt. Ik denk dat het voor zo'n streber als Sam gewoon een logische volgende stap op de ladder is, de diamant in de kroon. Hem en zijn type A-persoonlijkheid kennende, zal hij zodra hij heeft wat hij wil, een volgend doel najagen. Iets in de politiek misschien. Hij is zo'n man die alles klaarspeelt en het zou me niet verbazen als hij over een paar jaar het land regeert. Maar op dit moment is zijn enige doel jurylid te worden van die investeerdersshow voor beginnende ondernemers en ik weet zeker dat hij niet zal rusten voor het hem gelukt is.

Ik zou het wel de hele dag over Sam kunnen hebben, maar dat doe ik niet. Het volstaat te zeggen dat ik, gezien onze status als 'superstel' (een term uit de tabloids, niet van mijzelf) met hem meeging naar dat feestje met de bedoeling één drankje te drinken, maar om de een of andere reden was het vijf uur 's ochtends toen we naar buiten strompelden...

Mensen denken vaak dat Sam en ik er een levensstijl op na houden vol glamour, rode lopers en party's, maar grappig genoeg beseffen zij niet dat het voor ons gewoon werk is. Echt. Ons leven lijkt misschien één lang vrij weekend, maar geloof me, het is slopend. Bovendien kost het me een fortuin.

'Hou eens op met naar de schouw te staren. Naar mij kijken, Jessie,' fluistert de knappe visagiste terwijl ze speels concealer onder mijn ogen klopt, die ik trouwens nog steeds niet goed kan openhouden.

'Oeps, sorry,' mompel ik.

Shit. Ze heeft gezien dat ik naar de Visa-rekening zat te staren. Die, nu ik er goed over nadenk, deze maand misschien best wel eens meevalt, zo probeer ik mezelf wanhopig voor te houden. Ik heb namelijk echt mijn best gedaan braaf te zijn, te bezuinigen en niet meer uit te geven dan ik heb, zoals mijn accountant het verwoordde tijdens een behoorlijk grimmig telefoongesprek. Dat gesprek ban ik eerlijk gezegd liever uit mijn gedachten, omdat ze ontdekt had dat de rente voor mijn creditcard nog meer was dan de helft van de huur van mijn huis. En dat is alleen nog de creditcard waar zij van weet. Ik heb er namelijk nog een, een geheime, die ook zijn limiet heeft bereikt, maar dat durf ik niet op te biechten uit angst dat ze dan een beroerte krijgt.

'Je begrijpt het niet,' verdedigde ik mezelf vol vuur. 'Iedereen die in de openbaarheid leeft en werkt heeft allerlei onvermijdelijke dagelijkse uitgaven.'

'En wat mogen die "onvermijdelijke uitgaven" dan wel zijn?' vroeg ze beleefd. Het geld dat ik neertelde voor het businessclass-tripje naar New York? De kleren, de föhnbeurten, de manicurebehandelingen en het zakgeld dat ik nodig had voor die trip? Om nog maar te zwijgen van het hotel waar we verbleven, dat ongeveer vijf keer zo duur was als ik me kon veroorloven.

Sams onstuitbare energie en het feit dat ik een gat in mijn hand heb, zijn op dit moment de twee hot items in mijn leven. En ik kan je vertellen: zorgen over schulden in combinatie met een verschrikkelijke kater zijn als een dodelijk vergif. Terwijl de knappe visagiste meer bronzingpoeder op mijn gezicht aanbrengt dan voor alle Girls Aloud samen, maak ik in mijn hoofd snel een paar rekensommetjes.

Goed. Ik ben drie maanden achter met de huur. De laatste keer dat ik niet rood stond kan ik me niet herinneren. Ik weet alleen dat de brieven die ik van mijn bank krijg steeds onaangenamer van toon worden. Er wordt gedreigd met: 'centrale schuldsanering' en 'u kunt ervan uitgaan dat dit gevolgen zal hebben voor uw kredietwaardigheid gedurende een periode van XXX...' Brrr.

Maar het ergste komt nog. Iets veel ergers. Tot vorige week was ik de trotse bezitter van een flitsend, pittig BMW Z4-sportwagentje, kersenrood met een citroengele bekleding. Ik weet dat het klinkt als een rolletje Fruittella op wielen, maar geloof me, de kleurencombinatie was verrukkelijk. In elk geval, ik had die auto van een leasebedrijf, waarbij het idee is dat je à la minute in een spiksplinternieuwe wagen weg kunt rijden en die dan maandelijks afbetaalt. Een perfecte deal voor iemand als ik: leef nu, betaal later. De pest is dat ik zo achter was met de afbetaling dat ik vorige week midden in de nacht na te veel wijntjes in een of andere kunstgalerie in een taxi kroop en er thuis achter kwam dat mijn auto van de oprit verdwenen was. Gewoon verdwenen. Weg. Ik dacht uiteraard dat hij gestolen was en stond net op het punt de politie te bellen toen ik een brief op de mat zag liggen waarin stond dat hij in beslag genomen was! Ik durfde niemand te vertellen wat er was gebeurd en besloot dat de beste vernedering ontwijkende tactiek was om me aan mijn oorspronkelijke 'gestolen auto'-verhaal te houden. Iedereen zou het geloofd hebben, ware het niet dat Emma Sheridan, mijn beste vriendin en co-presentator van mijn show, een paar dagen later het kantoor kwam binnenstormen en vertelde dat ze op het terrein van Maxwell Motors mijn 'gestolen' auto had zien staan met een groot bord TE KOOP erop. Absoluut mijn auto, verzekerde ze me, want hoeveel knalrode Z4's met citroengele lederen bekleding zijn er op de weg?

Ik was dus betrapt en moest alles bekennen, maar gelukkig is Emma geen showbizzvriendin, ze is een echte vriendin. In al die jaren dat ik haar ken, zijn er twee dingen die ik haar nooit, maar dan ook nooit heb zien doen: roddels doorkleppen en chocola eten. Ze is over haar privéleven zo gesloten als een non met zwijgplicht en toch de enige vrouw die ik ken die er eerlijk voor uitkomt dat ze een botoxbehandeling heeft gehad. Toen ik haar over mijn geldzorgen vertelde, bood ze me zelfs een lening aan om me uit de brand te helpen. Dus als nu iemand vraagt wanneer ik een nieuwe auto ga kopen, begint die lieve, loyale Emma te lachen en zegt dat het voor mij net zo goedkoop is om telkens een taxi te nemen.

Terwijl ik als het zo doorgaat voortaan genoodzaakt zal zijn overal te voet heen te gaan. Blootsvoets welteverstaan. In de stromende regen. Met kranten om mijn voeten gebonden en blaffende bloedhonden op m'n hielen. Terwijl ik het weeskinderenlied uit *Annie* zing: ''t Is een zwaar bestaan'.

Maar het allerergste is, denk ik terwijl er een nieuwe golf angst over me heen spoelt, dat er geen einde aan mijn geldzorgen lijkt te komen. Nooit. Sam en ik hebben altijd wel iets in het vooruitzicht: een avondje uit, een weekendje weg of een reisje naar het buitenland. Pasen staat voor de deur en we hebben al een tripje naar Marbella geboekt, waar ik helemaal geen geld voor heb en waar ik ook niet meer onderuit kan.

Echt waar, soms heb ik het gevoel alsof ik als een hamster gevangenzit in een almaar doordraaiende molen die ik voortdurend met mijn bijna leeggeplunderde creditcards probeer bij te houden. Ik weet niet hoe het gekomen is, maar op de een of andere manier ben ik verzeild geraakt in een wereld waarin alles om uiterlijkheden draait, en ik moet wel met geld smijten om me te handhaven tussen al mijn nieuwe, chiquere, rijkere vrienden.

Mijn woning is daar een perfect voorbeeld van. Het deel van mijn hersenen waar de logica zetelt (waar ik eerlijk gezegd niet al te vaak iets van verneem) zegt me dat het volslagen krankzinnig is. Het huis is belachelijk duur en veel te groot voor mij, maar toen het te huur stond… Ik kan het moeilijk onder woorden brengen, maar het was alsof mijn kinderdromen eindelijk verwezenlijkt werden. Ik moest het gewoon hebben, zo eenvoudig was het. Dus nu ben ik een eenzame alleenstaande die een villa met vijf slaapkamers huurt, terwijl ik het me niet eens kan veroorloven de wc beneden te laten ontstoppen. Mijn hemel, in mijn grafsteen kan wel gebeiteld worden: HIER LIGT JESSIE WOODS. ZE HAD EEN BONTJAS MAAR GEEN SLIPJE.

Maar het positieve nieuws is dat ik deze maand heldhaftige pogingen heb gedaan om te bezuinigen. Het staat me nog helder voor de geest dat ik afgelopen weekend Sam probeerde over te halen niet naar Shanahan's on the Green

te gaan, waar de voorafjes zo klein zijn dat zelfs een fruit-
vliegje om meer zou smeken. In plaats daarvan stelde ik
olijk voor thuis te blijven en bood aan te koken. Nou, hij
rolde bijna op de grond van het lachen. Twee dagen later
liep hij nog te grinniken. Ik ben de slechtste kok ter wereld,
mijn littekens van brandwonden zijn er het bewijs van. En
om een onverklaarbare reden smaakt mijn eten, wat ik er
ook mee doe, altijd naar hout. Naar hout of naar voeten.

Maar ik probeer het in elk geval.

Neem nu bijvoorbeeld dat tripje naar New York vorige
maand. Het was niet eens mijn schuld. Althans, niet echt. Je
moet weten dat Sam en ik heel goed bevriend zijn met een
ander stel, Nathaniel en Eva, oude vrienden van hem, ze
kennen elkaar al van school, en we zijn vaak met z'n viertjes.
Het zijn schatten van mensen, echt, maar... Het punt is dat
ze veel meer geld tot hun beschikking hebben dan ik. Nathaniel is directeur van het recessieproof rundvleesbedrijf
van zijn familie en betaalt zichzelf het salaris van een topvoetballer. Hij en Eva zijn al jaren getrouwd en hebben twee
perfecte zoontjes, een tweeling, en een heel leger kinder-
meisjes om voor hen te zorgen. Hierdoor heeft Eva alle tijd
voor weekendjes weg, liefdadigheidslunches en shopsessies
in het buitenland. Zo is ook eigenlijk dat tripje naar New
York tot stand gekomen; het was hun trouwdag en niets anders kon hen bekoren dan die peperdure trip naar The Plaza,
waar ze getrouwd waren. En natuurlijk waren Sam en ik,
hun beste vrienden, uitgenodigd. Nu weet ik dat Sam graag
voor me had willen betalen als ik dat gevraagd had, maar hij
kent me en weet dat ik dat nooit zou doen; het voelt veel fij-
ner om zelf te betalen. Oké, ik zit dan wel tot over mijn oren
in de schulden, maar ik ben wel onafhankelijk.

Er is een gerede kans dat ik failliet ga, maar ik heb mijn trots, wat, zoals mijn lieve overleden vader altijd zei, onbetaalbaar is. Arme lieve papa. Mijn beste vriend ooit. Er gaat geen dag voorbij dat ik niet aan hem denk en ik mis hem zo erg dat het fysiek pijn doet. Maar tegelijkertijd ben ik blij dat hij niet hoeft te zien wat voor totale financiële ramp ik geworden ben. 'Wie leent, heeft schade of schande,' zei hij altijd, en elke keer dat ik zijn zachte stem deze wijze woorden in mijn gedachten hoor zeggen, knaagt mijn schuldgevoel aan me tot ik er ziek van ben.

Maar om mezelf even te verdedigen: tijdens het gewraakte verblijf in New York heb ik nog voorgesteld een goedkoper hotel te nemen of met z'n allen een appartement te huren, maar Sam lachte me vierkant uit en omdat ik niet wilde dat ze me een krentenkakker vonden, deed ik wat ik altijd doe. Ik sprak mijn creditcard aan en besloot me later zorgen te maken. Je kunt een Ier immers niet erger beledigen dan de vloek van de gierigheid over hem uit te spreken. Je weet wel, zo iemand die nooit rondjes geeft. Iemand die nooit geld op zak heeft en verwacht dat anderen voor hem betalen. Of, wat helemaal erg is, iemand die het gezelschap van rijke mensen opzoekt en ervan uitgaat dat zij zijn avondjes uit, dure etentjes en weekendjes weg financieren. Corrigeer me als ik het mis heb, maar is dat niet precies de reden waarom creditcards uitgevonden zijn? Om mensen te helpen zoals ik, die problemen hebben met hun... cashflow. Nu ik het allemaal wat beter op een rijtje heb, zal ik, als mijn accountant moeilijk gaat doen over de afrekening van de Visakaart van deze maand, haar er even aan herinneren dat ik een baan heb. Een heerlijke, fantastische baan, die ik zo leuk vind dat ik ernaar uitkijk om naar mijn werk te gaan.

Een geweldige, goedbetaalde baan bij de tv. Dat is in deze tijd net zoiets als de heilige graal.

Ik begrijp eigenlijk niet wat het probleem nou precies is. Ik bedoel, het dreigt toch niet acuut mis te gaan of zo?

Ik heb gewoon een andere accountant nodig, dat is alles.

Twee

Twintig minuten, een sterke americano, twee multivitaminen en drie paracetamolletjes later sta ik naast Katie en voel ik me een stuk energieker; ik ben klaar om te beginnen. Ik ben weer een beetje mezelf, maar heb het gevoel dat mijn bijnaam Paracetamella kan zijn.

'Ooo! Wat zie je er geweldig uit!' gilt Katie in mijn oor. We weten beiden dat het een goedbedoeld leugentje uit beleefdheid is. Maar hoe dan ook, ik vind dat de visagiste een Bafta-award verdient omdat ze het voor elkaar heeft gekregen dat ik er niet uitzie alsof ik drie nachten achter elkaar in een boom heb geslapen en door weerwolven ben aangevallen. Dit was de enige verklaring voor de warrige, Russell Brand-achtige staat van mijn haar toen ik eerder die ochtend de kamer van de cameraploeg in kwam.

'Goed,' zegt Katie, terwijl ze voor de camera gaat staan. De vleugel tussen ons in staat vol met strategisch geplaatste ingelijste foto's. 'Kunnen we beginnen?'

'Ik kon twee uur geleden al beginnen,' snauwt de camera-man ongeduldig, hoestend en proestend als een Lada.

Heerlijk. De stemming zit er goed in.

'Zoals u zich kunt voorstellen, zijn we allemaal vreselijk opgewonden over deze zeer speciale aflevering van *A Day in the Life*. Ik stel u voor aan onze geweldige gastvrouw, Jessie Woods!'

Op haar stewardessentoontje steekt Katie een of ander kletsverhaal af terwijl ik me afvraag of iemand haar ooit verteld heeft dat er behalve 'geweldig' nog andere bijvoeglijke naamwoorden bestaan.

'Ooo, is zij niet precies wat kleine meisjes zich voorstellen bij een prinses?' zegt ze recht in de camera en mij negerend. 'Met dat mooie, blonde haar en dat geweldige, slanke, getrainde figuur! Het is alsof skinny jeans speciaal voor deze vrouw zijn ontworpen!'

Ze giechelt en ik weersta de neiging om a) te braken, b) haar aan het feit te herinneren dat dit geen radio is, maar tv en dat de kijkers dus zelf wel een oordeel kunnen vormen en dat je bovendien je publiek nooit, maar dan ook nóóit neerbuigend mag toespreken. In plaats daarvan grinnik ik wat stupide en tover een televisieglimlach tevoorschijn. Je weet wel, hoofd achterover, mond in een grijns als een vis aan de haak: ha, ha, HA!

'Jessie, we zijn helemaal, helemaal ondersteboven van je geweldige huis, maar kun je ons misschien iets vertellen over de foto's die hier staan?'

De camera draait naar een paar kiekjes die een tijdje terug gemaakt zijn, en in een fractie van een seconde zie ik mijn leven als een buitenstaander. Het is vreemd, maar om de een of andere reden ziet elke foto er geposeerd uit. Sam en ik bij de Derby met Nathaniel en Eva; mijn outfit lijkt op drie listig aan elkaar genaaide servetjes om mijn edele delen te bedekken. Met z'n vieren op skivakantie, ik in het midden, lachend, uitgelaten, dollend, het middelpunt van het feest. Twee dingen vallen me op. Het ene is dat Sam op elke foto aan het bellen is. Het andere is dat ons leven er zo ongelooflijk, verbijsterend perfect uitziet... Mijn hemel, geen wonder dat we mensen tegen ons in het harnas jagen.

'Oo, deze is echt super!' ratelt Katie. 'Kijk nou! Net een elegantere versie van Paris Hilton! En wat een prachtige jurk! Vertel eens, waar is deze foto genomen?'

Oké. Een eerlijk antwoord op die vraag is: *Neem je me in de maling, Katie? Het enige wat ik met Paris Hilton gemeen heb, is geverfd blond haar en een creditcard. En die jurk is allesbehalve prachtig, het is meer een groot gebloemd douchegordijn uit de uitverkoop.* Les: als je zo stom bent om naar stylisten te luisteren, verdien je niet beter. Zolang deze mensen hun creaties maar in de roddelbladen terugzien, zal het ze een worst zijn of je je in een superstrak broekpak maatje nul moet wurmen en eruitziet als een boiler die uit zijn isolatiemateriaal barst.

In plaats daarvan speel ik het interviewspelletje mee. 'Dank je, Katie. Die foto is genomen tijdens de National TV-awards toen *Jessie Would* genomineerd werd voor de beste tv-show, ongelooflijk hè, voor het tweede jaar achter elkaar?!' Ik laat achterwege dat we verloren van een homevideoprogramma waarin mensen clips inzenden van honden die muziekinstrumenten bespelen en dat soort dingen. Ik weet het nog goed, want de volgende dag verscheen er een paparazzifoto waarop ik in mijn oog wrijf en er een pluisje uit vis met het onderschrift: *Jessie voelt zich hondsberoerd na haar nederlaag!*

'Ooo, kijk nou eens hoe dapper je bent!' zegt Katie, terwijl ze een filmfoto uit de show in haar hand neemt waarop ik aan het skydiven ben. 'Is dat het engste wat je ooit in *Jessie Would* gedaan hebt?'

Eerlijk antwoord: *Gek genoeg niet. Iedere halvegare kan skydiven; je houdt gewoon je adem in en springt. Het bizarre was eerder dat een of andere perverseling had ge-sms't dat ik het in bikini moest doen.*

Interviewantwoord: 'Ha, ha, HA. Helemaal niet, Katie. Weet je, die vraag wordt me vaak gesteld...'

'Ooo, en die keer dat je alleen de nacht moest doorbrengen in een huis waar het spookte?'

Eerlijk antwoord: *Ben je niet goed bij je hoofd? Ik heb nog nooit zo goed geslapen als die nacht.*

Interviewantwoord: 'Ha, ha, HA. Ja, daar heb ik wel wat grijze haren aan overgehouden, maar de allerengste opdracht die ik ooit in de show heb uitgevoerd, was de keer dat ik als chef-kok in een restaurant moest werken. Zestig couverts op één avond. Ik ging er bijna aan onderdoor.' Ik zou er misschien voor de volledigheid bij moeten vertellen dat achtenvijftig van de zestig klanten hun geld terugvroegen nadat ze bijna twee uur hadden zitten wachten met alleen wat soepstengels om aan te knagen. En nadat ik die hele uitgehongerde eetzaal had gevraagd of ze het even wilden laten weten als ze toevallig mijn oorbel in de vistaart zouden aantreffen. O ja, de twee mensen in het restaurant die niet klaagden waren Sams ouders, die schatten, ze wilden de show dolgraag meemaken en waren alleen maar lief. Wat mensen niet beseffen als ze hun krankzinnige opdrachten sms'en is dat het niet de extremen zijn die me angst inboezemen. Het zijn de doorsnee, alledaagse dingen waarvan ik de neiging krijg om in een donkere kamer te gaan liggen, naar dolfijnmuziek te luisteren en pillen te slikken. Dingen als bankafschriften. Of Visa-afschriften. Of alles waarop in rood 'laatste aanmaning' gestempeld staat.

'Ooo, dit is ook een geweldige foto van jou met de sexy Sam Hughes! Vertel eens, Jessie, hoe hebben jullie elkaar ontmoet?'

Ik bloosde een beetje, zoals altijd wanneer ik de kans krijg om over Sam te praten. Oké, het eerlijke antwoord is dit: we hebben elkaar bij Channel Six ontmoet toen ik daar kwam werken, mijn god, dat is al bijna negen jaar geleden. Ik was eenentwintig, had net een mediaopleiding achter de rug en werkte als assistent bij *News Time*, waarin Sam om de week optrad om een praatje te houden over het bruto nationaal product en pensioenen en dat soort dingen. 'Assistent' is, zoals iedereen weet, een mooi woord voor 'sloofje'. Mijn werk bestond dan ook voornamelijk uit thee halen, de vuilnisbakken van de kleedkamers legen en bij meerdere gelegenheden moest ik de oksels van een nieuwslezeres met een föhn droogblazen om te voorkomen dat er deodorantvlekken op haar designjurk zouden komen. Ik zal het nooit vergeten; ze heette Diane Daly, en de hele crew, inclusief ikzelf, noemde haar Diva Di. Een gemene bijnaam, ik weet het, maar ze verdiende het. Ze belde me geregeld om zes uur 's ochtends op om te zeggen dat ik naar de groenteboer moest om taugé voor haar te halen. Dat was in de periode dat ze een tarwe-, gluten- en lactosevrij dieet volgde. En ze vond het de gewoonste zaak van de wereld dat ik haar kinderen naar school bracht terwijl zij zich met Restylane-injecties liet behandelen. Wat ik allemaal graag en zonder te zeuren deed omdat ik dolblij was dat ik bij de tv werkte.

Het was voor mij de grote doorbraak die ongetwijfeld naar iets groters en beters zou leiden.

Aan deze ervaring heb ik twee dingen overgehouden. Het ene is dat ik tot op de dag van vandaag de assistenten van *Jessie Would* altijd vorstelijk behandel: iPods voor hun verjaardag, dure wellnessbonnen met kerst; of ik nu schulden heb of niet, ik vind dat ze het dubbel en dwars verdienen. Het andere is... dat ik Sam daar heb ontmoet. Ik weet het nog goed: het was net voor een rechtstreekse uitzending en daar was hij, geduldig achter de schermen wachtend om deel te nemen aan een forumdiscussie over solvabiliteit en winstcijfers en dat soort saaie dingen. Hij straalde zelfvertrouwen uit, geen spoortje zenuwen in zijn lijf. Hij bestelde koffie bij me en ik raakte daardoor zo van slag dat mijn trillende handen er per ongeluk wat van op het kruis van zijn goeie pak morsten, maar in plaats van te razen en tieren, reageerde hij allerliefst. Hij lachte het weg, zei dat het een ongelukje was, dat hij tijdens de uitzending toch achter een bureau zat en dat niemand het zou merken als hij vanaf zijn middel vanonder naakt zou zijn. Daarna lachte hij die glimlach, zo oogverblindend dat er bijna een ping!-geluid te horen was. Ik was op slag verkocht.

Later bleek natuurlijk dat alle vrouwen van *News Time* verliefd op hem waren, maar dat hij met een of ander bekend, langbenig fotomodel ging, dus zonder er een woord aan vuil te maken wisten we allemaal dat we geen schijn van kans maakten. Voor de grap bedachten ik en de visagistes altijd allerlei imaginaire seksscenario's over hem. Hij was echt onze droomprins: totaal onbereikbaar, maar heerlijk om over te fantaseren.

'Ik met Sam Hughes op een ligstoel, de zon gaat onder en we kijken uit over de Caribische Zee...'

'Nee, ik weet iets veel leukers, ik met Sam Hughes in een kleedkamer, net voor de show begint...'

'Nee, NEE. Nu ben ik aan de beurt: ik met Sam in een blokhut, de stroom valt uit, er is alleen een kingsize twee-persoonsbed om ons te vermaken...'

Zo gonsde het op de gangen van Channel Six op de dagen dat we wisten dat hij aanwezig was. We hadden zelfs een goedwerkend alarmsysteem; als een van ons zijn auto op het parkeerterrein zag staan, moest zij de anderen onmid-dellijk sms'en, zodat iedereen een eerlijke, gelijke kans had zich op te maken.

In elk geval, toen ik Sam ongeveer een maand later na dat gênante koffie-op-kruis-incident weer zag, informeerde hij telkens hoe ik mijn nieuwe baan vond. Hij was altijd vrien-delijk, noemde me plagerig Woodsie, was altijd stimulerend, altijd respectvol en behandelde me nooit alsof ik een of an-dere troela was met noedels in haar hoofd.

Ongeveer drie maanden later trof hij me in de personeels-kantine aan, terwijl ik – over mijn toeren – op de acht- en tienjarige zoontjes van Diva Di paste die als gekken rond-renden en me met vieze pakjes aardbeiendrinkyoghurt be-laagden. Ze hadden me van top tot teen met drinkyoghurt ondergespoten: mijn kleren, mijn haar, mijn jeans, ik was doorweekt tot mijn slipje aan toe. Natuurlijk kwam net op dat moment Sam binnenkuieren, verrukkelijk Darcy-achtig als altijd. Brullend wees hij de kinderen terecht, wat werkte, want ze hielden meteen op. Hij zei dat ik moest gaan zitten en droogde me af met papieren servetjes. Ik zal nooit verge-ten dat hij me met zijn gitzwarte ogen doordringend aan-keek, lachte en zei: 'En dan te bedenken dat ze zeggen dat bij de tv werken allemaal glamour is.' Moedig wist ik een grijns tevoorschijn te toveren, terwijl ik me er plotseling van bewust was dat hij met beroemde fotomodellen uitging en dat ik naar kleverige aardbeiensmurrie stonk.

'En, Woodsie? Is dit wat je ervan verwacht had?'

Nu is Sam zo iemand die een beetje kan doen als die types die je bij *Oprah* ziet, je weet wel, van die mensen die de boodschap van positief denken uitdragen en je ervan overtuigen dat je je leven in zeven dagen kunt veranderen, dat soort dingen. Het is net of hij een dubbele dosis energie heeft en dat werkt aanstekelijk.

Dus ik vertelde hem alles. Alles kwam eruit; dat ik zo vreselijk graag voor Channel Six wilde werken dat ik tot alles bereid was. Dat ik het zo graag wilde dat ik toestond dat Diva Di misbruik van me maakte. Ik was zo bang dat ik mijn baan zou verliezen, legde ik uit, dat ik niet het lef had haar crop te wijzen dat het ver buiten mijn taakomschrijving viel om op haar etters van kinderen te passen en haar oksels met een föhn droog te blazen.

'En waar zie je jezelf over vijf jaar?' Dat is een van zijn favoriete vragen.

'Voor de camera,' antwoordde ik zonder één moment na te denken. Dat was wat ik altijd gewild had en waar ik altijd van had gedroomd. Ik weet nog precies wat ik zei: 'Ik zou als het moest de klok voor het angelus luiden.' Maar daarna kwamen al mijn oude onzekerheden weer boven; zou ik wel goed genoeg zijn, niet plat op mijn bek gaan en mezelf volslagen belachelijk maken?

'Hou je me voor de gek, Woodsie?' vroeg hij grinnikend, terwijl hij met een servetje een klodder aardbeienyoghurt uit mijn haar veegde. 'Een spetter als jij? Ze mogen blij met je zijn. Knoop dat goed in je oren.'

Ik denk dat hij op dat moment een sprankje ambitie in me bespeurde dat zijn eigen ambitie weerspiegelde. Elke keer als ik hem daarna namelijk tegen het lijf liep, vroeg hij altijd uitgebreid wie precies ik mijn cv had gestuurd, welke nieuwe contacten ik had opgedaan en of ik wist welke interne banen er in het verschiet lagen. Hij was net een soort carrièrecoach met een ijzeren arbeidsethos, eentje die ik graag naakt zou willen zien.

Aan het einde van dat jaar, na een afgrijselijke hoeveelheid vernederingen, moeilijkheden, tegenslagen, enzovoorts wist ik zowaar een baantje voor de camera in de wacht te slepen. Ik hoefde alleen in het weekend het late weerbericht voor te lezen (om tien en twaalf uur 's avonds en om twee uur 's nachts), maar voor mij was het een droom die uitkwam. Daar heb ik ook die fantastische Emma leren kennen; zij las altijd het nieuws, ik deed het weer, en daarna gingen we samen naar een of andere nachtclub en maakten de rest van de avond lol. We waren precies even oud en waren tegelijkertijd bij Channel Six begonnen. En we waren gewoon vanaf dag één vriendinnen.

Het enige negatieve punt van mijn nieuwe baan was dat ik Sam nooit meer tegen het lijf liep. De enige die ik zag was de nachtwaker achter de receptie. Via de kranten bleef ik op de hoogte van Sams reilen en zeilen, maar het enige wat mij echt boeide was natuurlijk met wie hij uitging. Meestal ultrasuccesvolle bimbo's; zijn ideale vrouwen waren altijd goedverzorgd, mooi en stralend, en uiteraard hoogvliegers. Het leek wel alsof zijn minimumeisen voor een vriendin een tachtigurige werkweek en een jaarsalaris van minimaal zes cijfers waren. Ik stopte er dus mee aan hem te denken, hield me de daaropvolgende jaren gedeisd en concentreerde me op mijn werk. Het grappige was dat hoe harder ik werkte, hoe meer geluk ik leek te hebben. Het was wonderlijk: alsof de sterren me gunstig gezind waren en, nog verbazender, ik bleek het goed te doen. De ene baan na de andere diende zich aan bij Channel Six, tot uiteindelijk, halleluja, de *Jessie Would*-show tot stand kwam.

Later, nu ongeveer twee jaar geleden, was ik met Emma op een kerstfeestje van Channel Six, allebei straalbezopen. Zij vierde dat we een tweede seizoen van de show mochten maken, ik verdronk mijn verdriet omdat ik er net achter was gekomen dat mijn toenmalige vriend achter mijn rug een ander had. En dat met kerst, de gemene, onbetrouwbare schoft. Iedereen feliciteerde me met de show en ik maar glimlachen en vrolijk doen. Ondertussen stuurde ik de bedrieger zo'n dertig sms'jes die qua toon varieerden van wanhopig tot zwaar beschuldigend. Maar het was verspilde tijd; elk sms'je werd totaal genegeerd. Het was meer dan vreselijk; met Kerstmis heb ik mijn lieve vader verloren en deze tijd van het jaar is al moeilijk genoeg voor me zonder dat iemand me nog eens hoeft in te wrijven dat ik mannen afschrik. En toen zag ik Sam. Hij was ook alleen, ook zonder partner. Mijn hart stond stil; ik was vergeten hoe akelig knap hij was. Hij kwam meteen op me af, feliciteerde me met het succes van de show en omdat hij voelde dat er iets was, vroeg hij of het wel goed met me ging. Nu krijg je mij niet zomaar aan het janken, maar het feit dat ik net gedumpt was, mijn papa miste en dat in combinatie met te veel Pinot Grigio brak me op. Ik wist dat als ik me niet als de sodemieter uit de voeten maakte, ik het gevaar liep dat ik me ten overstaan van hem en alle anderen volslagen belachelijk zou maken; dus mompelde ik met een knalrood hoofd een of andere slappe smoes over een ander feestje en rende naar de deur.

Als ik die scène nu in mijn hoofd afspeel, lijkt het wel een fragment uit een Franse film, compleet met sfeerverhogende rookmachines en vioolmuziek op de achtergrond. Daar stond ik dan, buiten op de stoep voor Channel Six in de stromende regen, vechtend tegen mijn tranen en terwijl ik verwoede pogingen deed een taxi aan te houden, stopte er een gestroomlijnde, zwarte Mercedes naast me. Het was Sam. Hij had gezien dat ik van streek was en was me gevolgd, de engel. Hij haalde me over de koude regen te verruilen voor de warmte van zijn auto, vroeg wat het probleem was en hoe hij me kon helpen het op te lossen. Zo kwam het dat ik hem ten slotte mijn smartelijke verhaal vertelde. Over de bedrieger en hoe hij het uitgemaakt had... met een sms, de lafbek. Hij had niet eens het fatsoen om me te dumpen voor een jonger of slanker iemand.

Sam schonk me zijn Hollywood-glimlach en draaide zich naar me toe. 'Woodsie,' zei hij, luid, duidelijk en als altijd vol overtuiging, 'iedere vent die een beeldschone vrouw als jij zo behandelt, is een idioot. En wat moet je met zo iemand? Zet hem uit je hoofd.' Daarna namen zijn doordringende zwarte ogen me met een supersexy blik op en zei hij ondeugend: 'Want dan...'

'Want dan...?' Ik voelde mijn hart letterlijk in mijn borst tekeergaan, ongelogen.

We keken elkaar een tijdlang aan, elkaars ziel peilend.

'Want dan... kun je met mij uitgaan.'

Het leek op iets wat religieuze mensen moeten ervaren. Was het werkelijk mogelijk dat mij dit overkwam? Sam was te rijk, te cool, te onbereikbaar. Ik kon het niet geloven. Later, toen hij na onze eerste paar betoverende afspraakjes langzaam maar zeker van een fantasieobject in een echte vriend veranderde, begon ik me zorgen te maken over wat hij in godsnaam in mij zag. Het bleek dat hij juist werd aangetrokken door wat ik dacht dat hem zou afschrikken; het feit dat ik nooit iets had gekend van de weelde die hij vanzelfsprekend vond en me nu als een kind in een snoepwinkel gedroeg, elke seconde genietend van het welgestelde leventje waarin hij me introduceerde. Vaak vertelde hij dat hij voordat hij mij ontmoette genoeg van zijn luxeleventje had, maar dat hij het door mijn verrukte, frisse blik weer op waarde kon schatten. Elke keer dat hij me in een of ander chic hotel op het bed op en neer zag springen of me naar adem happend naar iets zag staren waar hij allang op uitgekeken was, zoals de Eiffeltoren of het Empire State Building, zei hij dat hij weer verliefd op het leven werd.

En verliefd op mij, hoopte ik in stilte.

'Jessie?'

O, shit. Het interview. Ik was het bijna vergeten.

'Je droomde even helemaal weg,' zeurt Katie. 'We vroegen hoe je Sam hebt leren kennen.'

Ik kies voor het standaard-interviewantwoord. Natuurlijk. 'Via mijn werk, Katie. Je zou kunnen zeggen dat Channel Six ons heeft samengebracht. Ha, ha, HA.'

'En zeg eens eerlijk, hebben jullie trouwplannen?'

Eerlijk antwoord: *Eh... nee. De voornaamste reden is dat hij me niet gevraagd heeft. Dat wil zeggen, nog niet. Maar met Sam weet je nooit wat je te wachten staat, dus ik heb nog alle hoop. Ik bedoel, Sam is iemand die van spontaniteit houdt, bovendien zijn we pas twee jaar samen, ik heb nog nooit zo lang een relatie gehad.*

'Jessie?'

En weer geef ik het interviewantwoord: 'Je weet wel hoe

dat gaat, we hebben het alle twee op dit moment superdruk; echt, het is gewoon iets wat we nog nooit besproken hebben. Maar zodra dat gebeurt, ben je de eerste die het weet. Ha, ha, HA!'

'Ooo, kijk nou wat ik hier heb gevonden. Wat verberg je voor ons?' zegt Katie, terwijl ze de camera wenkt om op iets in te zoomen wat helemaal achter op de piano staat.

Mijn hart slaat over; ben ik iets gênants vergeten op te ruimen? Een slipje van het laatste feestje dat ik gaf? Een leeg blikje bier volgestouwd met sigarettenpeuken? Een aanmaning van het gasbedrijf? Oké, denk ik, weer normaal ademend. Niets aanstootgevends, godzijdank; gewoon een oude foto van mij als weervrouw, ik had een afgrijselijke muisbruine boblijn, waardoor ik vanuit bepaalde hoeken op Julie Andrews leek. Nog een foto van mij in de studio met Emma, mijn haar zo stekelig als een wc-borstel en veel, veel blonder. De foto is genomen toen we de eerste keer samenwerkten, zo'n vijf jaar geleden. Emma ziet er netjes, goedgekleed en fris uit, haar kastanjebruine haar is als altijd elegant gekapt, alsof ze op het punt staat het nieuws van negen uur voor te lezen.

In de periode dat die foto werd genomen mocht ik vijf minuutjes vullen in Emma's praatprogramma. Ik was de gestoorde sidekick van haar nuchtere, stabiele tv-persoonlijkheid. Die combinatie bleek goed te werken; ik wild en gek, zij koel en ordelijk. Door een wonder (en veel stimulans van mobiele-telefoonbedrijven die een fortuin verdienden aan de sms'jes waarmee de kijkers ons bombardeerden) ontstond het idee van de gedurfde stunts. Het werd zo groot dat de hele show, waarin ik mezelf op locatie voor gek zet, nu om mij draait, en Emma in de studio het programma presenteert. Een andere vrouw zou het me niet in dank hebben afgenomen dat ik het gras voor haar voeten wegmaaide, maar zoals ik al zei, Emma is een heilige en altijd alleen maar enthousiast en bemoedigend over het programma geweest. Als er engelen vermomd als mensen op deze aardbol rondlopen, is Emma Sheridan er één van.

Terug naar het interview. De camera zoomt nu in op een foto van mij met een gebroken been, een ongelukje dat ik tijdens het bungeejumpen opliep. Maar nee, het was niet zo spectaculair dat ik tegen de brug aan klapte, ondersteboven hangend aan een onderbroekelastiek of zoiets; er was gewoon iets van de camera-uitrusting op mijn been gevallen toen ik in de bus klom om terug naar de studio te gaan. Mijn haar op die foto is langer en nog iets blonder. Ik bedenk dat hoe succesvoller ik op tv werd, hoe lichter de highlights werden, mijn haar is hier bijna platina, precies de kleur van Cillit Bang.

Dan pakt die bijdehante Katie opeens een foto die ik helemaal vergeten was. 'Hier ben je nog een tiener. Toen was je ook al zo knap! Vertel eens, Jessie, wie zijn die andere twee op de foto?'

Mijn hemel, die was ik totaal vergeten. Dat krijg je als je je verleden retoucheert; de mensen met wie je toen omging, lijken geesten uit een voorbije eeuw. Oké, het eerlijke antwoord op haar vraag is: ja, dat ben ik toen ik een jaar of veertien was met Hannah, toen mijn beste vriendin, en haar oudere broer Steve. Ze woonden tegenover ons en waren heel erg lief voor me tijdens een moeilijke periode in mijn leven. We waren onafscheidelijk, Hannah en ik. Toen we van school kwamen hebben we zelfs een paar jaar een flatje gedeeld, wat ons beiden heel goed uitkwam. We waren alle twee achttien, zij wilde haar onafhankelijkheid, en ik was kort daarvoor mijn lieve vader verloren en moest ons huis als de donder verlaten vanwege… laten we het maar op persoonlijke omstandigheden houden. In elk geval hadden Hannah en ik veel plezier samen. Mijn leven kreeg langzaam maar zeker een andere wending; ik werkte 's avonds als barmeisje zodat ik overdag een mediaopleiding kon volgen en kreeg daarna meteen een baantje als assistent bij Channel Six. Hannah liep stage als kapster en het lijkt alsof we die hele periode niets anders deden dan lol trappen en van onze jeugd genieten. Steve werkte overal en nergens als klusjesman, en ging ook met ons mee uit. Het was een gelukkige, heerlijke tijd. Maar toen trouwde Hannah en ik mocht mijn plek achter de camera verruilen voor een plaats ervoor, en het laatste wat ik van Steve gehoord heb, is dat hij zijn biezen heeft gepakt en naar Amerika is verhuisd. Zo raakten de drie vrienden van elkaar vervreemd. Zo gaat dat.

Het is niemands schuld of zo, die dingen gebeuren nu eenmaal. Je kent het wel; je probeert nog af te spreken, maar beseft dan dat er weinig gemeenschappelijks meer is. En in schokkend korte tijd veranderen oude vrienden in vage figuren die je met kerst een kaart stuurt met: 'We moeten een keer afspreken, het is al zo lang geleden!' Maar je doet het nooit.

God, ik vraag me af wat Hannah zou zeggen als ze me nu zou zien; dit is namelijk precies zo'n show waar we vroeger blauw om lagen en waarbij we de wanhopige, derderangs presentatoren afkraakten. Hoogstwaarschijnlijk zou ze zoiets zeggen als: 'Jezus, Jessie, waar ben je in godsnaam mee bezig, je ziet er niet uit in die kleren en waarom stel je je huis open voor dat stel idioten? Uitsloverige tuthola die je bent.' Hannah nam nooit een blad voor haar mond.

Ik kreeg niet de kans om het interviewantwoord te geven, want Katie had alweer een andere, nog oudere foto van de piano gegrist, een foto die een nieuwe serie herinneringen opriep.

Een heel oude, korrelige foto van toen ik ongeveer vier jaar was: ik zit in een boom in onze achtertuin, mijn vader staat er trots onder, hij leunt met zijn arm tegen de stam, alsof hij hem daar zojuist zelf geplant heeft. Ik heb een korte broek aan, mijn gezicht is vies, mijn knieën zijn geschaafd en er zit een pleister op mijn arm.

'Ooo, kijk nou, die kleine Jessie... wat een schattig wildebrasje!! Volgens mij ben je altijd al een durfal geweest!'

Eerlijk antwoord: *Het grappige is dat ik nog heel goed weet dat die foto genomen werd. Het was niet lang nadat mijn moeder overleden was en ik herinner me dat ik de godganse dag in die boom zat. Het was een dagelijks ritueel voor mijn arme vader me over te halen naar beneden te komen. Hij noemde me altijd zijn kleine dondersteen en vertelde trots aan buren en tantes dat ik nergens bang voor was. Maar als je op jonge leeftijd je moeder verliest word je wel onverschrokken. Het ergste wat er kan gebeuren is namelijk al gebeurd, dus waar zou je nog bang voor zijn?* Maar dat kan ik niet zeggen omdat de kans groot is dat ik, ook na al die jaren, begin te grienen.

Interviewantwoord: 'Ja, Katie, dat ben ik met mijn lieve vader, het is nu bijna twaalf jaar geleden dat hij overleed.'

Het is even stil, terwijl Katie peinzend over het oude fotolijstje strijkt.

'Ben je enig kind?'

'Ja, klopt.'

Toen ik jonger was ging ik altijd weemoedig kijken als ter

sprake kwam dat ik wees was. Maar ik ben daarmee gestopt toen iemand me zei dat ik er dan uitzag alsof ik last had van constipatie.

'Maar je vader is hertrouwd, hè?'

Shit. Hoe weet zij dat?

'Eh… ja, dat klopt wel, maar…'

'In feite ben je dus met je stiefmoeder en je twee halfzusjes opgegroeid?'

'Nou… het punt is…'

'Ze heet Joan, en haar dochters heten Maggie en Sharon, toch?'

Heremetijd, ze weet zelfs hoe ze heten! Oké, het speeksel in mijn mond laat het af weten en zegt: 'Ik ga ervandoor, tot ziens!' Kom op Jessie, helder blijven. Goed dan. Ik ga er gewoon niet op in. Ik bedoel, iedereen heeft wel dingen in zijn familie waar hij het niet over wil hebben. En geloof me, dit is iets waar ik nooit over praat. Nooit. De enige in mijn nieuwe leven die ervan weet is Sam, maar dat komt omdat hij me aan een kruisverhoor over mijn geheime achtergrond heeft onderworpen en ik geen andere keus had dan open kaart te spelen.

'Je hebt je goed voorbereid, hè Katie?' wist ik uit te brengen. Het perfecte antwoord. Daarna geef ik mijn neptv-lach ten beste om de schijn op te houden. 'Ha, ha, HA!' En dan moet ik snel naar iets anders overschakelen, alles is goed genoeg om dit hoogst onplezierige onderwerp te vermijden. 'Dus, eh, hebben jullie allemaal trek in koffie? Ik heb een prachtig nieuw espressoapparaat in de keuken, ik popel om het uit te proberen!'

Helaas, het is alsof Katie bloed ruikt en het niet opgeeft.

'Ja,' knikt ze langzaam en voor het eerst zie ik iets van fanatisme in haar ogen. Verdomme, denk ik, die meid wordt nog eens een briljant onderzoeksjournalist. 'Ik heb ontzettend veel speurwerk naar je gedaan, Jessie. Om te beginnen zegt Wikipedia dat je op de Holy Faith School in Killiney hebt gezeten, maar toen ik ze belde, hadden ze helemaal geen gegevens van je. Ze adviseerden me het bij hun dependance in de Northside te proberen, waar inderdaad een Jessie Woods in het bestand te vinden was. Ze zeiden dat je daar de hele middelbare school doorlopen had. Ze waren ongelooflijk behulpzaam met het geven van informatie, ze hadden zelfs je oude adres in hun bestand. Zo kon ik je familie opsporen.'

Nee, nee, nee, spreek alsjeblieft het F-woord niet uit. Je begrijpt het niet, ik héb geen familie, ik heb niets te maken met die mensen en zij hebben niets met mij te maken...

'Eh... we zouden ook naar de achtertuin kunnen gaan. Vind je dat leuk?' Ik bazel maar wat, ben lichtelijk in paniek en denk: *Verdomme, Wikipedia!* 'Eh... er is een schitterende vijver met een fontein die er prachtig uitziet als hij aanstaat. Op dit moment is hij een beetje verstopt met oude bladeren, maar afgezien daarvan zou het een geweldig shot kunnen opleveren...'

'Weet je, Jessie, ik heb je stieffamilie al gesproken. We hebben ze alle drie geïnterviewd gisteren. De hele middag. Schitterende interviews. En weet je, ze namen er allemaal echt de tijd voor, we zijn ze superdankbaar. Dus we zijn, zeg maar, helemaal rond!'

O nee nee nee nee nee nee nee nee nee nee nee...

Drie

Ik moet je eerst even bijpraten. De relatie tussen mij en mijn stieffamilie is als volgt: zij kunnen me niet luchten of zien en ik... Telkens als ik denk dat ze de bodem van hun gemeenheid bereikt hebben, blijkt er nog een hele ondergrondse garage van valsheid te bestaan.

Allereerst heb je Maggie, mijn oudste stiefzuster, ze is drieëndertig en woont nog steeds thuis. Ik zweer het je, als je haar een winnend lot uit de loterij geeft, zou ze er nog over zeiken en zeuren dat ze helemaal naar de stad moet rijden om het in te wisselen. Het is een vrouw met de charme van een begrafenisondernemer en de allure van een lijk, en haar levensfilosofie is als volgt samen te vatten: ambitie leidt tot verwachting, verwachting leidt tot mislukking en mislukking tot teleurstelling. Je kunt dus het beste niets ondernemen. Gewoon opstaan, naar je werk gaan, thuiskomen en al je vrije tijd, je avonden, weekenden, al je vakantiedagen en de hele mikmak met de afstandsbediening op je buik, uitgevloerd op de bank voor de tv doorbrengen. Lage verwachtingen = een gelukkig leven.

Vraag me niet hoe ze het doet, maar die vrouw krijgt het voor elkaar zuurheid uit te stralen. Als tiener dacht ik dat de negende cirkel van de hel nog veertien dagen Lanzarote zou betekenen vergeleken bij tien minuten in Maggies gezelschap. En dat de enige reden waarom ze de duivel niet aanbidt is omdat ze dat niet hoeft; de kans is trouwens groter dat hij háár aanbidt.

O, even een zijsprongetje, in al die jaren heb ik haar maar twee verschillende outfits zien dragen; een donkerblauw polyester broekpak voor naar haar werk en een slobberig trainingspak voor maximaal comfort tijdens het tv-kijken. Waar om de een of andere reden altijd eivlekken op zitten, maar dit terzijde.

Ze werkt als ambtenaar bij de belastingdienst; zo'n beetje de enige baan die ik kan bedenken waar een afgrijselijk mens als zij tot haar recht kan komen. Vorig jaar heb ik 'toevallig' belastingcontrole gehad; een vreselijke toestand, en ik zou durven zweren dat zij er iets mee te maken heeft gehad. Ik acht haar ertoe in staat. Het zou echt iets voor haar zijn om daar plezier in te scheppen.

Toevallig weet ik dat ze me achter mijn rug Cinderella Rockefeller noemt, wat ik prima vind. Achter haar rug noem ik haar Queen Kong. Na haar komt Sharon, zij is tweeëndertig en woont ook nog thuis. Ze werkt als 'voedselbereidings- en hygiënemanager' bij Smiley Burger. Echt, het is alsof die twee zich helemaal gesetteld hebben zonder de moeite te nemen iemand te zoeken. Zoals bijvoorbeeld, God verhoede, een vriend. De beste manier om Sharon te omschrijven: ze is vóór *Coronation Street*/het eten van magnetronmaaltijden rechtstreeks uit het plastic bakje, en ze is tégen sport/niet-rokers/iedereen die iets tegen haar durft te zeggen tijdens haar favoriete soaps. Voor die meid is elke dag een 'bad hair day'. Bovendien is haar gewichtsprobleem permanent zo gigantisch dat ik vaak denk dat ze zich niet te dicht bij het water moet wagen; straks wordt er nog een champagnefles tegen haar stukgeslagen terwijl de minister van Zeevaart haar officieel te water laat. Bovendien moet ik zeggen dat de sfeer niet bepaald gunstig beïnvloed wordt door Joan, mijn stiefmoeder, die haar dochters 'de oudste sof' en 'de jongste sof' noemt. Recht in hun gezicht.

Toch neem ik het papa niet kwalijk dat hij hertrouwd is en heeft toegestaan dat de stieffamilie ons leven vernielde. Ik weet immers hoe vreselijk eenzaam hij was, hoe erg hij mama miste en dat hij zich er zorgen over maakte dat ik opgroeide zonder de stabiele aanwezigheid van een vrouw in huis. Toen mama overleed was ik te jong om me haar te kunnen herinneren, en jarenlang heb ik de enorme impact van haar dood niet ten volle beseft. Nog steeds vind ik het moeilijk te accepteren dat ze op haar achtendertigste aan eierstokkanker is overleden. Maar in die tijd – toen ik een wildebras was met schrammen op mijn wangen en altijd boven in de boom in onze tuin zat – snapte ik wel dat ik en mijn vader plotseling alleen op de wereld waren. En kinderlijk en onschuldig als ik was, dacht ik dat we het fijn hadden; we waren gelukkig en we rooiden het samen. Oké, het is misschien niet normaal dat een tienjarig kind vijf avonden per week macaroni in tomatensaus op brood voor haar vader klaarmaakt en het hele huis poetst terwijl haar vriendinnetjes buiten op straat spelen, maar mij kon het niks schelen. Ik deed alles om papa gelukkig te maken en te zorgen dat hij mama niet miste. Ik begrijp zelfs wat hem in eerste instantie in Joan aantrok. Jaren later vertelde hij me dat het een combinatie was van diepe eenzaamheid en zijn verdriet bij het zien van een meisje dat wanhopig probeerde de taak van haar moeder over te nemen en de boel draaiende te houden. Toen diende deze charmante weduwe zich aan; aantrekkelijk in de zin van blond, opzichtig, grote borsten en met twee dochters die maar een paar jaar ouder waren dan ik.

Joan, moet je weten, is zo'n vrouw met altijd perfect gekapt haar, gelakte nagels en een bruin kleurtje, ook al is het hartje winter. Ze ziet eruit zoals je je de oma van Barbie voorstelt, en ze zal zelfs de vuilnis niet buitenzetten zonder lippenstift op (ik verzin dit níét).

Ze heeft bovendien een chronische neiging tot overdrijven. Toen ze mijn vader nog maar pas kende, stelde ze hem aan iedereen voor als de 'manager van een drankimperium'. Terwijl hij gewoon barman was. Hoe ze elkaar ontmoet hebben? Zij ging altijd naar de Swiss Cottage pub waar hij dinsdags op de pokeravond werkte, alleen vertelde zij iedereen dat ze 'niet pokerde, maar bridgede'.

Ik weet niet hoelang papa met haar omging voor ze trouwden; ik weet alleen dat hij me toen ik tien jaar was op een mistroostige, regenachtige dag mee naar de dierentuin nam om zijn nieuwe 'vriendin' Joan en haar twee dochters te ontmoeten. Dat was op zich al vreemd en er gingen bij mij onmiddellijk alarmbellen rinkelen, want hij nam nooit een dag vrij, nooit. Arme, naïeve papa, hij dacht dat we het allemaal fantastisch met elkaar zouden kunnen vinden en dat we uiteindelijk één grote, gelukkige familie zouden zijn.

Ik was de enige die van de dierentuin genoot; de twaalfen dertienjarige Sharon en Maggie vonden alles stom of kinderachtig. Ze bedoelden natuurlijk dat ik stom en kinderachtig was. Ik weet nog goed dat die twee me achter het reptielenhuis apart namen en me belachelijk maakten omdat ik geen bh droeg. Daarna zeiden ze, op die valse, geniepige manier waarop meisjes kunnen treiteren, dat ik zo onvolwassen was dat ik waarschijnlijk nog in de Kerstman geloofde.

Wat ik tot op dat moment inderdaad nog deed.

Op die dag was het met mijn kindertijd gedaan.

En toen papa hertrouwde, werd het er niet beter op. De eerste man van Joan bleek een chronische alcoholist te zijn geweest die haar met nog minder geld had achtergelaten dan wij hadden, wat natuurlijk tot gevolg had dat zij en de Banger Sisters in ons kleine huis introkken. Ik, Sharon en Maggie onder één dak? Het was een recept voor slaande ruzie.

Dus Joost mag weten wat ze die filmcrew allemaal verteld hebben. Het zou me niets verbazen als ze ergens in huis een Jessie-pop hadden waar ze naalden en spelden in prikten. Maar ik heb nog wel een paar sappige anekdotes achter de hand waarmee ik ze kan verrassen, mocht dat nodig zijn. De ontelbare vuile streken die ze me geleverd hebben, waren Gestapo-waardig; ze gebruikten bijvoorbeeld mijn wiskundehuiswerk voor de kattenbak, ze verstopten mijn ondergoed zodat ik met mijn badpak onder mijn uniform naar school moest, of zonder iets. Daarna vertelden ze het aan de andere kinderen op het speelplein, zodat ze allemaal naar me wezen, in lachen uitbarstten en me Sliploos noemden. Ik meen het, die bijnaam heb ik jarenlang gehad.

En er was nooit iemand om me te verdedigen, alleen ikzelf, want papa werkte dag en nacht, zeven dagen in de week, om ons allemaal te onderhouden. Die lieverd, in de periode nadat hij was hertrouwd dacht hij volgens mij echt dat we een redelijk gelukkig, zij het ietwat verstoord gezin waren. Ik vertelde hem namelijk nog geen kwart van wat er zich achter zijn rug afspeelde, omdat het hem alleen maar van streek zou maken. Dat zou niet eerlijk zijn, de arme man had al genoeg meegemaakt.

Op een noodlottige dag, niet lang nadat ze bij ons waren ingetrokken, deed Maggie een verschrikkelijke ontdekking: we hadden geen kabeltelevisie. Ik zal nooit vergeten dat ze zich naar me omdraaide en spottend zei: 'Waar is je moeder eigenlijk aan doodgegaan? Verveling?'

Dat was de limit. Het was een breekpunt. Ik haalde naar haar uit, mepte haar in haar gezicht en wist nog gauw een pluk van haar dikke haar te bemachtigen voordat Joan ons uit elkaar trok. Het vergde al mijn kracht, maar ik was apetrots op mijn vechtlustige opwelling, vooral omdat Maggie zo'n vijfentwintig kilo zwaarder was – en is – dan ik.

Daarna, in het jaar dat ik achttien werd, vonden er in rap tempo drie grote veranderingen in mijn leven plaats. Ik ging eindelijk van school, werd toegelaten tot de mediaopleiding van de universiteit en net toen ik dacht dat mijn leven eindelijk een positieve wending had genomen kreeg mijn lieve papa, mijn geweldige, dierbare, toegeeflijke vader, een hartaanval tijdens zijn werk en overleed ter plekke. Het was kerstavond en hij was nog maar tweeënvijftig jaar.

Dat kreeg ik allemaal voor mijn kiezen. Ik was door het leven gepokt en gemazeld en zorgde dat ik zo snel mogelijk weg kon uit dat huis, de academie voor emotionele leegte, zoals ik het bij voorkeur noemde. Ik betrok samen met Hannah een flatje, en tegenwoordig zie ik mijn stieffamilie alleen nog in onze oude parochiekerk op 24 december tijdens de jaarlijkse mis voor papa waar ik louter en alleen ter nagedachtenis aan hem heen ga.

Ik probeer er het beste van te maken en het te zien als een straf voor alle zonden die ik dat jaar begaan heb. Ik heb zelfs geprobeerd om Sam mee te krijgen voor morele hulp/steun voor het geval er een kattengevecht zou uitbreken, maar hij had altijd iets anders te doen. Volgens mij is hij bang dat zijn Bentley wordt gejat als die voor de kerk geparkeerd staat. De buurt waar ik uit kom is niet chic en ik weet toevallig dat Sam het 'het land van de tien jaar oude Toyota's' noemt.

Het is ongelooflijk maar zelfs de tien minuutjes geforceerd geklets met mijn stieffamilie op de trappen van de kerk ontaarden steevast in ruzie. Eerlijk, het is net kerstavond met de Soprano's. Papa is nu elf jaar geleden overleden en ze hebben me na de mis nog nooit in hun huis – míjn huis – uitgenodigd voor een kop thee met een biscuitje.

Maar weet je? Ik wens ze veel succes. Wat ze de filmploeg ook over me verteld hebben, ik zal doen wat ik altijd doe: lachen, glimlachen en alles van me af laten glijden. En in de tussentijd kies ik voor de volwassen, verstandige aanpak, dat wil zeggen: hun bestaan totaal, glashard negeren. Die mensen behoren tot mijn verleden en ik heb niets met ze te maken. Einde verhaal.

Aan het 'thuis'-gedeelte van het interview komt gelukkig een einde zodra Katie doorheeft dat ze me niet kan verleiden iets over het pijnlijke onderwerp van mijn stieffamilie los te laten. De filmploeg pakt de spullen in en maakt zich klaar me te volgen voor het hoogtepunt van de dag... Het is nu mijn beurt om in actie te komen. Officieel hoor ik niet te weten wat de wekelijkse uitdaging inhoudt; het idee is dat me dat live voor de camera verteld wordt, dat het publiek me geschokt/bang/paniekerig/het maakt niet uit hoe ziet reageren. Maar meestal moet je wel een volslagen idioot zijn om niet te snappen wat het gaat worden.

Dus als de productieafdeling me belt om te zeggen dat ik over een uur op racecircuit Mondello Park moet zijn ga ik er niet van uit dat de opdracht iets te maken heeft met koorddansen over de rivier de Liffey, wat ik trouwens ooit echt een keer gedaan heb; natuurlijk viel ik tot groot vermaak van iedereen in het vieze, modderige water dat vergeven was van de ratten.

Ik wil maar zeggen: werken bij de tv is fantastisch, maar glamour heeft het niet.

'Waarom rij je zelf niet, Jessie?' roept Katie terwijl de crew de bus in klautert en we net allemaal op het punt staan eindelijk weg te rijden. Op dat moment heeft Katie een 'lichtpeertje boven haar hoofd'-eurekamoment. 'Wacht even, ik heb een fantastisch idee! Zullen we je filmen terwijl je naar je werk rijdt? Waar is je auto eigenlijk? Staat hij in de garage? Ik weet zeker dat je een fantastische wagen hebt!'

Alsjeblieft, alsjeblieft, alsjeblieft goeie god, laat ze me niet vragen de garagedeur te openen want dan zien ze dat die leeg is.

'Weet je... ehhhhhhh... ik ben bang... het punt is... Er is een probleempje met mijn auto...' *Het gestolen-autoverhaal, denk aan het gestolen-autoverhaal.*

'Is ie soms weg voor een onderhoudsbeurt?'

O, wacht, dat is een goeie.

'Ja, klopt. Hij is, ehh, weg voor een onderhoudsbeurt.'

Oef!

Jessie Would wordt zaterdags om zeven uur 's avonds een halfuur rechtstreeks uitgezonden met één tussentijdse reclame; het is een gezinsvriendelijk, gezellig tv-programma. De formule is eenvoudig. Emma bevindt zich in de studio en betrekt het publiek bij de show, vraagt hun te voorspellen of ik de opdracht zal volbrengen of plat op mijn bek zal gaan en reikt gesponsorde prijzen uit aan wie het goed heeft voorspeld. Het is nog best moeilijk: mijn slagingspercentage is fiftyfifty. Maar Liz Walsh, hoofd Televisie en volgens mij een fan van de show omdat zij zich er steeds weer sterk voor maakt, zegt dat het er niet om gaat of het me zal lukken de wekelijkse opdracht te volbrengen, maar dat ik mezelf elke week ten overstaan van het hele volk voor joker zet. Ze denkt dat het geheim van vermakelijke massa-tv erin zit dat het een kind van twaalf moet aanspreken, dat het dan om te lachen is.

Er gaat geen dag voorbij dat ik God niet dank voor Liz Walsh. Het is een fantastische vrouw en ze speelt een bijna Simon Cowell-achtige rol in mijn leven. Ze is hard maar bezit een feilloze intuïtie. Na de periode waarin ik het late weerbericht las, heb ik een aantal jaren als verslaggever gewerkt en werd ik naar plekken gestuurd waar anderen voor geen goud heen wilden. Liz was degene die me als eerste opmerkte en vond dat ik rijp was om grotere, belangrijkere dingen aan te pakken. Net als zoveel in mijn leven was dit het gevolg van puur toeval en omdat ik niet bang was mezelf regelmatig voor gek te zetten. Ik zal een voorbeeld noemen: ik moest een keer een reportage maken over de midwinternacht in Newgrange. Een stuk steen, dat daar al duizenden jaren stevig had vastgezeten, besloot precies op dat moment boven op me te rollen, waardoor ik, tot grote hilariteit van de crew, tegen de grond knalde. Ik mankeerde niets, ik was alleen een beetje geschrokken en deed wat ik altijd doe: ik stond op, veegde het vuil van me af en lachte het weg. Natuurlijk had de clip drie dagen later bijna acht-duizend hits op YouTube en ik moet toegeven dat toen ik het terugzag het echt zo'n lach-of-ik-schiet-, slapstick-, Buster Keaton-moment was. Het haalde zelfs de jaarlijkse Channel Six bloopershow.

Het grappige was dat het publiek een enorme kick bleek te krijgen van mijn onbeholpen gedrag en van het feit dat me altijd van alles overkwam, en op basis van dat eenvou-dige gegeven maakte Liz een plaatsje voor me vrij in Emma's talkshow. Vanaf dat moment ging het balletje rollen. Maar ongeacht welke uitdaging *Jessie Would* week na week voor me in petto heeft, altijd zingen haar wijze woorden in mijn hoofd. 'Ga op je bek en zorg dat je zo veel mogelijk onder de derrie komt te zitten, hijs jezelf weer overeind en lach er om. Dat is het enige dat ze willen zien.'

We begeven ons dus naar het circuit van Mondello Park, en omdat de uitzending over een paar uur begint, gaan we meteen aan de slag. Iedereen van de Channel Six-crew is al aanwezig om zich op de live-uitzending voor te bereiden ter-wijl Katie en de *A Day in the Live*-crew me nog steeds vol-gen, wat de surrealistische situatie oplevert dat de ene film-ploeg de andere filmt. Hoe dan ook, ik ga aan het werk met de instructeur die me uitlegt wat me te wachten staat.

Het volgende is de bedoeling: Jeremy Clarkson zal vier keer het parcours rijden in zo'n Formula Sheane-wagen waarin je helemaal alleen zit, met je kont tien centimeter van de grond. Daarna moet ik proberen zijn tijd te verbeteren. Dit alles met niet één, maar twee camera's op me gericht. Het ziet er allemaal heel Monaco grand-prixachtig uit; geblokte vlaggen, de hele mikmak, en iedereen heeft het de hele tijd over een tijdrit. Dit is voor mij een eitje. Mijn bloeddruk begint pas te stijgen wanneer ik onmiddellijk na elke uitdaging met een noodgang op de motor naar Channel Six teruggereden word, waarbij ik me uit alle macht aan de bestuurder vast moet klampen, en ik tijdens de commercial break hijgend en zwetend de studio kom inrennen. Waar de charmante, elegante Emma me vragen zal stellen over de ervaring, de hoogte- en dieptepunten, enzovoort. Daarna wordt de film vertoond, waarin je mij met de schrik op mijn gezicht de opdracht ziet uitvoeren, en ik, om Liz tevreden te stellen, hopelijk onder de modder en troep zit. Dan komt het tadá-moment waarop Emma bekendmaakt hoeveel mensen uit het publiek dachten dat ik het zou redden en hoeveel er verwachtten dat ik op de Spoedeisende hulp zou belanden. De prijzen worden uitgereikt, de aftiteling verschijnt en Emma en ik nemen een valium. Alles is net op tijd klaar voor de trekking van de Lotto.

Voordat we de veiligheidsvoorschriften doornemen glip ik weg naar een kleedkamer om de knalrode overall aan te trekken en de veiligheidshelm op te zetten die ze me hebben gegeven, maar net als ik halfnaakt in mijn bh en slipje sta, gaat de deur achter me open.

'Jessie?'

Ik kijk op en zie Katie om de hoek van de deur loeren, ze heeft een microfoon in haar hand en een camera op haar schouder.

'Ooo, wat zie je er geweldig uit! Ik vroeg me net af of je ons kon vertellen wat er nu allemaal in je omgaat!'

Nu begint ze officieel op mijn zenuwen te werken.

De stunt wordt gesponsord door Mercedes; op het parcours staan een paar keurig geklede hoge pieten in het gelid die gespannen kijken, en ik kan het hun niet kwalijk nemen. Voor hen is de inzet hoog; volgens de instructeur is de kans dat ik zal crashen vijftig procent. In dat geval zien ze tweehonderdvijftigduizend pond voor hun ogen letterlijk in rook opgaan. Misschien zijn ze ook wel bang dat ik, verlamd of erger in het ziekenhuis beland, maar als ik de zenuwachtige, bezorgde blik in hun ogen zie, heb ik het idee dat de wagen veel, veel meer voor hen betekent dan mijn eigen persoontje.

Zeven uur. Showtime. Een teken van de floormanager en daar gaan we. De professionele racer, die volgens mij filmstunts enzo heeft gedaan, gaat als eerste, hij is er in een duizendste van een seconde vandoor en racet vier keer met een razende, duizelingwekkende snelheid het parcours rond. Alleen al door naar hem te kijken verrek ik mijn nek. Nadat zijn tijd is vastgelegd, springt hij in één beweging de racewagen uit en ben ik aan de beurt.

De jongens van de crew zwaaien en steken hun duimen op terwijl ik mijn helm vastmaak, door het raampje naar binnen klim en de kijkers een verrukkelijk shot van mijn dikke, knalrode achterwerk gun. Dan, ik maak geen geintje, komt Katie eraan met de microfoon. 'Nou, vertel eens, Jessie, wat gaat er nu door je heen?'

Dat ik je een knal voor je kanis wil verkopen, zou ik willen antwoorden, maar ze heeft geluk, ik kan niet goed praten met die helm op. Het volgende moment wordt er met de geblokte vlag voor het dashboard gezwaaid, er beginnen een paar mensen te juichen en weg ben ik.

Ik moet je een geheimpje verklappen. Ik doe dit werk nu bijna drie jaar en mijn overlevingsmechanisme werkt als volgt: als ik iets extreems of levensbedreigends doe, pas ik de volgende truc toe: ik focus mijn gedachten op iets heel anders en schakel mijn lichaam over op de automatische piloot. Het werkt altijd. Ik krijg een gevoel van bemoediging in extreme situaties dat zorgt voor totale concentratie.

Ronde één schiet voorbij, mijn gedachten zijn mijlenver weg. Ik denk eigenlijk alleen aan die verdomde Visa-rekening die nog steeds ongeopend op de schouw ligt, als een onontplofte tijdbom. Op dat moment neem ik een kloek besluit... Ik ga iets aan mijn spilzucht doen en bezuinigingsmaatregelen nemen... geen idioot dure avondjes uit meer. Sam moet er maar aan wennen om met mij thuis op de bank dvd's te kijken... Ronde twee komt eraan en ik denk dat ik de bezoekjes aan chique kapsalons ook ga afschaffen en voortaan zelf mijn haar verf. Ronde drie flitst voorbij... hmmmmmm... brainwave... Ik zou een fiets kunnen kopen zodat ik overal naartoe kan fietsen, en om mijn schaamte te verbergen zeg ik tegen iedereen dat ik milieubewust bezig ben... en bij de laatste ronde bedenk ik dat ik brutaalweg mijn agent kan vragen dat hij ergens financiële steun of sponsoring los moet peuteren om zo mijn inkomen wat op te krikken... hmmmmmm... Het is het proberen waard...

In een oogwenk is het allemaal voorbij. Plotseling word ik de wagen uit geholpen, ik ben duizelig, gedesoriënteerd en heb knikkende knieën.

'Super, fantastisch, geweldig gedaan, Jessie!' zegt de floormanager, die me ondersteunt en naar de camera leidt. Ik ben zo draaierig en licht in mijn hoofd dat hij me overeind moet houden.

De volgende seconden zijn vaag. Ik probeer wanhopig op adem te komen terwijl Katie een microfoon onder mijn neus duwt om 'Wat ging er door je heen toen je daar reed?' te vragen en ergens in de verte komen de maffiajongens van Mercedes aanrennen, ze schudden me de hand en feliciteren me. Ik heb blijkbaar op een bepaald moment 225 kilometer per uur gereden. Vreemd dat ik er helemaal niets van gemerkt heb.

En dan gebeurt het. Tussen de mensen die om me heen zwermen maakt een gedrongen, kale man van over de zestig zich los, hij heeft de bouw van een rugbyspeler en zijn nek is even breed als zijn hoofd. Met een honingzoet noordelijk accent stelt hij zich voor als de directeur van Mercedes Ierland waarna hij me bij de schouders grijpt om me staande te houden.

'Jessie, we zijn allemaal zo trots op je...'

Ik knik en weet een flauw glimlachje tevoorschijn te toveren, maar ik hoop eigenlijk dat de floormanager die man bij me weghaalt zodat ik weg kan. We staan onder enorme tijdsdruk, hij heeft zo'n vier seconden om te zeggen wat hij wil. Het is niet ongebruikelijk dat sponsors na een stunt reclame willen maken, maar ze denken er nooit aan dat er een motorrijder klaarstaat om me pijlsnel naar de studio te rijden voor het tweede deel van de show.

'En om je ermee te feliciteren dat je zo'n fantastische tijd hebt gereden, hebben we een kleine verrassing voor je,' zegt de kale man. 'Ga hem maar halen, jongens.'

Terwijl de camera draait, kijkt iedereen naar hem, en plotseling is het geraas in mijn oren verdwenen.

Ik kan niet geloven wat ik zie. Over het circuit komt de mooiste, ongelooflijkste sportauto aanrijden die ik ooit heb gezien. Een Mercedes, een tweezits cabriolet, spiksplinternieuw, zo uit de showroom, in een glanzende zwarte metallic kleur met zachte, roomkleurige leren stoelen. Zo, zo sexy, beeldschoon en gaaf dat ik op mijn knieën wil vallen en luidkeels wil huilen om zijn schoonheid.

En dan valt mijn oog op de kentekenplaat: JESSIE 1. Ik weet niet wat ik zie.

'Ja, Jessie, vandaag is je geluksdag!' zegt de kaalkop. 'We willen je vragen of je Mercedes wilt promoten. We bieden je het gebruik van deze auto aan, gratis en voor niets, een heel jaar lang! Er zijn absoluut geen verplichtingen aan verbonden. Belasting en verzekering zijn inbegrepen, en ook de benzine is voor onze rekening! Nou, wat heb je daarop te zeggen, geluksvogeltje?'

Omijngodomijngodomijngodomijngod. Ik sta perplex, ik ben verbijsterd en... vol interesse. Nou, daar hoef ik niet lang over na te denken, toch? Dit is werkelijk ongelooflijk. Dit is het leukste wat me sinds lange tijd is overkomen. Goed, het lost niet al mijn financiële problemen op, maar het is een verdomd goeie start. Ik bedoel, wat wil je nog meer, een heel jaar een gratis auto!

Het moet de adrenaline zijn geweest die nog door mijn lijf gierde, want voor ik weet wat ik doe, sla ik mijn armen om de kaalkop heen en gil: 'Ja, ja, ja! Dank u, dank u, dank u!'

Het kan zijn dat ik hem zelfs gekust heb, maar dat weet ik niet zeker.

Het eerste teken dat er iets niet in de haak is: de blikken van verstandhouding van de crew wanneer ik op de motor geholpen word en op het punt van vertrekken sta. Normaal gesproken zwaaien en joelen de camera- en geluidsjongens wanneer ik naar het industrieterrein teruggereden word waar de studio van Channel Six is, vooral als de stunt goed gelukt is. Dit keer heerst er een unaniem zwijgen. Wat op z'n zachtst gezegd ietwat vreemd is.

Ik klim achter op de motor, klem me zo stevig aan de bestuurder vast dat ik bijna zijn ribben breek en we scheuren ervandoor. Onderweg naar de studio, wat met de snelheid waarmee wij gaan ongeveer drie minuten duurt, doe ik mijn best om het idee uit mijn gedachten te bannen. Kom zeg, ik heb zojuist een gratis Merc voor een jaar gekregen. Ze zijn waarschijnlijk gewoon een beetje jaloers. Trouwens, wie zou dat niet zijn? Maar waarom gedragen ze zich alsof ik net een klein kind overreden heb? Ik kan de uitdrukking op hun gezicht niet goed plaatsen. Is het ongeloof? Schrik? Nee. Het was ronduit walging.

Het tweede teken dat er iets niet in de haak is: normaal gesproken houdt de floormanager de deuren al voor me open als we bij de studio arriveren zodat ik gelijk door kan rennen om naast Emma op de bank neer te ploffen voor de nabeschouwing en het officiële 'resultaat' van de stunt. Dat gebeurt allemaal tijdens de commercials. Maar dit keer is er iets mis. Ik voel het onmiddellijk. In plaats van de gebruikelijke opwinding, staat de floormanager me bij de studiodeur op te wachten en zegt met zachte, zenuwachtige stem in haar walkietalkie: 'Ja, ze is er. Oké, ik begrijp het. Ik zal het haar meteen zeggen.'

'Wat zeggen?' weet ik buiten adem uit te brengen.

'Je gaat niet naar de studio. Emma doet de rest van de show. Je gaat linea recta naar het kantoor van Liz Walsh. Nu. Ze zegt dat het dringend is.'

'Maar dat is belachelijk, ik moet mijn show afmaken...'

'Kom, Jessie, maak het jezelf niet zo moeilijk...' Ze is knalrood, ziet er opgelaten uit en bloost tot aan haar haarlijn. Alsof ik een of ander probleem ben dat haar toegeworpen is.

'Allemachtig, wil je me er even door laten? Hier hebben we geen tijd voor; ik moet naar de studio, ze zitten daar allemaal te wachten...'

'Ik ben bang dat dat niet doorgaat.' Haar toon is nu iets strenger. 'Het spijt me maar ik heb duidelijke instructies gekregen; ik mag je niet binnenlaten, onder geen enkele voorwaarde. Wil je nu alsjeblieft gaan? Liz wacht op je in haar kantoor.' Om haar punt nog duidelijker te maken, gaat ze wijdbeens staan om de studiodeur te blokkeren. Als de uitsmijter van een nachtclub.

Het derde teken dat er iets niet in de haak is: ik ben compleet van slag en allerlei gedachten flitsen door mijn hoofd. Terwijl ik door de verlaten gang naar het kantoor van Liz wankel, zie ik op een tv-toestel in de verte dat de commercials afgelopen zijn en dat de show begint. Emma lijkt een beetje in de war, hoogst ongebruikelijk voor haar, en ze kondigt met onvaste stem aan dat er een kleine technische storing is en dat ik helaas niet terug kan komen naar de studio.

Een kleine technische storing? Maar er is helemaal geen technische storing! 'Nee! Nee, ik ben hier, ik sta voor de deur, klaar om de show af te maken. Waarom laten jullie me er verdomme niet in?!' Totaal gefrustreerd gil ik naar het tv-toestel, ik kan er niets aan doen. Het liefst zou ik dat verdomde ding in elkaar schoppen maar hij hangt bijna tegen het plafond. Ik begin nu het gevoel te krijgen alsof ik in een horrorfilm ben beland waar ik krijs en gil maar niemand me kan horen. Wat is er in godsnaam aan de hand? Waarom laten ze me mijn werk niet afmaken?

Ik hoor Emma het publiek vertellen dat het mij inderdaad gelukt is de tijd van de professionele coureur te verbeteren. Iedereen van het publiek die gewed heeft dat ik zou winnen gaat naar huis met een voucher voor twee personen voor de Multiplex-cinema in Dundrum waarmee je drie maanden gratis naar de film kunt. In de lege gang klinkt haar stem hard en helder en het is heel raar om die buiten de studio te horen. Dan hoor ik het publiek juichen en met de voeten stampen, oorverdovend en donderend, terwijl ik met bonkend hoofd en plakkerig van het zweet voortstrompel, nog steeds in mijn racepak en met de helm onder mijn arm geklemd.

Dit is een nachtmerrie. De deur naar het kantoor van Liz staat open en ze staat al op me te wachten, met haar handen op haar heupen, als in een western. Ongekend. De zeldzame keren dat je op haar kantoor geroepen wordt moet je meestal eerst nog minstens twintig minuten met haar assistente kletsen.

Ik loop naar binnen, misselijk van de spanning, bijna op het punt flauw te vallen. Liz is klein, slim, knap en gewoonlijk beschrijf ik haar als de stoerste, kalmste vrouw die ik ken. Maar op dit moment kan de uitdrukking op haar gezicht een klok tot stilstand brengen.

'Doe de deur dicht en ga zitten,' blaft ze tegen me.

'Liz, ik weet niet wat er aan de hand is, maar in godsnaam...' Verdomme, ik stotter. Mijn hart bonkt, mijn mond is kurkdroog. Met 225 kilometer per uur over een circuit rijden is hiermee vergeleken een eitje. Mijn maag draait om van angst en ik zweer je dat ik het gevoel in mijn benen kwijt ben.

Gelukkig doet Liz niet aan inleidingen. 'Zeg het als ik me vergis, maar heb je zojuist het gratis gebruik van een sportauto geaccepteerd? Live in de uitzending? Ten overstaan van zeshonderdvijftigduizend kijkers?'

'Ja... maar...'

'Je weet toch dat het een ongeschreven regel is dat een presentator absoluut geen gratis dingen mag aannemen, wat het ook is?'

'Emmm... eigenlijk niet, nee. Maar...'

'Ik ben bang dat ik je onbekendheid met de regels niet als excuus kan accepteren, Jessie,' snauwt ze, terwijl ze een fles water openrukt en een slok neemt. 'Je wilt toch niet beweren dat je, na al die jaren dat je hier werkt, niet weet dat je niet zomaar schaamteloos je bekendheid kunt gebruiken om cadeaus van bedrijven aan te nemen? Heb je enig idee wat dat voor een indruk maakt? Hoe compromitterend het voor jou en de show is? En, uiteindelijk, voor mij?'

'Maar Liz, die man overviel me ermee!' Ik schreeuw bijna tegen haar, van angst staat mijn borst op springen. 'Voor ik het wist had ik al ja gezegd...'

'Het afgelopen kwartier regende het telefoontjes van mensen die razend zijn dat een nationale tv-persoonlijkheid zo'n extravagant cadeau accepteert, terwijl de rest van het volk met een crisis te kampen heeft. De afdeling Publiciteit is in alle staten en de algemeen directeur is net langs geweest, hij heeft mij een flinke uitbrander gegeven voor jouw stomme, onbezonnen, egoïstische gedrag.'

'Maar ik wist het niet!'

Er valt een akelige stilte en plotseling krijg ik het gevoel alsof ik in een dodenmars verzeild geraakt ben.

'Ik heb me sterk gemaakt voor deze show,' zegt Liz uiteindelijk, bedroefd nu, wat eigenlijk veel, veel erger is dan als ze tegen me zou schreeuwen. 'En god weet dat ik voor jou gevochten heb. Want wat we je ook opdragen, je doet het en je maakt er een succes van. Je ziet er goed uit, je bent niet van je stuk te brengen, een enorme kwaliteit voor een programma als dit, en je bent compleet op je gemak voor een camera. Maar het belangrijkste is dat je iets hebt wat onbetaalbaar is; je hebt charisma. Ondanks slechte kritieken die zeggen dat dit programma de spanning heeft van een vooroorlogs stuk onderbroekelastiek. Ondanks mijn bazen die zeggen dat *Jessie Would* van flauwekul aan elkaar hangt en zijn tijd allang heeft gehad. Dit zijn precies de woorden die ze hebben gebruikt. Ik heb als een leeuwin voor deze show gevochten en dit is mijn dank.'

'Maar... maar... Kom op, Liz, we kunnen hier toch een oplossing voor vinden! Ik kan toch een persbericht laten uitgaan en zeggen dat het vreselijk stom van me was, dat ik mezelf wel voor mijn kop kan slaan en dat ik... die auto gewoon teruggeef?' Ik voel een sprankje hoop nu. Alle problemen zijn immers op te lossen? Bovendien heb ik het nooit eerder verknald. Nog nooit. Niet één keer.

'Jessie, je snapt het niet. Het zijn net barbaren daarbuiten, ze willen bloed zien. Er wordt van mij verwacht dat ik onmiddellijk een duidelijke beslissing neem.'

'Kom op, Liz... Iedereen mag toch wel eens een foutje maken?'

'Ja, maar niet live op tv.'

En met die woorden is alle hoop de grond ingeboord. Een gevoel van wanhoop vult het kantoor.

'Maar ik wist helemaal niet dat ik iets stoms deed! Alsjeblieft Liz, alsjeblieft. Kunnen we het niet met een berisping afdoen?' Ik smeek het haar, mijn stem is zwak en schor van de spanning.

'Ik ben bang dat het niet zo eenvoudig ligt.'

'Oké, ik ben over de grens gegaan en het is verkeerd uitgepakt. Maar jij hebt me toch altijd aangemoedigd om grenzen te verleggen. Ik bedoel, dat is toch juist mijn kracht?'

'Nee, Jessie. Dat is waarom je bent ontslagen.'

Vier

Het voelt als het verlies van een dierbare. En geloof me, als er iets is waar ik alles van weet, is het wel het verlies van een dierbare. Ik weet niet wat ik gedaan zou hebben als ik Sam niet had gehad. Het heeft me tien jaar gekost om mijn carrière op te bouwen en tien minuten om alles in rook te doen opgaan.

Het is zondagmiddag, ik zou niet weten hoe laat, en ik lig nog in bed. Ik kan niet bewegen. Wil dat ook niet. Hier, in de veilige omgeving van mijn huis, ben ik tenminste niet de risee van het hele land. Ik doe mijn best om de gebeurtenissen van gisteravond uit mijn hoofd te zetten, maar steeds weer komen er afgrijselijke fragmenten bij me boven, in pijnlijke, onsamenhangende flarden. Het nieuws heeft zich als een felle bosbrand verspreid en terwijl ik zelf nauwelijks de tijd had om het tot me te laten doordringen, scheen iedereen, absoluut *iedereen* het al te weten. Maar dat is typisch Channel Six; het is soms meer een vergiet dan een tv-zender.

Ik weet nog dat ik na de uitzending, toen het publiek naar buiten stroomde, een echtpaar van middelbare leeftijd tegen het lijf liep; ze waren heel aardig en bezorgd en zeiden dat ze blij waren dat ze me gezond en wel zagen. Ze dachten dat er iets vreselijks met me gebeurd was, dat ik daarom niet was teruggekomen om de show af te sluiten. Was het maar zo. Ik zou er op dit moment een moord voor doen om met een paar gebroken ribben op een brancard in het ziekenhuis te liggen, met mijn baan en reputatie nog intact. Fysieke pijn zou beter te verdragen zijn dan deze ellende.

Ik weet nog dat ik voor de studio buiten in de vrieskou stond en verwoede pogingen deed Sam op zijn mobiel te bereiken en hem maar niet te pakken kreeg. Dat er, net op het moment dat ik hysterisch in zijn voicemail aan het huilen was, een paar mensen van de studioploeg naar me toe kwamen om te zeggen dat ze medelijden met me hadden. Lief van ze. Ze zeiden dat het duidelijk een vergissing was en dat het iedereen had kunnen gebeuren. Cheryl, de knappe visagiste, zei dat het natuurlijk gewoon een storm in een glas water was, en dat het wel weer zou overwaaien. Liz blafte harder dan ze beet. Dat was erg aardig van Cheryl. Onwaar, maar goedbedoeld.

Maar veel andere mensen van de crew verwensten me. Een angstwekkend aantal van hen. De directeur liep me gewoon straal voorbij alsof ik er niet meer toe deed. Wat zo is, dat weet ik, maar toch was het vreselijk kwetsend. Toen ik Sam eindelijk te pakken had en hem smeekte me te komen halen, liep een van de geluidstechnici met wie ik goeie maatjes ben – ik heb zelfs meerdere keren voor zijn gezin kaarten voor de show geregeld – me voorbij. Bovendien wierp hij me, toen hij me gepasseerd was, nog over zijn schouders een vernietigende blik toe en zei: 'Egoïstische, inhalige, stomme, achterlijke idioot'.

Ik denk dat ik niet langer dan een halfuur op Sam heb staan wachten, maar echt, het waren de langste dertig minuten van mijn leven. En natuurlijk kwam Katie naar me toe, ze danste bijna van opwinding, duwde haar microfoon onder mijn neus en vroeg of ik iets wilde zeggen over deze 'schokkende nieuwe ontwikkeling'. Ik kan het haar niet eens kwalijk nemen; het ene moment heeft ze een onbeduidend baantje waarbij ze achter me aan moet lopen en het volgende moment wordt haar plotseling een smeuïg verhaal in de schoot geworpen.

Ik weet bij god niet meer wat ik tegen haar gezegd heb, maar ik weet wel dat het met veel gekrijs en gesnotter gepaard ging en dat ik dankbaar een handvol kleenex aannam van de cameraman die over haar schouder hing. Godzijdank kwam Sam toen aansjezen, als mijn prins in een glimmende Bentley. Ik plofte op de stoel naast hem neer, stortte volledig in en liet mijn tranen, schokkend en snikkend, de vrije loop.

En nu is het zondagmiddag en ik lig nog in bed, omringd door snotterige tissues en met een kloppende pijn in mijn kop omdat ik de hele nacht gejankt heb. Ik kan niet slapen; telkens als ik het probeer, hoor ik het stromende geluid waarmee mijn carrière door de plee gespoeld wordt. Ik kan mijn lichaam niet bewegen. Ik voel me als een vlinder die vastgeprikt zit. Steeds opnieuw speelt het zich in mijn hoofd af. *Ik ben ontslagen, ik ben ontslagen, ik heb het verknald en ben ontslagen, ik heb geen geld en geen baan en wat moet ik in godsnaam met de rest van mijn leven?*

De enige die ervoor zorgt dat ik nog enigszins bij mijn

verstand blijf is Sam. Hij is echt ongelooflijk. Een heilige. Hij had de show gisteravond natuurlijk gezien en had onmiddellijk door dat er iets goed mis was toen ik niet terugkwam voor het tweede deel. Dus op hetzelfde ogenblik dat hij mijn hysterische berichten kreeg is hij zonder ook maar één seconde na te denken in zijn auto gesprongen en linea recta naar de studio gesjeesd. Vanaf dat moment was hij fantastisch. Gewoonlijk gaan we na de uitzending naar Bentleys, een chic hotel-restaurant in de stad waar Sam nooit genoeg van krijgt, en zoeken we daarna Nathaniel en Eva op. We ontspannen ons met een paar drankjes (met belachelijk dure champagne, wat anders?), eten een hapje en gaan op een onchristelijk uur naar mijn huis voor nog meer belachelijk dure champagne. Maar gisteravond was ik niet in staat me ergens te vertonen, zelfs niet in het gezelschap van vrienden die me steunen. Met één blik zag Sam hoe het met me gesteld was, belde onze vrienden om ons te excuseren en bracht me rechtstreeks naar mijn huis, waar hij vanaf dat moment voor me zorgt alsof ik een tbc-patiënte ben.

Vanochtend, nadat ik weer op zijn borst had liggen huilen en: 'Maar mijn baan! Mijn heerlijke, fantastische baan!' jammerde, stak hij een van zijn motiverende speeches af, waar ik niet voor in de stemming was, maar ik denk dat hij het goed bedoelde. Zijn peptalk bestond uit drie delen: eerst het inspirerende deel ('Barack Obama zou zeggen: ja, je kunt hier overheen komen') gevolgd door het traditionele ('Als God een deur sluit, opent Hij een venster') en tot slot het oude, vertrouwde deel ('Het stikt van de banen,' enzovoort).

Weet je, voor Sam is de wereld verdeeld in winnaars en verliezers en hij zegt altijd dat winnaars al winnaars zijn nog voor ze gewonnen hebben. Een van de eigenschappen

die hij het meest in mij prijst is dat ik, ondanks mijn kans-
arme achtergrond en het slecht functionerende gezin waar
ik uit voortkom, toch altijd ben blijven vechten om een winnaar te worden. Zijn theorie is dat we allemaal evenveel tegenslagen in ons leven te verstouwen krijgen, maar dat winnaars zich onderscheiden omdat ze zich vermannen, moed
verzamelen en opnieuw beginnen. Terwijl verliezers blijven
hangen in het verleden en iedereen behalve zichzelf de schuld
geven voordat ze uiteindelijk ten onder gaan. En dat is nou
precies wat ik wil. Voor eeuwig en altijd.

Voordat hij de deur uitgaat om de zondagskrant te kopen, stormt hij de slaapkamer binnen, blakend van positieve
energie. 'Opstaan, trek je kleren aan en ga met me mee. Het
is goed voor je om er even uit te zijn.'

'Laten we ons tot bereikbare doelen beperken,' kreun ik.
'Misschien, heel misschien ben ik met een beetje geluk over
een paar uur in staat om naar de badkamer te kruipen.'

'Wat moet ik doen om je dat bed uit te krijgen?' vraagt
hij – tot mijn verbazing – lichtelijk geïrriteerd.

'Je zou prozac aan het eind van een koordje kunnen
knopen.'

Sam reageert niet. Hij haalt zijn handen door zijn dikke,
weerbarstige haar, wat hij altijd doet als hij flink gefrustreerd is, en verbiedt me de tv aan te zetten als hij weg is.

Shit, daar heb ik niet eens aan gedacht. Zou er iets van op
tv te zien zijn? Ik kan me niet voorstellen dat het nieuws is.

'Beloof je dat je niet in de buurt van de afstandsbediening
komt?' roept hij onder aan de trap op weg naar buiten. 'Het
is voor je eigen bestwil, onthou dat!'

'Beloofd,' mompel ik zacht.

Maar hij is nog niet de deur uit of ik zet hem aan. Gewoon om het zeker te weten. In eerste instantie lijkt het alsof ik niets te vrezen heb. Alles is in orde. Ik maak me onnodig zorgen. Er zijn gewoon de gebruikelijk zondagmiddagprogramma's, *Antiques Roadshow*, een doorlopende soapserie die vandaag begint en pas dinsdagochtend eindigt, dat soort programma's. Ik blijf zappen, maar er is niets vreemds. Dan ga ik naar Channel Six, waar net het middagjournaal begint.

Mijn hemel, ik geloof het gewoon niet. Ik ben het tweede nieuwsitem. Het tweede. Ik zit kaarsrecht in bed, als iemand die zojuist geëlektrocuteerd is. Maar nee, ik zie het echt, in Blu-ray high definition. Op het scherm achter de nieuwslezer is zelfs een foto van mij geprojecteerd; een stilstaand filmbeeld van de show van gisteravond waarop ik die vent van Mercedes kus die me die verdomde auto aansmeerde; ik zie er als een debiel uit. Er slaat een golf misselijkheid door me heen en het koude zweet breekt me uit. Ik wil de tv uitzetten maar om de een of andere reden kan ik er de kracht niet voor vinden.

'Geheel onverwacht heeft Channel Six gisteravond het contract met tv-presentatrice Jessie Woods beëindigd, na een live uitgezonden incident dat wordt gezien als een enorme schending van de gedragsnormen in de televisiewereld. In een verklaring die gisteravond werd uitgezonden maakt de zender bekend dat de positie van Jessie Woods als middelpunt van het programma niet langer verdedigbaar is. Ze heeft namelijk tijdens de live-uitzending van haar populaire show *Jessie Would* het gratis gebruik van een luxesportwagen geaccepteerd. Bekenden van Liz Walsh, hoofd Televisie, hebben gezegd dat de zender in antwoord op de ongekende hoeveelheid klachten tijdens de uitzending van de show van gisteravond onmiddellijk actie moest ondernemen. We schakelen nu over naar onze entertainmentcorrespondent die live verslag uitbrengt...'

Ik zet de tv uit en smijt de afstandsbediening zo ver van mijn bed als ik maar kan. Ik denk dat ik moet overgeven. Er is mij een doodsteek toegebracht. Want als je naam in tvland in één adem uitgesproken wordt met woorden als 'ongekende hoeveelheid klachten' is het onmogelijk ooit nog een stap over de drempel van die zender te zetten.

Dan gaat mijn mobiele telefoon. Hij gaat de hele ochtend al, maar ik heb hem genegeerd. Ik voel me niet in staat tot een gesprek met enig ander menselijk wezen, met uitzondering van Sam, hij is mijn enige schakel met de buitenwereld. Maar er staat een naam op het display. Het is Emma.

'Jessie, gaat het?'

Het enige geluid dat ik kan voortbrengen is een onderdrukte snik.

'O, lieverd. Ik heb je al vanaf gisteravond geprobeerd te bereiken. Ik kan je niet zeggen hoe erg ik het voor je vind. Red je het wel?'

'Ik ben... ik ben...' In plaats van de zin af te maken barst ik in huilen uit.

Emma is werkelijk fantastisch, precies zoals je zou verwachten. Wat des te verbazingwekkender is als je bedenkt dat ze door mijn miskleun nu ook zonder werk zit. Ze vertelt me haar kant van het hele afgrijselijke verhaal; dat ze geen flauw idee had wat er tijdens de show aan de hand was totdat de reclame werd uitgezonden en de studio het bericht van de regisseur kreeg dat ik niet terug zou komen voor de tweede helft van de show en ze het in haar eentje moest zien te rooien. Arme Emma, ze was volkomen verlamd en in shock, maar ze wist zich er, professioneel als ze is, op de een of andere manier doorheen te slaan en werd na de uitzending meteen bij Liz op kantoor ontboden. De show is geschrapt, zo kreeg ze botweg te horen, maar ze zouden een ander programma voor haar zoeken en haar in de tussentijd volledig doorbetalen. Dat is het allerbeste nieuws dat ik deze hele ellendige dag gehoord heb. Gelukkig wordt Emma niet de dupe van mijn stupide, achterlijke actie. Over een tijdje heeft ze waarschijnlijk haar eigen show, en niemand verdient dat meer dan zij.

'Het spijt me echt vreselijk,' blijf ik maar jammeren. 'Je moet geloven dat ik echt niet wist dat ik iets stoms deed. Ik reageerde gewoon impulsief. Het was inderdaad dom en inhalig, maar mijn eigen auto was teruggevorderd en dat boven op al mijn andere geldzorgen, het leek... de grootste meevaller ooit, en het werd me op een presenteerblaadje aangereikt...'

'Ik begrijp het, schat, ik begrijp het. Ze maakten het je moeilijk te weigeren.'

Dan schiet me iets te binnen. 'Emma, wist jij het?'

'Wat?'

'Dat we geen cadeaus mogen accepteren, dat dat een ongeschreven wet of zoiets is? Ik bedoel, wat zou jij in mijn plaats gedaan hebben?'

Ze hoeft er niet eens over na te denken. Natuurlijk niet. Emma gedraagt zich altijd zoals het hoort en weet intuïtief de juiste dingen te zeggen. 'Ik denk dat ik ze zou bedanken en zeggen dat mijn bazen het waarschijnlijk niet goed zouden vinden.'

Het perfecte antwoord. Vriendelijk, waardig en resoluut.

'O god, Emma,' snik ik. 'Waarom ben je toch zo'n vol-

maakt mens? Waarom ben ik niet zoals jij?' Een nieuwe jank-
bui dient zich aan en ik heb een verse stapel kleenex nodig.

'Jessie, je moet ophouden jezelf verwijten te maken,' zegt
ze streng. 'Het ging maar om één fout. Ik weet zeker dat je
terug mag komen. Als deze narigheid voorbij is, bedoel ik.'

Er hangt een vreselijke, onuitgesproken gedachte tussen
ons in. Een gedachte die we niet durven te verwoorden.
Channel Six zal nooit meer iets van me willen weten, en stel
dat dat voor iedereen geldt? Het is, vooral voor vrouwen, al
moeilijk genoeg om een baan als presentator te krijgen zonder dat je je voor de hele natie te schande hebt gemaakt
door op primetime een live-televisieprogramma te verklo-
ten. Maar Emma bedoelt het goed. Ze probeert me een klein
beetje troost te bieden, dus ik laat haar maar. Ook al geloof
ik haar niet helemaal. Ja, natuurlijk, zeggen we, er zijn genoeg andere banen, morgen zie ik mijn agent, er komt vast
wel weer iets leuks enzovoort, enzovoort. Tegen het eind van
ons telefoongesprek begin ik er zowaar in te geloven.

'O, schat, nog één ding voor ik ophang,' zegt ze voorzichtig. 'Wat je ook doet, niet de tv aanzetten en níét de
kranten lezen vandaag.'

'Bedankt, liefje. Ik heb de nieuwsitems van Channel Six
gezien, maar heb de tv uitgezet voor ik moest kotsen.'

'Nee, lieverd, je begrijpt het niet.'

'Wat niet?'

'O Jess, hoe moet ik het je zeggen? Een gewaarschuwd
mens telt voor twee, onthou dat maar...'

'Wat probeer je te zeggen? Jezus, het kan toch allemaal
niet nog erger?'

'Jessie, de nieuwsploeg van Channel Six staat voor het
hek van je huis.'

Net op het moment dat ik dacht dat de nachtmerrie compleet was, tadá, beschikt het lot: nee, Jessie Woods, je hebt nog niet alles gehad, je moet je nog door een paar honderd meter stront heen werken voor we klaar met je zijn. Wa-ha-haaa, een donderslag, achtergrondgeluiden van bloedhonden die naar de maan janken enzovoort, enzovoort.

Ik bedank Emma, beloof met mijn hand op mijn hart dat ik niet naar het nieuws zal kijken, hang op, hijs me uit bed en kruip over de grond om de afstandsbediening te zoeken die ik ergens neergesmeten heb. Uiteindelijk vind ik hem en met trillende handen zet ik het nieuws weer aan. En val bijna om. Ze heeft gelijk. Live op een landelijk tv-station is een duidelijk shot te zien van het veiligheidshek voor mijn huis. Ze zijn me aan het bespieden. Als ik naar mijn slaapkamerraam zou lopen en als een presentator van een kinderprogramma al zwaaiend op en neer zou springen, zou je me op de achtergrond kunnen zien.

Ik zak op de vloer met mijn rug langs de muur terwijl ik kort en krachtig ademhaal, als een gegijzelde bij een bankoverval. Het is belachelijk; zo behandelt de pers anders alleen politici die met een schandknaapje in een openbaar toilet betrapt worden, toch? Het hele gebeuren is totaal onwerkelijk. Ik zit hier op de grond en zie de buitenkant van mijn huis live op tv. Zelfs door het veiligheidshek is alles te zien, tot de overvolle vuilnisbakken die ik vorige week vergeten ben buiten te zetten aan toe en een paar lege chipszakjes die over de oprit fladderen.

Daarna komt Sams grote, chique Bentley het beeld in rijden. Hij is bij het veiligheidshek, terug van de krantenmissie. Hij heeft een afstandsbediening voor het hek, maar moet vaart minderen voor het opengaat. Een van de reporters, een grote vent met de bouw van een sumoworstelaar, stapt op hem af. Ik krijg bijna een hartaanval van de spanning. 'Mr. Hughes, Sam Hughes? Wilt u deze keer niet meteen doorrijden, we willen heel even met u praten!' roept hij naar de auto, terwijl hij zich bijna op de motorkap stort en Sam wel moet stoppen.

'Heeft u iets te zeggen?' schreeuwt de sumoman door het bestuurdersraampje.

Nee Sam, nee, niet doen, niet nu, gewoon doorrijden, misschien kun je er zelfs een paar omverrijden... Maar ik was vergeten dat als er iets is waar Sam een zwak voor heeft, het wel media-aandacht is. Ik zie het bijna in slow motion gebeuren. Het elektrische raam van zijn auto glijdt elegant naar beneden en ik zie dat hij recht in de camera, al zijn tanden showend, zijn schitterendste glimlach tevoorschijn tovert.

'Goedemiddag heren, hoe is het op deze prachtige dag?' IJzeren Hein in eigen persoon.

'Fijn dat u dit keer met ons wilt praten. Hebt u iets te zeggen? Hoe voelt Jessie zich nu? Klopt het dat ze er kapot van is en dat ze zich voor de wereld schuilhoudt?'

'Heren,' antwoordt Sam poeslief, 'hoewel Jessie geen commentaar geeft in deze moeilijke tijd...'

'Hou je kop, rijden!' krijs ik tegen de televisie, voordat ik mijn hand voor mijn grote mond sla. Als ze zo dicht bij mijn huis zijn, bestaat de kans dat die schoften me kunnen horen.

'... zou ik toch graag willen zeggen dat ze in haar prachtige carrière maar één beoordelingsfoutje heeft gemaakt, waar ze, daar ben ik zeker van, in no time overheen zal zijn. Als u me nu zou willen excuseren.' Zodra het veiligheidshek open is, zoeft hij ervandoor. Ik ben perplex over hoe ervaren en goed voorbereid hij klinkt. Een minuut later is hij bij de voordeur en rent hij met grote stappen de trap op.

Maar het beangstigende is dat de ongenaakbaarheid en kracht waarmee hij nog geen twee minuten geleden de pers te woord stond nu totaal verdwenen zijn. Hij ziet bleek (wat zelden voorkomt, Sam is zo'n altijd-bruin-type, zelfs in de winter), is van streek (ook niets voor Sam, hij laat zich door niets, maar dan ook absoluut niets van de wijs brengen) en verbijsterd. Totaal verbijsterd.

'Oké, Woodsie, ik zal er geen doekjes om winden,' zegt hij. 'Het ziet er slecht uit. Er staan drie cameraploegen voor het huis, een van Channel Six, een van RTE en een die ik niet herken. En dan heb ik het nog niet eens over de fotografen. Mijn god, zo wereldschokkend is het toch ook weer niet?'

'Wat... wat moeten we doen?' Mijn stem klinkt dunnetjes, is nauwelijks hoorbaar.

Hij denkt even na. 'Blijf hier. Ze kunnen de slaapkamer niet in beeld krijgen. Ik ga de kranten pakken, dan kunnen we die samen doornemen...'

'Nee, nee, dat kan ik niet.' Zo overtuigend heb ik de hele dag nog niet geklonken. 'Alsjeblieft niet.'

Dan kijkt hij me aan en beseft dat ik absoluut niet in staat ben om gruwelijkheden over mezelf te lezen. Hij loopt naar de keuken, die gelukkig aan de achterkant van het huis ligt waar niemand naar binnen kan kijken, om ze in z'n eentje te gaan lezen. 'Maak je geen zorgen, ik zal ze allemaal voor je censureren,' zegt hij geruststellend terwijl hij de deur uit loopt. 'Ik laat je alleen de positieve berichten lezen. Maar wat je ook doet: níét het nieuws aanzetten.'

Dat doorpluizen van de kranten neemt, ongelogen, een

vol uur in beslag. Ik probeer de tijd te doden met naar een documentaire over prinses Diana te kijken op Biography Channel, die ik dan weer uitzet omdat het deel waarin ze door de paparazzi wordt nagejaagd een beetje te dichtbij komt. Ik probeer de kracht te vinden om op handen en knieën naar de badkamer te kruipen, maar ik moet, nadat ik mijn gezicht in de spiegel gezien heb, ogenblikkelijk weer terug naar mijn bed. Godallemachtig, ik zie eruit alsof iemand mijn ogen heeft uitgestoken en door vuursteen heeft vervangen. Trouwens, van al dat gekruip over de grond begin ik brandplekken te krijgen. En dan hebben we nog een actiepunt. Net zoals het eten van Pot Noodle weet ik dat het slecht voor me is, ik weet dat ik me daarna belabberd zal voelen, maar ik kan de verleiding niet weerstaan en zet opnieuw Channel Six aan omdat het journaal van zes uur begint en, mijn hemel, ik ben er nog steeds. Nog steeds ben ik het tweede nieuwsitem, waarbij ik me afvraag wat in godsnaam het derde nieuwsitem kan zijn; een kolonie mieren die in één rechte lijn een straat oversteekt?

Dan hoor ik Sam. Als de sodemieter zet ik de tv uit en doe net alsof ik daar al die tijd onschuldig en jammerend gelegen heb. Dan zie ik dat hij niets in zijn handen heeft. Wat maar één ding kan betekenen.

'Ik heb ze allemaal van het begin tot het eind gelezen,' begint hij.

'En...?'

Hij geeft geen antwoord op mijn vraag. Wat me het ergste doet vrezen.

'Het artikel in de *Sunday Indo* was wel oké...'

'Vertel.'

'Nou ja, als ik oké zeg, bedoel ik dat er één redelijk aardig artikel was. Het had als kop: Wat moet Jessie Woods nu doen?'

'Wat ik moet doen? Me een kogel door de kop jagen, als je het mij vraagt.'

'Kom op, Woodsie, je moet dit onverschrokken tegemoet treden,' zegt hij. Hij vult met zijn enorme rugbyspelerlichaam de hele deuropening en zijn ogen schieten ongeveer om de dertig seconden afwezig naar het raam, ook al zijn de gordijnen dicht. 'De schade beperken, daar gaat het nu om. En je gezicht weer in het openbaar laten zien. De wetenschap dat jij je hier opsluit, is koren op hun molen. Je bent een makkelijke prooi. Je staat in alle kranten op de voorpagina, behalve in de *Sunday Sport* en dat komt alleen maar omdat er een of ander supermodel met een dubbele D-cup op de cover staat. Maar jij hebt pagina twee gehaald. Met een foto van je huis en een kop over de volle breedte: Houdt zich schuil in het kasteel der schaamte.'

'Stoppen! Genoeg!!' krijs ik, mijn vingers in mijn oren stekend.

'Luister, Woodsie, nietsdoen is het stomste wat je in deze situatie kunt doen. Als ik jou was, zou ik morgenochtend meteen naar mijn agent gaan en een verklaring uitsturen waarin je je positie uitlegt en vooral je excuus aanbiedt. De beste manier om van ze af te komen is een beetje te slijmen, te zeggen dat het je spijt en dan maar hopen dat het ophoudt.' Dan gaat hij naast me op de rand van het bed zitten en we zwijgen een poosje. Ik weet dat hij gelijk heeft, maar de gedachte dat ik de wereld tegemoet moet treden is onverdraaglijk voor me. Daarna springt hij op, strijkt opnieuw zijn handen door zijn haar, waardoor het er nog wilder uitziet. 'Trouwens, over schadebeperking gesproken, ik kan maar beter gaan.'

'Wat? Ga je weg? Dat kan niet!'

'We zouden bij Nathaniel en Eva eten, weet je nog? Ik vind dat in elk geval één van ons moet gaan.'

'Maar... Sam, alsjeblieft. Kun je het niet afzeggen? Ze zullen het heus wel begrijpen. Vooral als ze zien hoe we hier als gegijzelden opgesloten zitten.'

Maar hij is onvermurwbaar, zoals altijd als hij een besluit genomen heeft. 'Nee,' houdt hij vol, 'we hebben het gisteravond ook al af laten weten. Het zou onbeschoft zijn.'

Ik wil hier niet alleen blijven, maar ik weet dat ik geen keus heb. Ik heb zijn weekend behoorlijk verknald en het minste wat ik kan doen is hem een paar uur van zijn huisarrest ontslaan. Per slot van rekening heeft híj niets fout gedaan. Ik kijk naar hem en plotseling slaat er een enorme golf liefde door me heen. Ik bedoel, mijn god, het is toch niet te geloven; hij beschermt me, pluist de kranten voor me uit, probeert me erbovenop te helpen en alles weer in orde te maken. Mijn rots. Mijn droomprins.

'Maar je komt daarna wel weer terug, hè?' vraag ik, me ervan bewust hoe meelijwekkend zielig en aanhankelijk ik klink.

'Tuurlijk. Probeer nu maar te slapen,' zegt hij kalm terwijl hij wegloopt. Ik knik en weet een waterig glimlachje tevoorschijn te toveren.

Dan roept hij van onder aan de trap naar boven: 'Het wordt trouwens echt eens tijd dat je de wc beneden laat maken. Het stinkt hier als een victoriaans riool.'

O ja, dat heeft Sam ook. Hij is erg intolerant wat nalatig onderhoud van het huis betreft.

Om tien uur 's avonds lig ik nog steeds klaarwakker naar het plafond te staren. Ik kan niet in slaap komen en stel om de tijd te doden een lijst op van alle rotdingen en alle goede dingen in mijn huidige leven.

Rotdingen:

– Geen baan.

– Geen geld en ik weet niet of zelfs Bob Geldof met al zijn ervaring met derdewereldschulden me uit het financiële zwarte gat zou kunnen trekken waar ik in beland ben. Er zal nog heel wat geslijmd moeten worden voordat ik weer als inzetbaar kan worden beschouwd. Als dat er überhaupt ooit nog van komt. Want daar is een flinke dosis geluk voor nodig, bovendien zou Liz Walsh een lichte beroerte moeten krijgen waardoor haar herinneringen aan de afgelopen vierentwintig uur totaal uitgewist worden.

– Gevangene in eigen huis.

Wat een slecht idee eigenlijk, denk ik terwijl ik mijn pen al na een paar minuten wegsmijt. Net nu ik denk dat ik uitgehuild ben, brengt deze lijst weer een nieuwe stroom hete, bittere tranen teweeg. Dus focus ik me in plaats daarvan op de positieve dingen in mijn huidige leven. Maar die lijst is een stuk korter. Angstwekkend kort. Omdat het enig goede, oersolide, betrouwbare element in mijn huidige leven Sam is. Meer positiefs is er niet. Hij is de enige die me door dik en dun steunt, en als ik bedenk hoe hij me dit weekend heeft bijgestaan, hou ik nog meer van hem. Als dat al mogelijk was.

Het is gewoon een beetje vreemd dat hij om twee uur 's nachts nog niet terug is.

Vijf

De volgende ochtend is hij ook nog niet terug. Ik heb nauwelijks een oog dichtgedaan. Ik doezelde alleen zo nu en dan een beetje weg en om een uur of acht 's ochtends gaf ik het uiteindelijk op. Toen begon ik als een gek Sam te bellen en te sms'en. Vijfentwintig telefoontjes en zeventien sms'jes. Als de krankzinnige idioot die ik geworden ben, heb ik ze ook echt geteld. Geen enkel telefoontje of manisch sms'je werd beantwoord. Om je een idee te geven hoe buitengewoon uitzonderlijk dit is moet je weten dat Sam altijd, altíjd zijn telefoon bij zich heeft. Hij neemt hem zelfs mee naar de badkamer als hij gaat douchen, echt, ik verzin dit níét. Communicatie is voor hem als zuurstof.

Dus nu ben ik in een spiraal van misselijkmakende paniek beland. De liefde van mijn leven heeft waarschijnlijk een tragisch auto-ongeluk gehad en ligt misschien op dit moment in coma in een ziekenhuisbed met zijn lichaam van top tot teen in het gips. Is niet in staat iets te zeggen of te bewegen behalve het topje van zijn pink, waardoor geen van de verpleegsters van de intensive care weet dat ze mij moet bellen om te vertellen wat er is gebeurd.

Op slag zijn de lethargie en depressie van gisteren verdwenen en word ik opgeslokt door de nieuwe wereld van bezorgdheid die zich aandient. Ik probeer Nathaniel en Eva op hun huisnummer te bellen, mijn handen zijn klam van de spanning, maar ik krijg geen gehoor. Een slecht teken. Wanhopig bel ik Eva op haar mobiel. Ze neemt onmiddellijk op en klinkt slaperig en suf. Nee, zegt ze geeuwend, ze heeft ook niets van Sam gehoord, niet nadat hij hun huis gisteravond rond een uur of tien verlaten had, nadat ze met z'n allen hadden gegeten. Maar nu komt het; ze laat zich ontvallen dat Sam eerder vanochtend Nathaniel heeft gebeld, om, let op, een afspraak te maken om vanavond met klanten in het luxueuze Bentleys te gaan borrelen en eten.

Goed. Mijn ongerustheid dat hij in coma ligt is van de baan. Maar het is geen moment bij me opgekomen dat hij gewoon... niet de moeite heeft genomen me te bellen. Hij is gisteravond dus gewoon naar huis gegaan, is net als altijd opgestaan om naar zijn werk te gaan en heeft zelfs tijd gehad om een etentje en een borrel met zijn beste vriend te regelen.

Ik moet me tegen een kussen laten vallen om dit te verwerken.

'Weet je, misschien is Sam er nog niet aan toegekomen om contact met je op te nemen,' gaat Eva rustig verder, zo rustig dat ik wil gillen. 'Maar het is nog vroeg; hij zal je straks wel bellen. Gek, ik dacht dat hij gisteravond rechtstreeks naar jou zou gaan, maar blijkbaar is hij dus gewoon naar zijn eigen huis gegaan.'

'Maar waarom zou hij verdomme naar zijn eigen huis gaan? Hij wist toch hoe ik eraan toe was? Bovendien heeft hij plechtig beloofd hierheen te komen! Eva, je hebt geen idee wat ik doormaak. Het was een nachtmerrie gisteren.' Mijn stem is zwak nu; schor en paniekerig.

'O ja, ik wou nog zeggen hoe erg ik het vind. Dat van die... ehhh, je weet wel, alles. Hoe gaat het met je?'

'Ik... ik ben...' Ik ben niet in staat mijn zin af te maken. Ik besluit maar te gaan janken, wat ik, eerlijk is eerlijk, het afgelopen halfuur niet heb gedaan.

'Zo erg is het toch niet. Ik bedoel, het is maar een baan,' zegt ze vrolijk en een fractie van een seconde brengt haar luchthartige opmerking mijn hysterie tot zwijgen. Precies zo'n schok als wanneer je huilt en iemand je een klap in je gezicht geeft. *Het is maar een baan.* Hoorde ik haar dat echt zeggen?

'Eva, misschien begrijp je het niet helemaal, maar ik ben werkloos, ik heb geen rooie cent en zit tot over mijn oren in de schulden, ik word gek van de zorgen, ik word gestalkt door de pers en dan hoor ik ook nog eens de hele nacht en ochtend niets van mijn vriend, terwijl hij blijkbaar wel in staat is Nathaniel te bellen!'

'Rustig maar, lieverd, haal maar even diep adem. Twee tellen in en vier uit, zo leren we het bij poweryoga. Je moet ontstressen. Ik weet zeker dat Sam het gewoon hartstikke druk heeft. Je weet toch hoe hij is wat zijn werk betreft, Jessie.'

'Weet je wel wat je zegt? Mijn hele leven is in een vrije val terechtgekomen en jij vertelt me dat Sam het te druk heeft om met me te praten?' Ik doe mijn best de opkomende hysterie niet in mijn stem te laten doorklinken, wat niet goed lukt.

'Weet je, Jessie, als ik je zo hoor, kan ik alleen maar denken: wanneer heeft die meid voor het laatst acupunctuur gehad? Ik heb een goed idee, mijn masseuse komt straks, waarom kom je niet even langs voor een Zweedse massage? Daar ben je echt aan toe, zo te horen. Heel erg aan toe, zelfs. O ja, daarna ga ik naar het Design Centre om de nieuwe voorjaarscollectie te bekijken. Kun je mooi met me mee.'

Mijn hemel. Ik was het bijna vergeten. Voor Eva is de recessie iets dat alleen andere mensen treft. Op de een of andere manier weet ik me te beheersen en begin ik niet tegen haar te snauwen, maar ik zeg vastberaden dat ik moet ophangen omdat ik Sam op zijn werk wil bellen. En wel onmiddellijk.

'O, oké,' zegt ze geeuwend. 'Ik ga nog even een tukje doen.' Ik weet dat dit voor een moeder van een jongenstweeling buitengewoon luxueus klinkt, maar vergeet niet dat Eva véél hulp thuis heeft. 'Probeer te kalmeren, Jessie. En vergeet niet dat we in elk geval een reisje naar Marbella in het verschiet hebben. Dat is toch leuk voor je om naar uit te kijken?'

Ik hang op en vraag me af of ze eigenlijk wel iets heeft gehoord van wat ik gezegd heb.

Ik bel het kantoor van Sam en word rechtstreeks doorverbonden met Margaret, zijn secretaresse. Even twee dingen over Margaret: in de eerste plaats neemt ze Sam ongelooflijk in bescherming; ze is bijna net zo obsessief als een Ierse mama met haar dierbare enige zoon. Ten tweede is ze, zacht uitgedrukt, geen grote fan van mij. Ik snap niet goed waarom. Ik heb haar maar een paar keer ontmoet, maar ze behandelt me als een of ander tv-sletje dat

Sam ervan weerhoudt nog meer geld te verdienen dan hij al doet.

'Hij heeft nadrukkelijk gezegd dat hij vanochtend niet gestoord wil worden, Miss Woods.'

Dat is ook zoiets, ze noemt me altijd Miss Woods. Wat volgens mij een intimidatietactiek is. Maar het is verspilde tijd om te proberen mij te intimideren; ik woon dan wel in Dalkey in een mooi huis met hekken eromheen, maar vanbinnen ben ik zo volks als het maar kan; een rasechte Dublin Northsider.

'Maar je kunt een boodschap voor hem achterlaten.'

Ik weet zeker dat ze weet wat er in het weekend allemaal met me gebeurd is, tenzij ze net uit een coma is ontwaakt. Maar ik gun haar het genoegen niet mij door de telefoon te horen huilen – ik bedank beleefd en hang op.

Goed. Sam is dus springlevend, hij zit op zijn werk en ligt niet in coma in een ziekenhuisbed. Dat is in elk geval positief, geloof ik. Dan voel ik een golf van optimisme; natuurlijk belt hij me straks. Kom, ik heb het over Sam, meneer de perfecte vriend. Het is inderdaad een beetje vreemd dat hij gisteravond niet is komen opdagen, maar daar moet een plausibele verklaring voor zijn. Maar wat moet ik zeggen als we elkaar uiteindelijk weer spreken en hij vraagt wat ik sinds gisteren allemaal gedaan heb? Dat ik de hele dag hysterisch in bed heb liggen grienen? Of dat ik zijn advies ter harte heb genomen, me heb vermand zoals het een echte winnaar betaamt, een winnaar die zojuist een flinke douw heeft gekregen maar er weer dapper en met frisse moed tegenaan gaat? Oké. Beslissing genomen. De operatie schadebeperking kan beginnen.

Een uur later heb ik een spijkerbroek en trui aan, heb

ik mijn haar bijeengebonden onder een baseballpet en voor een maximale gezichtsbedekking heb ik de grootste zonnebril op die ik kon vinden. Zodat niemand mijn gezicht te zien krijgt dat er van al het huilen en het tekort aan slaap zwaar geteisterd uitziet. Maar dat mag de pret niet drukken, ik ben er klaar voor de wereld tegemoet te treden. Bovendien heb ik voor de komende week afspraken gemaakt in de stad met mijn agent, mijn publiciteitsman en degene die ik het meest vrees, mijn accountant.

Maar de eerste hindernis is: hoe kom ik het toegangshek uit zonder dat de hellehonden die daar de wacht houden op me afstormen? Daarbij komt nog het probleem dat ik geen auto heb en als ik met de bus naar de stad ga, de kans loop dat die schoften me zullen volgen, die daar enorme lol aan zouden beleven. Goed, er zit niets anders op dan een taxi te bellen en de chauffeur te vragen of hij door het veiligheidshek wil rijden tot pal voor mijn deur, zodat ik kan instappen en met maximale snelheid de fotografen voorbij kan sjezen. Maar er is een klein probleempje: ik heb geen geld in huis om de taxi te betalen. Geen rooie cent.

Ik kan niet geloven dat ik dit doe, maar een seconde later sta ik in jaszakken en oude handtassen te struinen, op zoek naar kleingeld. Grote goedheid, nog geen week geleden gaf ik zo'n € 180 uit aan La Prairie-gezichtscrème en nu moet ik een paar armzalige vergeten muntjes bijeenscharrelen. Maar ik heb geluk; helemaal onder in een peperdure, in een impuls gekochte Gucci-tas vind ik een briefje van € 20 en ongeveer € 4,50 aan kleingeld. Ik ben uit de brand. Ik ben rijk.

Een rampweek: dag 1

Ik bezoek mijn agent, Roger Davenport, in zijn kantoor in de stad. Roger, moet je weten, is een vrijgezel van ergens in de zestig voor wie de ideale klant waarschijnlijk Audrey Hepburn zou zijn. Hij is altijd een beetje zoals een goochelaar gekleed, in fluwelen pakken met vlinderdasjes, en hij heeft meestal een paraplu bij zich, het type Steed in *De wrekers*. Hij is een man van de oude stempel en wordt nooit boos op het groepje kinderen dat altijd achter hem aan loopt als hij van zijn verbouwde georgiaanse herenhuis naar zijn even charmante georgiaanse kantoor wandelt. Ik heb hem vaak door de stad zien slenteren, hij loopt erbij alsof het Bloomsday is, en kinderen jouwen hem na: 'Hé mister, waar is je vriend?' Maar hij laat het van zich af glijden. Roger staat bekend om zijn onverstoorbaarheid en zijn eeuwig opgewekte humeur. Dat wil zeggen: tot het moment dat ik zijn kantoor binnenstap.

Hij zit aan zijn antieke bureau dat bezaaid ligt met de ochtendkranten. 'Allemachtig, Jessie, wat bezielde je eigenlijk?' is zijn openingszin, terwijl hij me over zijn Churchillachtige halve leesbrilletje aanstaart. Ik breng hem op de hoogte en bewaar mijn snotteract voor het gedeelte waarin ik benadruk dat ik echt niet wist dat ik iets fout deed. Dat is zowat mijn nieuwe standaardzin aan het worden.

'Mijn waarde Jessie,' zegt hij, en hij kijkt me fronsend aan als een arts die op het punt staat slecht nieuws te brengen, 'natuurlijk ga ik mijn best doen ander werk voor je te zoeken. Maar ik moet je waarschuwen. Het zal niet makkelijk zijn.'

Dan ga ik naar Paul Rogers, mijn publiciteitsman, een vroeggrijze kettingroker die zoveel manische energie heeft dat ik na tien minuten in zijn gezelschap zo uitgeput ben dat ik het liefst gedrogeerd in een verduisterde kamer wil liggen. Samen met Roger stel ik een persbericht op, dat volgens mij precies de juiste, verontschuldigende snaar raakt, iets tussen diep berouw en spijt in, en waarin je tussen de regels door leest dat als ik maar één seconde had vermoed dat wat ik deed fout was, ik een ver stipje aan de horizon was geweest.

Als Paul de deur uit loopt om een sigaret te roken – de verklaring onder zijn oksel geklemd – draait hij zich naar me om. 'O, ik heb trouwens ook nog goed nieuws voor je, Jessie.'

Ik kijk hem verbaasd aan; optimisme is op dit moment een onbekend gevoel voor me.

Dan vertelt hij dat een of ander topless supermodel van wie ik nog nooit gehoord heb net haar man, een drummer van een boyband van wie ik evenmin ooit gehoord heb, verlaten heeft voor een topvoetballer van wie ik de naam niet kan uitspreken.

'Sorry dat ik het niet snap, Paul, maar wat heeft dat allemaal met mij te maken?'

'Dat je gedegradeerd bent naar pagina vier.'

Ik begrijp wat hij bedoelt. Tegen de tijd dat ik weer voor mijn huis sta, zijn de fotografen en de mensen van de pers die er gisteren en vanochtend stonden allemaal verdwenen. Ik weet nu precies wat ze met 'nieuws van gisteren' bedoelen.

Tegen negen uur die avond heb ik het record van de eeuw verbroken met de hoeveelheid voicemails die ik voor Sam heb achtergelaten, en mag ik officieel een stalker genoemd worden. Maar hij heeft niet één keer teruggebeld. Ik ben te uitgeput om zelfs nog te huilen, laat me dus gewoon maar op bed vallen en slaap de slaap der verdoemden.

Een rampweek: dag 2

Mijn strategie om Sam met telefoontjes te bombarderen zet ik voort. Met het verschil dat ik nu goed heb geslapen en wat helderder kan nadenken: ik ben rázend op hem. Furieus. Ik bedoel, wat is er verdomme aan de hand? Mijn carrière is naar de ratsmodee en hij negeert me. Lafbek. De enige verklaring die ik, afgaande op mijn vrouwelijke intuïtie, voor zijn bizarre gedrag kan bedenken is dat het Sam, mediageil als hij is, niet uitkomt om in gezelschap te zijn van een publiciteitsramp als ik. En al helemaal niet nu zijn boek over een paar maanden verschijnt en hij voortdurend campagne voert om jurylid te worden van die tv-show voor ondernemers. Als hij moet kiezen tussen zijn waardevolle carrière en mij, zijn vriendin, kun je wel raden wat hij laat vallen. Er staan twee wegen voor me open. Plan A: ik val zijn kantoor binnen om het daar met hem uit te praten. Maar dan moet ik die arrogante Margaret onder ogen komen die zich als een schildwacht gedraagt en me waarschijnlijk uit pure gemeenheid de rest van de dag in de receptie zal laten wachten. En om heel eerlijk te zijn gun ik die bitch dat genoegen niet. Plan B is dat ik hem in de buurt van zijn huis overval, maar hij woont diep in County Kildare, zo'n vijfentwintig kilometer van alle busroutes verwijderd, en echt, ik kan me met geen mogelijkheid een taxi veroorloven. Beide plannen kunnen de prullenmand in, gelukkig voor Sam, want als ik hem op dit moment zag, zou ik hem vermoorden en zijn rottende lichaam daarna aan een stel uitgehongerde Duitse herders voeren.

Ik laat ongeveer zes boodschappen voor Nathaniel achter, maar – surprise, surprise – hij belt niet terug. Ik heb Nathaniel altijd gemogen, maar in de jojoënde staat waarin ik me momenteel op emotioneel vlak bevind, ben ik nu ook woest op hem. Ik heb altijd al gedacht dat hij een beetje karakterloos was, zich te gemakkelijk door Sam en zijn type A-persoonlijkheid liet domineren. En dit is het bewijs. Ook bel ik Eva, de enige van ons groepje die nog met me praat, maar omdat er een andere sexy mama-vriendin met kinderen bij haar op bezoek is, kan ze niet praten. Maar ze zweert dat ze me later terugbelt. Wat ze natuurlijk niet doet.

Roger belt om te zeggen dat er, zoals hij al verwacht had, geen werk is. Hij heeft wat lijntjes uitgegooid, maar dat leverde niets op. 'Je kunt je het beste maar even gedeisd houden,' luidt zijn wijze advies. 'Als de storm geluwd is, probeer ik het opnieuw. Het wordt waarschijnlijk geen show op primetime, maar misschien iets op een van de digitale zenders.' Dit is Rogers manier – beschaafd en voorkomend als hij is – om te zeggen: 'Je hebt zo weinig credit dat je blij mag zijn als je een baantje bij de lokale radio-omroep om vijf uur 's ochtends vindt, om als er geen hond luistert, de overlijdensberichten voor te lezen.'

Even later belt publiciteitsman Paul voor een update. Ons persbericht heeft gewerkt en de zaak is, althans voorlopig, gesust. Ik ben nu doorgeschoven naar pagina acht, wat beter is dan publiekelijk te worden gestenigd.

'Heb je ook nog... eh... góéd nieuws?' vraag ik hoopvol.

'Kom op, zeg! Je betaalt me toch niet voor goed nieuws? Je betaalt me om slecht nieuws uit de wereld te helpen. Je staat nu op pagina acht naast de horoscoop en het weerbericht, dat is net zo'n wonder als de tweede komst van Jezus.'

Gek, mijn hele carrière, waar ik zo keihard voor gewerkt heb, ligt voor mijn voeten aan diggelen, maar het enige waar ik aan kan denken is Sam en zijn grote verdwijntruc. Ik doe die nacht geen oog dicht. Telkens als ik buiten op straat een auto hoor, denk ik dat hij het is, dat hij op de deur zal kloppen, een perfect logische verklaring voor deze moordende stilte heeft en me daarna in zijn armen sluit en dat alles weer goed komt.

Een rampweek: dag 3

En inderdaad, er ís een perfect logische verklaring! Ik bel arrogante Margaret van Sams kantoor op en ze meldt dat Sam op zakenreis naar Londen is en morgen terugkomt! Ik word overspoeld door een aan euforie grenzend gevoel. Natuurlijk, Sam was me niet aan het negeren, hij is in het buitenland, dat is alles, en wanneer hij thuiskomt zal alles weer normaal zijn. Behalve dan dat ik zonder geld zit en geen werk heb. Maar zoals ik al zei, zodra hij weer in mijn leven is, wordt al het andere draaglijk. Voor het gemak veeg ik het feit van tafel dat hij me gewoonlijk als hij weg was dag en nacht belde. Hij was waarschijnlijk gewoon straalzenuwachtig voor al die afspraken in Londen, meer niet. Voor het eerst sinds dagen komt er zowaar wat veerkracht in mijn tred, wat aanhoudt tot die ochtend om elf uur de telefoon gaat. Het is het makelaarskantoor dat dit huis voor me gevonden heeft. 'Slecht nieuws,' zegt de makelaar, die klinkt als iemand van vijftien. 'U hebt een betalingsachterstand van bijna vier maanden, wat betekent dat u zich niet aan het huurcontract houdt. De eigenaars hebben me opdracht gegeven u te verzoeken het pand te ontruimen en de sleutels zo spoedig mogelijk terug te geven.

Anders zien ze zich genoodzaakt gerechtelijke stappen te ondernemen.'

Even denk ik dat ik op het punt van flauwvallen sta omdat ik met mijn rug tegen de trap in elkaar zak. Het is nu werkelijk een feit: ik zit in de sneltrein naar de hel.

'Luister, Jessie,' zegt de tienerjongen vriendelijk. 'Het kan nog veel erger. Ik ken deze mensen en geloof me; ze willen maar één ding en dat is dat je eind van de week vertrokken bent. En eerlijk is eerlijk, je bent ze wel meer dan € 12.000 achterstallige huur schuldig.'

'€ 12.000?' is alles wat ik kan denken, terwijl er zich vers paniekzweet op mijn onderrug vormt. Hoe heb ik het in godsnaam zo ver laten komen?

'Ga er snel en stilletjes vandoor,' zegt hij, 'dan weet ik vrijwel zeker dat ze het hierbij zullen laten. Naar de rechter stappen kost tijd en geld en de eigenaars kennen al mensen die het huis willen zien.'

Intussen baad ik in het zweet. Net als ik denk dat het niet erger kan, word ik dakloos. Ik bedank de arme jongen zo beleefd als ik kan; het is tenslotte niet zijn schuld en hij heeft gelijk: als ik er stilletjes vandoor ga, zal ik niet vervolgd worden. Maar waar moet ik heen?

De toon van mijn boodschappen naar Sam is nu veranderd van boos naar smekend. Ik moet je dringend spreken, smeek ik bijna. Er is iets rampzaligs gebeurd. Bel me, dan kan ik het uitleggen. Dan krijg ik een geniale inval; als hij in Londen is, logeert hij altijd in het Mandarin Oriental Hotel; typisch Sam, alleen het beste is goed genoeg voor hem. Ik bel het hotel en vraag doorverbonden te worden naar zijn kamer. De overbeleefde receptioniste vraagt eerst mijn naam, belt de kamer en meldt dan dat meneer Hughes er niet is. Terwijl ik mijn best doe niet over te komen als een gestoorde stalker, leg ik haar uit dat ik zijn vriendin ben en ik vraag of ze alsjeblieft, alsjeblieft enig idee heeft wanneer hij terugkomt.

De blinde paniek in mijn stem doet het 'm.

'Normaal gesproken zou ik er niet over peinzen persoonlijke informatie door te geven, maar omdat u zijn vriendin bent... oké dan. Hij is waarschijnlijk over ongeveer een uur weer terug op zijn kamer. Hij is op dit moment beneden in de spa voor een sportmassage.'

Hij zit dus niet tot aan zijn nek in de vergaderingen, heeft het helemaal niet te druk om mij terug te bellen. Hij ligt naakt in een warme handdoek gewikkeld en wordt met aromatische olie gemasseerd. De rest van de dag probeer ik mijn spullen te pakken, maar dan komen de tranen in een niet te stuiten stroom. Het is met me gedaan. Ze kunnen me wel komen ophalen.

Een rampweek: dag 4

Het is merkwaardig maar als de laatste klap valt, gaat het snel. Ik lig in bed en heb de levenslust en de energie van een gebruikt theezakje. Mijn telefoon gaat en hij is het. Het is Sam. Van de zenuwen laat ik mijn telefoon bijna vallen en voordat hij een woord heeft gezegd, draait mijn hart zich al om in mijn borstkas.

'Je hebt dus... mijn voicemails ontvangen?' is mijn openingszin. Shit, het was niet mijn bedoeling sarcastisch te klinken, maar het was eruit voor ik het wist.

'Ja.'

'Is dat alles wat je te zeggen hebt? "Ja"? Een eenlettergrepig woord?'

Er valt een pijnlijke stilte, dus doe ik wat iedere tv-presentator in zo'n situatie zou doen, ik vul de stilte op met inhoudsloze woorden. Ik klaag over de nachtmerrie van de laatste ellendige dagen, de martelende bezorgdheid over de reden waarom hij me niet terugbelde...

'Woodsie,' onderbreekt hij me, maar ik weet van geen ophouden. Zenuwen en spanning hebben nu eenmaal dat effect op mij.

'Ik moet ergens logeren,' stamel ik. 'Dus – en ik weet dat het veel gevraagd is – is het goed dat ik... Weet je, ik wil alleen maar... en het is natuurlijk alleen maar tot ik zelf weer... maar wat ik wil vragen is... Kan ik bij je intrekken?'

Het is stil. Ik had geen stilte verwacht. Ik moet een paar keer 'Sam?' zeggen om te checken of hij nog wel aan de lijn is.

'Ik ben er nog,' zegt hij sloom en ik zweer bij god dat ik de zweetdruppels over mijn gezicht voel lopen. 'Eerlijk gezegd, Woodsie, vind ik het een slecht idee. Een verdomd slecht idee.'

Even ben ik sprakeloos. Dan komt er nog meer gebazel uit rollen, Tourette-achtig. 'Luister, ik weet dat het lastig voor je is en dat ik je met mijn probleem opzadel, maar het is maar tijdelijk, Sam, tot ik een andere baan heb gevonden, meer is het niet...'

'Ik krijg mijn ouders te logeren, dus het komt helaas niet goed uit.'

'Maar je hebt zeven slaapkamers! Het is niet alsof we allemaal op elkaar gestapeld moeten liggen!'

'Weet je, ik vind het niet makkelijk om te zeggen, maar ik heb het gevoel dat...'

Mijn adem blijft in mijn keel steken. 'Je hebt het gevoel dat?'

'Dat jij en ik een time-out moeten nemen. Ik moet eerlijk tegen je zijn. Ik vind het erg moeilijk om met al die negatieve media-aandacht om te gaan.'

Daar komt de aap uit de mouw, voor dit kale, koude zinnetje heb ik deze hele, afgrijselijke week gevreesd. Het is vreemd, nu het gezegd is, daalt er een doodse kalmte over me neer. 'Even voor de duidelijkheid, Sam,' zeg ik ijzig, op een bijna afgemeten, staccatotoon. 'De negatieve media-aandacht, zoals jij het noemt, is al behoorlijk afgenomen. We hebben een persbericht doen uitgaan waarmee de kwestie voor een groot deel uit de wereld is.'

'Woodsie,' onderbreekt hij me, 'je weet best waar ik het over heb.'

Ik ben rustiger nu en laat hem praten. Maar het komt er allemaal uit, hij verwoordt mijn bangste vermoedens. Hij heeft zo hard gewerkt om dit niveau van zijn carrière te bereiken, slechte publiciteit is wel het laatste wat hij op dit moment kan gebruiken. Hij vindt dat zijn positie enorm gevaar loopt omdat hij en ik door iedereen met elkaar in verband gebracht worden... bla-di-bla-di-bla.

Het is alsof hij een handleiding voorleest waarin staat hoe je het met iemand moet uitmaken en hoe je de persoon in kwestie duidelijk maakt dat er absoluut geen hoop meer is. Ik voel me verlamd, alsof ik verdoofd ben voor de pijn die me nu elk moment als een mokerslag zal verpletteren.

'Wat je me probeert te zeggen, Sam, is dat je door met mij om te gaan een slechte naam krijgt. Alsof uit de gratie raken besmettelijk is.'

'Woodsie, luister...'

Dan gooi ik een beproefde methode in de strijd. Ik heb tenslotte niets te verliezen. 'Ik dacht dat je van me hield.

Maar je laat me bij onze eerste echte tegenslag barsten. Je bent de allerbelangrijkste persoon in mijn leven, maar ik heb het meteen bij je verbruid als ik één keer een fout maak. Heb je enig idee hoe dat voelt?' Mijn stem trilt nu zo erg, dat het me verbaast dat ik mijn gevoelens desondanks duidelijk weet te verwoorden.

'Woodsie, je vat het verkeerd op...'

'Hoe zou ik het anders op moeten vatten? Je dumpt me over de telefoon! Na twee jaar!'

'Gaan we theatraal doen? Er wordt helemaal niemand gedumpt. Ik stel een time-out voor, dat is alles.'

Het is vreemd wanneer de man van wie je houdt een 'time-out' voorstelt. Het geeft je het gevoel dat je het eerste kwartier van een basketbalwedstrijd bent.

'Woodsie? Ben je er nog? Ik moet je nog iets anders vertellen.'

Ik hou mijn adem in, in de hoop dat hij me misschien een kruimeltje troost toewerpt.

'Ik heb mijn pr-mensen opdracht gegeven een persbericht te laten uitgaan waarin staat dat we niet meer samen zijn. Volgens mij is het voor ons allebei beter hier een punt achter te zetten. Vind je niet?'

Een rampweek: dag 5

Op de een of andere manier weet ik me mijn bed uit te hijsen en me tot een bezoek te dwingen dat ik al de hele week heb uitgesteld en waar ik niet meer onderuit kan. Een bezoek aan mijn accountant. Je zou me moeten zien: ik ben net een wandelend lijk. Letterlijk. Dood vanbinnen en dood vanbuiten. De hele weg ernaartoe kan ik alleen maar denken: *Als ik door die bus word overreden... zou het niet het ergste zijn wat kan gebeuren.* Gezien het tempo waarmee mijn leven zich momenteel voltrekt, zou het me niet verbazen als Satan me voor de poorten van de hel stond op te wachten met een fruitmand en een gratis gewaad.

Mijn accountant heet Judy, ze is weduwe en heeft vier zonen die ze in haar eentje door scholen en universiteiten loodst, en ik denk dat ze in haar hele leven nog nooit schulden heeft gehad. Volgens mij beseft ze dat ik me momenteel nog eens 150 meter onder het absolute dieptepunt bevind. Met als gevolg dat ze voor deze ene keer aardig tegen me is.

Ze vindt het vreselijk dat ik mijn huis uitgeknikkerd ben en komt zelfs niet met dat ene zinnetje op de proppen dat me tot waanzin gedreven zou hebben: 'Ik heb het je toch gezegd.' Daarna neemt Judy een vol uur lang alle, letterlijk alle misselijkmakende en duizelingwekkende posten van mijn creditcardafschriften door om uit te zoeken wat we van de belasting kunnen aftrekken en welke betalingen er nog eens boven op mijn andere leningen en torenhoge schulden komen. Ik vertel haar zelfs over de geheime Visa-kaart die ik al die tijd heb verzwegen. In dit stadium, op de rand van bankroet, maken die paar duizendjes extra ook niet meer uit. Maar zelfs in mijn verdoofde, verzwakte toestand voel ik haar kritische blik en er komen fragmenten van mijn vroegere uitspattingen bij me boven die me recht in mijn solar plexus raken.

Shopocalypse Now. Ik krijg de rekening gepresenteerd. Veni, vidi, Visa.

'De vijftiende van vorige maand, kristal van Louise Kennedy, € 485.'

Ik herinner het me. Zes prachtige champagneflûtes met lange stelen. Een cadeau voor Nathaniel en Eva, voor hun trouwdag. Tussen twee haakjes, ik heb Eva vanochtend nog gebeld om te vragen/dringend te verzoeken/te smeken me tijdelijk een dak boven mijn hoofd te bieden. Ze had niet eens het fatsoen om bezorgd te klinken; ze zei alleen dat ze besloten hadden om langer dan gepland met de kinderen in Marbella te blijven, en dat het dus geen goed idee was. Ze had trouwens Sam gesproken en wist dat we uit elkaar zijn. Wist het al voordat ik het wist, dat geef ik je op een briefje. En haar laatste woorden over dit onderwerp? 'Tja... weet je, we vinden het echt heel sneu, maar dit soort dingen gebeuren nu eenmaal. Jammer dat je nu niet meegaat met Pasen. Je bent zulk leuk gezelschap om mee op stap te gaan.'

Alsof ik een of andere clown ben die de boel moet vermaken. Maar hoe vaag en kleinerend haar woorden ook zijn, de onderliggende boodschap is zo helder als het peperdure kristal dat ik voor haar gekocht heb; Sam was hun vriend voordat ik in beeld kwam, dus ben ik degene die aan de dijk wordt gezet. Natuurlijk. Ik kan makkelijk gemist worden. In Eva's ogen. Ik zit aan de grond dus ik lig eruit.

De enige echte vriendin die in deze situatie iets voor me betekent is Emma. Voordat ik de kans had het te vragen, zei ze dat ik meer dan welkom was in haar flat in de stad. Zij is de enige die daadwerkelijk haar huis aanbood. Maar er kwam een kink in de kabel; omdat ze een paar maanden onbetaald verlof van Channel Six heeft en een paar weken bij haar ouders in Wexford gaat logeren, had ze haar flat al onderverhuurd voor ze van mijn, eh, huisvestingsprobleem wist. Toch leuk dat ze het aanbood. Het is meer dan andere mensen doen. Veel meer.

'Recapitulerend,' zegt accountant Judy – ze teut er maar

over door – ik zal de situatie met de afdeling Kredietcontrole van Visa bespreken. Je snapt wel dat je creditcard per direct opgezegd zal worden. Maar met een beetje geluk kunnen we voorkomen dat ze je overdragen aan de juridische afdeling.' Ze glimlacht naar me. Mijn god, ze denkt zeker dat dit me zal opbeuren. 'Dan zul je natuurlijk een verklaring moeten tekenen dat je akkoord gaat met een langlopende betalingsregeling,' voegt ze eraan toe.

'Een betalingsregeling?' zeg ik, en even veer ik uit mijn verdoofde, apathische toestand op. 'Ehhh... sorry, Judy, maar waar zou ik een betalingsregeling van moeten betalen? Ik heb geen cent.'

'Kom, kom, je hebt toch wel wat kostbaarheden die je kunt verkopen? Waar heb je in geïnvesteerd toen je nog verdiende? In schilderijen? Sieraden? Iets anders?'

Ik ben te zeer uit het veld geslagen om haar te vertellen dat ik alleen maar in tassen/schoenen/designerprullaria enzovoort geïnvesteerd heb. En in plaats van antwoord te geven concentreer ik me op het stukscheuren van de snotterige kleenex die op mijn schoot ligt, eerst in twee helften, dan in vieren, dan in achten, om maar niet in tranen uit te barsten. Niet nog eens.

'Jessie,' zegt ze zachtjes, 'je moet begrijpen dat ik je zo goed mogelijk probeer te helpen. Zeg het me alsjeblieft als ik nog iets voor je kan doen.'

'Je zou me geld voor de bus kunnen lenen.'

'Even serieus, graag.'

'Ik ben serieus.'

'Ik bedoelde: heb je geen bezittingen die ik voor je kan verkopen? Iets wat flink wat geld oplevert om je door deze situatie heen te helpen?'

Ik? Bezittingen? Heel even heb ik de neiging in lachen uit te barsten. Ik ben een 'leef nu, betaal later-typetje'.

'Jessie, ik vind het vreselijk, maar ik ben bang dat ik een onaangenaam onderwerp ter sprake moet brengen. Heeft je vader je helemaal niets nagelaten toen hij overleed?'

'Nee,' mompel ik mat. 'Arme pap, hij had niets om na te laten. Behalve het huis natuurlijk.'

Haar ogen beginnen te schitteren.

'Heeft hij je een huis nagelaten? Leg alsjeblieft uit!'

'Er valt niets uit te leggen. Papa heeft ons huis aan mijn stiefmoeder en mij nagelaten. Dat is alles.'

'Het huis waarin je opgegroeid bent?'

'Ja.'

'En het moest tussen jullie tweeën verdeeld worden?'

'Ehhh... ja.'

'Dus je bent al die tijd mede-eigenaar van een huis en je hebt me er nog nooit over verteld?'

Ik zweer het je, het lijkt wel of de ogen van die vrouw op het punt staan om als champagnekurken door de kamer te schieten. 'Is het verkocht? Wordt het verhuurd?'

'Nee, mijn stieffamilie woont er nog. Met z'n drieën. Maar ik heb niets met die mensen en zij niets met mij. Geloof me, deze regeling is voor ons allemaal het beste.'

'Maar je bent de wettige eigenaar van de helft van dat huis.'

'Judy, ik kan je niet helemaal volgen. Wat wil je dat ik doe? Die mensen op straat zetten en het huis onder hun kont verkopen? Ze zouden een huurmoordenaar op me af sturen. Je hebt geen idee wat voor lui het zijn; ze zouden me door mijn knieschijf laten schieten. Het is hun huis.'

'Je moet toch ergens wonen? Nou, de oplossing ligt voor de hand.'

Ik kijk haar een seconde aan, terwijl mijn mond, ik weet het zeker, dezelfde perfecte 'O' vormt als de kinderen in de reclame voor Ola-ijs.

'Jessie, welkom in de prachtige wereld van ik-heb-geen-keus.'

Zes

De volgende dag zingt de mantra 'Ik heb geen keus, ik heb geen keus. Ik. Heb. Geen. Keus' door mijn hoofd. Maar als ik niet in beweging kom, is de kans groot dat binnenkort mijn spullen in kartonnen dozen voor het veiligheidshek staan, de sloten zijn vervangen en er andere mensen in mijn huis wonen. Wat perfect in het terugkerende thema in mijn huidige leven zou passen: als je alles hebt, heb je alles te verliezen.

Het is zaterdag laat in de middag en ik lig nog in bed, als verlamd. Ik bid dat Sam op dit moment hetzelfde doet. Dat ook hij vanbinnen dood is. Wanhopig is. Mij mist. Bereid is zijn trots te overwinnen, de telefoon te pakken en me te smeken hem terug te nemen.

Sinds ons laatste, pijnlijke gesprek speel ik 'hard to get', wat betekent dat ik hem maar twaalf keer ge-sms't heb en acht keer zijn voicemail heb ingesproken. Per dag, welteverstaan.

De televisie is mijn enige vriend, en om redenen die je duidelijk zijn, ontwijk ik het nieuws en beperk ik me tot History Channel waar zeker niets zal worden uitgezonden wat me nog verder van streek maakt. Er verschijnt een reclameboodschap waarin Boeddha geciteerd wordt die zegt dat al het lijden voortkomt uit onvervulde verwachtingen. Ja, dat klinkt zeer aannemelijk. Dan hoor ik dat er beneden keihard en dringend op mijn voordeur gebonkt wordt. Mijn eerste impuls is het te negeren, maar dan denk ik opeens: *Stel dat het Sam is?* Dat hij daar staat met een enorme bos bloemen, dat hij een toespraak heeft voorbereid waarin hij zegt dat hij achterlijk bezig is geweest. Ik spring mijn bed uit alsof ik een shot adrenaline in mijn hart heb gekregen en vlieg naar beneden, in pyjama. Het is Sam natuurlijk niet. Het is de makelaar, geflankeerd door een echtpaar van middelbare leeftijd, die als bodyguards naast hem staan. Ze willen het huis zien. De makelaar is uiterst voorkomend en zegt dat hij het vreselijk vindt me te moeten storen, maar zijn boodschap is helder: ik dien de rest van de middag te verdwijnen zodat mensen die zich dit huis wél kunnen veroorloven het in alle rust kunnen bezichtigen.

Zodoende bevind ik mij een uur later in mijn oude buurtje in Whitehall, in het noorden van Dublin. Het is de eerste keer sinds mijn achttiende dat ik hier weer ben, elf jaar geleden was ik hier voor het laatst. Ik ben als de dood voor wat me te wachten staat en tegelijkertijd zo lamgeslagen door alle klappen die ik de afgelopen week heb moeten incasseren, dat het verlamde deel van mijn lichaam alle lichamelijke activiteiten overneemt; zoals over straat lopen en gesprekken voeren zonder in huilen uit te barsten. Hoe dan ook, de buurt waar ik vandaan kom is, zoals ik al eerder gezegd heb, bepaald niet chic. En voor zover ik kan zien is er weinig veranderd sinds ik hier ben weggegaan. Het is een volksbuurt uit de jaren vijftig die zo dicht bij de luchthaven ligt dat je de wielen in en uit de romp van de overvliegende vliegtuigen kunt zien gaan. Het lawaai is soms zo oorverdovend dat het lijkt alsof je aan het eind van een startbaan woont. Maar toevallig komt dat oorverdovende lawaai me nu goed uit. Zoals alles me goed uitkomt wat die dreinende dreun in mijn hoofd overstemt: *gedumptdakloowerkloos-gedumptdakloowerkloos... enzovoort, enzovoort, enzovoort,* herhaald tot aan braken toe.

Het huis staat aan het einde van een doodlopende straat. Als ik uit de bus stap, moet ik de beschamende tocht helemaal in mijn eentje, onbeschermd en vol in het zicht afleggen. Ik weet het, het lijkt wel of ik het over het Fallujahplein in Irak heb, en ik ben heus niet bang dat er gebroken flessen of andere projectielen naar mijn hoofd geslingerd worden. Nee, het zijn de kinderen voor wie je hier moet uitkijken. Het zijn complete wilden en hun wreedheid kent geen grenzen. En omdat het een warme, zachte avond is, zwermen ze als muggen rond. En ja hoor, aan de overkant van de straat zie ik een groepje kinderen met als leider een knul van een jaar of tien, het evenbeeld van die jongen uit *The Omen*. Ze zijn iemand aan het pesten, zo te zien een Jehova's getuige die de deuren langsgaat.

'Jij zegt dat de Heilige Maagd niet bestaat, jij zegt dat de Heilige Maagd niet bestaat!' roepen ze naar de arme ziel terwijl ze dicht achter hem aan lopen. Ik trek mijn baseballpetje verder over mijn voorhoofd, versnel mijn pas een beetje en houd mijn hoofd gebogen. Maar dan word ik gespot door een bejaarde buurvrouw die de heg aan het knippen is.

'Jessie Woods? Moeder Maria, ja, je bent het echt!'

Shit. Gesnapt. Door een buurvrouw die me al kent vanaf dat ik een baby was. Pech! 'O, hallo, Mrs. Foley.'

Oké, de show kan beginnen. Opgewonden begint Mrs. Foley te roepen naar een andere bejaarde die het koper van haar voordeur aan het poetsen is. 'Mrs. Brady? Kom eens kijken wie er is! Jessie Woods, in levenden lijve! Ze is terug!'

'Christene zielen, dat meen je niet,' zegt Mrs. Brady, terwijl ze haar handen voor haar borst slaat, haar voordeur verlaat en naar Mrs. Foleys voortuin waggelt.

Neeneeneeneeneenee, dit is nu precies wat ik had willen vermijden. In onze straat wordt het als onbeleefd beschouwd om je buren voorbij te lopen zonder minstens tien minuten over de meeste intieme details van je privéleven te kletsen. God, wat een verschil met het leven in Dalkey, waar mijn huis – sorry, mijn ex-huis – staat. In dat deel van de stad zou ik je niet eens kunnen vertellen wie mijn buren zijn. Iedereen woont achter hoge veiligheidshekken en behalve dat je af en toe een auto met vierwielaandrijving langs ziet scheuren, heb je geen idee wie er naast je woont. Er deden altijd geruchten de ronde dat Bono en Enya in de buurt woonden, maar niemand heeft ooit een glimp van hen opgevangen als ze een pak melk kochten, of krasloten of iets dergelijks. Die Southsiders zijn zo snobistisch als de pest; als je al eens iemand tegenkwam, bijvoorbeeld in de supermarkt, waren ze te beschaafd, te *sophisticated* en te zelfingenomen om er openlijk voor uit te komen dat ze me van tv kenden.

Maar daar ben ik nu van af.

'Wat erg wat er vorige week met je gebeurd is, Jessie,' zegt Mrs. Foley vriendelijk. 'Wat een trammelant om niks. Moesten ze je nu echt voor zoiets ontslaan? Alleen maar omdat je een gratis auto accepteerde?'

'Dat hebben ze gedaan, ja.'

'Ik heb het met eigen ogen gezien. Ze maakten het je hart-stikke moeilijk om nee te zeggen. Ze drongen die auto bijna aan je op.'

'Ja, dat deden ze inderdaad,' zeg ik, ontroerd en dank-baar.

'Nou, als je het mij vraagt, had je beter moeten nadenken, Jessie Woods,' zegt Mrs. Brady bits, alsof ik nog steeds het kind ben dat ze altijd standjes gaf omdat ik op het muurtje van haar voortuin zat en haar geraniums vernielde. 'Stom-me idioot die je bent. Je krijgt nog geen boterham voor niks, dat had elke onbenul op straat je kunnen vertellen. Je had moeten zeggen dat ze de pot op konden met die poenerige auto van ze, dan was je vanavond gewoon op tv geweest. In plaats van als een asielzoeker over straat te dolen.'

Ik was die kant van Mrs. Brady helemaal vergeten. Ze kan intens hatelijk zijn.

'Maar hoe moet het nou verder met je, schat?' vraagt Mrs. Foley. 'In de kranten staat dat niemand jou nog werk zal geven, arm ding.'

'Ehhh... Nou ja, ik hoop eigenlijk dat ik het even rustig aan kan doen, en gewoon, ehhh... kijken wat de mogelijk-heden zijn,' weet ik zwakjes uit te brengen.

De twee lijken niet erg overtuigd, dus probeer ik een an-der onderwerp aan te snijden.

'Hoe gaat het met Psycho, Mrs. Brady?' Psycho is haar zoon. Hij is van mijn leeftijd, we zaten samen op de basis-school en ik heb gehoord dat hij zijn tienerjaren grotendeels in de jeugdgevangenis heeft doorgebracht. Vanaf dat hij on-geveer drie was noemt iedereen hem Psycho. Ook zijn moe-der.

'O, het gaat fantastisch met hem, mop. Lief dat je naar hem vraagt.' Ze glimlacht trots en fleurt ineens op. 'Hij heeft morgen verlof, dus we geven een feestje voor hem. Als je er nog bent, moet je even langskomen. Hij was altijd stapel op je. En ik weet toevallig dat hij op dit moment single is.'

'Ehh, sorry... verlof?'

'Proefverlof. Als hij zich een beetje gedraagt, komt hij nog voor de zomer vrij. Godzijdank was het dit keer maar kort.'

Ik oh en ah over hoe geweldig dat is en wil net zeggen dat ik ervandoor ga als die groep kinderen, geleid door de *Omen*-jongen, me ziet staan.

Shit.

Nog geen tel later staan er zo'n acht kinderen om me heen die willen weten of ik 'die van tv' ben.

'Kom op!' zegt er eentje. 'Doe dat petje en die zonnebril af, dan kunnen we je gezicht zien,' zegt een ander, terwijl een derde, die niet ouder dan acht jaar kan zijn, een mobieltje tevoorschijn tovert en vlak voor m'n neus foto's begint te nemen.

'Want als je Jessie Woods bent,' zegt hij brutaal, 'e-mail ik ze naar de *Daily Star*. Misschien verdien ik er nog wat mee.'

Het is natuurlijk mijn eigen stomme schuld. Ik had eraan moeten denken dat je hier alleen in het pikkedonker veilig en pestvrij over straat kunt, bij voorkeur tussen twee en vijf uur 's nachts, als het een kinderloze zone is. Ze zouden een waarschuwingsbord moeten neerzetten.

'Laat die arme meid met rust, stelletje snotapen dat jullie zijn!' roept Mrs. Foley, hen met haar schort wegjagend. 'Hoe zouden jullie het vinden om de zak te krijgen en door je vent gedumpt te worden, en dat allemaal in één week?' Dan beseft ze dat ik pal naast haar sta. Ze slaat verschrikt haar hand voor haar mond. 'O, Jessie, lieverd, het spijt me. Ik hoop dat ik je niet gekwetst heb. Het is constant op het nieuws. Ze zeiden dat je niet meer met die knappe zakenman, hoe heet hij ook alweer, omgaat.'

'Stel je voor dat je aan de dijk wordt gezet en het eerste wat je ex doet is naar de kranten rennen,' sneert een derde buurvrouw die erbij is komen staan. Ze leunt op een bezem en haar permanentje is zo strak dat het lijkt alsof iemand een blik witte bonen in tomatensaus over haar hoofd gegoten heeft. Ik heb geen idee wie ze is, maar ze blijkt meer over mijn privéleven te weten dan ikzelf. Sam ook met zijn verdomde, zieke persbericht. Hij had me er al voor gewaarschuwd. 'Er een punt achter zetten' waren zijn woorden tijdens ons laatste, nachtmerrieachtige telefoongesprek, ik wist dus dat het onvermijdelijk was. Maar toch voelt het alsof iemand me recht in mijn maag trapt. Goed. Ik heb er genoeg van. Ik moet maken dat ik hier wegkom.

'Sorry, maar ik moet nu echt gaan...' zeg ik vermoeid in een poging te ontsnappen. Maar helaas.

'Je had met die Sam Hughes moeten trouwen toen je de kans had, Jessie,' merkt Mrs. Brady wijsneuzerig op. 'Dan had je er tenminste nog wat centen aan overgehouden. En als je een kind van hem had, zou hij zich wel twee keer bedenken voordat hij naar de pers rent om te vertellen dat het uit is tussen jullie. Dan zou je elke week alimentatie krijgen, en dat zou je goed kunnen gebruiken nu je werkloos bent...'

'Het geheim van een lang en gelukkig huwelijk,' zegt Witte-bonenhoofd, leunend op haar bezem, 'is dat de man schijtbang is voor zijn vrouw. Ze hebben alleen respect voor je als je ze in de tang hebt. Je bent vast veel te lief voor hem geweest, Jessie...'

Goed, nu trek ik het echt niet langer. 'Het spijt me dames, maar ik moet ervandoor.'

Ze staren me na alsof ik me onbeschoft gedraag door weg te lopen terwijl ze mij pareltjes van relatieadviezen toewerpen, maar het kan me niets meer schelen. Ik haal diep adem en loop onze kleine voortuin in. En val bijna om als ik zie in welke staat die verkeert. Her en der over het piepkleine stukje gras verspreid staan stenen beelden van engelen die op trompetten blazen. Terwijl ik er alles aan doe om bij de aanblik ervan niet te kokhalzen klop ik dapper op de voordeur.

En wacht.

En wacht nog langer.

Vanuit de tv-kamer klinkt er een hoop kabaal, gevolgd door een duidelijk hoorbare ruzie over wie er moet opstaan om naar de deur te lopen. Daarna duurt het nog eens een eeuw voordat de deur eindelijk wordt opengedaan. Door Joan, mijn stiefmoeder. Ze is gekleed, ik wou dat ik een geintje maakte, zoals Cher op haar Reunion Tour. Het is bijna eng hoe alles bij elkaar past; haar jurk is donkerpaars net als haar nagels, lippenstift en schoenen. En als klap op de vuurpijl een vleeskleurige panty. Ik zweer het je, je zou er niet dood in gevonden willen worden.

'Jessica!' roept ze met een geschokte, ijzige glimlach die zo verstard is dat ze wel een gebalsemde lijkt. O ja, zij is de enige persoon op het noordelijk halfrond die me Jessica noemt. 'Wat kom jij in godsnaam doen? Het is toch geen kerstavond?'

'Ehhh, ik heb toch gebeld om te zeggen dat ik langskwam, weet je dat niet meer, Joan? Ongeveer een uur geleden? Je zei dat ik na *Britain's Got Talent* en voor *American Idol* moest komen.'

Als je uit een ander gezin komt klinkt dit misschien vreselijk ongemanierd, maar deze mensen hebben hun leven helemaal rondom tv-programma's georganiseerd, in ieder geval in de tijd dat ik nog bij hen woonde. En dat is blijkbaar nog geen steek veranderd.

'O, heb ik dat gezegd? Ik moet echt maar eens dingen gaan opschrijven. Trouwens, ik heb een borrel nodig. Nou,' zegt ze snuivend, terwijl ze me aankijkt alsof ik zo welkom ben als een of andere schimmelziekte, 'nu je er toch bent, loop maar door naar de salon.'

Ik denk dat ze de tv-kamer bedoelt, wat de enige zitkamer in huis is, op het keukentje na. Typisch Joan om zo overdreven te doen. Het verbaast me eigenlijk dat ze het minuscule stukje gras in de voortuin met de belachelijke, potsierlijke engelenbeelden niet de meditatie- en bezinningsruimte noemt.

Ik ga dus naar binnen en word onmiddellijk getroffen door het bonte interieur. Totaal anders dan toen papa en ik er woonden. In de hal, een piepklein, donker, benauwd hokje, ligt nu een crèmekleurige vloerbedekking met motieven en het schreeuwerige behang is roze, blauw en groen gestippeld. Het geheel geeft me het gevoel alsof ik in een pot pillen opgesloten zit. Het is geen trendy, 'minder is meer'–minimalisme dat je hier aantreft, van smaak hebben ze hier zo te zien nooit gehoord. Joan ziet me met open mond naar de keuken staren, die zich vlak voor ons bevindt, en interpreteert mijn opengevallen onderkaak volkomen verkeerd.

'O ja,' zegt ze met een overdreven wuivend gebaar, ietwat opgefleurd. 'Je hebt de woonkeuken al opgemerkt. Chic, toch? Ik heb nieuw vinyl laten leggen in drop- en marshmallowkleuren.'

Wat in Joan-taal zwart-wit betekent. Dat klinkt misschien nog best smaakvol, maar stel je er felle, perzikkleurige nylon gordijnen bij voor waardoor je nauwelijks meer naar buiten kunt kijken, dikke vitrage en perzikkleurig gestreept behang en je snapt het. Allemachtig, het lijkt wel of er een Mississippi-stoomboot uit de tijd van Mark Twain in dit kleine keukentje is aangespoeld. Je bent de sigaar als je hier met een verschrikkelijke kater moet zitten. Misselijkmakend.

Rechts van ons is de tv-kamer, het zenuwcentrum van het huis. Het zou me niets verbazen als ze daar, om maar geen enkel tv-programma mis te lopen, ook eten, drinken en slapen. Joan zwaait de deur van de tv-kamer open en zegt: 'Meiden! Afhaalmaaltijden opeten en denk om je taal want we hebben bezoek.' Ik loop achter haar aan. De poort naar de hel. God sta me bij.

'Niet te geloven,' zegt Maggie, mij met haar harde, uitdrukkingsloze, grijze ogen aankijkend. 'Kijk nou wie er op weg naar de uitkeringsinstantie verdwaald is.'

Zo is Maggie, ze doet altijd alsof ze een solo-optreden in een kerstspecial van Morecambe and Wise heeft.

'Wat kom jij verdomme doen?' verwelkomt Sharon me verbaasd. 'En wat zie je eruit, zeg! Jezus, het lijkt wel of je kunstmatig in leven gehouden wordt.'

'Bedankt voor het gebruikelijke warme, hartelijke onthaal,' kaats ik terug. De aanval is de beste verdediging bij mijn stiefzussen, heb ik lang, heel lang geleden geleerd.

Het is elf jaar geleden dat ik voor het laatst in deze kamer was en het verbaast me hoe weinig er veranderd is. Je zou ze moeten zien, die twee. De Borgia's als ze hun dag niet hebben. Ze verroeren geen vin wanneer ik binnenkom, maar lethargie is altijd al het thema in dit huis geweest. Maggie ligt languit op de stoel die kennelijk nog steeds haar favoriet is, recht voor de tv, met een blikje cider in haar ene hand en een vork met Indiase curry in de andere. Als het eraf pulken van lipjes van blikjes een erkende olympische sport was, zou ik zeggen: 'Tadáá... Mag ik u aan de kampioen voorstellen.'

Nu ik haar goed bekijk, vallen me twee dingen op: heeft die meid ooit een trainingspak gezien dat ze niet leuk vond? Het exemplaar waarin ze zich vandaag heeft gehesen is Hubba Bubba-roze en is zo mierzoet dat geen meisje boven de acht er zich bij in de buurt zou wagen. Ten tweede valt me op dat ze in hondenjaren veroudert. Maggie is drieëndertig, maar ze zou zo voor twintig jaar ouder kunnen doorgaan; het onwillige, pluizige haar is nu bijna helemaal grijs en wat erger is, het lijkt haar niets te kunnen schelen. Bovendien – ik zou niet weten hoe ik dit politiek correct en subtiel onder woorden kan brengen – zijn zij en Sharon gróót. Benen als boomstammen en een nek met dezelfde omvang als mijn taille. Het is een gemene gedachte, maar ik weet nog dat ik me als kind afvroeg wie hun biologische vader geweest moest zijn. Een of andere kermisidioot misschien?

Naast Maggie ligt Sharon er op de bank bij alsof ze gedrogeerd is, op haar buik balanceert een *Cosmo* die op de quizpagina openligt. 'Is je vriend een watje of een schatje?' Ze is nog in haar bruine, wollen uniform van Smiley Burger, waar ze werkt als 'voedselbereidings- en hygiënemanager' (vraag me niet wat het inhoudt). Op haar revers prijkt een grote, ronde badge waarop staat: HOI! IK BEN SHARON EN IK BEN ER VOOR U! Dat zo'n goedkoop plastic dingetje zoveel ironie kan bevatten.

Hoe dan ook, in tegenstelling tot Maggie was Sharon zich in elk geval altijd bewust van het rechtstreekse verband tussen de hoeveelheid voedsel die ze naar binnen propte en de omvang van haar achterwerk. Toen ik hier nog woonde, was zij zo iemand die altijd en eeuwig op dieet is, maar geen grammetje aankomt of afvalt. En opnieuw denk ik: *plus ça change, plus c'est la même chose*. Ik vermoed dat ze weer een of ander spoeddieet volgt gezien de magere Smiley Caesarsalade met kip die ze naar binnen werkt. Maggie is bezig het laatste beetje van haar Indiase curry rechtstreeks uit de aluminium bak naar binnen te schrokken, alsof ze door zo min mogelijk gebruik te maken van keukengerei haar eten sneller naar binnen kan stouwen. Mijn hemel, het valt me nog mee dat ze met een vork eet.

Sharon en Maggie zijn wat je een 'Ierse tweeling' noemt; ze schelen maar een jaar in leeftijd. Maar Sharon is het wel gelukt om er als een vrouw van begin dertig uit te zien en dat komt voornamelijk omdat ze haar uiterlijk niet door grijs haar laat verknallen. Althans, tot nu toe niet. Maar haar haar is in zo'n bizar model geknipt dat het eruitziet alsof ze solliciteert naar de rol van Jane Fonda in *Klute*.

Er is nog iets wat me opvalt; op het salontafeltje ligt de zaterdagbijlage van de krant opengeslagen op zo'n 'what's hot/what's not'-pagina. Drie keer raden in welke categorie ik val. De schoften.

Maar ja, dit is geen gezelligheidsbezoek, ik zal nu echt moeten zeggen waarvoor ik gekomen ben en er dan als een gek vandoor gaan voor de wet van de jungle in werking treedt en we elkaar allemaal naar de strot vliegen. Ik plof neer op het puntje van de bank en zet de tv uit, omdat dat de enige manier is om hun aandacht te krijgen.

'Als je leven je lief is,' snauwt Maggie me toe, met genoeg venijn om een stad te vernietigen, 'zet je die tv weer aan. Ik was aan het kijken.'

'Er was reclame,' zeg ik beleefd glimlachend.

'Iets drinken?' vraagt Joan, in een poging de spanning te temperen die van de muren afketst als ionen voor een elektrische ontlading. 'Meiden, kan een van jullie even een blik Bulmers voor je zus uit de koelkast halen.'

'Ze is onze zus niet,' zeggen de twee bits. Ze gaan beiden achteroverzitten en steken tegelijkertijd een peuk op, het gaat zo synchroon dat je het niet zou kunnen instuderen.

'Trouwens,' zegt Sharon, een en al dapperheid en flinkheid omdat ze Maggie naast zich heeft voor morele steun, 'als Hare Majesteit iets wil drinken kan ze zelf met dat magere kontje van haar opstaan om het te halen.'

'Ik drink eigenlijk geen cider,' zeg ik tegen Joan, terwijl ik probeer niet te denken aan Pattie en Selma van *The Simpsons*. Ik ben niet van plan me te laten kisten. Ik doe gewoon wat ik altijd doe als ik in hun gezelschap verkeer. Ik laat mijn stem tot het laagste register zakken en blijf rustig. Het is ook de beste manier om ze op de kast te krijgen.

'Maar als je wijn hebt, lust ik graag een glaasje, Joan.'

Verdomme, alcohol is het enige wat me hier doorheen kan helpen. Joan verdwijnt naar de keuken, en op het moment dat ze de deur uit loopt, beginnen Maggie en Sharon me na te bauwen, als een stel pestkoppen op het schoolplein. 'O, ik drink geen cider... Daar voel ik me te goed voor.'

Ik was helemaal vergeten dat ze zo vreselijk kunnen zijn. Lieve help, hoe heb ik dit kunnen doen? Ik lijk wel gek, maar dan schieten de kwellende woorden van mijn accountant me weer te binnen. *Ik. Heb. Geen. Keus.* Trouwens, dit was mijn huis lang voordat de Addams family er introk en de boel overnam. Papa heeft dit huis gekocht, mama is hier gestorven, ik ben hier opgegroeid. Wettelijk is de helft van mij. Ik heb geen keus, dus de anderen ook niet.

Joan komt op haar palen van hakken met een fles chardonnay binnenwankelen, de wijn die ik van de hele wereld het minst lekker vind, maar ik zal het ermee moeten doen. Dan schenkt ze mij een bodempje in en voor haarzelf vult ze een glas tot de rand.

'Wijn met een kurk?' mompelt Maggie. 'Wat krijgen we nou, het is toch geen kerst?'

'Dank je,' zeg ik, het glas van Joan aanpakkend. 'Wil je nu alsjeblieft gaan zitten?'

'Ik zou wel willen! Maar ik ga vanavond uit en deze rok kreukt als ik zit. Ik zie er trouwens dunner uit als ik sta, en bovendien kan mijn corrigerende heupslip mijn bloedcirculatie dan niet afknellen.'

Ook goed. Ik neem een flinke slok en begin mijn half voorbereide speech af te steken. 'Oké, ik heb jullie iets te zeggen, dus misschien zouden jullie even naar me willen luisteren. Jullie weten vast, de hele wereld lijkt het te weten, dat ik een rotweek achter de rug heb.'

'O, ik snap het al,' zegt Maggie, heeeeeeeel langzaam. Akelig langzaam, terwijl ze de krant waar mijn naam over de volle breedte gedrukt staat naar me toegooit. 'Zou dit er misschien iets mee te maken kunnen hebben dat Hare Majesteit zich verwaardigt ons vandaag met een bezoek te vereren?'

Maar ik zit midden in mijn betoog en ben niet van plan me iets van haar hatelijkheden aan te trekken.

'Ik heb een foutje gemaakt op mijn werk en ben mijn baan kwijt...'

'Noem je dat een "foutje"?' vraagt Sharon grijnzend, zo hard aan haar sigaret zuigend dat het lijkt alsof ze de rook tot in haar tenen inhaleert. 'Je had die auto gewoon aan moeten nemen en ervandoor moeten gaan, sukkel die je bent. Voor zo'n Merc kun je op de zwarte markt makkelijk tachtigduizend pond krijgen.'

'Hmm,' zegt Maggie nuchter. 'Was er maar een remedie tegen alle lulkoek die je uitkraamt.'

Het is alsof ze precies weten waarom ik hier ben en me willen pesten zoals uitgehongerde rottweilers een jong katje treiteren vlak voordat ze het doodbijten. Ik zal dus maar meteen zeggen waar het op staat. Des te eerder ben ik ervan af. 'Ik ben mijn huis kwijt en ik kom hier wonen tot ik een andere baan heb en mijn leven weer op orde is. Geloof me, het is voor mij net zo vervelend als voor jullie, maar het gaat gebeuren, of jullie het ermee eens zijn of niet.'

IJzige stilte.

Dan breekt plotseling de spanning die in de kamer hing los en beginnen ze allemaal door elkaar heen te schreeuwen.

'Wat hebben wij ermee te maken?' vraagt Maggie. 'Je gaat maar naar een van die beroemde vrienden van je. Hoe spel je "beroemd" als je Jessie Woods heet? O, ik weet het al, L.O.S.E.R. Of je gaat naar je vriend. O, wacht eens even, ik was even vergeten dat je geen vriend hebt. Niet meer, tenminste. Oeps. Wat ben ik toch dom.'

Au, dat doet pijn. Die opmerking kwetst me, zoals Maggies opmerkingen me altijd al kwetsen. Ondertussen lacht Sharon zo hard dat de cider uit haar neus komt.

'Wat een goeie!' roep ze aanstellerig naar Maggie, terwijl

ze een papieren servetje van Smiley Burger van tafel grist en haar gezicht ermee afveegt.

'Bedankt, copyrights: Maggie Woods.'

Mijn god, wat ben ik veel van die twee vergeten. Om te beginnen dat Maggie het gemeenste, hardste karakter heeft en dat Sharon, die ietsje zachter is, haar steevast volgt. Maar de kunst is nooit, maar dan ook nooit op hen te reageren. Ik sla dus nog een slok van die smerige wijn achterover, staar hen aan en wacht wie er als eerste met zijn ogen knippert.

'Het spijt me vreselijk dat ik hier een stokje voor moet steken,' zegt Joan paniekerig, 'maar het komt niet uit. 'We krijgen... ehh... logés... ehh... uit Canada. Ze blijven... drie maanden.'

'Tja, dan zullen we allemaal een beetje in moeten schikken, toch?' zeg ik vastberaden. Joan kon altijd al slecht liegen.

'Je kunt hier niet komen wonen! Het is óns huis!' blaft Sharon.

'Officieel niet. De helft is van mij. Mijn vader heeft de helft aan Joan en de helft aan mij nagelaten en het huis staat op mijn naam.'

'Neem me niet kwalijk, Hare Majesteit, maar is het nog nooit bij je opgekomen dat we elkaar niet mogen? Ik bedoel, je zit hier nu wel, je drinkt van onze wijn, maar je kijkt op ons neer alsof we een stel holbewoners zijn.'

'Helemaal niet! Trouwens jullie kijken naar mij alsof jullie me willen laten deporteren.'

'Ze kan hier niet komen wonen, punt uit. Er is trouwens niet eens een kamer voor haar,' zegt Sharon triomfantelijk tegen de andere twee, mij compleet negerend. Alsof de chardonnay me plotseling onzichtbaar heeft gemaakt.

'We hebben maar drie slaapkamers en ik denk niet dat een van ons een kamer met haar wil delen.'

'Nou, dan slaap ik wel op de bank. Geen probleem.' Grappig, hoe meer ze protesteren, hoe meer ik mijn hakken in het zand zet, want dat is de beste manier om hen nog nijdiger te maken.

'Ik snap niet waarom je niet naar een hotel gaat tot je je zaakjes geregeld hebt,' zegt Joan, de woorden bijna uitspugend. 'Dat is een stuk makkelijker en voor iedereen minder stressvol.'

'Moet ik het voor je spellen? Ik ben B.L.U.T.'

'Wacht eens even,' zegt Maggie, terwijl ze als een sumoworstelaar in gevechtshouding vooroverleunt. 'Ik vind het vreselijk om spelbreker te zijn, maar sinds de gelukkige dag dat je oplazerde, betalen wij samen de hypotheek. Zelfs ma, terwijl zij parttime werkt. We delen alle rekeningen en we betalen ons eigen eten, drinken en sigaretten.'

'Nou, en?'

'Hoe wil je jouw deel dan betalen als je geen baan hebt? Als je soms dacht dat wij je gaan onderhouden, heb je het goed mis.'

Shit. Daar had ik helemaal niet aan gedacht.

Er valt weer een stilte, en terwijl ik het chardonnaybocht achteroversla, pijnig ik mijn hersenen om hier iets op te verzinnen.

Uiteindelijk neemt Sharon het woord. 'Ik heb een idee.' We draaien ons allemaal naar haar toe, en nu begint zelfs mijn achterwerk te zweten. 'Als Jessie geen bijdrage kan leveren aan de rekeningen en alles, dan kan ze misschien in plaats daarvan de huishouding doen. Stel je voor dat als we van ons werk thuiskomen alle was gedaan is...'

'Dat alle boodschappen in huis zijn...' zegt Maggie langzaam, met een duivelse blik in haar kille grijze ogen.

'Dat er eten voor ons gekookt is en we het opgediend krijgen...'

'Dat zij na het eten afwast, niet wij...'

'Dat alles gestreken is. Ik haat strijken...'

'Dat de tuin er onberispelijk uitziet...'

'Dat het net lijkt of we een au pair hebben, maar dan zonder het gezeik van kinderen...'

'Een au pair die we geen cent hoeven te betalen...'

'Oké, Cinderella Rockefeller,' zegt Maggie, met een vernietigende blik in haar ogen en spinazie tussen haar tanden. 'Als dat is wat je wilt, kun je bij ons intrekken. Kom maar zodra je zin hebt.'

Ik maak me zo snel mogelijk uit de voeten. En als ik de voordeur achter me dichtsla, zou ik zweren dat ik ze hoor gillen van de lach.

Zeven

Zondag

Inpakken is een nachtmerrie. Wanneer ik iets pak om in een koffer te gooien, herinner ik me precies waar ik was toen ik het kocht: tijd, datum en plaats, alles. Dan barst ik in snikken uit, probeer Sam weer te bellen en laat ten slotte een paar voicemails voor hem achter. Wat kan mij het schelen. Als ik toch de gestoorde ex uithang, dan maar voluit. Maar al mijn wanhopige, smekende sms'jes worden genegeerd. Natuurlijk, wat had ik in dit stadium anders verwacht?

Tot nu toe heb ik alleen drie slipjes en een oude deodorant ingepakt. Ik ben nu officieel een wrak.

Zondagnacht

Doe geen oog dicht. Ik vraag me af hoelang het duurt voordat ik uit mijn huis gezet word en terug moet naar Whitehall, beter bekend als de academie voor emotionele leegte. Een week, misschien minder? Maar misschien vindt het echtpaar van gisteren het huis geweldig en willen ze over een paar dagen verhuizen, zodat ze mij hier ronddwalend aantreffen als die krankzinnige vrouw op zolder uit *Jane Eyre*. Dan bekruipt me een nieuwe zorg; stel dat de makelaar me voor het gerecht daagt omdat ik niet snel genoeg weg ben?

Ik zie een nachtmerrieachtig beeld voor me van mezelf in de beklaagdenbank, met handboeien om en in een lichtgevende oranje overall, smekend om genade, zoals in een rechtszaalthriller. Goed. Moet gaan pakken. Moet wegwezen hier. Heb. Geen. Keus. In blinde paniek spring ik uit bed, doe het licht aan en begin spullen die op de toilettafel verspreid liggen in een koffer op de grond te gooien. Maar dan kom ik een oude zwart-witfoto tegen van mijn vader en moeder die op hun trouwdag is genomen en ik begin weer te grienen. Gelukkig kunnen ze niet zien wat een mislukkeling ik geworden ben.

Nee, bij nader inzien is pakken een slecht idee. Twaalf uur slapen is veel beter.

Maandagochtend

Na vijf pogingen neemt Eva eindelijk haar telefoon op. Ja, ze heeft Sam gezien afgelopen weekend, geeft ze met tegenzin toe, maar voordat ik de kans krijg verder te vragen, begint een van haar kinderen te janken en doet ze wat alleen moeders kunnen maken: ze hangt op zonder gedag te zeggen.

Maar misschien zei ze dat alleen maar om van me af te zijn. Misschien was het wel een bandje dat ze bij de hand had voor het geval ik zou bellen. Mijn god. Dat is ook iets wat je krijgt als je gedumpt wordt en mensen je buitensluiten. Je wordt ongelooflijk paranoïde.

Maandagavond
De makelaar belt. Die knul die amper de baard in de keel
heeft. 'Slecht nieuws,' zegt hij. 'Je hebt tot donderdag de tijd
om je spullen te pakken.'

Drie dagen?! 'Onmogelijk,' zeg ik. 'Ik heb hier twee jaar
gewoond, je kunt toch niet verwachten dat ik in drie armzalige dagen twee jaar van mijn leven kan inpakken?'

'Het is al heel mild dat we je tot donderdag de tijd geven,'
zegt hij, plotseling heel mannelijk en assertief. 'En als je niet
op tijd weg bent, zijn we genoodzaakt...'

Ik wacht de rest van de zin niet af.

Ben momenteel niet in de stemming voor dreigementen.

Maandagnacht
Ik vind het een onverdraaglijke gedachte dat niemand, maar
dan ook niemand me komt helpen bij de herculische klus
mijn hele leven in drie schamele, miserabele dagen in te pakken. Geen mens. Sam? Dacht het niet. Eva en Nathaniel?
Laat me niet lachen. Emma zou me helpen, dat weet ik
zeker. Als zij hier zou zijn, zou ze al mijn spullen in keurig
geëtiketteerde kartonnen dozen pakken en thee voor me
zetten, die engel. Maar ze blijft minstens tot het eind van de
maand weg. Er is geen dag voorbijgegaan dat ik niets van
haar hoor; ze spreekt opgewekte, positieve boodschappen
in op mijn voicemail en stuurt sms'jes om te zeggen dat het
allemaal goed komt en dat ik er ooit overheen kom. Lulkoek natuurlijk, maar ik waardeer het idee.

Nog steeds is het verschrikkelijk te bedenken dat, op één
uitzondering na, de mensen die ik nog geen twee weken geleden tot mijn liefste vrienden zou hebben gerekend niet alleen geen vinger uitsteken om me te helpen, maar zelfs mijn

telefoontjes niet beantwoorden. Ongelooflijk. Het is niet te bevatten, zoals zoveel de laatste tijd in mijn leven. De rest van de avond vraag ik me af waarom ze eigenlijk met me omgingen. Ik snap het niet. Het enige wat Sam, Nathaniel en Eva met elkaar gemeen hebben is geld; grote, bodemloze, tot de rand toe gevulde bakken met geld. Oké, ik wilde zo graag tot hun exclusieve, besloten clubje behoren dat ik me in duizend bochten heb moeten wringen om met hen mee te kunnen doen, en ik ben daarbij langzamerhand alle gevoel voor redelijkheid kwijtgeraakt. Dat begrijp ik zelfs, in de wanhopige staat waarin ik verkeer. En het allerergste is dat ik denk dat ze me vooral interessant vonden omdat ik 'iemand van de tv' was, en het doet me pijn dat dat misschien ook voor Sam gegolden heeft.

Net als het deurtje in de muur dat Alice in Wonderland naar een wonderbaarlijke wereld leidde, heeft roem deuren voor mij geopend; een wereld van vijfsterrenhotels, businessclassvluchten, fantastische Michelinsterren-restaurants, *la dolce vita*. Alles waar ik altijd naar verlangd had, werd me plotseling op een presenteerblaadje aangereikt. Maar toen stortte het kaartenhuis in, en was alles voorbij. Alsof ik per ongeluk een viproom binnengelopen was en ze me ieder moment de deur konden wijzen. Ik heb een pot met goud nagejaagd die wel glansde, maar geen inhoud had en ik heb er niets aan overgehouden dan schulden, waar ik waarschijnlijk de rest van mijn leven mee opgescheept zal zitten.

Dinsdagochtend
Ben uiteindelijk met *Sky News* op de achtergrond weggedoezeld, en kon mijn ogen niet geloven toen het 10.30 uur 's ochtends bleek te zijn toen ik wakker werd. Dat betekent

dat de mij toegekende tijd tot minder dan twee dagen is ge-reduceerd. In een ongewone explosie van energie spring ik mijn bed uit, ren de trap af naar de keuken, zet een kop ster-ke koffie en sjees weer naar boven om Operatie Pakken te starten.

Het mag dan wel al laat op de dag zijn, denk ik terwijl ik mijn best doe positief te zijn, maar het moet te doen zijn. Ik ben tenslotte de vrouw die ooit voor de tv-show in een op-leidingskamp voor mariniers à la private Benjamin heeft ge-zeten en het zelfs kan navertellen. Als ik het aankan om met een lege maag achttien uur per dag intensief te trainen als het ook nog eens drie graden vriest, mag het inpakken van wat spulletjes geen probleem zijn, toch?

Iets anders dat in mijn voordeel werkt is dat ik dit huis gemeubileerd gehuurd heb, inclusief alle keukenapparaten, noem maar op. Wat ik moet inpakken zijn... gewoon spul-len. Kleren, schoenen, boeken, dvd's, cd's, dat soort dingen.

Een fluitje van een cent eigenlijk.

Twintig minuten later
Ogodogodogodogodo-god! Ik heb een boek gevonden dat Sam me twee jaar geleden voor mijn verjaardag heeft gege-ven. Een eerste uitgave van Margaret Mitchells *Gejaagd door de wind,* het boek dat ik zou meenemen naar een onbewoond eiland, mijn lievelingsboek. Er staat in geschreven: 'Voor Woodsie. Ik weet dat we altijd bij elkaar zullen blijven. Sx.' Sam ondertekent altijd zo. Alsof hij eigenlijk niet genoeg tijd heeft alle drie de letters van zijn naam te schrijven. Ik stort mezelf in een nieuwe huilbui en dit keer denk ik echt dat mijn hart breekt.

Twaalf uur 's middags

Oké, ik ben nu zover dat ik accepteer dat ik het niet zal redden zonder krankzinnig te worden, dus het plan is nu om te pakken en tegelijkertijd te janken, met voortdurend een doos kleenex bij de hand. Geloof me, het is makkelijker gezegd dan gedaan.

Ik gooi allerlei make-up en gezichtscrèmes van mijn toilettafel in een tas op wieltjes terwijl ik in mijn hoofd snelle berekeningen maak en erachter kom dat de vochtinbrengende crème en nachtcrème van La Prairie me alleen al zo'n € 400 hebben gekost. En dat is exclusief de Crème de la Mer-oogcrème, waar ik niet minder dan € 165 voor heb neergelegd en die ik maar één keer heb gebruikt omdat ik er vlekjes van kreeg.

Ik denk dat ik even moet gaan liggen. Hoewel ik eigenlijk geen tijd heb te zwelgen in zelfverwijt over de enorme sommen geld die ik verspild heb. Dat kan ik beter bewaren voor Whitehall, als ik gekluisterd ben aan de bank en bang ben dat Maggie en Sharon midden in de nacht naar beneden sluipen om me in mijn slaap dood te steken.

Goed dan. Ik loop naar mijn kledingkast en besef tot mijn afgrijzen dat ik niet minder dan twintig spijkerbroeken heb... twintig! Waar was ik in Donatella Versaces naam mee bezig? De meeste zien er nog precies hetzelfde uit ook. Ze verdwijnen in mijn koffers en zodra ik ruimte tekortkom, gooi ik die broeken en een lading andere spullen in zwarte plastic vuilniszakken. Dan zijn mijn avondjurken aan de beurt. Ze zijn mooi, zo mooi dat ik me het liefst op mijn knieën zou werpen en ze vol ontzag om hun schoonheid zou willen bewonderen.

Een idee: misschien is er een of andere tweedehandswin-

kel die dit soort kleding koopt, dat zou mij wat geld opleveren. Ik zou ze ook anoniem op eBay kunnen verpatsen.
Dan, het lijkt wel een wonder, vind ik drie truitjes, twee rok-
ken en een spiksplinternieuwe winterjas, waar de prijsjes
nog aan zitten. Dat komt mooi uit. Die kan ik zo naar de
winkel terugbrengen, toch? Dan krijg ik mijn geld terug.
Fantastisch! Ik pak de telefoon van mijn bed en bel de klan-
tenservice van Brown Thomas. Nee, zegt de verkoopster
heel beleefd, sorry, maar er wordt geen geld teruggegeven,
alleen tegoedbonnen. Ik zit dus met bijna € 980 aan tegoedbonnen, maar heb niet genoeg geld voor een taxi om mijn
spullen naar Whitehall te vervoeren.

Opnieuw een paniekaanval. Daar heb ik nog niet aan gedacht. Ik heb geen rooie cent, hoe sleep ik een berg koffers
en vuilniszakken als een zwerfster helemaal naar het Ham-
mer House of Horror? Paniek, paniek, paniek.

Net op dat moment gaat mijn mobiel. Ik maak een snoek-
duik over het bed, voor het geval het Sam is. Maar natuurlijk is hij het niet. Het is Joan, of all people. Ze vraagt zich
af wanneer ze me precies kunnen verwachten. En of ze een
huissleutel voor me zal laten bijmaken. Ze is zo hulpvaardig
en vriendelijk dat ik haar naam blijf herhalen om te checken of het inderdaad Joan is. Als ik zeg dat ik donderdag
mijn huis uit moet zijn, biedt ze zelfs aan me met de auto te
komen ophalen om mijn spullen te verhuizen.

Nou, nou, denk ik, en terwijl ik ophang valt mijn oog op de
foto van mijn vader en moeder die op mijn toilettafel ligt. Misschien hebben zij vanuit het hiernamaals voor dit kleine wonder gezorgd. Ik ga met frisse moed verder met pakken, verbaasd over hoe spectaculair ik me in mensen kan vergissen.

Halfdrie

Joan komt wat laat, maar wie ben ik om te klagen over het enige fatsoenlijke schepsel dat aanbiedt me te helpen nu ik het zo moeilijk heb? Ze marcheert naar binnen, uitgedost in een felgekleurde bloemetjesjurk en met bijpassende accessoires, schoenen, tas, alles. Maar waarom verbaast me dat? Dat is typisch Joan. Alles is altijd op elkaar afgestemd.

Ze bekijkt vanaf het moment dat ze binnen is klikklakkend op haar hakken het huis als een Japanse toerist in de Sixtijnse Kapel en vraagt of ze even mag rondneuzen. Ik zeg ja, natuurlijk, en bied haar een kop koffie aan. Ze loopt met me mee naar de keuken en daar kijken we elkaar aan, maar we hebben beiden niets te zeggen. Het grappige is dat nu we hier met z'n tweetjes zijn, ik haar van alles wil vertellen. Want misschien heb ik me al die jaren wel in haar vergist en is ze, nu ik totaal in de put zit, een soort beschermengel die me door deze verschrikkelijke, afschuwelijke tijd heen zal helpen.

Stel dat het me na al die jaren dat ik haar verfoeid heb, nu op de rijpe, volwassen leeftijd van negenentwintig lukt om een soort functionele, goed werkende relatie met haar op te bouwen? In mijn jeugd koesterde ik de normale wrok van een kind tegen een surrogaatouder. Joan koos steevast in al mijn ruzies met Maggie en Sharon hun kant. Bovendien nam ik het haar kwalijk dat ze de plaats probeerde in te nemen van mijn moeder, een vrouw aan wie ze niet kon tippen.

Maggie en Sharon waren openlijk gemeen tegen me, maar Joan was ronduit... ijskoud. IJzig. Ik weet nog dat ze me, toen ik een jaar of elf was, in een heel groot warenhuis kwijt was geraakt, en terwijl ik de hele tijd doodsbang was dat ik door een of andere engerd gekidnapt zou worden, liet het

voorval haar koud. Ik weet nog goed dat de veiligheids-
agent me, wit weggetrokken en bang, op de cosmetica-af-
deling vond en naar Joan terugbracht. De arme man keek
alsof hij overwoog een of andere hulpverleningsinstantie te
bellen. Wat moet hij wel gedacht hebben? Ze was niet ongerust toen ik kwijt was en ook niet opgelucht dat ik terecht
was. Het deed haar niets. Maar ja, sommige vrouwen zijn
nu eenmaal niet geschikt voor het moederschap. En nog in
geen duizend jaar zou ik tegen mijn vader klagen; hij had al
genoeg op zijn bordje en het laatste wat ik wilde was daar
iets aan toevoegen.

Met Joan in de buurt was het onmogelijk om als tiener te
rebelleren. Wanneer ik languit naast haar op de bank lag en
de ene Marlboro light na de andere opstak, vertrok ze geen
spier. Als je stomdronken door het huis wankelde, was haar
enige zorg of je aan haar voorraad chardonnay was geweest. En als je besloot dat je voortaan op hamburgers en
patat wilde leven, was dat in Joan-land geen probleem.

Omdat mijn arme vader altijd in de kroeg aan het werk
was, was zij eigenlijk de enige gezagdrager in mijn leven.
Mijn tienerrebellie bestond daarom voornamelijk uit gezond
eten en vitamines binnenkrijgen. Terwijl mijn klasgenootjes
jaloers waren dat ik nooit huiswerk hoefde te maken en de
hele avond McDonald's etend tv mocht kijken als ik dat
wilde, stond ik in de keuken sla te wassen en wortelsap te
maken.

En nu zit ze hier na al die jaren op een barkruk in mijn
keuken; oké, misschien niet erg spraakzaam of hartelijk
– Joan doet niet aan hartelijkheid – maar ze staat aan mijn
kant en ze is hier tenminste. Dat is meer dan sommige mensen doen.

Ik zet koffie met het fancy cappuccinoapparaat dat ik waarschijnlijk voor de laatste keer gebruik (het hoorde, net als zoveel spullen, bij het huis) en ik vraag of ze een rondleiding wil. Voor het eerst sinds haar komst zie ik iets van enthousiasme in haar blik, dus daar gaan we, ik nog in pyjama en ochtendjas, zij een en al nieuwsgierigheid. Ze bekijkt het huis zo uitgebreid dat je bijna zou denken dat ze er een bod op gaat uitbrengen. Ik besef dat ze misschien alleen maar gekomen is om te zien waar ik woon. Maar ik ben de laatste die zal klagen, dat begrijp je.

We beginnen in de enorme hal, en plotseling zie ik het huis door de ogen van een ander. Ik denk dat ik nooit gewaardeerd heb hoe mooi het hier eigenlijk is. Pas nu ik er uitgegooid word, zie ik het. Ik kan niet geloven dat ik ooit heb afgegeven op de roze marmeren vloer; nu zie ik hoe chic en smaakvol het is. En de Dorische zuilen die zo elegant de toegang naar de andere kamers opluisteren – adembenemend. Mijn god, ik verdien het gewoon om eruit geknikkerd te worden, ik heb deze fabuleuze villa nooit de liefde en aandacht geschonken die ze verdiende.

Joan schudt me wakker uit mijn mijmeringen. 'Zijn er hier wel eens beroemdheden over de vloer geweest?'

Ik realiseer me dat ze helemaal hiernaartoe is gekomen om me te helpen, deze vrouw bewijst me een gigantische dienst, dus ik kan haar op z'n minst vertellen wat ze wil horen. Ja, antwoord ik. Massa's. Een heel bekende actrice stond eens precies op deze plek te zoenen met een topadvocaat, die erg getrouwd was. En een knul uit een boyband heeft ooit een lijntje coke gesnoven van deze tafel en daarna in de klimop die buiten bij het trappetje groeit gekotst. En toen ik een keer naar boven ging tijdens een feestje heb ik een bekend fotomodel op heterdaad betrapt met een vriend van Sam, een projectontwikkelaar, van wie de vrouw thuis op hun baby van vier weken paste.

Het is maar goed dat deze muren niet kunnen praten, want de laatste dagen van Sodom en Gomorra zouden in het niet vallen bij de praktijken die hier hebben plaatsgevonden. Het huis was altijd afgeladen met 'bevriende beroemdheden' en 'mensen die het beste met ons voorhadden' en ik schonk mijn alcoholvoorraad in hun kelen leeg. Wie dacht ik in godsnaam dat ik was, de Great Gatsby? Ik woonde niet in zomaar een huis; o, nee, alleen de Elton John onder de huizen was goed genoeg. *En waar zijn al die zogenaamde vrienden nu?* Het is een raadsel. Maar ik kan je vertellen: niet één van hen heeft de moeite genomen om de telefoon te pakken om te vragen hoe het gaat. Niet één.

Hoe dan ook, Joan neemt het allemaal met een kritische blik op, ze loopt wat rond en bekijkt het interieur. 'Tja, je moet ervan houden,' zegt ze koeltjes, terwijl ze een pakje Dunhill uit haar tas vist. 'Maar als je het mij vraagt is het te... steriel. Het kan wel wat kleur gebruiken. En gezelligheid. En een behangetje, niet te vergeten. Dat leuke gestippelde behang dat ik in de hal heb, zou hier geweldig uitkomen. Draperieën zouden ook enig zijn, dat maakt het net wat sfeervoller. En neem me niet kwalijk, Jessica, maar waarom stinkt het hier in hemelsnaam zo?'

Ik leg haar uit dat de wc beneden, zeg maar, buiten werking is.

'Maar waarom bel je de loodgieter niet?'

'De rode draad in mijn leven: geen geld.'

'Hmm.' Ze snuift misprijzend en ik krijg om de een of andere reden het gevoel dat ze het verhaal van mijn verstopte, meurende wc later zal doorvertellen. 'Is het goed dat ik een sigaret opsteek tegen de stank?'

Ik ga haar voor naar de eetkamer ('Een tafel voor veertien, Jessica? En waar zitten jullie dan als jullie tv willen kijken?') en naar de enorme serre. Ze loopt rond, terwijl ze de as van haar sigaret gewoon her en der op de grond aftipt en laatdunkende opmerkingen maakt over hoe duur alle spullen geweest moeten zijn en die met haar eigen meubilair vergelijkt.

Ik probeer mezelf in te prenten dat ze het goed bedoelt. Ze is de enige die vrijwillig heeft aangeboden me een handje te helpen en ik ben vast van plan een brug tussen ons te slaan. Al is het maar om de 'verdeel en heers'-strategie toe te passen: als ik Joan aan mijn kant heb, zal het leven met Laurel en Hardy ook iets dragelijker worden, toch?

Ze ploft neer op een rieten tweezitsbank, moppert dat die niet lekker zit en stelt me dan de vraag die me in vier seconden tot een jankend wrak reduceert. 'Maar wat niemand begrijpt... Is die Sam Hughes soms van de aardbodem verdwenen nadat hij het heeft uitgemaakt? Waar blijft hij in deze hele toestand?'

'Kweet niet,' antwoord ik met een piepstemmetje, terwijl ik me naast haar op de bank laat vallen. Ik zou zo graag mijn hart willen luchten maar ben bang voor de nieuwe tsunami van tranen die dat teweeg zal brengen.

Mijn meest recente theorie over dit onderwerp is te pijnlijk om hardop uit te spreken, maar komt hierop neer: in zijn werk kan Sam met duizend dingen tegelijk bezig zijn, maar in zijn privéleven is hij een absolute minimalist. Vanaf zes uur 's ochtends, als zijn dag begint, speelt hij het baasje, hij koopt dit en verkoopt dat, neemt iemand in dienst en ontslaat een ander, hij vergadert, heeft een belangrijke zaken-lunch met een of andere directeur en gaat er dan weer van-door in een wervelwind van geld verdienen en succesjes boeken. Dus toen ik een probleem werd, dumpte hij me zonder omhaal, zo vliegensvlug dat het me nog duizelt.

Hoe ik op deze theorie gekomen ben? Omdat de geschie-denis zich herhaalt. Het is namelijk al eens eerder gebeurd. Jaren geleden, toen ik nog hogedrukgebieden op de kaart aanwees in het weerprogramma op tv, had Sam verkering met een politica die nogal in de schijnwerpers stond en over wie de kranten altijd wel wat te schrijven hadden. Hoe dan ook, tijdens een enorm schandaal kelderden haar aandelen en ze werd failliet verklaard. Ze was gedwongen zich uit haar partij terug te trekken vanwege een idiote regel dat je niet in de regering mag zitten als je failliet bent. Het veroor-zaakte heel wat opschudding, het was voorpaginanieuws. En ik weet nog goed dat ik niet lang daarna in de roddel-bladen las dat Sam haar verlaten had. Toeval? Ik dacht het niet.

Ik vertel dit natuurlijk niet aan Joan. Ik zou graag willen dat ze op den duur mijn vertrouweling wordt, maar op dit moment is de kans groot dat ik een regelrechte zenuwinzin-king krijg als ik mijn gedachten onder woorden breng. Ik maak er dus maar een geintje van. 'O, je kent Sam, die is waarschijnlijk een helikopter aan het kopen.'

'Ik ken hem helemaal niet, Jessica. Alleen uit de kranten. We zijn nooit aan elkaar voorgesteld. We zijn hier zelfs nooit uitgenodigd voordat je in de puree zat.' Ik hoor een ijzig on-dertoontje in haar stem, een toontje dat er eerder niet was.

Shit. Ik hoopte dat ze daar niet over zou beginnen. Oké. Er zit niets anders op dan er het beste van te maken. Bruggen slaan, bondgenoten blijven en koste wat het kost zorgen dat ik haar aan mijn kant krijg. 'Joan, ik weet dat ik niet bepaald een ideale stiefdochter ben geweest, maar ik waardeer het enorm dat ik bij jullie in mag trekken.'

'Nou, ik kan niet zeggen dat we er erg naar uitkijken...'

'Ja, we kunnen ruziën als een stel Italianen...'

'Alsjeblieft, zeg dat niet. Het klinkt zo... knoflookachtig.'

'Kom op, we zijn natuurlijk familie en alles, maar laten we reëel zijn, die herdenkingsmis voor papa op kerstavond is voor iedereen elk jaar een beproeving.'

Ze neemt een trek van haar sigaret en geeft geen antwoord, maar ik weet zeker dat ze het met me eens is.

'Maar weet je, Joan, ik wil het proberen. Ik zal mijn best doen, bedoel ik. Als er iets is wat ik de afgelopen verschrikkelijke weken geleerd heb, is het wel dat ik me ongelooflijk vergist heb in de mensen die me het dierbaarst waren, ik hoop echt dat...' Het einde van de zin is: '... ik me ook in jou, Sharon en Maggie vergist heb en dat we in de komende weken op miraculeuze wijze in de Waltons zullen veranderen, net voordat ik een fantastische klus bij de tv aangeboden krijg waardoor ik weer helemaal meetel. Een klus waardoor ik met een beetje geluk Whitehall kan verlaten en mijn luxeleventje weer op kan pakken. Zodat Sam zal beseffen hoe stom hij is geweest dat hij me heeft laten gaan, me smeekt hem terug te nemen en me met een verlovingsring in zijn hand het hof maakt. Dat is toch niet te veel gevraagd? Maar ik ben niet in staat dit onder woorden te brengen, en begin dus maar hartverscheurend te snikken. Een heuse *cri du coeur* dit keer.

'In godsnaam, Jessica, hou daar onmiddellijk mee op. Je moet je niet zo laten gaan,' zegt Joan bits, hoestend met haar sigaret in haar mond. Zij is zo'n vrouw die openlijk vertoon van gevoelens verfoeit. Zelfs op mijn vaders begrafenis kon je haar emoties alleen aflezen aan het aantal peuken dat ze kettingrookte. 'Weet je, toen ik hiernaartoe reed zag ik een auto met een sticker op de bumper waarop stond: "Alle mannen zijn schoften. De kunst is een aardige schoft te vinden." Volgens mij is dat op dit moment heel toepasselijk voor jou.'

Met een door tranen verstikte stem bedank ik haar voor de wijze bumperstickerwoorden, maar zoals iedereen die op de rand van instorten verkeert, kan ik vertellen: als je eenmaal begint met huilen is het hek van de dam. Dan begint Joan in haar tas te rommelen, ik neem aan dat ze een tissue zoekt, maar nee. Ze haalt een strip met pillen tevoorschijn, drukt er twee uit, een voor mij en een voor haar en zegt dat ik die moet innemen, dat ik dan wel stop met janken. En dat ik de rest van de strip mag houden.

'Zanax,' legt ze uit. 'Een kalmeringsmiddeltje.'

'Och, Joan, nee,' snik ik, het pilletje aan haar teruggevend. 'Ik denk niet dat een pilletje iets uithaalt, gezien de staat waarin mijn centrale zenuwstelsel op dit moment verkeert.'

'Mijn hemel, Jessica, die pillen zijn niet sterker dan een glas wijn. Het stelt niets voor. Je komt er de dag mee door. Het neemt de pijn niet weg, maar zorgt dat het je geen bal meer kan schelen.'

Het grappige is dat ze gelijk heeft. Een halfuur later sta ik mijn dozen en tassen in de kofferruimte van Joans kleine Toyota Yaris te laden en voor het eerst sinds tijden voel ik me... goed. Oké, ik sta niet dansend op de daken 'Oh What a Beautiful Morning,' te zingen, maar je begrijpt wat ik bedoel. Ik huil niet, en dat is in mijn geval al heel wat.

Joan is intussen ook aardig ontdooid. Ze zegt zelfs dat als ik haar afzet bij de kapper waar ze parttime als receptioniste werkt, ik de rest van de avond haar auto mag gebruiken om de overige spullen op te halen. 'Het maakt niet uit waar je het allemaal neerpleurt,' roept ze me achterna terwijl ik haar afzet bij Curl Up and Die (zo heet die kapsalon echt! Hoe komen ze erop?). 'Ruimte zat in de garage!' Een en al vriendelijkheid. Verbazingwekkend.

Halfacht die avond
Goed. De kleine garage bij het krappe huisje ziet er met al die koffers en vuilniszakken van mij uit als Ellis Island bij hoogwater. Ik ben drie keer op en neer naar mijn huis gereden en ben bijna klaar met verhuizen. Het fijnste van alles is dat de Zanax nog niet is uitgewerkt en ik me heerlijk voel. Extatisch en hélemaal ontspannen. Zo relaxed dat ik serieus overweeg bij Maggie op bank te gaan zitten, waar ze ligt te snurken, verzadigd na twee Chinese afhaalmaaltijden en vier blikjes Bulmers. Sharon werkt tot vanavond laat in de Smiley Burger, dus voor deze keer is er ook voor mij een plekje op de bank vrij.

Dan rolt de garagedeur open en bulderend vraagt Joan wat mijn spullen daar doen en ze draagt me op die onmiddellijk weg te halen. Je zou moeten zien hoe razend ze is; eerlijk, ze zou er eigenlijk zo'n puntige draculacape bij aan moeten hebben met achter haar een droogijsmachine die haar hult in een wolk van rook.

'Maar... Joan...' stamel ik, helemaal van slag door de hevigheid van haar stemmingswisseling. 'Je zei toch dat het goed was? Weet je nog? Je zei toch dat ik alles in de garage mocht zetten...'

'Zei ik garage?' snauwt ze verontwaardigd. 'Stom van me, ik bedoelde bij het *vuilnis*. Haal die rotzooi weg zodat ik mijn auto kwijt kan. Als je denkt dat ik die 's nachts buiten op straat laat staan terwijl die Psycho Brady vrij rondloopt, heb je het goed mis, juffie.'

Mijn god. Ik was helemaal vergeten dat ze zo kon zijn. Zo onberekenbaar. Het ene moment is ze poeslief, het volgende moment krijg je de volle laag. Haar stemmingen zijn net als de maan; ze komen in cycli en veranderen constant. Maar ik trek me er op dit moment niet zoveel van aan. De Zanax werkt nog.

Acht

Na bijna drie lange weken in deze petrischaal van haat gewoond te hebben, voel ik me enigszins gerechtigd het volgende in steen te graveren: *Mijn vorige leven was de hemel vergeleken met de hel waartoe ik nu veroordeeld ben.*

Het is waar wat ze zeggen, je beseft pas wat je hebt als je het kwijt bent. Om te beginnen sliep ik vroeger nooit. Bijna nooit. Ik weet niet hoe ik het voor elkaar kreeg, maar ik vloog in een euforische adrenalineroes de dagen door omdat ik een baan had waar ik dol op was, een sociaal leven dat niet stuk kon en een vriend voor wie zelfs Angelina Jolie een moord zou doen. Nu slaap ik constant. Tien, soms elf uur achter elkaar. En als ik op ben, wankel ik in een wakend coma door het huis, vervuld van tranen waar ik niet aan toegeef. En dan is er het niet te verwaarlozen probleem van mijn slaapplaats. In mijn vorige leven lag ik in een hemelbed op fijngeweven Egyptische katoenen lakens, in verleidelijke nachthemdjes uit de La Perla-catalogus met mijn ongelooflijk sexy vriend naast me. Nu slaap ik onder een dekbed op een driezitsbank waar diepe afdrukken van de derrières van mijn stiefzusters in staan. En mijn nachtkleding is tegenwoordig de zachtste fleecepyjama die ik kan vinden. Ik slaap erin, eet erin, loop erin rond door het huis, doe er mijn huishoudelijke taken in, enzovoort. Eén outfit is genoeg. Meer heb ik niet nodig. Niemand ziet me en het kan niemand iets schelen. En mij al helemaal niet.

In mijn vorige leven, in de lang vergeten dagen dat ik nog energie had, sprong ik uit bed, vloog naar de studio en bracht mijn dag door met dynamische preproductievergaderingen voor de *Jessie Would*-aflevering van die week, waarna er fantastische, peperdure lunches volgden in restaurants die op dat moment hot waren. Meestal lunchte ik met Eva, we deden minstens twee uur over drie gangen en boomden eindeloos over mannen, kleren en schoonheidsbehandelingen, in die volgorde. We bespraken de belangrijke dingen van het leven. Nu denk ik, *Lunch? Waar heb je het over?* Met de slaapmarathons en de lange todolijsten die ik elke dag toegeworpen krijg, weet ik me tussen het ontstoppen van de afvoerputjes en, ik verzin dit niet, het op de hand wassen van de dubbeldikke onderbroeken die Maggie op haar werk draagt, overeind te houden met Pot Noodles en Jaffa Cakes. Je zou voor de aardigheid eens zo'n onderbroek moeten zien, echt, toen ik dat ding van de grond raapte, vroeg ik me af waar je in godsnaam zulke grote onderbroeken kunt kopen. Die taak stond overigens bovenaan op Jessies todolijst, wat die bitch volgens mij alleen maar gedaan had om me te vernederen. Natuurlijk, Maggie. Alsof ik nog erger vernederd kan worden.

Overigens heeft de huishoudlijst die zij en Sharon mij de

eerste ochtend overhandigden tot een van onze bloedigste ruzies ooit geleid, en dat wil wat zeggen. Echt, ik ben me ervan bewust dat ik niet in de positie verkeer om eisen te stellen, maar wat die twee van mij verwachtten ging echt alle perken te buiten. Drie professionele werksters zouden minstens een etmaal nodig hebben om gedaan te krijgen wat zij van mij in één dag verlangden. Ook ronduit gore klusjes, die je een betaalde kracht amper zou durven vragen. Zoals het schoonmaken van alle regenpijpen. Ja, álle. Inclusief de pijp die ik alleen kon bereiken door buiten op een ladder naar het badkamerraampje te klimmen. Op die hoogte moest ik dan, me in doodsangst met één hand aan de ladder vastklemmend, bleekwater in de pijp proberen te mikken.

'Nemen jullie me in de maling?' vroeg ik toen ik de lijst las. Of liever gezegd: toen ik pagina één las, want de lijst telde in totaal zeven pagina's. Aan beide zijden beschreven. 'Voor zo'n klus zouden zelfs ervaren circusacrobaten gevarengeld vragen.'

'Je moet gewoon doen alsof het een opdracht voor je tv-show is, alleen dan zonder camera's,' pareerde Maggie koeltjes, in een wolk sigarettenrook. 'Weet je nog wel? Je had toch een tv-show? Ongeveer in dezelfde periode dat je een vriend had. Oeps, sorry, wat ben ik toch bot.'

'Hartstikke bedankt, Maggie! Een van je vriendelijkere, fijngevoeligere opmerkingen, mag ik wel zeggen,' mompelde ik, en banjerde met mijn emmer en zwabberde terug naar de keuken.

Het enige huishoudelijke werkje waar ik van gevrijwaard ben, is eten koken. Dat heeft ermee te maken dat ik op mijn eerste avond hier een poging waagde tot het maken van chili con carne, wat uitliep op een mix van afbijtmiddel en hondendiarree. Ik ben nu eenmaal geen Nigella Lawson in de keuken. Het kon trouwens niemand echt iets schelen, want in dit huis komen de avondmaaltijden toch bijna altijd van Domino's Pizza of de afhaalchinees aan het eind van de straat. (We zijn verreweg hun beste klanten, getuige de vele bekers die je als trouwe klant cadeau krijgt.)

Maar ter compensatie wilden ze dat ik de schuur ging schoonmaken, waar oude spullen van mijn vader staan en waar ze volgens mij sinds zijn overlijden nooit meer naar hebben omgekeken. Ik heb om het hoekje van de met spinnenwebben behangen deur een blik naar binnen geworpen, maar verder kwam ik niet. Want in een hoek op een gebroken kruiwagen lag zijn lievelingsstoel, helemaal kapot en gescheurd, met stukken van de gele schuimrubberen vulling er uitpuilend. Daarnaast stond zijn boekenkast; ik zie nog goed voor me hoe hij mijn lievelingsboek pakte om me sprookjes voor te lezen toen ik klein was. En helemaal achter in een hoek van de schuur zag ik een bak vol spullen van hem. Aan mama's voortijdige dood had papa een levenslange angst om dingen te verliezen overgehouden, met als gevolg dat hij een verwoed hamsteraar werd. En hier stonden ze, alle spullen die hij gekoesterd heeft, onder het stof en de spinnenwebben in een schuur met een lekkend dak.

Ze zeggen dat verdriet om het verlies van een dierbare twee jaar nodig heeft om te helen, maar dat is niet zo. Zulk verdriet heelt nooit echt; de scherpe kantjes gaan eraf en het wordt dragelijker, maar dat is alles. Elke hoek in dit huis ademt zijn geest, en geloof me, alle Zanax-tabletten in de wereld hadden niet de schrijnende pijn kunnen wegnemen die ik voelde toen ik zijn spullen als oud vuil in die smerige, vervallen schuur zag staan. Ik verdom het dan ook die schuur schoon te maken. Het enige waartoe ik bereid ben is zijn spullen weer hun rechtmatige plaats in huis terug te geven. En anders niet. Einde verhaal.

Meestal doe ik nu alleen het absolute minimum, wat trouwens niet voortkomt uit luiheid. Ik ben nog steeds een paar uur per dag bezig met wassen, schrobben en poetsen, steevast gevolgd door een knallende ruzie als iedereen van zijn werk thuiskomt en me ter verantwoording roept voor wat ik de hele dag gedaan heb.

Omdat Sharon bij Smiley Burger in de ploegendienst werkt, weet ik nooit precies wanneer ze thuis is, en Joan lijkt alleen in de kapsalon te werken op tijden dat haar pet ernaar staat. Maar zij heeft in tegenstelling tot haar dochters zowaar een sociaal leven en gaat zo nu en dan zelfs een avondje uit. Ze komt meestal niet verder dan de Swiss Cottagepub aan het eind van de straat, maar is in elk geval even opgehoepeld.

'Als er iemand voor me belt, moet je niet zeggen dat ik naar de kroeg ben. Ik ben naar een wijnproeverij,' is haar gebruikelijke waarschuwing voordat ze de deur uit gaat, uitgedost alsof ze zo uit een parfumreclame uit de jaren zeventig is weggelopen. Blauwe oogschaduw, haar in de krul, de hele poespas.

Maggie is altijd als eerste thuis. Ze is om vijf uur klaar met werken en zit om halfzes met haar kont op de bank. Je kunt er de klok op gelijkzetten. De eerste knallende ruzie van de dag speelt zich dan ook meestal met haar af. Laatst ging het bijvoorbeeld als volgt:

Maggie (ploft neer op haar lievelingsstoel en trekt haar eerste blikje Bulmers open): 'Waarom is maar de helft van mijn kleren gestreken? Wat heb je verdomme de hele dag uitgespookt?'

Ik (al stofzuigend): 'Hoi Maggie, leuk je te zien. Wat aardig van je om zo beleefd naar mijn dag te vragen. Ik heb de hele dag op een eenhoorn gereden in Neverland. Dat had je kunnen weten.'

Maggie (steekt een sigaret op en strekt zich als een ongecoördineerd nijlpaard uit in haar stoel): 'Hoor eens, ik werk voor de belastingdienst. Bij de verdachte zaken. En op dit moment verdenk ik jou ervan dat je de hele dag op dat schrale kontje van je naar mijn *Dancing on Ice*-dvd's hebt zitten kijken.'

Ik (wetend dat ik er niet op in moet gaan, maar ik kan het niet laten): 'Om de waarheid te zeggen ben ik de hele dag bezig geweest met het verschonen van jouw bed, het uitschrobben van die gigantische onderbroeken van je en het opruimen van de lege blikjes en pizzadozen die je gisteravond op de grond hebt laten slingeren. Met je laatste opmerking wil je natuurlijk zeggen dat je overloopt van dankbaarheid en diepe waardering. Ik ga er dus maar van uit dat je je misschien wat ongelukkig uitdrukt.'

Je had ons moeten zien, als twee kemphanen stonden we tegenover elkaar. Het leek wel alsof we in een aflevering van *Jerry Springer* waren beland. Ik kan me alleen weerhouden een gloeiend hete strijkbout in haar gezicht te smijten door mezelf eraan te herinneren dat mijn stiefzuster een hartkwaal heeft. Ze heeft namelijk een hart van steen. Die walgelijke klus met haar onderbroek heb ik trouwens maar één keer gedaan, en alleen omdat ik zwaar onder de Zanax zat. Het was één keer en nooit weer. Want zelfs desperado's als ik moeten ergens hun grenzen stellen.

Maar goed, terug naar mijn vorige leven. In die tijd kleedde ik me minstens drie keer per dag om. Funky designerjeans voor het werk, iets netters voor de lunch en daarna haalde ik alles uit de kast voor een avondje uit met Sam. Wat meestal in zes of zeven avondjes eindigde. Tegenwoordig vind ik het makkelijker om de hele dag mijn pyjama aan te houden. En als het koud wordt, trek ik er een sweatshirt overheen. Praktisch en comfortabel tegelijkertijd. Als er boxpakjes voor volwassenen te koop waren, zou ik daar de hele dag in rondparaderen. De garage staat vol met vuilniszakken en dozen met kleding waar ik me in zou kunnen hijsen, maar ik heb er totaal geen zin in. Veel te veel moeite. Trouwens, wie ziet me? Met andere woorden: voor mij wordt Primark het helemaal dit seizoen.

In mijn vorige leven kwam ik alleen thuis om te slapen en me om te kleden, daarna was ik er weer weg. Als een eeuwige wervelwind raasde ik door. Maar ik geloof dat mensen met pleinvrees nog een beter sociaal leven hebben dan ik. Ik haat dit vreselijke huis, ik haat het stippeltjesbehang, ik haat de olifantenbeeldjes op de televisie, ik haat de crèmekleurige vloerbedekking met motief die overal in huis ligt, ik haat de perzikkleurige draperieën in de wanstaltige keuken en ik haat vooral de mensen die hier wonen, maar het gekke is... Ik kan me er niet toe zetten weg te gaan.

Vreemd, dat de plek die ik zo verfoei mijn schuilplaats en toevluchtsoord is geworden. Het is zo bizar dat ik me soms afvraag of ik een depressie heb. Ik check een denkbeeldige lijst om er zeker van te zijn dat dat niet het geval is. Maar nee, ik heb niet de neiging mezelf te verwonden en ik denk niet dat het leven niets meer waard is. Ik ben gewoon de hele tijd in- en inbedroefd, overgevoelig en moe, onverklaarbaar moe. Alsof ik griep heb, zonder de symptomen ervan. Maar goed, de voordeur uit stappen betekent mensen ontmoeten, betekent opmerkingen aanhoren als 'Vroeger stelde jij toch iets voor?', betekent nog meer ellende, vernedering en verdriet. Nee, totale isolatie van de buitenwereld is veruit het beste.

In mijn vorige leven was mijn huis zo belachelijk, ridicuul groot, dat ik speciale kamers had om mijn schoenen/tassen/jassen enzovoort in op te bergen. Nu heb ik alleen een bank om op te slapen en, let op, een eigen plekje in de koelkast dat Maggie me heeft toegewezen, waarbij ze me in niet mis te verstane termen heeft gemeld dat ik onder geen beding aan andermans eten mag komen. Alsof ik een huisgenoot ben die ze allemaal het liefst zien oprotten. Ik weet nog letterlijk wat ze zei: 'Heb je je ooit afgevraagd hoe het zou voelen om ergens te wonen waar niemand je moet? Nou, dan weet je het nu!' Mijn hemel.

Het vreemdste van alles is dat ik in mijn vorige leven nooit tv-keek, ook al verdiende ik er nota bene mijn brood mee. Nooit. Ik zag *Jessie Would* altijd pas een paar dagen na de uitzending, op een grote tv-monitor in de productiekamer, samen met Emma en Liz Walsh. Na afloop analyseerden we met zijn drieën kritisch elk detail van de show, zochten we naar verbeterpunten en drukten voortdurend op de pauzeknop. Maar dat was werk, geen amusement. Maar nu ik in een huis woon waar de tv de godganse dag aanstaat, ben ik totaal verslaafd geraakt. Het vult een leegte op. En alles wat me ervan weerhoudt over Sam te piekeren is welkom.

Tegenwoordig verlopen mijn dagen volgens een vast patroon dat zich helemaal rond tv-programma's afspeelt. Het begint meestal zo rond halfacht 's ochtends als Maggie de woonkamer binnenkomt, de tv aanzet en haar bouwvakkersontbijt in een paar tellen naar binnen werkt. Het is werkelijk een visueel spektakel, geloof me. Daarna werpt ze me de lijst met opdrachten voor die dag toe, maar als ze de deur uit is, geef ik me over aan mijn tweede ochtendslaapje en denk: *Heerlijk, over twee uur begint Jeremy Kyle al.* Halverwege de ochtend komen Sharon en Joan meestal hun bed uit, afhankelijk van een eventuele late dienst van Sharon en de staat van dronkenschap van Joan toen ze de kroeg uit rolde. Sorry, ik bedoel de 'wijnproeverij'. Dan kijken we naar herhalingen van de soaps van de vorige avond, waar ik eerlijk gezegd verslaafd aan begin te raken. Als zij naar hun werk zijn en ik mijn taken grotendeels af heb, is het tijd voor de magazineprogramma's die oma's als doelgroep hebben. Oma's of gedrogeerde mensen, zoals ik. En ik kijk natuurlijk naar *Oprah,* wat zo'n beetje het hoogtepunt van mijn dag is. Daarna, als Maggie weer thuis is, kijken we naar avondprogramma's als *Xpose* en herhalingen van *Friends,* die ik nu al zo vaak gezien heb dat ik de tekst van Jennifer Aniston woordelijk kan meepraten.

Met het bestuderen van alle minicultuurtjes binnen dit gezin is ook veel tijd gemoeid. Neem Joan bijvoorbeeld. Vanaf het moment dat ze 's ochtends de trap af strompelt in de soort pluizige ochtendjas die Barbara Cartland altijd op haar boekomslagen draagt, is het de kunst te voorspellen in wat voor een bui ze zal zijn. Je kunt net zo goed proberen de winnende loterijnummers van komende zaterdag te raden. Op sommige dagen is ze best vermakelijk gezelschap, dan maakt ze een uitgebreid Engels ontbijt voor mij en Sharon en kletst over wat er deze week op de cover van *Heat-*

magazine staat, verplichte lectuur in dit huis. Of ze snijdt haar tweede lievelingsgespreksonderwerp aan: de buren en de laatste roddels die over hen de ronde doen.

'Ik kwam Mrs. Hayes van de overkant tegen, Jessica,' zei ze laatst tijdens het ontbijt toen ze in een van haar betere buien was. 'Ze vroeg zich af waarom je nog niet langs geweest bent. Hannah heeft laatst weer een kleintje gekregen. Het schijnt dat zij en dat sujet met wie ze getrouwd is een paar straten verderop zijn komen wonen. En je kent haar broer Steve toch ook. Hij is nu alweer een paar jaar terug uit Amerika. Geen idee waar hij tegenwoordig woont of wat hij doet, maar hij heeft gehoord dat je terug bent en wil je komen opzoeken.'

Allemachtig... Mensen onder ogen komen is wel het laatste waartoe ik in staat ben. En met name mensen met wie ik vroeger bevriend was en van wie ik vervreemd ben geraakt. Vereist te veel uitleg en te veel verontschuldigingen. Sorry, maar nee, bedankt. Heb er de energie niet voor. Is te veel gevraagd.

Maar het is interessant te horen dat Steve weer in het land is. Plotseling denk ik terug aan de tijd dat Hannah en ik samen op school zaten en ik vaak bij hen thuis was. Hij was ongeveer drie jaar ouder dan wij, en toen we een jaar of vijftien waren zei Hannah altijd dat hij verliefd op me was, wat werd bevestigd door het feit dat de stakker altijd knalrood werd en nog meer ging stotteren als ik hem alleen al gedag zei. Hij kwam ook geregeld langs om te vragen of hij een klusje voor ons kon doen; het gras maaien of iets repareren, dat soort dingen. Maar na een tijdje kwam hij niet meer, niet alleen omdat Maggie en Sharon hem treiterden, maar omdat Joan hem zelden, of eigenlijk nooit, betaalde.

'O, ik weet wat Steve Hayes doet,' weet Sharon uit te brengen tussen twee happen pizza door, restjes van vorige avond die ze 's ochtends altijd in de magnetron opwarmt. 'Hij speelt in een band. Ze heten The Amazing Few en ik heb gehoord dat het shit is. Bono hoeft niet bang te zijn.'

'Je moet niet shit zeggen, maar slecht,' zei Joan.

'Jezus, sorry hoor, hoogheid.'

'Trouwens, hoe weet jij dat allemaal?'

'Hij komt wel eens bij de Smiley Burger om Smiley Friet te halen.'

'Hoe kan hij nou in een band zitten met dat idiote gestotter?'

'Hij stottert niet meer. Hij speelt trouwens gitaar. Hij hoeft niet te zingen. O ja, ma, laat hem in godsnaam niet binnen als hij aan de deur komt. Hij krijgt nog geld van ons.'

Dat zijn de goeie dagen in Joan-land. Op andere dagen is Whitehall bedekt onder een laag ijs en kun je een veeg uit de pan krijgen als je het lef hebt iets heel onschuldigs te vragen, bijvoorbeeld of ze zich de vorige avond heeft vermaakt. Ooit heb ik de kardinale fout gemaakt om te vragen of het druk was geweest bij de bingo. 'Ik was naar bridge, niet bingo,' siste ze me toe. Terwijl ik toevallig weet dat ze niet alleen een vaste bezoeker van de bingo is, maar nog vaak geld wint ook. Maar hou in gedachten dat deze vrouw onder het al te glanzende vernislaagje in nauw contact staat met haar innerlijke feeks. Met als gevolg dat ik bij haar voortdurend het gevoel heb dat ik op eieren moet lopen. In een bananenschillenfabriek. In een orkaan.

Soms komt ze als ze uit is geweest 's avonds laat op haar hoge hakken binnenwankelen met zakken verse patat die ze voor ons bij de snackbar heeft gekocht, loopt ze over van grapjes, houdt ze gezellige kletspraatjes en roddelt ze over wie met wie heeft geflirt, wie het meeste gezopen had en wie de 'wijnproeverij' is uitgegooid. Andere avonden komt ze zo dronken als een Maleier binnenstormen en smijt ze haar tas zo hard op het gangtafeltje dat de olifanten op de tv rammelen. Je kunt er donder op zeggen dat ze ruzie gaat zoeken, meestal met degene die toevallig naast haar op de bank zit.

'Kijk nou eens hoe waardeloos jullie drie erbij zitten,' was bijvoorbeeld een pareltje dat we afgelopen weekend naar ons hoofd geslingerd kregen. 'Het is zaterdagavond, maar geen kerel te bekennen hier.'

Tja, ik kon niet veel meer doen dan haar een vernietigende blik toewerpen. Want mijn overlevingsmechanisme hier in huis bestaat eruit dat ik nooit, maar dan ook nooit inga op de hatelijkheden. En geloof me, het zijn er heel wat... Maar goed, ze ving mijn blik op en nam wat gas terug, beseffend wat ze gezegd had.

'Ik heb het niet over jou, Jessica, jij bent immers nog maar kortgeleden op spectaculaire wijze gedumpt, en bovendien is het beter de liefde gekend te hebben en te verliezen, dan niet te weten wat liefde is.'

'Waar heb je die quote uit, ma?' vroeg Sharon, aan haar sigaret hijsend. '*OK*-magazine?'

'Ik weet niet wie dat gezegd heeft en het kan me ook geen bal schelen. Celine Dion of zo. Maar het probleem is dat Jessica als een levend lijk rondloopt omdat ze niet weet hoe ze een vent aan zich moet binden en...'

'Joan,' onderbreek ik haar. Ik weet niet of ik in mijn zwakke emotionele gemoedstoestand nog meer aankan. 'Ik zou het hier maar bij laten als ik jou was. Anders...'

'Wat anders?' gilt Maggie me vanaf de andere kant van de kamer toe. 'Anders maak je in je memoires gehakt van haar?'

'Ik wilde zeggen: "Anders ga ik keihard door de tv heen zitten brullen, en kun je niets meer verstaan van deze aflevering van *Little Britain* die je nog maar tweehonderd keer gezien hebt," maar bedankt, jouw opmerking is beter.'

Zoals de meeste treiterkoppen is Maggie gauw verslagen wanneer je haar met gelijke munt betaalt. En ik moet zeggen, je wordt vanzelf gevat en scherp als je in hetzelfde luchtruim verkeert als zij. Het enige negatieve is dat ik hard op weg ben net zo'n monster als zij te worden.

'Ik wil nu wel eens weten,' vervolgt Joan haar tirade terwijl ze Maggie en Sharon dreigend aankijkt, 'waarom komen jullie voor de verandering niet eens met je luie reet van de bank en gedragen jullie je niet eens als een stel normale jonge meiden? Waarom zijn jullie niet getrouwd, verloofd of op zijn minst zwanger? Neem nou Mrs. Foley van de overkant, zij heeft al zeven kleinkinderen terwijl maar één van haar dochters getrouwd is, en ook zij is intussen gescheiden. Die van haar gaan 's avonds tenminste met een kerel aan de rol, die hangen niet voor de buis. Er zijn zat moeders die een hartverlamming zouden krijgen als hun dochters een vriendje hadden dat bleef slapen. Maar ik? Ik zou de volgende ochtend met alle genoegen eieren voor ze bakken als ik wist dat ten minste één van jullie zo nu en dan eens een flinke beurt kreeg. Godallemachtig, toen ik zo oud was als jullie had ik jullie vader al begraven en ging ik alweer uit als een beest...' Ze werkte naar een climax toe en wij staarden haar allemaal dom aan, in afwachting van de grote finale. 'Waarom heb ik verdomme geen meiden die op mij lijken?' grauwde ze. 'Of waarom heb ik eigenlijk geen zoons? Dat zou nog beter zijn. Moet je die twee nou zien zitten, de oudste sof en de jongste sof.'

Het viel me op dat geen van beide dochters op deze tirade reageerde; hun ogen bleven strak op het tv-scherm gericht. Dit gaf mij het idee dat dit soort uitbarstingen hier niet ongewoon was. En Joan was de kamer nog niet uit of Maggie, de koningin der schimpscheuten, zei: 'Zodra ze dood is, begraaf ik haar in een lade.'

'Zodra ze dood is? Neem je me in de maling?' zei Sharon. 'Dat mens overleeft Styrofoam nog.'

Dit brengt me op Sharon. Ze is net zo nors en chagrijnig als Maggie, maar vorige week heb ik toevallig een interessante ontdekking over haar gedaan. Een van de vele taken op mijn todolijst was haar slaapkamer stoffen, boenen en zuigen. Tussen *Judge Judy* en *Oprah* in had ik net even de tijd om naar boven te gaan. Ze slaapt in mijn oude kamer, en het was onwerkelijk om die nu in de overdreven stijl van Joan terug te zien; overal Laura Ashley-bloemetjespatronen en bijpassend beddengoed, zodat je bijna het gevoel krijgt hallucinerende drugs gebruikt te hebben. Goed, ik wilde net de planken gaan afstoffen en deed mijn best om niet naar een monsterlijke foto van Sharon en Maggie te kijken waarop ze een jaar of zes en zeven zijn, identiek gekleed gaan en als twee druppels water lijken op die meisjes uit *The Shining*. Toen viel mijn oog op iets anders. Sharons hele dvd-verzameling bestaat uit romantische films. Stuk voor stuk. *Gone with the Wind, Rebecca, Sleepless in Seattle, When Harry Met Sally*, noem maar op. Bovendien heeft ze dvd's van zo ongeveer alle films met Hugh Grant, ook de slechte. Daarna zag ik op haar nachtkastje een hele stapel romannetjes liggen. Beduimelde boekjes met zoetsappige titels als *De graaf en ik*, een Barbara Taylor Bradford en zelfs een paar Danielle Steels.

Ik heb er geen mening over, hoor, het verbaast me alleen. Ik had het gewoon niet achter haar gezocht dat zij iemand met een 'en ze leefden nog lang en gelukkig'-verslaving zou zijn. In elk geval, heel toevallig kreeg ik een paar dagen later de kans haar er eens over uit te vragen. Het was zowaar een normaal gesprek, in tegenstelling tot de eenlettergrepige snauwen die ik normaal krijg. Ze zei dat ze zich niet lekker voelde en het was niet eens gelogen, ik zag aan haar dat ze echt ziek was. Sharon vindt niets heerlijker dan over eten praten terwijl ze al aan het eten is, maar die dag werd ze groen toen ik de koelkast opende en er een restje pizza van de vorige avond – gewoonlijk haar ontbijt – uit pakte.

'Zal ik je werk bellen om je ziek te melden?' bood ik aan.

Ze keek me aan, verbaasd dat ik aardig tegen haar deed. 'Nou, als je het niet erg vindt? Trouwens, er is geen woord van gelogen. Moet je zien hoe ik eraan toe ben, ik ben zieker dan een buslading vol Lourdes-gangers.'

Dus belde ik Smiley Burger, dikte het allemaal een beetje aan zoals je doet in dit soort situaties, en deed het aan de zestienjarige floormanager voorkomen alsof ze in fase vier van de Mexicaanse griep verkeerde. 'Nou, als ze zo ziek is, kan ze vandaag wel thuisblijven,' zei hij. 'Maar morgen is ze er weer, dan is het zaterdag, geen smoesjes.' Opgelucht streek Sharon op de bank neer, klaar voor een vierentwintig uur durende tv-marathon.

Omdat Sam die vrijdag met Eva en Nathaniel naar Marbella zou vliegen, had ik een dubbele dosis Zanax genomen en werkte ik met het tempo van een slak het huis door. Met het idee dat hard werken en lichamelijke arbeid precies waren wat ik nodig had om me af te leiden, deed ik mijn best om de lijst met klusjes af te werken, maar helaas werkte het niet. Vind je het gek? Ondertussen klampte ik me vast aan het idee dat hij misschien, heel misschien had besloten niet te gaan. Dat hij me te veel zou gaan missen. Waarna natuurlijk onmiddellijk de volgende vreselijke, pijnlijke gedachte zich aandiende: *Als dat zo is waarom heeft hij dan niet de telefoon gepakt en me gebeld?* Oké, besloot ik, genoeg huishoudelijk werk voor vandaag. Ik had afleiding nodig. Wilde tv-kijken. Dus ik plofte naast Sharon neer op de bank. Maar helaas keek ze naar zo'n glossy vakantieprogramma over Spanje, met allemaal zandstranden en sangria en fantastische tapasbars. Precies de plek waar ik vandaag met mijn vriend naartoe zou gaan. Plotseling werd het me allemaal te veel en begon ik te huilen, echt te janken diep vanuit mijn hart, zoals ik al weken niet meer gedaan had, met om mijn neus te snuiten alleen maar een dweiltje dat naar schoonmaakazijn rook.

Sharon keek me verward en verbouwereerd aan, alsof ze niet wist wat ze met me aan moest zonder back-up. Als Maggie er was, zou ze me met een of andere oneliner neersabelen en keihard uitlachen. Maar Maggie was er niet. Ze was alleen met mij.

'Eh... Jessie, wat is er? Is het omdat je mijn kamer moest stoffen?' vroeg ze aarzelend, duidelijk niet op haar gemak met dit openlijk vertoon van gevoelens.

'Nee,' antwoordde ik huilend. 'Het is gewoon...' Maar ik was zo van slag dat ik mijn zin niet kon afmaken en in plaats daarvan maar met het dweiltje in de richting van de televisie zwaaide.

'O!' zei ze, het gebaar verkeerd interpreterend. 'Als je reis-programma's zo vreselijk vindt, zet ik gewoon iets anders aan.'

'Het is dat programma niet,' snikte ik verdrietig. 'Het is… het is…' Ik keek hoe ze daar onder mijn dekbed lag, ze leek een stuk zwakker en weerlozer dan gewoonlijk. Op dat moment nam ik een besluit. Wat kon het mij schelen, ik had eindelijk iemand om in vertrouwen te nemen en tegen te praten, ook al was het niet de sympathiekste persoon die je je kunt voorstellen. 'Sharon, mag ik je iets vragen?'

Ze keek me aan, verbaasd.

'Heb jij ooit meegemaakt dat je hart uit je lijf werd gerukt en voor je neus gehouden door een man van wie je zo ziels-veel hield dat het pijn deed? Want als dat zo is, weet je pre-cies hoe ik me nu voel.'

Het bleef lang stil en ik zag haar dubben of ze wel of niet met me zou praten. Me echt in vertrouwen nemen, bedoel ik, als vrouwen onder elkaar. Toen bedacht ik iets. God, mis-schien had Sharon met haar romantiekverslaving ooit een vriend gehad, misschien wel meer dan een, en misschien was zij net als ik ook aan de dijk gezet en misschien… zouden we elkaar kunnen helpen. Misschien. Een schot voor de boeg, ik weet het, maar er gebeuren wel merkwaardiger dingen.

'Nee,' antwoordde ze vastberaden.

Ik had het daarbij kunnen laten, maar een stemmetje in mijn hoofd zei me dat ik dat niet moest doen.

'Nou, als je nooit in je hele leven een gebroken hart hebt gehad,' snikte ik, 'heb je geluk gehad.'

Toen kwam het er allemaal uit, dat ik op dat moment ge-zellig naast Sam in een vliegtuig naar Malaga had kunnen zitten, dat ik hem elke dag zo vreselijk mis, dat ik gewoon niet zonder hem kan. Zo eenvoudig was het. Misschien kwam het door de opluchting om na al die tijd hardop over hem te kunnen praten, maar algauw stopten mijn tranen. Ik keek naar Sharon en zag dat ze me met een vreemde uitdrukking op haar gezicht aanstaarde.

Het bleef heel, heel lang stil, en ik hoopte dat ze iets zou zeggen. Wat dan ook. Per slot van rekening had ik zojuist mijn hart bij haar uitgestort, en dat zou ons toch in theorie iets dichter bij elkaar kunnen brengen?

Uiteindelijk deed ze haar mond open. 'Nou, als je het mij vraagt...'

'Ja?' zei ik, verwachtingsvol.

'Is die Sam Hughes gewoon een enorme klootzak. Zonder kloten.'

'Oké. Nou, bedankt dan.'

'En zijn haar staat alle kanten op. Ik bedoel, ik heb hem alleen op foto's gezien, maar het valt me altijd op dat hij vreselijk achterlijk haar heeft.'

Goed, het was niet bepaald een hoogstaande motivatiespeech, maar toch een stap vooruit. Dus toen vond ik dat ik haar wel kon vragen of ze iets nodig had. Quid pro quo, dat idee. 'Eh, wil je dat ik een dokter bel?' bood ik aarzelend aan.

'Nee, dank je. Het bier van gisteravond is gewoon niet goed gevallen. Er is niks met me aan de hand.'

'Papa's laatste woorden,' zei ik, en we moesten allebei lachen.

Maar als ik dacht dat ze een beetje ontdooid was en ik in dit verdomde huis een bondgenoot had gevonden, had ik het goed mis. Want zodra Maggie die avond thuiskwam, was het prompt weer grauwen en snauwen. Dat wat betreft mijn relatie met Sharon. Een eindeloos spel van één stap vooruit en twee stappen achteruit.

Mijn god, wat mis ik mijn oude leventje. Ik voerde zinvolle, goede gesprekken met mensen. Gesprekken over kunst, politiek, muziek, cultuur, over wat er in de wereld speelt. Hoewel, misschien overdrijf ik een beetje, want ik was ook wel heel vaak aan het roddelen over allerlei nonsens, maar je snapt wat ik bedoel. Ooit had ik een leven waarin ik met andere mensen converseerde, en zij met mij, dat was geweldig. Nu is Emma de enige die de moeite neemt contact met me te zoeken. Ook al zit ze in Wexford met haar familie, ze belt geregeld en zegt dat ik vertrouwen moet hebben in de toekomst, dat alles goed komt. Ze geeft mijn dag een frisse stoot positieve energie. Weliswaar duurt die roze gloed nooit langer dan drie seconden nadat ik heb opgehangen, maar toch. Het is bemoedigend dat er in elk geval iemand aan me denkt en bereid is met me te praten. Want de gulden regel in dit huis is dat je nooit, wat er ook gebeurt, mag praten als de tv aanstaat, en dat is zo goed als altijd. Trouwens als mijn stiefzusters geen tv-kijken, praten ze erover. Je zou die gesprekken moeten horen.

Gisteravond bijvoorbeeld zaten Maggie, Sharon en ik een oude zwart-witfilm op TCM te kijken, *Brief Encounter*. Of liever gezegd, zij keken die film terwijl ik geacht werd op de achtergrond af te stoffen, maar ik werd door pure uitputting overmand. Ik plofte op het puntje van de bank naast hen neer en niemand zei er iets van. Het was een heerlijke, ontroerende, romantische tranentrekker, maar alles wat Maggie kon uitbrengen was: 'Moet je je voorstellen hoeveel makkelijker het geweest was als ze in die tijd mobiele telefoons hadden gehad. Dan hadden ze niet op een spoorwegstation in een of andere godvergeten uithoek op een vent hoeven zitten wachten.' Daarna keken we *Pride and Prejudice*, een van mijn lievelingsfilms en -boeken. Toen de aftiteling begon was Sharons enige commentaar: 'Jezus, stel je voor dat je in een wereld zonder homo's leeft.' Daarna zapten ze naar een documentaire die *Three Sisters Make a Baby* heette, over een zus die draagmoeder voor de ene zus is zodat de derde zus de baby kan adopteren.

In de spiegel boven de open haard ving ik een glimp van ons drieën op. Drie zussen kunnen samen een baby op de wereld zetten, maar moet je ons zien. Wij kunnen nog geen tosti samen klaarmaken zonder dat de ME eraan te pas moet komen.

Tegen negen uur schakelden we over naar RTE One voor het nieuws, en Maggies commentaar was: 'Waarom laten ze zulke afzichtelijke mensen het nieuws lezen? Ik betaal toch geen kijkgeld om naar debielen te kijken.'

Ik moest op mijn tong bijten toen ik naar haar keek. God heeft haar naar zijn evenbeeld geschapen, bracht ik mezelf in herinnering, of hij er nu spijt van heeft of niet.

Later die avond om een uur of tien kwam Joan binnenstormen. Ze rook naar Bacardi en had een hele stapel tijdschriften uit de kapsalon bij zich die ze soms jat om ze goed te kunnen lezen. Ik wist dat ze in een van haar betere buien was, dat kan ik zo langzamerhand opmaken uit de felheid waarmee ze haar tas op het gangtafeltje klettert.

'Alleen maar narigheid in de kranten,' zei ze, terwijl ze op de enige stoel die nog over was neerplofte, haar schoenen uitschopte en een sigaret opstak. 'Recessie. Opwarming van de aarde. Vliegtuigongelukken. Britney playbackt alleen nog maar. Dus heb ik wat tijdschriften meegenomen voor wat vrolijkheid. Kijk Jessica, ik heb een geweldig artikel in de *Cosmo* gevonden dat helemaal voor jou geschreven lijkt te zijn. Het zal je opbeuren. En er staan ook een paar nuttige adviezen voor werklozen in.'

'Wat dan?' vroeg ik, half opgelucht dat er nu eens niet over tv gepraat werd.

Ze nam de inhoudsopgave door totdat ze de juiste bladzijde gevonden had en las hardop voor: 'Je baan verliezen is een cadeau.'

'Joan, ik hoop dat je met iets zinnigs komt, anders is de kans groot dat ik mezelf iets aandoe,' zei ik, terwijl ik me afvroeg of ze enig idee had hoe vaak ik mijn agent gebeld had om te bidden en te smeken om werk. Iets, het maakt niet uit wat. Ik zou al blij zijn als ik om vijf uur 's ochtends een radioprogramma mocht presenteren dat uitgezonden werd naar een booreiland op de Noordzee. Maar het heeft natuurlijk geen enkele zin; elke keer dat ik zijn kantoor bel, zegt zijn secretaresse dat hij 'naar een vergadering' is. Ik stel me zo voor dat als ik bel Roger een bordje opsteekt met 'Als het Jessie Woods is, ben ik er niet. Zeg dat ik het land uit ben.'

'Laat me even uitspreken alsjeblieft. Er staat: "Bij nul beginnen is iets prachtigs." Dus niet opgeven, Jessica. Eh... o ja, dit stukje moet je lezen. Er staat dat een crisis een schat aan mogelijkheden biedt. Daarna gaat het over Simon Cowell.'

'Wat staat er over Simon Cowell?'

'Dat hij in de jaren tachtig miljonair was maar zijn hele vermogen verloor en weer bij zijn moeder ging wonen. Maar je moet hem nu eens zien, hij is nog rijker dan de koningin.'

'Ik begrijp het niet, Joan. Wat wil je nu eigenlijk zeggen? Dat ik me moet opgeven voor *X Factor*?'

'Als jullie willen kletsen ga dan naar de keuken,' snauwt Maggie ons toe. Ze ziet eruit alsof ze elk moment een attaque kan krijgen. 'Sommige mensen proberen tv te kijken.'

'Ik wil alleen maar zeggen, als je me tenminste laat uitpraten, dat er een paar goede adviezen gegeven worden over hoe je jezelf uit de put kunt halen. Je hoeft alleen maar een paar eenvoudige stappen te volgen. Luister: "Met een positieve instelling ben je er binnen de kortste keren weer bovenop."'

Ik griste het blad uit Joans handen om zelf te kunnen lezen wat dat voor een geweldig advies voor nieuwbakken werklozen was, maar mijn blik viel op een *Cosmo*-quiz waarvan de eerste vraag luidde: 'Beschrijf je leven in één woord'.

Hmm. Hoef er niet lang over te denken. Klote.

'Niet de quiz, idioot,' zei Joan, terwijl ze opstond en naar de drankkast liep om zichzelf nog een Bacardi in te schenken. 'Helemaal onder aan de bladzijde. Dat stukje waarin staat wat je als eerste moet doen.'

'Joan! Wat dan?'

'Een uitkering aanvragen, natuurlijk.'

Uren later, lang nadat de anderen zich naar hun comfortabele bedden gehesen hadden, lag ik klaarwakker op de bank. Een uitkering. Briljant. Geniaal. Nooit aan gedacht. Mijn hoofd duizelde. Ik bedoel, ik heb mijn hele werkende leven belasting betaald, wie weet kan ik iets van de regering terugkrijgen. Dan zou ik geld hebben. Contanten. Harde munten. Dan zou ik mee kunnen betalen aan het huishouden. Dan zou ik geen kingsize onderbroeken meer hoeven uit te wassen. Dan zou ik... Mijn mijmeringen werden onderbroken door licht dat vanuit de keuken achter me naar binnen stroomde. Misschien Maggie, op zoek naar snacks. Want soms is de tijd tussen het avondeten en het ontbijt te lang voor haar. Maar het was Maggie niet, het was Sharon. Ze liep de tv-kamer binnen en plofte op de stoel naast me neer.

'Ben je nog wakker?'

'Uh-huh.' Jezus, dat gegrom hier in huis leek wel besmettelijk.

'Ik wou gewoon even... nou ja... Als je een uitkering gaat aanvragen dan... wil ik je wel helpen.'

'Wat zei je?' Ik ging rechtop zitten, kon mijn oren niet geloven.

'Ik heb al zo vaak een uitkering aangevraagd, ik weet precies waar je heen moet, wat je mee moet nemen, wie de aardige ambtenaren zijn en wie de schoften. Als we de auto van ma kunnen lenen, breng ik je er wel heen.'

Ik liet het even bezinken. 'Sharon, dat is heel aardig aangeboden, maar waarom doe je dit voor me? Ik snap het niet.'

'Omdat jij ook iets terug kunt doen. Als ik jou help, kun jij mij helpen.'

'Helpen met wat?'

Het was heel lang stil voor ze uiteindelijk antwoordde.

'Ik wil graag dat je me helpt een vriend te krijgen.'

'Wil je dat?'

'Ja. Weet je nog dat je laatst aan me vroeg of ik ooit een gebroken hart had gehad, en dat ik toen nee zei? Nou, ik heb nagedacht, en misschien wordt het... tijd dat... dat ik eens een vriend krijg. Ik heb geen zin om de komende twintig jaar thuis te zitten, cider te zuipen en avond in, avond uit tv te kijken. Daar heb ik mijn ouwe dag voor, toch?'

Nadat ze weg was, bleef ik nog lang in de laatste gloeiende kooltjes van het vuur staren.

Niet te geloven! Een doorbraak.

Negen

Ik overleef het niet als een bekende mij hier zou zien. Maar even erg zou het zijn als iemand me herkent van tv, hoewel ik me volgens mij redelijk goed heb gecamoufleerd, met mijn vertrouwde baseballpet zo diep over mijn ogen getrokken dat ik de hele tijd per ongeluk tegen Sharon aan bots. Mijn zonnebril is zo groot dat mijn gezicht grotendeels is bedekt, en mijn haar zit strak achterover in een paardenstaart, hemel, ik herken mezelf nauwelijks. Overigens, zegt Sharon bij herhaling, is het tegenwoordig helemaal geen schande meer een werkloosheidsuitkering aan te vragen, nu bijna twaalf procent van het land zonder werk zit. Oké, de meeste werklozen zijn waarschijnlijk buiten hun schuld ontslagen en hebben zich niet zoals ik voor het hele volk te schande gemaakt, maar we zitten allemaal in hetzelfde schuitje. En Sharon, die een ware uitkeringsexpert blijkt te zijn, zegt dat ik twaalf maanden lang recht heb op € 204,37 per week. Voor mij is dat op dit moment een fortuin. Ik voel een steek in mijn hart als ik terugdenk aan het geld dat ik bij Channel Six verdiende, toen ik nauwelijks een ochtend met € 200 toekon, laat staan een hele week. Maar het schuldgevoel verdwijnt snel. Dat was toen en dit is nu. Het belangrijkste wat ik de afgelopen ellendige weken geleerd heb, is dat als het lot me een lesje leert, dat ook grondig gebeurt.

Sharon hield woord en zorgde ervoor dat ik vanochtend vroeg de deur uit ging, en betaalde zelfs de bus voor me, helemaal tot aan de poorten van de hel. Sorry, ik bedoel het Centrum voor Werk en Inkomen. Ongelooflijk. Het is nog geen negen uur en de rij slingert zich al tot halverwege de straat. En dat is nog niet eens de inschrijfrij, maar de rij om het gebouw überhaupt binnen te komen. Het is hier een smeltkroes van mensen. Er staan goedgeklede, verward om zich heen kijkende zakenmensen, bleek en gespannen, die eruitzien alsof ze hier niet horen en geschokt zijn dat het zo ver gekomen is. Het is inderdaad een mysterie. Het ene ogenblik behoort onze economie tot de top van Europa, het volgende ogenblik lijkt het hier een herhaling van de Amerikaanse Grote Depressie. Je hart breekt bij het zien van deze mensen. Veel van hen zien eruit of ze op weg zouden moeten zijn naar een directievergadering, en niet op de stoep horen te staan in een van de gevaarlijkste buurten van de stad, op een koude maandagochtend, afhankelijk van de overheid om de week door te komen.

God, je wordt hier goed met je beide voeten op de grond gezet. In de rij staan voor een uitkering plaatst alles in perspectief. Ik vermoed dat sommigen een hypotheek hebben en jonge gezinnen om voor te zorgen. Misschien zijn er mensen bij die voor een belachelijk hoge prijs een huis hebben gekocht, en nu de markt in elkaar is gestort diep in de schulden zitten. Er staan ook veel jonge mensen in de rij die eruitzien of ze regelrecht van school komen. Je ziet hier meer strapless topjes en gigantische oorbellen dan in een nachtclub in de stad op een willekeurige doordeweekse avond. Een paar vrouwen van de buurtmarkt op Moore Street banen zich een weg door de rij met allerlei koopwaar, van ananassen tot kinderspeelgoed.

'Zes mandarijnen voor de prijs van vijf, één euro speciaal voor werklozen,' schalt een van hen. Maar ze verkopen nauwelijks iets. In een wanhopige poging zich onzichtbaar te maken verbergen de zakentypes hun hoofd achter hun krant. Hopend dat niemand hen ziet, net als ik.

Weet je, eerlijk gezegd ben ik dolblij dat Sharon bij me is. Ze blijkt bijna twee jaar lang een werkloosheidsuitkering te hebben gehad, 'steun heeft getrokken' zoals zij het noemt. Daarna dreigden ze haar uitkering stop te zetten, tenzij ze een re-integratiecursus zou volgen.

'Daar kunnen ze je toch niet toe verplichten?' vraag ik naïef.

'Natuurlijk wel, idioot,' antwoordt ze, terwijl ze haar derde sigaret opsteekt sinds we in de rij staan. 'Als je steun trekt, doet de regering er alles aan je zo snel mogelijk weer aan het werk te zetten. Ik moest zelfs een cursus persoonlijke ontwikkeling volgen samen met allemaal vrouwen die de helft van de tijd aan de methadon zaten. Een paar hadden zelfs in de gevangenis gezeten. En toen kreeg ik die baan bij Smiley Burger, die trouwens heel wat meer opleverde dan die uitkering. Ik heb me nog nooit zo goed gevoeld als toen ik tegen die bitch van een uitkeringsambtenaar kon zeggen dat ze die cursus persoonlijke ontwikkeling in haar reet kon steken.'

Sharon houdt zich verbazend goed aan ons kleine faustiaanse pact en helpt me geweldig met dit inschrijfgedoe. Ik durf het bijna niet te zeggen maar volgens mij beginnen we elkaar best aardig te vinden. Trouwens, als Robbie Williams en Take That hun geschilpunten opzij kunnen zetten, moeten wij daar toch ook toe in staat zijn?

Omdat volgens Sharon de deuren pas om halftien opengaan, begin ik om de tijd te doden losse, algemene vragen te stellen over haar liefdesleven/ideale man/perfecte relatie. Eerlijk is eerlijk, ik moet me aan mijn afspraak houden. Het is wel het minste wat ik kan doen, nu ze speciaal voor mij vroeg haar bed is uitgekomen en, een nog groter offer, alle ochtendprogramma's op tv heeft laten schieten.

'Goed. Ik zal je vertellen hoe ik daten zie,' begin ik. 'Het is net zoiets als een huis kopen. Je moet een lijst opstellen met punten waar je absoluut geen compromissen over wilt sluiten, en een lijst met zaken die je irritant vindt, maar uiteindelijk wel zou kunnen accepteren.'

'Ging je bij Sam ook zo te werk?'

Sam. Hoewel hij geen moment uit mijn hoofd is, voelt het nog steeds als een stomp in mijn maag als iemand zijn naam uitspreekt. Gek eigenlijk dat een hart gebroken kan zijn, maar nog wel klopt. 'Nee, nee, met Sam was het heel anders,' dwing ik me uiteindelijk te antwoorden. 'Hij was... tja... eigenlijk zo goed als volmaakt.'

Goed, misschien niet helemaal volmaakt, maar, kom op, welke vent is volmaakt? Oké, hij was ietwat geobsedeerd door zijn werk en ja, soms werd ik gek van zijn gebazel over winnaars en verliezers en geestelijke discipline, maar... uiteindelijk was hij niet het probleem, toch? Dat was ik. En nu kan ik alleen maar hopen dat hij vreselijk spijt krijgt en kruipend naar me terugkomt. Het is nu al weken geleden, maar elke keer als mijn mobiel gaat, hoop ik stiekem dat hij het is, om te zeggen dat hij een enorme fout heeft gemaakt en dat hij niets liever wil dan bij mij zijn. Waarop ik eindelijk de kans krijg om kwaad te worden en hem de huid vol te schelden omdat hij me heeft genegeerd en uit zijn leven heeft gebannen, naar de kranten is gegaan enzovoort. Waarna hij van schaamte op z'n knieën zal vallen en mij zijn eeuwige liefde verklaart... en we samen nog lang en gelukkig leven en we deze hele episode als een amusante anekdote aan onze kleinkinderen zullen vertellen. Ik heb het hele denkbeeldige gesprek al in mijn hoofd uitgewerkt. Maar misschien hoop ik op een wonder. En in een rij voor een uitkeringsinstelling gebeuren geen wonderen.

Hoe dan ook, iets in de uitdrukking op mijn gezicht moet verraden hebben dat dit een van die intens pijnlijke, verboden-terrein-onderwerpen is, want als Sharon me aankijkt zie ik bijna sympathie in haar ogen. 'Wil je een Crunchie?' biedt ze aan, terwijl ze er een uit de zak van haar trainingspak opdiept. Als een babygorilla in een dierentuin die een huilend kind een overgebleven banaan toegooit.

'Nee, bedankt.'

'Ik geloof geen fluit van wat je zegt,' zegt ze vol overtuiging. 'Sam kan niet zo verdomd volmaakt geweest zijn. Er waren vast dingen die je irritant aan hem vond. Je weet wel, dingen waar vrouwen altijd over klagen in probleemrubrieken. Hij heeft toch vast wel eens de bril van de wc omhoog laten staan, of zoiets?'

Ze bedoelt het goed, dus ik kan het niet over mijn hart verkrijgen haar te vertellen dat zijn huis zeven badkamers heeft en wc-brillen dus nooit een issue waren. Ik begin de menselijkere kant van Sharon steeds meer te waarderen. De kant die je nooit te zien krijgt als Maggie in de buurt is.

'Je komt er wel overheen,' zegt ze uiteindelijk, haar peuk op de stoep uitdrukkend.

'Het gaat de goede kant op. Kijk maar, ik ben aangekleed. En heb me zelfs op straat gewaagd.'

Het lijkt me de hoogste tijd om van onderwerp te veranderen, dus ik besluit Sharon opnieuw te vragen wat haar eisenpakket is ten aanzien van een toekomstige vriend.

'Oké. Ik veronderstel dat je de grote drie probeert te realiseren?' vraag ik haar, in een poging koel en zakelijk te klinken. 'Uiterlijk, manieren en geld.'

'Jessie, wees realistisch. Ik woon samen met mijn moeder en mijn zus en ik gril hamburgers voor de kost. Denk je nou echt dat dit leven mijn droom is? Misschien ben je zo verblind door mijn persoonlijkheid dat je niet doorhebt dat ik er niet bepaald als Scarlett Johansson uitzie. En als ik iets uit vrouwenblaadjes opgestoken heb is het wel dat je in relaties moet weten wat je waard bent. Ik wil dus gewoon... gewoon iemand die me niet ongelukkig maakt.'

'Kom op zeg, je legt de lat veel te laag! Je kunt echt wel wat meer eisen. Je wilt je soulmate vinden.'

'Trouwens,' zegt ze, plotseling afgeleid, 'ik ben weer op dieet. Toen ik ziek was, ben ik drie pond afgevallen. Gisteren heb ik me ook heel erg ingehouden. Op mijn werk had ik als lunch een Smiley Salade en 's avonds had ik magere Smiley Kippensoep. Dat had je wel gezien, hè?'

'Ja... ja... Je was ehhh... echt een toonbeeld van discipline en zelfbeheersing.' We zijn zo gezellig aan het kletsen dat ik haar maar niet herinner aan de fish and chips die ze 's avonds laat nog naar binnen werkte. En met drie blikjes Bulmers wegspoelde.

'Misschien ga ik wel bij de Weight Watchers. Die bijeenkomsten zijn in het parochiehuis van Whitehall, vijf minuten bij ons vandaan. Zeg eens eerlijk, Jessie, denk je dat ik meer kans maak op een man als ik wat kilo's kwijtraak?'

'Ehh...'

'Eerlijk zeggen.'

'Tja... weet je...' Er is geen goed antwoord op deze vraag.

'Maar aan de andere kant denk ik wanneer ik jou zie: zij is echt vel over been. Je loopt erbij alsof je niet meer weegt dan je sleutels en je kleren, maar ook jij hebt geen vent.' Typisch een Sharon-opmerking, maar het is tenminste eerlijk, niet opzettelijk gemeen.

'Wil je een pepermuntje?' vraag ik haar, in mijn tas rommelend. Van al dat gepraat over afvallen ben ik me er opeens van bewust dat ik niet heb ontbeten.

'Ja. Doe maar twee.'

Klokslag halftien gaan de deuren open en begint de rij langzaam naar voren te schuifelen. Weer wachten, en als we uiteindelijk binnen zijn zegt Sharon dat ik moet wachten bij loket vijftien. INSCHRIJVINGEN, staat erboven. We sluiten achter in de rij aan en schuiven centimeter voor centimeter naar voren. Vooraan in de rij schreeuwt een vrouw luidkeels: 'Dat kun je me niet aandoen! Ik ken mijn rechten!' Bij het loket naast haar staat een kind van een jaar of vier met een krijtje op de muur te krassen terwijl zijn vader zich inschrijft.

'Zou u alstublieft uw kind willen vragen niet op de muur van mijn kantoor te tekenen?' vraagt de uitkeringsambtenaar, een jong broekie met een rond brilletje waardoor hij op Harry Potter lijkt.

'Hoezo úw kantoor?' kaatst de man terug. 'Dit gebouw is van de overheid en de overheid is er voor mij, dus als je erover nadenkt, is dit eigenlijk míjn kantoor!'

De mensen achter ons in de rij giechelen. En Sharon begint nog harder te giechelen als ik haar onnozel vraag of ik vandaag al geld mee zal krijgen.

'Nee, gek. Je bent hier alleen om een afspraak met een uitkeringsambtenaar te maken. Je moet over een paar weken terugkomen voor een inkomensonderzoek.'

'Dus we hebben al die tijd in de rij gestaan om een afspraak te maken? Had ik niet beter gewoon... kunnen bellen of zo?'

'Waar denk je eigenlijk dat je bent, Cinderella Rockefeller? Bij de kapper? Of de schoonheidsspecialiste?' vraagt ze, me bijna uitlachend.

'Ik wil gewoon weten wanneer ik geld krijg.'

'Dat hangt ervan af. Je aanvraag wordt met terugwerkende kracht berekend, maar als ze medelijden met je hebben, geven ze je misschien wel een voorschot.'

'Dus misschien krijg ik vandaag wel een voorschot?'

'Ben je wel goed bij je hoofd? Dat moet je eerst bij de gemeente aanvragen. O ja, vergeet niet te zeggen dat je actief op zoek bent naar werk, want anders krijg je geen cent. Probeer overtuigend over te komen. Je hebt geen idee hoe achterdochtig die lui kunnen zijn.'

'Maar hoe kan ik nou actief werk zoeken als geen tv-programma me meer wil? Mijn agent zegt zelfs dat ik moet wachten tot... tja... tot de storm geluwd is. Ik kan toch gewoon uitleggen dat ik een... speciaal geval ben?'

'Pardon, Hare Majesteit. In godsnaam, Jessie, kijk eens om je heen. Iedereen hier is een speciaal geval. Je bent echt niet beter dan een ander. En doe alsjeblieft die zonnebril af. Alleen maffiosi dragen binnen een zonnebril.'

'Ik wil alleen maar zeggen,' werp ik tegen, terwijl ik tegen mijn zin mijn zonnebril afdoe en in mijn tas stop, 'dat niemand me als tv-presentatrice in dienst zal nemen. Dat ik daarom een speciaal geval ben.'

'Luister, Juffie Weet-je-wel-wie-ik-ben. Iedereen hier zit in hetzelfde schuitje als jij, ook al zijn zij niet ontslagen omdat ze ten overstaan van het halve volk zo hebberig waren gratis auto's in de wacht te willen slepen. Je moet dus gewoon je bek houden en je inschrijven.'

Op dat moment sta ik op het punt er de brui aan te geven, naar buiten te rennen en mijn polsen door te snijden, maar de wonderen zijn de wereld nog niet uit: ik ben aan de beurt. De uitkeringsmevrouw is kortaf en zakelijk en geeft me een formulier dat ik moet invullen. Ze is totaal niet geïnteresseerd in wie ik ben en in mijn speciale omstandigheden. Pas wanneer ze mijn naam in mijn paspoort ziet, maakt ze oogcontact met me en zie ik een sprankje belangstelling.

'Bent u Jessie Woods? Nou, dan kunt u op vraag veertien van het werkzoekendenformulier, waar gevraagd wordt waarom uw vorige werk is beëindigd, antwoorden dat u op staande voet ontslagen bent.'

Omdat ik de laatste tijd totaal van de wereld afgezonderd ben geweest, vergeet ik de hele tijd dat Jan en alleman van mijn situatie op de hoogte is. Maar hoe dan ook, ik blijk, dankzij de instructies van Sharon, al haar vragen goed beantwoord te hebben, want nog geen vijf minuten later roept ze: 'Volgende!'

En op dat moment gebeurt het.

Ik draai me om en loop naar Sharon die op een vrije stoel is neergestreken, blij dat het allemaal is geregeld en met een 'kunnen we nu gaan?'-blik op mijn gezicht. Naast haar staan twee vrouwen, een met een buggy en een met een wandelwagen, uit elk puilen drie kinderen.

'Ze ís het!' zegt een van hen, me aanstarend alsof ik een pronkstuk uit een wassenbeeldenmuseum ben. De namen van haar kinderen staan zo groot op haar onderarm getatoeëerd dat ik ze zelfs als ik een paar passen van haar verwijderd ben duidelijk kan lezen: Kylie, Britney en Rihanna.

'Nee, niet,' zegt haar vriendin, die eruitziet alsof ze haar haar in een bad waterstofperoxide gedompeld heeft.

'Wel, ik weet het zéker! Ze was toch gedumpt door die tv-show? Daarom komt ze natuurlijk een uitkering aanvragen.'

'Jessie Woods is een stuk knapper dan zij,' zegt Peroxidehaar. 'Zij ziet eruit alsof ze uit de dood herrezen is.'

Dan komt een van de kinderen op me af. 'Mag ik je handtekening?'

'Ehhh...' stamel ik. 'Sorry, eigenlijk heb ik een beetje haast...'

'Als ze dat baseballpetje afzet, kunnen we haar misschien wat beter zien. Zeg dat ze dat ding afdoet!' zegt Tatoeagevrouw bits.

'Ehhh, mag ik iets vragen? Wil je die baseballpet even afzetten, schat? Dan kunnen we je gezicht zien.'

Wegwezen hier, sein ik verwoed naar Sharon, die de hint lijkt te begrijpen en zich traag uit haar stoel omhoog hijst. Maar het nieuws verspreidt zich als een lopend vuurtje door het uitkeringskantoor, en ik hoor alleen maar: 'Jessie Woods? Van de tv? Echt?'

Dan beginnen mensen mobiele telefoons tevoorschijn te toveren en foto's te maken. Eén vent is me zelfs op zijn iPhone aan het filmen.

'Misschien is dit voor een van haar opdrachten!' roept een slimmerik ergens achter in de overvolle ruimte terwijl ik me door de menigte een weg naar de uitgang baan. Ik zie Sharon niet eens meer.

'Verdomme, er hangen hier toch geen verborgen camera's?' mompelt een andere kerel met witte strepen in zijn haar tegen zijn vriend als ik langs hem schiet. 'Ik wil niet op tv. Ik hoor hier niet eens te zijn. Ik werk.'

'Het kan niet voor haar tv-programma zijn!' schreeuwt een vrouw achter in de rij. 'Ze is ontslagen, dat programma bestaat niet meer. Op zaterdagavond heb je alleen nog maar *Ant & Dec*. Ik haat dat stel.'

Jezus, dit is een nachtmerrie. Intussen ben ik publiek vermaak en wat erger is, ik ben nog zeker vier meter van die verdomde deur verwijderd. Mensen graaien naar me en in de consternatie verlies ik mijn baseballpetje, maar ik blijf me door het gedrang heen naar buiten vechten en denk *laatmegaanlaatmegaanlaatmegaan.*

Op een gegeven moment, ik lieg niet, drukt een lang meisje dat er een beetje als een fotomodel uitziet me haar cv in de hand. 'Ik heb altijd al bij de tv willen werken,' gilt ze. 'Wil je dit aan je agent geven, of aan een producer met wie je nog op goeie voet staat...'

Dan roept de een of andere grapjas met de krant op zijn knieën keihard: 'Wat is de overeenkomst tussen Jessie Woods en een duif? Ze kunnen allebei naar een Mercedes fluiten, waa-haa!' Hij ligt helemaal dubbel om zijn eigen grap en dat geldt voor de helft van de aanwezigen, en ik zweer je, ik sta juist op het punt mijn zelfbeheersing te verliezen en te gaan krijsen als ergens uit het niets een hand me ruw vastgrijpt en hardhandig in de richting van de deur duwt. Ik kijk dankbaar op naar deze ridder in schitterende wapenrusting... en zie dat het niemand anders is dan Sharon.

'Kunnen jullie verdomme even luisteren?' gilt ze zo hard ze kan. 'Dit is een lookalike! Ze verdiende altijd bakken met geld op verjaardagen en partijen, maar kan nu vanwege dat voorval met de echte Jessie Woods geen schnabbel meer krijgen!'

Ik weet niet hoe ze het voor elkaar krijgt, maar op de een of andere manier weet ze me met de kracht van een presidentiële bodyguard naar buiten te loodsen. Ik ben alleen nog maar in staat een nauwelijks verstaanbaar 'dank je' te fluisteren, terwijl ik op adem probeer te komen.

'Geen probleem,' zegt ze koel, een sigaret uit de zak van haar trainingpak vissend. 'Als je een vriend voor me vindt, staan we quitte.'

Later die avond, als ze weer thuis is van Smiley Burger en ze al haar soaps heeft gezien, grijp ik de gelegenheid aan. Want na vandaag ben ik haar behoorlijk wat verschuldigd en ik ben vastbesloten me aan mijn belofte te houden.

'Sharon? Zullen we naar boven gaan? Ik wil even met je praten. Het kan zijn dat we je computer erbij nodig hebben. Ga je mee?'

'Goed. Eh... gaat het over... ehhh, je weet wel?' vraagt ze, terwijl ze zich overeind hijst en haar blikje Bulmers pakt. 'Oké, goed dan.'

Ogenblikkelijk schiet Maggies antenne omhoog. 'Wat gaan jullie doen?'

Snel wisselen Sharon en ik een blik van verstandhouding.
'Niks,' mompelt Sharon.
'Niks?'
'Nou, natuurlijk wel iets, maar niet echt... ehhh... iets.'
'O, zouden jullie het me alsjeblieft willen vertellen?' zegt Maggie sarcastisch en, ik zweer het je, Sharon is doodsbang.

Ik kijk naar die twee en bedenk hoe bizar en belachelijk dit is. Ik bedoel, Sharon lijkt wel een konijn dat verstijfd van schrik in de koplampen staart. Alsof ze Maggie niet durft te vertellen wat we gaan doen. En oké, ze is dan misschien midden in de nacht naar me toe geslopen om me dit te vragen maar godallemachtig, we gaan toch niets geheims doen?

'Weet je, Sharon heeft gevraagd of ik haar wil helpen een vriend te zoeken,' zeg ik vastberaden, 'en daar wil ik even apart met haar over praten, dat is alles. We gaan alleen even naar haar kamer omdat we je niet willen storen tijdens *What Not to Wear*.'

'Een vriend?' zegt Maggie, zo verbaasd dat je zou zweren dat ik gezegd had: 'Sharon wil zich graag bij de plaatselijke afdeling van Al Qaida aanmelden en ik heb waarschijnlijk wel wat onderwereldcontacten die haar daarbij kunnen helpen.'

'Ehhh... nou, weet je...' mompelt Sharon slapjes.
'Wil jij een vriend?'

Het is volgens mij voor het eerst in mijn leven dat ik Maggie venijnig hoor doen tegen Sharon.

'Kom, we gaan,' zeg ik, terwijl ik als eerste de kamer uitloop.

Maar Sharon blijft staan en als ik halverwege de trap ben

hoor ik Maggie tegen haar snauwen: 'Ga jij Cinderella Rockefeller om datingadvies vragen? De meest publiekelijk gedumpte vrouw van het land? Is dat niet net zoiets als pr-advies vragen aan prinses Anne?'

'Zo is het wel weer genoeg, laat me met rust,' zegt Sharon, en ze slaat de deur achter zich dicht.

Eén ding is me wel duidelijk: dit is een ernstig verstoorde relatie.

Zodra we veilig en wel in haar kamer zijn, ploft ze op haar bed neer en slingert ze naar mijn hoofd: 'Waarom moest je dat zo nodig aan Maggie vertellen? Nu heeft ze weer iets om me mee te treiteren.'

'O, sorry, ik wist niet dat het staatsgeheim was.'

'Je hebt geen idee hoe erg ze is. Ze zal me er weken mee achtervolgen.'

'Wat raar, waarom doet ze dat?'

'Weet ik veel. Volgens mij wil ze gewoon altijd iemand hebben om tv mee te kijken 's avonds. Ze wil niet dat ik iets buitenshuis doe, mannen ontmoet en zo.'

'Maar hoe ging dat dan met je vorige vriendjes?'

Ze kijkt me schaapachtig aan. 'Dat is nou juist het punt. Ik heb nog nooit echt... nou ja... je weet wel.'

Ik kan mijn oren niet geloven. 'Sharon! Je wilt toch niet zeggen dat je nog nooit met iemand bent uit geweest? Nog nooit?'

'Nee! Ik heb wel onenightstands gehad,' zegt ze, alsof ze zich moet verdedigen, 'maar nog nooit echt een... relatie. Zoals jij met die Sam. O, sorry, ik vergeet steeds dat ik zijn naam niet mag zeggen.'

'Geeft niet.'

'Volgens mij is Maggie bang dat als ik iemand ontmoet,

ik elke avond met hem aan de boemel ben. En dat zij hier dan in haar eentje zit. Of, erger nog, met ma.'

'Ze hoeft toch niet in haar eentje te zitten? Ze heeft mij toch? Ik ben nu niet bepaald in de positie om uit te gaan.'

We schieten allebei in de lach bij het idee dat Maggie en ik samen op de bank voor de tv zitten, zonder elkaar de ogen uit te krabben.

'Maar serieus,' zeg ik, 'ik snap het niet. Waarom hebben jullie niet de behoefte om af en toe eens uit te gaan? Het is... het is...' Ik moet mezelf bedwingen om niet '... toch te gek om los te lopen' te zeggen en besluit dus maar te zwijgen.

'Weet je... Maggie zegt dat ze helemaal niet gezellig is als ze uitgaat. Ze ziet nooit iemand met wie ze wil praten. En we zijn zo close dat het gewoon handig en makkelijk is om thuis te blijven. Zeg eens eerlijk, vind je ons vreemd?'

'Nee, jullie zijn niet vreemd, maar... ehhh... bijzonder. Ik bedoel, misschien is het wel een beetje ongewoon dat zussen zo dik met elkaar zijn, maar het is ook... leuk.' 'Leuk' is het enige eufemisme dat ik op dat moment kan bedenken voor 'eng'.

'En daarbij komt nog dat ik altijd helemaal afgepeigerd ben als ik uit mijn werk kom, ik moet er niet aan denken dat ik me nog zou moeten optutten om uit te gaan. Dan zit ik liever met een afhaalmaaltijd en een paar blikjes cider op de bank.'

'Oké, dan mijn volgende vraag: hoe denk je ooit iemand te ontmoeten? Leuke mannen komen niet aan de deur vragen of er een lekkere, aantrekkelijke, alleenstaande meid thuis is. Ik zou zeggen: kom uit je comfortzone en neem het risico! Daarom stel ik voor te gaan daten op internet.

Nu. Vanavond. Ik gooi je in het diepe, en accepteer geen nee.'

'Internetdaten? O Jessie, nee,' ze stikt bijna in haar cider. 'Ik wil een normale vent, geen griezel.'

'Dat is allang niet meer zo,' stel ik haar gerust. 'Toen ik bij Channel Six werkte, deed de helft van de vrouwen van het productieteam het. Meestal op kantoor waar we geacht werden te werken. Het is niet meer zo gek om online een partner te zoeken, weet je, het is voor mensen die het net als jij druk hebben en lange dagen maken dé manier om vanuit de veiligheid van hun huis makkelijk nieuwe mensen te leren kennen.' Dat 'veiligheid van hun huis' voeg ik expres toe om haar over te halen.

'Hm,' zegt ze wantrouwig. 'Maar sommige mannen hebben toch van die websites waarop ze dingen zeggen als: 'Gepensioneerde boer zoekt aantrekkelijke jonge meid om "leuke dingen" mee te doen.'

'Als ze dat soort dingen schrijven, negeren we ze gewoon. Makkelijk zat.'

'Maar stel dat ik met iemand afspreek en het blijkt een ontzettende idioot te zijn?'

'O, daar hebben we het zogenaamde "vluchttelefoontje voor noodsituaties" voor.'

'Het wat?'

'Het betekent dat jouw datingcoach, in dit geval ik, je na een kwartier opbelt en je de mogelijkheid geeft te ontsnappen. Mocht dat nodig zijn. En als alles oké is en de betreffende man geen geile boer blijkt te zijn, zeg je gewoon dat iemand van je werk belde en zal hij er nooit achter komen.'

'Allemachtig,' zegt ze, me geïmponeerd aankijkend. 'Je hebt dit vast al heel vaak gedaan.'

'Eigenlijk wel, ja. Weet je, voordat ik... hem ontmoette,

begaf ik me ook op het datingfront. En een paar jaar geleden hebben we een keer een hele *Jessie Would*-uitzending aan daten besteed. Ik moest speed-, read- en internetdaten, zelfs oogcontactdaten.'

'Wat is dat?'

'Hetzelfde als speeddaten behalve dat je niet mag praten. Zo kunnen de betrokkenen ontdekken of er sprake is van non-verbale chemie.'

'En wat is readdaten?'

'Een duur woord voor daten in Waterstone's. Het is de bedoeling dat je met mannen praat over hun lievelingsboeken om erachter te komen of jullie bij elkaar passen. Als een man bijvoorbeeld Jane Austen leest, kun je er donder op zeggen dat hij homo is. En als hij Jeremy Clarkson leest, is het vast een...'

'... uitslover. Heb je er ooit een vriendje aan overgehouden?'

Ik begin een beetje te blozen. Ik kan haar maar beter niet vertellen dat ik aan mijn speeddate-avontuur alleen mijn pre-Sam-vriend heb overgehouden, die vreemdging. Dat zeg ik natuurlijk niet tegen Sharon, die me zo hoopvol aanstaart, dat mijn hart breekt. Ik vertel haar gewoon wat ze graag wil horen, een hoop leugens over de liefde dus. Soms verandert een kikker helaas niet in een prins als je hem kust, zeg ik, maar daten is net als bingo; je moet net zo lang de juiste combinatie zoeken tot je de perfecte match hebt gevonden. En die is er voor iedereen, dat is zeker. En dan ben je dolgelukkig en heb je zo'n fantastisch leven dat je nooit meer aan vroeger denkt. Allemaal bullshit natuurlijk, maar ze lijkt het te geloven, en een halfuur later heeft ze me zelfs een van haar blikjes Bulmers gegeven, terwijl we gezellig naast elkaar achter haar computer zitten en door alle onlinedatingbureaus scrollen.

Sommige websitenamen zijn om te huilen. Er is er zelfs een die ForgetDinner.com heet, die is waarschijnlijk bedoeld voor toekomstige stellen die geen tijd willen verspillen aan de hele kennismakingsfase. En dan de onlinegebruikersprofielen. We stuiten op een man die zichzelf 'Mister heb-je-het-ooit-achter-in-een-Audi-gedaan?' noemt.

'Nou ja,' giechelt Sharon, 'hij zegt in elk geval eerlijk wat hij wil. En moet je deze zien! "Getrouwde man zoekt plezier met gelijkgestemde jonge vrouw. Overdag beschikbaar, niet 's avonds en in het weekend." Die kluns heeft zelfs zijn trouwfoto geplaatst, maar zijn vrouw eraf geknipt. Wat een loser.'

We liggen allebei in een deuk en even schiet het door mijn hoofd dat ik me niet kan herinneren wanneer ik voor het laatst heb gelachen. Ik heb zelfs zo lang niet geglimlacht dat ik nauwelijks nog weet hoe mijn tanden eruitzien. Het zal wel door de Bulmers komen.

Dan stuiten we op een site die NeverTooLateToMate.com heet.

'Moet je hun tagline zien,' grinnik ik, naar het scherm wijzend. 'Er staat: "We deleten leden die niet geschikt zijn voor daten." Guerrilladaten is duidelijk hun modus operandi.'

'Precies wat ik wil,' zegt Sharon, terwijl ze een slok uit haar blikje neemt. 'Een site die alle klojo's en klungels er voor je uithaalt. Klik eens op wat van die mannen, kunnen we lachen.'

Maar sommige mannen op deze site zien er eigenlijk heel normaal uit. Zelfs Sharon staat ervan te kijken dat er geen swingers, perverse types of getrouwde mannen bij zijn.

'Degenen die geen foto van zichzelf hebben geplaatst kun je negeren,' zeg ik, terwijl ik door de profielen scrol.

'Waarom?'

'Omdat dat laf is. Het is net zoiets als op vrijdagavond naar de kroeg gaan met een papieren zak over je hoofd. O ja, nog een tip. Als een man zichzelf "humoristisch" noemt, betekent dat "irritant". En "vol postuur" betekent "ziekelijk vet, moet met een minihijskraan vervoerd worden".'

'Echt?' Ze kijkt me aan alsof ik plotseling in een magisch, wijs datingorakel veranderd ben.

'Ja, echt. Dat is algemeen bekend. En "houdt van kroegen en uitgaan" kun je vrij vertalen met "is zelfs in staat alcohol uit een fles deodorant te zuigen".'

'O, kijk, dit is een leuke,' zegt Sharon, op een ander profiel klikkend. 'Luister. "Ik ben dan wel nooit naar school geweest, maar ben wel afgestudeerd aan de Universiteit van het Leven."'

We maken allebei kotsgebaren, steken onze vingers in onze keel en liggen blauw van de lach.

'Deze!' roep ik, een slok Bulmers nemend, die ik tot mijn schrik lekker begin te vinden. 'Een heuse acteur. Kijk hij heeft een heel seizoen in The Old Vic gespeeld en twee jaar bij de Royal Shakespeare Company.'

'Bah. Ik wil niet iemand met pretenties.'

Uiteindelijk houdt Sharon zo'n zes mannen over met wie ze wil e-mailen, of die ze een 'knipoog' wil geven, wat op deze site mogelijk is. Goed. Nu moet ik haar inschrijven en een profiel aanmaken. Ik klik op AANMELDEN en zet de zaak in werking.

'Oké,' zeg ik, 'nu nog een leuke gebruikersnaam. Een

naam die de aandacht van mannen trekt. En we moeten een foto van je plaatsen.'

'Wacht, ik heb er een op mijn boekenkast staan, van vijf jaar geleden toen ik blonde highlights had en drie kilo lichter was.'

'En we moeten een profiel maken, dus we gaan al je interesses en hobby's inventariseren. Maar de truc is om niet te veel te verraden; het kan geen kwaad om een beetje geheimzinnig te doen.'

'Oké,' zegt ze. Ze steekt een sigaret op en ziet er een beetje verloren uit. 'Mijn hobby's zijn…'

'Brand maar los,' zeg ik, op het toetsenbord tikkend.

'Nou… tv-kijken.'

'Sharon, als ik dat opschrijf, lijk je wel een huismus. Wat vind je nog meer leuk om te doen?'

Er volgt een lange, lange stilte.

'Ik hou van… ehh…'

'Theater? Sport? Muziek?'

'Best wel. Ik kijk soms naar MTV, dus schrijf maar muziek op.'

'Nog iets?'

'Tja…'

'Sharon! Je hebt toch wel meer hobby's dan naar MTV kijken?'

'Ik hou ook van…' ze pijnigt haar hersenen. 'Van… eten.'

Dan kijk ik naar de planken die kraken onder haar dvd-collectie chick-flicks en Danielle Steels en ik krijg een idee. Een halfuur en twee blikjes Bulmers later hebben we het volgende profiel gepost onder de gebruikersnaam: MOVIE-LOVER: 'Huiselijk type, houdt van gezellige avondjes thuis, lezen, lekker eten en allerlei soorten muziek, is (in eerste instantie) op zoek naar vriendschap met gelijkgestemde man.'

Niet geweldig, ik weet het, maar het was al een hele klus haar zover te krijgen dat ze de zin 'Zoekt een lookalike van Hugh Grant voor pleziertjes' schrapte. Pleziertjes, leg ik geduldig uit, is in datingtaal een eufemisme voor hete, anonieme seks. Het is echt fantastisch dat Sharon en ik zo goed met elkaar kunnen opschieten, ik heb haar nog nooit zo blij gezien zonder afstandsbediening. Als het halftwaalf is zeggen we elkaar welterusten, en ik ga naar beneden om mijn bedbank op te maken. Maar als ik voor de tv-kamer sta hoor ik dat Joan en Maggie druk in gesprek zijn. Ik krijg de indruk dat Joan in een van haar snauwerige, prikkelbare stemmingen is, en dat betekent altijd slecht nieuws.

'Sheila Nugent liet me dit vanavond tijdens de kaas- en wijnreceptie zien. Ik wil niet dat Jessica het onder ogen krijgt, dus verstop het ergens waar zij het niet kan vinden. Ze heeft al bijna een maandvoorraad kalmerende middelen van me afgetroggeld. Als ze hier lucht van krijgt, doolt ze de komende twee weken als een zombie door het huis.'

Zodra ik hoor dat de lichten en de tv uitgedaan worden, weet ik dat de kust veilig is. Ik ga naar binnen en begin te zoeken. Maar behalve lege bierblikjes en een ouwe pizzadoos is er niets. Niets anders dan anders. Dan valt mijn oog op een stapel kranten die naast de open haard liggen om verbrand te worden. Snel kruip ik erheen om ertussen te zoeken, maar ik vind niets. En dan zie ik in de roddelrubriek van de *Evening Star* van vandaag mijn naam staan, ik schuif hem onmiddellijk weer tussen de 'te verbranden'-stapel. De afgelopen weken heb ik de aanvechting iets over mezelf te lezen weten te weerstaan, dus waarom zou ik er nu aan toegeven? Maar dan valt mijn oog op een andere naam in hetzelfde artikel. Die van Sam. Ik pak de krant, in blinde paniek scheur ik hem bijna. Ik ken deze columns, ze zijn goed, vlijmscherp en worden gepubliceerd onder het pseudoniem Ulysses. Niemand weet wie er achter de mysterieuze Ulysses schuilgaat, zelfs niet of het een man of een vrouw is. Maar vanwege het vileine karakter van de columns, ken ik heel wat beroemdheden die met genoegen een huurmoordenaar op hem of haar zouden afsturen.

Ben net terug van een heerlijke voorjaarsvakantie in Marbella. Wie denkt u dat Ulysses daar al slenterend in het zonnetje tegen het lijf liep? Een bekende van Sam Hughes. Voor degenen onder u die net uit een coma zijn ontwaakt: Sam heeft kortgeleden gebroken met de voormalige tv-presentatrice Jessie Woods. (Zou Ulysses er 'die voorgoed heeft afgedaan' aan durven toevoegen?) Mijn mol vertelde me dat Sam een heerlijke vakantie heeft gehad, maar om 'persoonlijke redenen' eerder naar huis is gegaan.

Wat Ulysses aan het denken zet. Is er soms al een ander liefje in zijn leven, een vrouw naar wie hij zo hevig verlangde dat hij snel weer naar huis wilde? Een type als Sam kan immers elke schoonheid krijgen die hij wil. Mijn bron vertelde me echter dat de werkelijke reden nog veel romantischer is. Sam miste zijn ex-vriendin en kon zo ver van haar sprankelende aanwezigheid niet van zijn vakantie genieten. Dus wie weet, misschien is mevrouw Woods gelukkiger in de liefde dan in haar werk. Zou er misschien een verzoening in de lucht zitten? Eén ding is zeker, waar mevrouw Woods zich de laatste tijd ook heeft schuilgehouden, ze kan nu elk moment een telefoontje van een berouwvolle

en eenzame ex verwachten. Mijn geheime informant verze-
kert me dat we binnenkort een hereniging kunnen ver-
wachten. Ik houd u op de hoogte.

Tien

Het is nu zaak dat ik uiterst kalm blijf. Zenachtig, zo je wilt. Want dit is een typische A- of B-situatie. Of Sam heeft zijn vakantie afgebroken om me zo snel mogelijk om een verzoening te smeken, óf... Nee, eigenlijk is er geen B. Het is namelijk absoluut ondenkbaar dat Sam zo kort na onze breuk al een ander heeft. Misschien hadden we deze tijd op de een of andere bizarre manier gewoon nodig om te beseffen hoeveel we voor elkaar betekenen. Of beter gezegd, misschien had Sam deze time-out nodig om tot zichzelf te komen, want ook al is hij hard op weg de nieuwe Richard Branson te worden, op emotioneel gebied is hij, net zoals de meeste mannen, een nitwit. En als alle tv-programma's die ik de laatste tijd overdag gezien heb me iets hebben geleerd is het wel dit: er is maar één ding in het leven absoluut onmogelijk en dat is twee soulmates gescheiden te houden (bedankt, *Oprah*). Dus eigenlijk hoef ik alleen maar rustig te wachten tot de telefoon gaat.

Want dat gaat gebeuren. Natuurlijk. Ik bedoel, er staat in de krant: 'We kunnen binnenkort een hereniging verwachten'. De 'mol' uit de column moet volgens mij of Nathaniel of Eva zijn, wie anders? Ik heb ze gebeld, maar er werd niet opgenomen, dus sprak ik voor ieder apart een paar boodschappen in en gaf het toen op. Ik heb immers véél belangrijkere zaken aan mijn hoofd. Het belangrijkste is dat ik niet als eerste initiatief neem. Niet nu het tij eindelijk in mijn voordeel is gekeerd. Ik huiver een beetje als ik eraan terugdenk dat ik me de eerste weken nadat het uit was tegenover Sam volslagen belachelijk heb gedragen, maar die tijden zijn voorbij, en ik neem me één ding plechtig voor. Dit keer zal het anders gaan. Nu duidelijk is dat hij me terug wil, is het niet te laat om weer enige mate van zelfrespect te krijgen.

Ik besluit dat het het beste is om me gewoon aan mijn dagelijkse ochtendbezigheden te wijden en niet de hele tijd naar mijn telefoon te staren, want iedereen weet dat een telefoon die in de gaten gehouden wordt, niet overgaat. Als toonbeeld van geduld en zelfbeheersing laat ik doelbewust mijn mobiel helemaal onder in mijn tas zitten in het halletje, en ga ik naar de keuken om met mijn dagelijkse taken te beginnen. Maar het vervelende is dat ik telkens iets laat vallen als ik een geluid hoor dat wel eens mijn mobiel kan zijn. Om 10.30 uur heb ik twee van die monsterlijke, perzikkleurige boterhambordjes van Joan laten kletteren (met klimopbladeren aan de randen, getver, getver, getver), toen ik zeker wist dat ik een sms'je hoorde binnenkomen, maar het een ijskarretje op straat bleek te zijn. Niet zo'n gekke vergissing: mijn ringtone en het liedje van de ijskar klinken vrijwel hetzelfde en zijn beide even irritant. Even later liet ik een porseleinen herderinnetje dat ik aan het afstoffen was aan diggelen vallen toen de voordeurbel ging. (Geen probleem, er staan hier namelijk zoveel herderinnen dat het wel een mini-Laura Ashley-expositie lijkt). Dat moet Sam wel zijn, kan niet anders, denk ik, terwijl ik me in de haast de deur te openen bijna aan het gangtafeltje spiets. Wie zou het anders moeten zijn? Het is een logische veronderstelling, gezien het feit dat je als buurtbewoner wel heel dapper moet zijn om bij de Woeste Diepten aan te bellen. Bij Het Huis Dat Geen Manieren Kent. Sam dacht waarschijnlijk dat hij zich door de telefoon niet goed zou kunnen uiten, al die diepe verontschuldigingen, overvloedige betuigingen van eeuwige liefde, je weet wel. Het is stukken beter om langs te komen en me te overladen met bloemen, champagne en noem maar op.

Maar als ik met de meest 'verraste' glimlach op mijn gezicht de deur openzwaai, is het Sam helemaal niet. Het is een jongen die lootjes probeert te verkopen ten bate van het plaatselijke sterfhuis. Ik ben enigszins teleurgesteld, maar zet me er snel weer overheen. De ochtend is nog lang. Ik moet reëel zijn, hij is pas gisteren terug in Ierland, ik moet hem even de tijd geven. Hij is vanmorgen vast regelrecht naar zijn kantoor gegaan om orde op zaken te stellen en bewaart ongetwijfeld het grote, romantische herenigingstafereel voor later op de dag.

Ik hoop maar dat Maggie op tijd van haar werk thuis is om het te zien, ha, ha.

Hoe dan ook, morgen om deze tijd ben ik waarschijnlijk naar Sams huis verhuisd met al mijn dozen en vuilniszakken, en lacht het leven me weer toe. Ik zal natuurlijk nog geen baan hebben, maar met hem aan mijn zijde is dat om de een of andere reden minder belangrijk. Het slapen op die bultige bank zal ik zeker niet missen, en Maggie met haar eeuwige kleinerende opmerkingen en Joan met haar stemmingswisselingen evenmin, maar ik denk dat ik Sharon, die veel zusjesachtiger blijkt te zijn dan ik me ooit had kunnen voorstellen, wel zal missen.

Weet je wat? Huishouden is een waardeloos idee. Ik ben veel te zenuwachtig om iets te doen, dus klop ik, om de tijd te doden, op Sharons slaapkamerdeur en ik tref haar vastgenageld aan het computerscherm aan, druk bezig op de NeverTooLateToMate-website. Ze heeft vandaag vrij en is blijkbaar van plan om de hele dag op haar kont voor de computer te zitten en te 'knipogen' naar leuke mannen.

Super. Ik had me geen betere afleiding kunnen bedenken. Bovendien geeft het me een zelfvoldaan gevoel om iemand anders in de wereld van romantiek en liefde wegwijs te maken, terwijl ik weet dat ík degene zal zijn die om deze tijd vanavond een vriend heeft.

'Dit geloof je niet!' gilt ze enthousiast voordat ik zelfs maar de kans heb te gaan zitten.

'Ik heb ook nieuws voor jou, maar jij mag eerst.'

'Ik ben er vannacht ongeveer vijf keer uit gegaan om te kijken of een leuke vent me gemaild had en wat denk je? Zeventien berichten tot nu toe! Zéventien! Ongelooflijk, hè? En ik ben niet eens de deur uit geweest om ze te ontmoeten, dat is nog het mooiste! Hoefde me niet in een corrigerende slip te persen of make-up op te smeren. Je bent een genie, Jessie Woods. Ik had me al jaren geleden voor zo'n datingsite moeten opgeven!'

Ze is nog steeds in haar pyjama en – het valt me onwillekeurig op – zo in de ban van het e-mailen dat ze zelfs niet naar beneden is gekomen voor haar gebruikelijke overgebleven-pizza-ontbijt.

'Fantastisch!' zeg ik, terwijl ik een stoel pak en naast haar neerplof. 'Oké, laten we alle e-mails doornemen en de sukkels van de leukerds scheiden.'

'Goed plan. Hé, moet je deze vent kijken, ik denk dat ik hem delete.'

'Waarom?'

'Ik kan hem toch niet mee naar huis nemen zolang Maggie hier woont? Je weet hoe ze is; haar favoriete hobby is gasten treiteren.'

'Ik volg je niet.'

'Kijk dan verdomme naar zijn foto. Die vent zit onder de blauwe plekken en heeft bijna geen tand meer in zijn mond; je kunt er donder op zeggen dat hij gevoelig is voor kritiek. Maggie zal zich natuurlijk helemaal op hem uitleven en uiteindelijk vliegt hij haar naar de keel.'

'Oké, ik weet dat we iemand niet alleen op zijn foto moeten afwijzen, maar zijn profiel is ook niet "waanzinnig romantisch", of wel soms?'

We lezen het samen en barsten in lachen uit.

'STOCKY, 30, GESCHOREN HOOFD, HOUDT VAN HEAVY METAL, ZOEKT GELIJKGESTEMDE VOOR RAUWE, HETE PLEZIERTJES.'

'De volgende ook maar deleten, hè?'

'Wat is er mis met hem?'

'In godsnaam, Jessie, hij lijkt wel de zoon van de Kerstman en zijn gebruikersnaam is Desperado.'

'Laat zijn profiel eens zien.'

'Hij is vierenzestig jaar, gescheiden en heeft vier kinderen. Hij rookt niet en zijn motto is "Haal me uit deze misère." Bah. Zie je mij al als stiefmoeder? Met ma als lichtend voorbeeld?'

Ik kan het niet ontkennen dus laat ik haar Desperado

deleten. Hoe dan ook, we weten nog een vol halfuur op deze manier te doden voordat het zelfs maar in mijn hoofd opkomt naar beneden te gaan om te kijken of ik sms'jes heb.

Maar tegen 11.00 uur begin ik een pietsie ongedurig te worden; ik ren naar beneden naar mijn tas, pak mijn telefoon eruit en hou hem bij me. Dat kan geen kwaad. Ik laat Sharon ook de krant van gisteren zien en vertel haar alles over deze nieuwste ontwikkeling in mijn liefdesleven, voornamelijk omdat ik oprecht hoop dat ze contact met me blijft houden als ik hier weg ben.

Haar reactie is aandoenlijk, ze kijkt echt een beetje teleurgesteld als ik haar vertel dat mijn dagen hier geteld zijn.

'Dus, eh... je gaat weer naar hem terug?'

'Nou, dat niet direct, maar ik weet zeker dat het een kwestie van tijd is. Hij zal vandaag wel bellen, misschien zo meteen al. Maar in de tussentijd wacht ik het rustig af, en dat is ook het beste voor jou.'

'Waarom?'

'O, Sharon, je hebt nog heel veel van me te leren,' zeg ik glimlachend en een beetje belerend. 'Weet je, het punt met mannen is dat ze je alleen maar waarderen als je een soort prijs voor ze bent. En prijzen moeten gewonnen worden. Ik raad je dus aan om hetzelfde te doen als ik. Stuur de mannen die je leuk vindt pas na minimaal vierentwintig uur een berichtje terug. Laat je niet kennen. Kijk naar mij en leer van de meester. Ik bedoel, je ziet mij toch ook niet de telefoon grijpen om Sam te bellen?'

'Toen je hier pas was, deed je niet anders. Maggie en ik dachten dat je de hele tijd in jezelf aan het praten was, totdat Maggie erachter kwam dat je ongeveer tweehonderd berichten voor hem had achtergelaten. Jezus, je was net *Sky News*, om het uur was het weer zover.'

Oké, ik hoopte eigenlijk dat dit niet ter sprake zou komen.

'Klopt, maar zo ben ik nu niet meer,' kaats ik verdedigend terug. 'Het gaat erom dat er momenten zijn waarop je een man achter je aan moet laten lopen, en dit is zo'n moment. Voor ons allebei. En als een vent ervoor kiest geen jacht op je te maken, blijf je vriendelijk en beleefd en ga je door met je leven. Kerels zat.'

'Kan ik deze man niet even een berichtje sturen? Zijn profiel is zo grappig. Kijk, hij schrijft: "Vraag alsjeblieft niet naar mijn leeftijd; in hondenjaren ben ik al dood." Bovendien is hij nu online.'

'Sharon!'

Ik hou het verbazingwekkend goed uit en weet het zonder mijn telefoon te pakken tot 11.30 uur te rekken, maar dan denk ik, weet je, dit zou wel eens heel erg moeilijk voor Sam kunnen zijn. Hij is per slot van rekening niet iemand die makkelijk toegeeft dat hij fout is geweest, dus... Waarom zou ik hem niet een kort sms'je sturen? Gewoon om hem te laten weten dat ik aan hem denk, meer niet. Maar omdat ik niet wil dat Sharon het ziet, glip ik naar de badkamer en sms hem daar. Niets stiekems aan, ik heb gewoon wat privacy nodig.

Tegen lunchtijd is er nog geen antwoord. Dus sluip ik opnieuw naar de badkamer en stuur een tweede sms.

Weer geen antwoord.

Een paar minuten later loop ik weer naar de badkamer en sms opnieuw. Dan glip ik weer terug naar Sharons kamer en geef haar een lesje dat als een man in je geïnteresseerd is je helemaal niets hoeft te doen. Zij doen al het werk en vinden dat nog leuk ook. Ze wordt totaal in beslag genomen door het computerscherm en ik heb mijn mobiel in de zak van mijn ochtendjas, waardoor ik die zo om de twee minuten kan blijven checken.

'Is er iets met je?' vraagt ze na een poosje ongerust.

'Nee, hoezo?'

'Omdat je zo voor je uit zit te staren. Wil je me soms iets vertellen?'

'Nee, ik moet... gewoon naar de wc. Ik heb gisteravond iets gegeten wat... verkeerd is gevallen. Dat is alles.'

Verdomme, ik kan beter maar een voicemail inspreken. Al dat sms-gedoe slaat nergens op. Wie A zegt moet ook B zeggen. Omdat hij niet opneemt, wacht ik op de piep om mijn boodschap in te spreken. Ik zit dus in de kleine badkamer, balancerend op de rand van het bad, een boodschap voor Sam in te spreken die zo lang is dat de pieptoon er een eind aan maakt, als plotseling de deur openvliegt.

'Ik *wist* het! Je zit die Sam Hughes de hele tijd te bellen, hè?' gilt Sharon, terwijl ze de telefoon uit mijn handen grist en het nummer checkt. 'En ik maar advies van je aannemen, sukkel die ik ben!' Ze is zo razend dat je zou denken dat ze me op het spuiten van heroïne heeft betrapt.

'Je hoeft niet zo kwaad te worden...'

'Waarom eigenlijk niet?'

'Omdat... het voor mij anders ligt. Ik ben al twee jaar met hem, weet je, voor mij gelden er andere regels.'

'Lazer toch op, Juffie Ik-zeg-dit-maar-doe-dat. Je bent niet goed bij je hoofd, jij. Mijn hemel, jij zou Heather Mills nog een lesje zelfmisleiding kunnen geven.'

Tegen 14.00 uur heb ik al mijn trots laten varen en acht

keer gebeld, de sms'jes niet meegerekend. Ik heb ze niet geteld, dat deed Sharon. En nog steeds geen antwoord. Ik heb zelfs Eva geprobeerd te bellen, die nog steeds met Nathaniel in Spanje zit, maar surprise, surprise, ook zij nam niet op.

Om 14.10 uur heb ik mezelf ervan overtuigd dat Sam me natuurlijk na zijn werk belt. Dan gaat er een volgende alarmbel rinkelen. Terwijl ik in het kleine halletje heen en weer loop, zie ik mezelf plotseling in een van de vele spiegels die Joan daar opgehangen heeft. Mijn hemel, wat zie ik eruit! Sinds ik hier woon heb ik niet één keer de moeite genomen mezelf eens goed te bekijken. Ik zie er grauw en uitgeput uit en ik ben zo broodmager dat je zou denken dat ik niet meer dan een pak melk weeg. De kringen onder mijn ogen zijn pikzwart, alsof een peuter van twee me met een krijtje heeft bewerkt, en ik heb nog steeds dezelfde slonzige ochtendjas en pyjama aan waarin ik nu al weken leef, eet, drink en slaap. Begrijp me goed, ik heb ze heus wel een paar keer in de wasmachine gesmeten, maar ze zijn intussen zo aftands dat alleen een vogelverschrikker er misschien nog blij mee zou zijn. En dan mijn haar. De muisbruine uitgroei valt zo op dat ik er met afschuw naar sta te kijken. Het is zo lang geleden dat ik mijn eigen kleur heb gezien dat ik die helemaal vergeten was.

In blinde paniek stuif ik de trap op naar de badkamer, schiet mijn pyjama uit, zet de douche aan en duik eronder. Dan krijg ik plotseling nog een veel beter idee. Twee seconden later sta ik, gehuld in een handdoek en druipend van het water, op Sharons deur te bonzen.

'Kom binnen.' Ze is nog steeds zo verdiept in NeverTooLateToMate.com dat ze niet eens opkijkt.

'Sharon, alarmfase 1! Kun je me wat geld lenen?'

'Oprotten. Ik heb je al geld geleend voor je mobiele telefoon.'

'Ik heb toch gezegd dat ik je dat zal terugbetalen zodra mijn nooduitkering binnenkomt. Ik heb nu echt wat geld nodig.'

'Waarvoor?'

'Om mijn uitgroei te verven. Nu. Vandaag. Kijk dan eens hoe ik eruitzie. Myra Hindley had nog fatsoenlijker haar. Ik vind het onbegrijpelijk dat je me er nog nooit op hebt gewezen dat ik er zo monsterlijk uitzie. Het is in zekere zin dus eigenlijk jouw fout. Je moet me wat geld lenen.'

Geen antwoord.

'Kom op, Sharon, laat me niet zo bedelen!'

Ze kijkt op en ziet me halfnaakt in de deuropening staan op het Laura Ashley-bloemetjeskleed van Joan waarop zich rondom mij inmiddels een plas heeft gevormd.

'Denk je met dat gestoorde hoofd van je nou echt dat Sam Hughes op weg is om je op te halen en je mee naar zijn landhuis te nemen?'

'Ik denk dat niet alleen, ik weet het.'

'Hoewel hij twintig telefoontjes negeert en geen enkele moeite voor je doet? Je leest één stompzinnig artikeltje uit zo'n flutblaadje van ma en je gedraagt je meteen als een halvegare.'

Goed. Dit verlangt een subtielere onderhandelingsmethode. 'Als je nog een minuutje voor me hebt,' zeg ik, en ik loop nonchalant naar haar computer en ga er met mijn druipende, natte arm boven hangen. 'Als alles goed gaat heb je binnenkort een date met een betrouwbare, ongetrouwde man. Toch?'

'Betrouwbaar en ongetrouwd betekent dat hij de Sharon-test doorstaat, ja.'

'Laten we daar eens even bij stilstaan. Je wilt er voor die date natuurlijk op je best uitzien. Je wilt misschien zelfs wel gestyled worden.'

'Als je soms denkt dat ik kledingadvies aanneem van iemand die de godganse dag in pyjama rondloopt, heb je het goed mis.'

'Ik wil alleen maar zeggen, lieverd, dat ik de garage beneden vol designspullen heb liggen. Er zitten Gucci-handtassen bij. En een Hermès-sjaal.'

Ze kijkt op, wantrouwig.

'Misschien heb je interesse in een Louis Vuitton-avondtasje, dat op dit moment beneden in een vuilniszak ligt.'

Nu verschijnt er een sprankje interesse in haar ogen.

'Om nog maar te zwijgen van een hele koffer vol La Prairie-gezichtscrème. En Laura Mercier-foundation. En een berg Mac-make-up.'

'Wat J-Lo gebruikt?'

'Precies, ja. Je kunt het allemaal krijgen...' – ik heb nu de toon van een marktverkoper te pakken – '...als ik een paar armzalige euro's van je mag lenen.'

Ze zucht zo diep dat het bijna vanuit haar tenen komt als ze uitademt.

'Goed dan. Hoeveel heb je nodig?'

Ik probeer mijn triomf te verbergen. 'Oké, eens even denken, knippen, verven en föhnen... Tweeënhalf moet genoeg zijn. Of maak er maar drie van, iets extra's voor een fooitje.'

'Drie euro? Die kun je ook wel uit het blikje met kleingeld pakken dat in de keuken staat, troela.'

'Ehh... ik bedoel driehónderd euro.'

Even denk ik dat ze op het punt staat een aneurysma te krijgen.

'Driehonderd euro om je haar te laten doen? Lieve help, Jessie, dat zou Cheryl Cole nog niet eens neertellen, en zij heeft extensions!'

'Je begrijpt het niet. Ik ga al jaren naar Chez Pierre, hij is echt een kunstenaar, hij begrijpt dat mijn haar...'

'Is die driehonderd euro inclusief een retourvlucht Frankrijk? Daar zit die Pierre-eikel toch?'

'Ehh... nee, zijn kapsalon is in Dawson Street,' zeg ik met een piepstemmetje.

'Vind je het gek dat je zo diep in de financiële puree bent geraakt?'

Uiteindelijk geeft ze me met tegenzin € 15 en ren ik naar de supermarkt om Nice and Easy-haarverf, champagneblond, te kopen. En daarvoor heb ik haar mijn hele La Prairie-starterkit van zo'n € 200 beloofd, niet bepaald een slimme ruil. Om halfvijf ben ik gedoucht, gescrubd, opgemaakt en heb ik mijn DVB-jeans aan met een topje dat Sam altijd zo mooi vond. Ik moet alleen nog de verf uit mijn haar spoelen.

'Een kind van vijf kan met Nice and Easy overweg,' verzekert Sharon me, terwijl ze naast me in de badkamer staat en met de La Prairie-spulletjes speelt die ze net heeft buitgemaakt. Als een kind op kerstochtend dat alleen maar oog heeft voor zijn cadeautjes. 'Ongelooflijk, joh,' zegt ze, met haar gezicht tegen de badkamerspiegel gedrukt, 'deze concealer is verdomd goed. Je ziet mijn acnelittekens amper meer. Oké, Jessie, spoel je haar maar uit, de tijd is allang om. Je zult er geweldig uitzien en hebt ook nog een vermogen uitgespaard.'

Ze heeft helemaal gelijk, denk ik, terwijl ik mijn hoofd onder de douchekop hou. Denk eens aan al het geld dat ik al die jaren had kunnen uitsparen door zelf mijn haar te verven!

En het is zo makkelijk. Ik heb Sharons instructies nauwgezet opgevolgd. Een fluitje van een cent. Voor de badkamerspiegel wrijf ik mijn haar met een handdoek droog, klaar om door het resultaat verblind te worden.

Het is ongelooflijk, maar mijn haar is oranje. Feloranje. Als een poppenkastpop. Niet rood, niet rossig, nee... oranje. Stel je het meest afgrijselijke oranje voor, en dan is mijn haar nog een graadje erger. Ik zie er nog meer uit als een wortel dan Mick Hucknall. Of prins Harry.

Ik staar als door de bliksem getroffen in de spiegel, mijn mond in een perfecte 'o'.

'Leuk wel voor de verandering, hè?' zegt Sharon hoopvol.

'Sharon. Ik sta op het punt om eindelijk herenigd te worden met mijn vriend en ik zie eruit als Beaker uit die onzalige *Muppet Show*. En dat is verdomme jouw schuld!'

'Je had het niet zo lang moeten laten intrekken,' zegt ze, de zijkant van de verpakking lezend.

'Lees je die gebruiksaanwijzing nú pas?'

Het kost me een spiksplinternieuwe pot Crème de la Mer om haar over te halen een kleur te kopen die het oranje moet bedekken. Of een tuinschaar om mijn haar af te knippen. Ik had voor het bedrag van al die dure spullen die ik haar heb gegeven drie bezoeken aan Chez Pierre kunnen brengen, dus dit hele geintje heeft me uiteindelijk toch nog een smak geld gekost.

Twee uur en een verfbeurt later is mijn oranje haar een paar tinten lichter. Het is nog steeds rossig, maar ik kan er nu in elk geval mee over straat zonder dat mensen denken dat er een pylon op mijn hoofd zit.

'Nicole Kidman-achtig,' zegt Sharon goedkeurend knikkend, terwijl ze uit schuldgevoel mijn haar föhnt. 'Rossig blond staat je goed. En er zit nog een ander voordeel aan.'

Bij wijze van antwoord werp ik een blik in de spiegel; ik ben nog steeds laaiend op haar dat ze de gebruiksaanwijzing niet heeft gelezen.

'Niemand herkent je met zulk haar. Komt toch goed uit?'

Tegen halfzeven heb ik de haarcrisis doorstaan. Ik probeer Sams kantoor te bellen en ik krijg Margaret, zijn arrogante secretaresse, aan de lijn. 'Nee,' zegt ze opgewekt, 'meneer Hughes is de hele middag in vergadering en kan niet gestoord worden.' Haar standaard 'val me niet lastig'-zin. Ik laat weer een boodschap achter en zweer dat ik iets van triomf in die bitch haar stem hoor als ze zegt dat ze die met alle genoegen zal doorgeven. Maar de onderliggende tekst is helder; je kunt wachten tot je een ons weegt voordat hij naar jou teruggaat, meissie. Margaret kan de pot op. Kennelijk heeft ze de krant van gisteravond niet gelezen en geen idee van de laatste ontwikkelingen. Als ik bij Sam terug ben, vliegt zij eruit en belandt ze met een beetje geluk in dezelfde uitkeringsrij als waarin ik heb staan lijden.

Het is kwart voor zes en mijn zenuwen beginnen me nu parten te spelen. Om de paar seconden check ik mijn mobiel, maar helaas. Om deze tijd is zowel Maggie als Joan thuis van hun werk; Maggie staat in de keuken en ik hoor Joan haar tas beneden op het gangtafeltje neersmijten, waardoor de porseleinen beeldjes rammelen. Kennelijk is ze dus in een slecht humeur. Dan krijg ik vanuit de diepten van mijn groeiende hysterie plotseling... een brainwave! Waarom zou ik mezelf nog langer kwellen met wachten? Ik zou Joans auto kunnen lenen, naar Sams huis rijden en hem daar kunnen opwachten. Super! Wat ben ik toch een sukkel. Want waar hij ook uithangt, ooit zal hij wel weer naar huis gaan!

Maar mijn snode plannetje is helemaal afhankelijk van Joans bereidheid mij haar auto te lenen omdat Sams huis in Kildare staat, en dat is kilometers ver weg. Zelfs als ik met de bus naar het dorp Kildare zou gaan, is het nog vijfentwintig kilometer wandelen. En omdat een taxi toch gauw zo'n € 200 kost, wat ik natuurlijk niet heb.

'Hé hallo, Joan, hoe is het? Wauw, wat zie je er vandaag fantastisch uit. Leuk... ehhh... broekpak. Heel... Jackie O-achtig,' zeg ik glimlachend als ik naar beneden loop, de zachte, fluwelenhandschoenen-aanpak proberend.

'Christene zielen, Jessica, wat heb je in hemelsnaam met je haar gedaan? Je lijkt Bianca uit *EastEnders* wel.'

'Ja, het is een beetje misgegaan met een thuiskleuring...'

'Dat zie ik, ja,' zegt ze, terwijl ze me een blik toewerpt die kwik zou doen bevriezen. 'Je hebt dus de hele dag met je haar zitten klungelen in plaats van de takenlijst die ik je heb gegeven af te werken? Het ontbijtporselein is nog niet eens afgewassen. Bovendien is een van mijn Lladro-beeldjes op mysterieuze wijze verdwenen. Je draagt niets bij aan het huishouden, Jessica, en dat pik ik niet.'

Jezus, Joan met haar achterlijke beeldjes. Het zou me niets verbazen als ze bijhoudt waar ze allemaal in huis staan.

'Ik kan je uitleggen wat er met dat beeldje is gebeurd, echt, maar ik zou nu graag je auto willen lenen... Er is sprake van een noodsituatie.'

'Mijn auto lenen? Madam Woods, nu moet je eens even goed luisteren. Om de buren te mijden ga je voortdurend met mijn auto naar de supermarkt, maar je hebt er nog niet één druppel benzine in gegooid.'

'Ik weet het. Het spijt me, zodra mijn...'

'Ja, ja, zodra je nooduitkering binnenkomt. Je bent net een grammofoonplaat die blijft steken. Je zou haast denken dat je de loterij gewonnen hebt, zoals je er maar over door blijft gaan. Mag ik je eraan herinneren dat het gewoon maar een uitkering is?'

'Alsjeblieft, Joan, alleen vanavond, je krijgt het benzinegeld echt terug.'

'Geen haar op mijn hoofd. Trouwens, ik heb vanavond mijn muzieksoiree.'

'Met muzieksoiree bedoelt ze liedjes kwelen in de Swiss Cottage,' grauwt Sharon, terwijl ze de trap af schommelt en langs ons heen naar de keuken waggelt. 'De waard heeft een piano in de achterkamer laten zetten en de laatste keer dat ma ging zingen is hij gevlucht.'

'We oefenen voor een uitvoering van *The Mikado,* als je het wilt weten,' kaatst Joan terug. 'Moet je trouwens eens zien hoe je erbij loopt! Op dit uur van de dag nog in nachtkleding, het is echt een schande.'

'Bemoei je er niet mee, het is mijn vrije dag.'

'Zou je je wat die auto betreft niet... een beetje... flexibel op kunnen stellen, Joan?' vraag ik in een laatste wanhopige poging haar over te halen.

'Wek ik de indruk dat ik flexibel ben? Ik wil er geen woord meer over horen, de zaak is gesloten,' snauwt ze, naar boven lopend. 'En wanneer ik straks beneden kom, moet die keuken opgeruimd zijn.' Ze kijkt me dreigend aan, en om haar punt duidelijk te maken grist ze haar autosleutels van het gangtafeltje en neemt ze mee naar boven.

Balen. Ik wil haar naroepen dat ze ook haar bezemsteel kan gebruiken als ze vanavond uitgaat. Het frustrerende is dat ze vanochtend nog in een opperbest humeur was. Als ik haar toen mijn situatie had uitgelegd, had ze misschien zelfs aangeboden me te rijden, zodat ze het interieur van Sams huis even goed zou kunnen bekijken. Maar dan zie ik vanuit mijn ooghoek, onder een stapel onbetaalde rekeningen, iets glinsteren. De sleutels van Maggies kleine Fiat Uno.

En wat denk je, het geluk is weer met me. Twee seconden later sta ik in de keuken waar zij restjes kip tikka masala eet die ze in de magnetron heeft opgewarmd, terwijl Sharon de collectie afhaalmenu's doorneemt om iets te kiezen voor het avondeten. Briljante timing. Perfect. Ik had het niet beter kunnen plannen. Maggie is altijd op haar best als ze net gegeten heeft. Een beetje zoals een nijlpaard.

'Maggie, kan ik je even spreken?'

Ze kijkt me verbaasd aan en reageert, hoe kan het ook anders, met een hatelijkheid. 'Als je met me wilt communiceren, Cinderella Rockefeller, dan raad ik je aan een post-it-briefje op de koelkast te plakken. Trouwens, was dat haar de bedoeling?'

'Ha, ha, HA!' Ik forceer een lach in een poging haar voor me te winnen. 'Je bent zo droog en gevat, heb je ooit overwogen stand-upcomedian te worden?'

'Helemaal geen gek idee, Mags,' zegt Sharon met haar mond vol. 'Je zegt altijd dat stand-upcomedy je zo leuk lijkt. Je zou er geweldig in zijn, de nieuwe Jo Brand!'

'Ik beledig je,' zegt Maggie terwijl ze haar armen vouwt en zich langzaam omdraait om me aan te kijken, 'en dan geef jij me een compliment. Hmm... moet je iets van me?'

'Ik heb je auto nodig. Alsjeblieft? Het is maar voor een paar uur. In ruil zal ik...' Ik wilde zeggen: '... de komende maand al je was doen en je kamer opruimen,' maar dat doe ik sowieso al. 'Ik zal het op de een of andere manier goedmaken, Maggie. Ik beloof het je.'

Ze gaat achterover zitten, kijkt me met een harde blik aan, en een fractie van een seconde bedenk ik hoe afschuwelijk het moet zijn als je haar toegewezen krijgt voor een belastingcontrole.

'Ik heb duizend-en-een redenen om nee te zeggen,' zegt ze uiteindelijk. 'Wil je dat ik ze een voor een opsom, zodat je zelf je favoriet kunt kiezen?'

'Weet je wat het mooie is?' vraagt Sharon giechelend en niet echt loyaal naar mij. 'Ze wil je auto alleen om Sam Hughes' huis te bespieden. Dat is toch van de gekke? Ik zou voor de gein bijna met je meegaan, Jessie, maar er is *Coronation Street* vanavond en daar kijk ik al de hele dag naar uit.'

Dan gaat de voordeurbel, en we staren elkaar geschrokken aan. Er belt hier nooit iemand aan. Niemand. Alleen mensen die ons niet kennen.

'Jij moet opendoen,' gebieden ze me in koor.

'Als het iemand voor een van ons is,' vervolgt Sharon, 'zijn we er niet. Welke oen belt er nu woensdagavond aan? Iedereen weet toch dat dan *Corrie* op tv is?'

Ik ren door de gang, *laathetalsjeblieftSamzijnlaathetalsjeblieftSamzijn* mompelend. Maar als ik de deur openzwaai, is het hem niet. Het is een belachelijk lang figuur in een witlinnen overhemd en een zwartleren jack van ongeveer begin dertig. Hij heeft lichtblond haar en is zo mager als een lat. Hij staat op de stoep met een keurig bosje in cellofaan verpakte chrysanten en anjers in zijn hand. Hij komt me vaag bekend voor. Ik neem hem langzaam op, alsof hij een buitenlander is van wie ik het accent niet goed kan thuisbrengen. Hij kijkt me hoopvol, verwachtingsvol aan. Alsof ik hoor te weten wie hij is.

'Eh… het spijt me, maar ik denk dat je verkeerd bent,' zeg ik zo beleefd mogelijk, voor zover ik dat kan nu ik midden in een emotionele crisis zit. Een logische gedachte, want kom op, wie zou er hier nou met bloemen aanbellen?

'Jessie? Herken je me niet?'

Ik kijk hem vluchtig aan en heel even zie ik iets bekends in die lichtblauwe ogen, maar ik zou niet weten waar ik hem van ken.

'Ik ben Steve,' zegt hij, en hij klinkt enigszins teleurgesteld. 'Heeft Joan niet verteld dat ik langs zou komen?'

Steve, Steve, Steve…?

O verrek, ik kan het niet geloven. 'Ben je Steve Háyes?'

'De enige echte,' antwoordt hij, opgelucht glimlachend.

Mijn god, Hannahs grote broer. Vaag herinner ik me dat Joan laatst zei dat ze Steve tegen het lijf was gelopen en dat hij had beloofd langs te komen, maar met al die toestanden aan mijn hoofd was ik dat helemaal vergeten.

'Hannah woont tegenwoordig een paar straten verderop, weet je,' zegt hij met een stralend gezicht, terwijl er van jaren her een andere eigenschap van hem bij me komt bovendrijven. Ik was vergeten dat hij zo'n type is dat altijd positief/vrolijk/het glas halfvol/gelijkmoedig is. God, geen wonder dat Maggie en Sharon hem altijd zaten te treiteren. 'Ze heeft pas weer een baby gekregen, nummer twee. Gek, hè?' zegt hij, schalks grijnzend. 'Ik heb vaak het gevoel dat we zelf nog kinderen zijn.'

'Ja! Ja, idioot gewoon. Goh… wat ben je… ehh… veranderd, Steve. Ik had je bijna niet herkend!' Het is de waarheid. De laatste keer dat ik hem zag was ik amper eenentwintig, net voordat ik mijn eerste baan bij Channel Six kreeg. Zijn haar was toen veel blonder, en hij droeg toen altijd een rond brilletje met jampotglazen. Grappig hoe de tussenliggende jaren hem hebben veranderd; hij is gegroeid, niet zozeer in lengte als wel in postuur. De Steve van vroeger was nogal klungelig en onzeker, maar de Steve die nu voor me staat is een man. En nog leuk om te zien ook.

'O ja, deze zijn voor jou, trouwens,' zegt hij glimlachend, terwijl hij de bloemen onhandig in mijn handen duwt. 'Om je in de buurt te verwelkomen en te laten weten dat ik het rot vind wat er op je werk gebeurd is. Leuk trouwens, je haar. Je ziet er heel anders uit dan op tv. Heel… hoe moet ik het zeggen… ja, ik weet het: heel Nicole Kidman-achtig.'

Ik lach zenuwachtig, terwijl ik bedenk hoe ik in godsnaam van hem af moet komen. Sorry, ik bedoel het niet gemeen, maar gezellige ontmoetingen met oude bekenden staan niet op de agenda voor vanavond.

'Ik ben trouwens blij dat jij opendeed,' zegt hij, zijn idioot lange gestalte beslaat bijna de hele deuropening. 'Niet Maggie of Sharon, bedoel ik. Als ze me hier met bloemen zagen aankomen, zouden ze me afmaken. Tenzij ze intussen veranderd zijn,' voegt hij er knipogend aan toe.

Ik luister maar half, mijn gedachten tollen, maar dan vang ik de woorden Maggie en Sharon op. Ik bekijk hem plotseling vol interesse terwijl zich in mijn achterhoofd een plan vormt. Perfect. Een afleidingsmanoeuvre. Had het niet mooier kunnen bedenken.

'Ja… weet je, ze zitten allebei binnen… en, weet je wat?

Ze zouden het heel erg vervelend vinden als je ze niet even gedag zegt. Kom verder!'

'Jessie,' sist hij, terwijl er paniek in zijn stem doorklinkt, 'je begrijpt het niet, ik kom hier voor jou.'

Maar ik ga er niet op in. Ik wil een afleidingsmanoeuvre creëren en er stiekem vandoor gaan. Niet erg aardig van me, ik weet het, maar het dient een hoger doel. Trouwens, ik kan later altijd nog mijn excuses aanbieden.

'Loop maar door naar de keuken,' roep ik vrolijk, 'en zeg maar tegen ze dat ik zo terugkom!'

Dertig seconden later heb ik Maggies autosleuteltjes gepakt, zit ik in de auto en rij ik achteruit de garage uit. Ik ben bijna... bijna veilig... als plotseling Maggie en Sharon zich als twee exploderende projectielen op de motorkap storten, Maggies mond als in een stomme film bevroren in een uitdrukking van afgrijzen. Ik ben gedwongen te remmen of over hen heen te rijden, en rem dus; maar voordat ik de weg op schiet, verlies ik twee kritieke seconden omdat ik de versnellingspook van Maggies auto niet direct snap.

Het zijn twee seconden te veel.

Het volgende moment zitten die twee bij me in de auto, hijgend en puffend en stinkend naar de curry.

'Halfgare bítch!' schreeuwt Maggie vanaf de achterbank, terwijl ze een pluk haar van me vastgrijpt. 'Stoppen of ik vermoord je!'

'Laat mijn haar los, of ik rij die verdomde auto van je te pletter.'

Zonder commentaar doet ze wat ik zeg.

'Ik stop niet. We gaan een ritje maken.'

Ze hebben het maar te pikken. Ik zit per slot van rekening achter het stuur.

Zo, nu ben ik dus op weg naar een romantisch weerzien met mijn ex in zijn vorstelijke landhuis op het platteland. Maar ik had nooit gedacht dat Laurel en Hardy me op deze rit zouden vergezellen.

Elf

'Laat je verdomme niet zo gaan, Maggie!' roept Sharon, terwijl ze uit het dashboardkastje een pakje Marlboro Light opdiept en dat aan haar zus op de achterbank geeft in een poging haar te kalmeren. 'Mag ik je er even aan helpen herinneren dat je ook thuis had kunnen blijven en de hele avond met Stotterende Steve had kunnen kletsen.'

'Dat is niet eerlijk. Dat gestotter is helemaal over,' zeg ik.

'Nou en? Die bijnaam raakt hij nooit meer kwijt.'

Zodra Maggie beseft wat het alternatief voor deze avond was, bindt ze iets in. Tenminste, na vijftien kilometer en evenveel sigaretten. Maar hoe dan ook, ik geloof dat ik enigszins uit de vuurlinie raak, want Maggie kiest nu die arme, onschuldige Steve als slachtoffer. Daar moet je net Maggie voor hebben. Ze is pas in haar element wanneer ze mensen de grond in kan stampen.

'Jezus, die Steve Hayes,' zegt ze, aan haar sigaret trekkend.

'Ik moet er niet aan denken dat ik die zeikstraal de hele avond zou moeten vermaken...'

'Hij speelt in een band tegenwoordig,' zegt Sharon. 'Een band met een heel achterlijke naam. The Amazing Few, volgens mij. We moeten eens naar een optreden van hem gaan, kunnen we lachen.'

'Dacht het niet. Daar ben ik met geen tien paarden heen te krijgen.'

Sams huis is ver, heel ver weg van Whitehall, nog ver voorbij Kildare. Het staat aan een bochtige, smalle, secundaire weg waar de huizen groter en groter worden en steeds verder van elkaar verwijderd staan, tot je na een tijdje alleen nog om de acht kilometer een hek ziet. Maar goed, zodra we de grootste verkeersdrukte hebben gehad, begin ik als een gestoorde testaap keihard te sjezen, en ik negeer Maggie, die eist dat zij rijdt. Het zou me te veel tijd kosten om de juiste richting in haar oor te toeteren.

Ik heb haast. Heb geen tijd. Moet er zo snel mogelijk heen.

Trouwens, als ik haar achter het stuur zou laten, rijdt ze linea recta naar huis. Ik ben een vrouw verteerd door hartstocht; ik heb alle redelijkheid overboord gegooid en ik denk dat ik in een papieren zak ga hyperventileren als ik nog één rood verkeerslicht tegenkom. Ik merk dat mijn ademhaling snel en pijnlijk wordt, mijn hoofd begint te duizelen en mijn hart klopt zo snel dat ik denk dat ik moet overgeven. En dat alles bij de gedachte hoe Sam zal reageren wanneer hij mij ziet. Of wat hij zal zeggen. Of erger, wat hij niet zal zeggen.

Dan probeer ik me met herculische kracht te vermannen. Want ik ben belachelijk bezig. Natuurlijk zal Sam in de zevende hemel zijn dat ik al deze moeite heb gedaan om te laten zien hoeveel hij voor me betekent. Het is heel simpel:

een van ons moet zijn trots laten varen en het initiatief nemen, en in dit geval heeft het lot beschikt dat ik dat moet zijn. Ik heb toevallig meer tijd dan hij om de eerste stap te zetten en daar ben ik blij om. Over een paar uur zullen we in elkaars armen in bed liggen, proosten we met champagne om ons weerzien te vieren en zullen we de hele kwestie met een lach afdoen. De woorden uit het krantenartikel die ik uit mijn hoofd heb geleerd en nu in stilte als een mantra herhaal, houden me gefocust: 'We kunnen binnenkort een hereniging verwachten'.

Omdat het druk is op de weg en alle verkeerslichten op rood lijken te springen duurt de rit bijna een uur. En alsof dat nog niet erg genoeg is, blijft Maggie over honger zeuren en klaagt Sharon over alle tv-programma's die ze mist, met name *Coronation Street*.

'Het enige wat er vanavond in *Corrie* gebeurt,' bijt ik haar toe, het gezanik zat, 'is dat Kevin door zijn ex-vriendin wordt gestalkt en zij bij hem inbreekt om het uit te praten.'

'Interessante samenvatting,' sneert Maggie vanaf de achterbank waar ze in een wolk rook zit te mokken. 'Maar heb je niet wat te vreten?'

'Ik heb er anders de hele dag naar uitgekeken,' moppert Sharon, die ik nu elk moment kan gaan slaan. Ik neem me heilig voor dat ik haar zodra ik weer veilig bij Sam terug ben een abonnement op *Sky Plus* cadeau doe, als dank dat ze me met die werkloosheidsuitkering heeft geholpen. Misschien dat ze er dan haar mond eens over houdt.

'Het was het hoogtepunt van mijn hele tv-week en dat wist je, Jessie Woods.'

'Nou, in plaats van dat het in *Corrie* gebeurt, krijg je straks live te zien hoe iemand gestalkt wordt,' zegt Maggie, en in een glimp zie ik in mijn achteruitkijkspiegel dat ze me met haar hagedissenogen aanstaart. 'En nu we het er toch over hebben, Cinderella Rockefeller,' vervolgt ze, 'stel dat hij straks ziet dat je daar als een zielige zenuwpatiënt op hem staat te wachten en hij besluit de politie te bellen? Is dat ooit in dat gestoorde brein van je opgekomen voordat je tot autodiefstal overging?'

'Ik wil mijn vriend zien, meer niet. Wat is daar mis mee?'

'Ex-vriend.'

'Wat ik doe is helemaal binnen de grenzen van de wet.'

'Weet je, ik mocht je hiervoor ook al niet, maar ik had tenminste nog enig respect voor je. Nu vind ik je niet meer dan een achterlijke idioot. In plaats van een uitkering kun je beter dagopvang aanvragen.'

'Bedankt, Maggie. Ik kan je niet zeggen hoeveel je steun voor me betekent. Maar even ter informatie: ik doe wat het beste is.'

'Dat zeiden de Duitsers ook voordat ze Polen binnenvielen.'

'O, ik zat aan iets heel anders te denken,' onderbreekt Sharon ons. 'Als het inderdaad weer goed komt tussen jullie, kun je later tegen je kleinkinderen zeggen: "Als ik opa niet had gestalkt en me niet als een krankzinnige had gedragen, waren jullie er niet geweest."'

'Willen jullie het woord stalken alsjeblieft niet meer gebruiken? Ik voel me er niet zo prettig bij.'

'Hoe zou jij het dan noemen?' vraagt Maggie. 'Je bent toch van plan om net zo lang in zijn voortuin te blijven wachten tot hij komt opdagen?'

'Staat er om de tuin een drie meter hoge muur waar je overheen moet klimmen?' vraagt Sharon hoopvol. 'Je weet wel, en dat je dan hordes kwijlende rottweilers en herdershonden moet zien te ontwijken. En als je je dan door een raampje naar binnen hebt gewurmd moet je langs de laserstralen van het alarm proberen te springen. Zou super zijn, toch? Net Tom Cruise in *Mission Impossible*.'

Ik durf niet te bekennen dat dit tot op heden inderdaad mijn plan was. Als een ervaren inbreker heb ik alles tot in de puntjes voorbereid, zelfs de beste plek om naar binnen te komen. Namelijk door de openslaande tuindeuren aan de achterzijde van het huis, die Sam negen van de tien keer vergeet op slot te doen... Binnen twee minuten kan ik binnen zijn.

Maar dan realiseer ik me dat ik nog steeds de sleutels van het huis heb.

Tien minuten later parkeer ik de auto voor het enorme ijzeren veiligheidshek voor Sams huis. Sorry, Sams vorstelijke landhuis. Ik druk op de knop van de afstandsbediening en even later glijdt het hek elegant open. Sharon is zo geïmponeerd dat ze zwijgt, maar Maggie niet.

'Hoe ver wonen je buren als je hier woont?'

'Ongeveer acht kilometer.'

'Jezus! En als je eens een kop suiker of een kannetje melk nodig hebt? Stuur je er dan gewoon je butler in een helikopter op af?'

De oprit is zo lang dat het huis nog niet zichtbaar is; aan weerskanten van het pad zie je alleen enorme, golvende, onberispelijk bijgehouden, prachtig verzorgde gazons.

'Ik weet niet of ma hiervan zou houden,' zegt Sharon, die als een nieuwsgierig jong hondje met haar hoofd uit het raam hangt. 'Er is nauwelijks versiering. Er staat nergens een Griekse urn of een beeld van een naakte engel.'

Dan ga ik de bocht om, en daar staat Casa Sam in de

avondzon te schitteren. Heel even zie ik het huis door de ogen van Maggie en Sharon en herinner ik me hoe overweldigd ik was toen ik hier voor het eerst kwam. Het heeft de afmetingen van een landelijk gelegen, stijlvol vijfsterrenhotel en de voortuin is zo groot als een golfbaan. Het is allemaal zo enorm dat ik de eerste keer dat Sam me mee naar huis nam heb overwogen een spoor broodkruimeltjes achter te laten voor het geval ik zou verdwalen.

Ik overdrijf niet, het ziet eruit als een mini-Versailles, inclusief de uit vijftien ruitjes bestaande manshoge schuiframen in de twee nepgeorgiaanse gevels. Voor de voordeur staat zelfs een elegante fontein, die niet aanstaat, maar er toch zo imposant uitziet dat Sharon onmiddellijk met haar mobieltje foto's begint te nemen.

'Ma zal er geen genoeg van kunnen krijgen,' legt ze me uit. 'Je weet hoe ze zich kan bescheuren om de slechte smaak van anderen.'

Er staan twee auto's op de oprit, een Porsche en een BMW Z4, maar ik weet dat Sam niet thuis is.

'Van wie zijn die auto's?' vraagt Maggie, zich van de achterbank van de auto hijsend. 'Van het personeel?'

'Nee, die zijn van Sam. Door de week gaat hij altijd met de Bentley naar zijn werk.'

'Jezus christus. Wat doet hij eigenlijk voor de kost? Is hij rapper of zo?'

'Hij is ondernemer,' antwoord ik trots.

Hoewel ik Tweedledum en Tweedledee uit mezelf nooit had meegenomen, ben ik nu blij dat ze met eigen ogen kunnen zien hoe ik eigenlijk leef. Oké, op dit moment breng ik mijn dagen grotendeels door met vloeren schrobben en lege pizzadozen oprapen, maar strikt genomen is dit mijn natuurlijke habitat. Slapen op banken en vuile onderbroeken uitwassen is niet bepaald mijn ding. Grappig eigenlijk; Sam had altijd de neiging een beetje toneel te spelen als hij hier was. Moeiteloos gleed hij in de rol van landjonker, met inbegrip van de geruite Burberry-jasjes en de kaplaarzen die nog nooit een spatje modder hadden gezien. Hij wil niet dat te veel mensen dit weten, want hij heeft liever dat ze denken dat hij op dit nepgeorgiaanse landgoed geboren en getogen is, maar in werkelijkheid heeft hij het pas een jaar of vier geleden gekocht, toen hij zijn eerste € 5 miljoen binnenhaalde.

Het huis zelf is ook helemaal niet oud; een projectontwikkelaar heeft het ongeveer tien jaar geleden laten bouwen en door de allerbeste en allerduurste binnenhuisarchitecten laten inrichten. Alles ziet er dus uit alsof het minstens tweehonderd jaar oud is, terwijl het hele huis is voorzien van alle moderne snufjes, zoals vloerverwarming en een 'klassiek' binnenbad. Als Maggie en Sharon al versteld staan van de buitenkant, wat zullen ze dan wel niet van de binnenkant vinden? De natuurstenen hal is zo groot dat je er bijna een feest in kunt geven, er is een wijnkelder, een ontvangstkamer met een privébioscoop en Sam heeft zelfs een bar met Guinness uit de tap. Op dit moment kuieren de gezusters rond in de voortuin, Sharon neemt foto's met haar mobieltje en Maggie doet haar uiterste best er nonchalant en vooral niet geïmponeerd uit te zien. Terwijl ze nota bene op de helikopterlandplaats staat.

'Weet je, zo'n leventje lijkt me ook wel wat,' roept Sharon van achter de fontein lachend naar me. 'Ik neem het je niet kwalijk dat je hem probeert terug te krijgen. Ik zou het ook doen, ook al was hij een dwerg van een meter en rook zijn adem naar uilenkeutels.'

Ze bedoelt het goed, hou ik mezelf voor, en ik forceer een flauw glimlachje.

'Gaat het wel?' vraagt ze, plotseling bezorgd als het haar opvalt dat de spanning me bijna te veel wordt.

'Nee,' antwoord ik met een klein stemmetje. 'Verre van dat.'

Ik ben bang en ik weet niet waarom. Het is belachelijk. Ik bedoel, ik heb het over Sam. Mijn volmaakte vriend. Die zich de laatste tijd misschien wat vreemd gedraagt, oké, maar ongetwijfeld weer als mijn oude, vertrouwde droomprins zal terugkeren als we over dit relatiedipje heen zijn.

Maar goed, na een diepe, kalmerende ademhaling trippel ik de steile stenen trap op om de grote, zware eikenhouten deur te openen en ons drietjes binnen te laten terwijl ik in gedachten de alarmcode herhaal. Het is een gemakkelijk te onthouden code want het is de maand en het jaar van Sams verjaardag: 081975. Hij is Leeuw, dat had je kunnen raden. Uiterst ambitieus, gedreven, succesvol en totaal geen verstand van vrouwen.

Ik duw de deur open en gedrieën klauteren we de hal in, die zo gigantisch is dat die gemakkelijk voor kathedraal zou kunnen doorgaan. Zodra het alarm begint te piepen ren ik naar het beveiligingssysteem, dat zich als je binnenkomt rechts van de garderobe bevindt. Ik weet dat ik ongeveer negentig seconden heb om de code in te toetsen en het systeem te deactiveren.

In de tussentijd wandelen Maggie en Sharon de hal rond, terwijl ze als toeristen in het Louvre omhoogkijken.

'Moet je het plafond zien,' zegt Maggie, die er in haar knalroze Hubba Bubba-trainingspak te midden van al deze neogeorgiaanse pracht en praal volkomen misplaatst uitziet.

'Heeft Sam die rechtstreeks uit het paleis van Saddam Hussein in Bagdad laten importeren?'

Als ze dit al indrukwekkend vinden, denk ik zelfvoldaan glimlachend bij mezelf terwijl ik de alarmcode intoets, zullen ze nog staan te kijken van de keuken, die zo groot is dat je er met gemak een diner voor twintig mensen kunt geven en na afloop op de tafels kunt dansen.

Ik wacht tot het piep-piep-waarschuwingssignaal stopt. Maar dat gebeurt niet. Wat een beetje vreemd is. Ik probeer het opnieuw. Dezelfde code, maar dit keer doe ik het langzamer voor het geval ik de eerste keer een fout heb gemaakt. Ik weet zeker dat ik het goed heb gedaan, maar om de een of andere reden verschijnt er nu een rode mededeling op het alarmsysteem die zegt: 'Foute code, probeer het opnieuw'. Ik weet dat je het maar drie keer kunt proberen, dus ik adem diep in en concentreer me dit keer heel goed.

Een voor een toets ik de cijfers in en wacht met kloppend hart. Helaas. Ik voel dat het zweet me uitbreekt en de volgende ramp dient zich aan. Het alarm gaat af, in al zijn schelle, oorverdovende glorie. Het geluid is zo hels dat ik mijn vingers in mijn oren moet steken en ik gebaar tegen Sharon en Maggie dat ze naar buiten moeten. We rennen met z'n drieën de voortuin in, met onze handen op onze oren en onze monden wijdopen als drie replica's van dat schilderij van Edvard Munch, *De Schreeuw*.

Ik heb de indruk dat Sharon: 'WAT HEB JE VERDOMME GEDAAN?' naar me schreeuwt, maar door de herrie van het alarm kan ik alleen maar liplezen.

'HIJ HEEFT DE ALARMCODE VERANDERD!' mime ik terug, terwijl ik mijn mobiele telefoon tevoorschijn haal om hem te bellen. Hij neemt niet op en het heeft geen zin om een boodschap in te spreken want ik kan in het lawaai mezelf niet eens verstaan.

Dan de volgende panieksituatie. Omdat zijn alarm wordt gemonitord is het beveiligingsbedrijf op dit moment waarschijnlijk zowel Sam als de politie aan het bellen om hen te informeren dat het alarm is afgegaan. In de paniek en de consternatie staan we allemaal tegen elkaar te gillen, zo schel en hard dat ik vrees dat we er ons hele leven gehoorproblemen aan zullen overhouden... en precies op dat moment komt er een flitsend patrouilleautootje met blauw zwaailicht de oprit op racen.

In de slapeloze nachten die ik heb gehad sinds ik weer thuis woon, en geloof me dat waren er veel, lag ik soms klaarwakker naar de wanstaltige achtarmige kroonluchter van Joan in de tv-kamer te staren en had ik de wildste fantasieën over herenigingsscenario's van mij en Sam. Mijn favoriet was dat hij in zijn flitsende Bentley naar Whitehall kwam, aanbelde, Maggie en Sharon opzij drong, me in zijn armen trok en mee terugnam naar mijn oude leven. Tot mijn top vijf behoorde ook de scène dat hij tegen Maggie tekeerging omdat ze me de afgelopen tijd zo schandalig had behandeld, en dat ze elkaar dan met Joans afschuwelijke boterhambordjes bekogelden en die als perzikkleurige, gebloemde projectielen door de kamer lieten vliegen. Maar dit had ik in mijn wildste, meest ongebreidelde fantasie nog nooit bedacht. Dat ik tussen Sharon en Maggie in op het politiebureau van Kildare zou zitten, en aan een vreselijk gênant kruisverhoor onderworpen zou worden door een hoofdcommissaris die McHugh heet. Het is een aardige man, bevoogdend en vaderlijk, maar het is wel duidelijk dat hij me voor een of andere gek/stalker/amateurinbreker houdt die zo snel mogelijk in de dichtstbijzijnde opvang opgenomen moet worden.

'Zijn dat uw twee zussen, Miss Woods?'

'Stiefzussen,' zegt Maggie op bitse toon. 'Dat betekent dat we niet echt familie zijn. Voor het geval u misschien denkt dat krankzinnigheid in de familie zit.'

'We vragen ons af, Miss Woods, waarom een rechtmatige eigenaar van een huissleutel niet op de hoogte is van een nieuwe alarmcode.'

'Ik heb u nu al verschillende keren uitgelegd,' hou ik vol, klaar om op te springen en op de tafel te slaan zoals je ze dat in slechte rechtbankfilms ziet doen, 'dat de eigenaar van het huis, Sam Hughes, een tijdje het land uit was en... dat hij de code waarschijnlijk veranderd heeft voordat hij wegging.'

'Zonder de bezitter van de sleutel daarvan op de hoogte te stellen. Beetje vreemd, vindt u niet?'

'Ik verzeker u, hoofdcommissaris, het is gewoon een misverstand...'

'Het is net uit tussen Jessie en Sam, moet u weten,' onderbreekt Sharon ons. Ze bedoelt het goed, daar ben ik van overtuigd, maar ik kan haar wel wurgen.

'O, had u een relatie met de huiseigenaar?'

'Ehh... ja.'

'En u heeft er niet aan gedacht dat eerder te vertellen? Waarom niet?'

'Omdat... gewoon niet. Ik bedoel... Ik dacht dat het niet belangrijk was.'

'Waarom ging u eigenlijk naar zijn huis als u wist dat hij er niet was?'

'Nou...' *Denk, denk, denk!* 'Ik wist niet dat hij er niet zou zijn.'

'Verdomme, voor de draad ermee, Jessie!' zegt Sharon, terwijl ze me onder de tafel een por geeft. 'Dan kunnen we gaan. Weet u, hoofdcommissaris, ze probeerde weer bij hem terug te komen. Dat was het plan. Ik vond het ook een krankzinnig idee.'

'Mag ik u er even op wijzen dat ik nog nooit eerder zoiets heb gedaan?' smeek ik.

'Nou, de eerste keer was een daverend succes,' mompelt Maggie binnensmonds. 'Waarom laat je je niet ontoerekeningsvatbaar verklaren, dan kunnen we allemaal weg. Mag ik trouwens even naar buiten om een sigaret te roken, agent? Ik heb hier niks mee te maken en ik heb nog niet eens avondeten gehad.'

Er komt een andere agent binnen, dit keer een vrouw van ongeveer Joans leeftijd, die met een klap een plastic beker vol melkachtige thee voor de hoofdcommissaris neerzet. Maar op het moment dat ze zich omdraait om weg te lopen... herkent ze me.

'Sorry, maar jij bent toch Jessie Woods?'

Ik knik en weet een flauw glimlachje tevoorschijn te toveren en denk *shit, shit, shit.*

Het laatste wat ik kan gebruiken is dat dit naar de pers doorgespeeld wordt.

'Ik dacht al dat jij het was. Ik herkende je bijna niet met dat rode haar. Ik vind het heel erg wat er met je show en alles gebeurd is.'

'Ehh... bedankt.'

'Zou ik misschien een handtekening mogen hebben?'

'Ja, natuurlijk.'

'Dank je.'

'Graag gedaan.'

'Niet voor mezelf natuurlijk. Ik kijk nooit naar dat soort ondermaatse tv-programma's. Het is voor mijn dochter.'

'O, oké.'

'Ik wilde u even laten weten, hoofdcommissaris, dat meneer Sam Hughes is gearriveerd en bereid is Miss Woods te identificeren.'

Nee, nee, nee, nee, god alsjeblieft, neeeee. Ik geloof het gewoon NIET.

Maar voordat ik de gelegenheid heb mijn gedachten te ordenen wordt Sam de kleine verhoorkamer binnengeleid. Hij is een en al opgewektheid en jovialiteit en blaakt van zijn gebruikelijke kogelvrije zelfvertrouwen. Hij maakt geen oogcontact met me, herkent de hoofdcommissaris onmiddellijk als de man die het hier voor het zeggen heeft, en schiet rechtstreeks in een groots, indrukwekkend charmeoffensief. Het is Sam op zijn sympathiekst, knapst en indrukwekkendst. Een vreselijk misverstand, hij straalt innemend en geeft een glimlach ten beste die bijna tinkelt. Het is allemaal heel makkelijk uit te leggen. Heel simpel, Miss Woods kwam wat van haar spullen ophalen en had zich niet gerealiseerd dat de alarmcode was veranderd. Heel vervelend dat de politie zich met dit soort dingen bezig moet houden... Het is een storm in een glas water, diepe, diepe verontschuldigingen.

'Geen probleem,' zegt hoofdcommissaris McHugh vrolijk, hij is nu al als was in Sams handen. 'We kunnen niet voorzichtig genoeg zijn, toch? Toen we Miss Woods zonder geldig identiteitsbewijs in het perceel aantroffen, waren we genoodzaakt haar mee te nemen voor een ondervraging. Standaardprocedure, we behandelen iedereen immers gelijk, ha, ha, HA.'

Al die tijd ben ik volkomen van streek; ik was het natuurgeweld van Sam helemaal vergeten. En nu we weer dezelfde lucht inademen, wens ik dat de zuurstof het trillen van mijn lichaam doet stoppen. Het is moeilijk, want terwijl hij staat te kletsen komt er een hele caleidoscoop aan herinneringen bij me boven, waaronder één heel dierbare; de eerste keer dat Sam zei dat hij van me hield.

We waren op minivakantie in Venetië. Hij was daar voor zaken en ik vloog over om samen met hem het weekend door te brengen. We hadden twee goddelijk romantische dagen van pure weelde in het Cipriani Hotel... Dat wil zeggen goddelijk romantisch tussen al zijn vergaderingen door. Maar goed, ik wist van tevoren dat hij het druk zou hebben. Sam heeft het altijd druk. Hoe dan ook, op mijn aandringen maakten we de laatste avond een gondeltocht door de stad. Ik zag het al helemaal voor me en had zelfs twee flesjes roze champagne meegesmokkeld om van te nippen terwijl we onder de maanverlichte bruggen door de grachten zouden glijden. Ik zal het moment nooit vergeten, misschien was ik een beetje tipsy, maar ik kroop dicht tegen hem aan en fluisterde dat ik van hem hield, dat hij het beste was dat me ooit was overkomen. Nog voor hij kon antwoorden ging zijn iPhone, en hij zei dat het belangrijk was en op moest nemen.

Als hij niet zegt dat hij ook van mij houdt, dacht ik terwijl hij opnam, spring ik de gracht in. Hij deed het niet. Dat wil zeggen, niet met die woorden. Maar later zei hij: 'Ik ben dol op je.' Houden van, legde hij uit, kreeg hij niet makkelijk over zijn lippen, wat ik heel goed begreep. Ik bedoel, alle alfamannen zijn toch lichtelijk achtergebleven als het om het uiten van gevoelens gaat? 'Ik ben dol op je' werd dus ons privégrapje, we zeiden het voordat we gingen slapen en aan het eind van een telefoongesprek. En ik denk het nu ik naar hem kijk en hij, groot en gezaghebbend, alles goed staat te praten. Ik ben dol op je, Sam. Zo ontzettend dol op je.

Op de een of andere manier komt er aan dit alles een einde, eindelijk mogen we gaan, maar de volgende, vreselijke minuten zijn een nachtmerrieachtige waas in mijn herinnering. We worden het bureau uitgeleid en staan dan pardoes op straat. Ik, Maggie, Sharon... en Sam.

'Ehhh, trouwens Sam, dit zijn mijn zussen, Maggie en Sharon,' zeg ik tegen hem om de stilte te verbreken en omdat de spanning tussen ons als een elektrische stroom begint te knetteren.

'Stiéfzusters,' zegt Maggie, terwijl ze hem dreigend aankijkt en een sigaret opsteekt.

Ondertussen staat Sharon hem als gehypnotiseerd aan te staren, alsof hij een buitenaards wezen is. Maar bij Smiley Burger komen natuurlijk ook nauwelijks mannen met Rolexhorloges, Prada-schoenen en Bentleys. Ik werp haar een snelle, waarschuwende blik toe, want ik ken Sharon, de kans bestaat dat ze hem plompverloren vraagt of hij niet een single vriend voor haar heeft.

Dan excuseert Sam zich beleefd, grijpt mij bij de arm en loodst me naar zijn auto, die een paar meter verder geparkeerd staat. Ik kijk hem aan, vastbesloten hem als eerste te laten praten. Maar als hij dat doet, zegt hij dingen die ik niet had verwacht.

'Ik had je zojuist kunnen laten oppakken, weet je dat?' zegt hij ijzig. 'Inbreken op mijn privéterrein? Mijn huis binnendringen? Hoe zou jij het vinden als ik jou zoiets flikte?'

Nee, nee, nee, nee, nee, nee, nee. Zo hoort dit gesprek niet te gaan. In mijn hoofd heb ik allerlei zinnen voorbereid. Maar ik krijg ze niet uit mijn strot.

'Wat denk je nou eigenlijk?'

Ik stamel iets over het krantenartikel waarin stond dat hij eerder uit Spanje kwam en dat het gerucht de ronde deed dat dat betekende dat hij me terug wilde, maar hij onderbreekt me onmiddellijk. Deze hele toestand vanwege één waardeloos stukje in een roddelkrant? Weet ik dan na al die jaren nog niet dat journalisten altijd alles bij elkaar verzinnen? Trouwens, de enige reden dat hij zijn vakantie in Spanje heeft afgebroken is omdat hij was gevraagd vanavond in de K Club een thematoespraak over startende bedrijven te houden. Waar hij nu op dit moment zou moeten zijn.

Hij raast maar door, werkt zichzelf naar een crescendo van stille, ingehouden woede. Feiten komen bij hem altijd voor gevoelens. Hij zegt dat hij zijn mensen ogenblikkelijk over deze kwestie zal inlichten, dat het met een beetje geluk misschien, heel misschien, buiten de publiciteit gehouden kan worden. En of ik hem onmiddellijk zijn huissleutels terug wil geven, om een herhaling van deze afgrijselijke avond te voorkomen.

Sam verheft nooit, maar dan ook nooit, zijn stem, maar om de een of andere reden is dat voor de ontvanger van zijn preek nog veel bedreigender.

Hij noemt me geen Woodsie, zoals hij altijd doet. En hij zegt niet 'Ik ben dol op je'. Ik sta als aan de grond genageld, staar hem als een imbeciel aan en weet geen woord uit te brengen. En hij dendert maar door. Waarom heb ik hem lastiggevallen met al die telefoontjes? Waarom heb ik Margaret van kantoor bestookt met boodschappen? Het was toch wel duidelijk dat hij me niet wilde spreken? Begreep ik dan niet wat een 'time-out' was? Maar wat hij daarna zegt is echt dodelijk. Ik voel dat mijn hart zich letterlijk omdraait. Misschien, zei hij, misschien had hij een paar weken geleden na de breuk een hereniging overwogen, maar nu is dat uitgesloten. Niet na dit. De onderliggende tekst luidt: wie wil er nou met een of andere obsessieve, inbraak plegende, gefrustreerde ex omgaan?

Ik probeer me niet eens te verdedigen. Ik sta daar en hoor het aan. Als een mishandelde vrouw die denkt dat het eigenlijk allemaal haar eigen schuld is. Want hij heeft gelijk. Ik heb me als een krankzinnige gedragen. Ik verdien het, die vaste vloerbedekking van Axminster. Ik weet niet hoelang ik mijn tranen nog kan inhouden en ik wil niet dat hij me ziet huilen. Maar zoals altijd laat mijn lichaam me in de steek. Ik hoor snikken en besef dat die van mij afkomstig zijn. Dan beginnen de tranen te stromen. Dikke, afstotelijke tranen die voor Sam het signaal zijn dat hij moet maken dat hij wegkomt en hier onder geen enkele voorwaarde bij betrokken moet raken. Een seconde later is het voorbij. Ik bedoel: echt helemaal voorbij.

'Ik moet gaan,' zegt hij nors. 'Ik stond net op het punt mijn speech in de K Club te houden toen ik gebeld werd door de politie. Ik had geen idee dat ik al dit gezeik op mijn dak zou krijgen.'

Hij gaat weg. Dit keer gaat hij echt weg. Hij stapt in zijn auto om ervandoor te gaan. Voor altijd uit mijn leven. Ik sta op de stoep naast zijn auto en hoop dat hij nog iets anders tegen me zegt. Gezeik mag niet het laatste zijn dat hij tegen me zegt. Dat mag gewoon niet.

Dan glijdt het raam van zijn auto naar beneden en steekt hij zijn hoofd naar buiten. Hij heeft nu zijn zonnebril op, ik zie niet wat de uitdrukking op zijn gezicht is. Irritatie? Boosheid? Of, wat helemaal erg zou zijn, medelijden?

'O ja, wat ik nog zeggen wou,' roept hij naar me terwijl hij de motor laat ronken.

'Ja?'

'Dat rode haar is echt verschrikkelijk.'

Een halfuur later zit ik met Maggie en Sharon in een kroeg aan de overkant. Ze proppen zich vol met worstjes en patat die in een weerzinwekkende uienjus drijven, terwijl ik rillend en trillend een cognacje drink. Ik voel me het slachtoffer van een auto-ongeluk, en zo zie ik er ook uit. Ik herinner me nauwelijks hoe we hier beland zijn. Ik weet alleen dat ik toen Sam wegscheurde het gevoel had alsof iemand zijn vingers in mijn keel gestoken had, zo ver dat hij mijn ingewanden eruit rukte.

Ik weet nog dat ik daarna Sharon en Maggie naast me hoorde kibbelen. Maggie dreigde dat als ze niet binnen vijf minuten fatsoenlijk te eten kreeg, ze heel Kildare in de fik zou steken, wat in haar geval geen loos dreigement hoeft te zijn. Dus gaven ze me ieder een arm en sleurden me deze kroeg in.

Nu die twee hebben gegeten en tevreden over hun buik wrijvend op hun dessert zitten te wachten, zijn ze een stuk beter geluimd en doen zelfs aandoenlijke, kleine pogingen om me uit het diepe moeras te trekken waarin ik gezonken ben. Zonder het te beseffen gedragen ze zich helemaal volgens alle liefdesverdrietregels. Regel één: ze geven alle twee zo veel mogelijk op Sam af. Regel twee: ze bestellen een tweede cognac voor me. Wat meer dan aardig is omdat ik het zelf niet kan betalen. Het duurt een eeuw voordat het komt, zo lang dat Sharon tegen de barkeeper snauwt: 'Wie komt er eigenlijk met die cognac? Een sint-bernard?' Bovendien lopen ze al hun soaps mis nu ze hier zitten. Wat ongeveer hetzelfde is als dat trouwe voetbalsupporters een cupwedstrijd missen. Zelfs Maggie, die niets liever doet dan me nog verder de grond in te trappen als ik al down ben, heeft haar klauwen ingetrokken. Wat ik waardeer, voor zo lang als het duurt.

'Weet je,' zegt Sharon, 'ik heb heel wat foto's van Sam Hughes in de krant gezien, maar van dichtbij is hij helemaal niet zo knap. Om te beginnen staat zijn haar alle kanten op. Nog erger dan dat van Simon Cowell.'

'En zijn hoofd is bijna helemaal vierkant,' merkt Maggie op. 'Hij heeft de bouw van een rugbyspeler en ook nog van die domme doorlopende wenkbrauwen.'

'En nog iets,' zegt Sharon, 'wat was hij kwaad. Razend. Witheet. Ik heb nog nooit zoiets gezien.'

'Is het de bedoeling dat ik hier vrolijk van word?'

'Als de films van Sandra Bullock me iets geleerd hebben, is het wel dat onverschilligheid het tegenovergestelde is van liefde. Je kunt zeggen wat je wilt, maar hij was net allesbehalve onverschillig. Je kunt zijn onverschilligheid voortaan het beste met nog meer onverschilligheid beantwoorden. Dan ben je goed bezig.'

Je hebt het mis, denk ik, haar somber aankijkend. *Onverschilligheid is niet het tegenovergestelde van liefde. Dat is het uitrukken van je ingewanden.*

'Als je wilt lachen,' zegt Maggie, zich uit haar stoel hijsend om naar buiten te gaan voor een sigaret, 'kan ik wel voor je regelen dat hij belastingcontrole krijgt. Als hij de afgelopen jaren iets niet heeft opgegeven, al is het maar een onderbroek, kunnen we hem het leven behoorlijk zuur maken.'

Bij wijze van antwoord snuif ik wat. Sorry, maar tot meer ben ik niet in staat.

'Verdomme, Jessie, je moet ermee kappen. Ik heb er geen zin meer in dat je nog langer versuft van ma's pillen door het huis strompelt. Die vent is gewoon een eikel en hoe eerder je er een punt achter zet, hoe beter. Zo simpel is het.'

'Ja, en trouwens, hij heeft je toch ook nooit ten huwelijk gevraagd?'

'Nee. Nee. Je hebt gelijk. Dat heeft hij nooit gedaan.'

MEI - JUNI

Twaalf

Ik heb goed nieuws en slecht nieuws te melden. Eerst het goede: ik slaap thuis niet langer op de bank. Ik weet het, het is een wonder. Sharon kreeg in een vlaag van ruimhartigheid medelijden met me, waarvoor ik haar eeuwig dankbaar zal zijn, en zei dat ik voortaan op een geïmproviseerd opklapbed in haar kamer mag slapen. En dat is heel wat beter dan op die door achterwerken ingedeukte bank, kan ik je vertellen.

We zijn maatjes geworden, Sharon en ik. Zij heeft mij geholpen en ik haar. Elke vrije minuut die we hebben zoeken we op internet geschikte mannen voor haar en scheiden we de LOTO's (Leukerds Om Te Ontmoeten) van de LME's (Lijken Me Engerds). 's Nachts liggen we te giechelen en te keten, en we kletsen over mannen en de gekke e-mails die ze heeft gekregen, totdat Joan op de slaapkamerdeur timmert en zegt dat we stil moeten zijn omdat we haar uit haar slaap houden.

Het is alsof we weer tieners zijn, maar dan zonder huiswerk/puistjes/wanhopige verliefdheden op jongens uit een band/onbereikbare types op school. Ik zweer je, dit is in meerdere opzichten goed voor me. Om te beginnen doet het mijn geloof herleven dat er in elk geval in de digitale wereld liefde en romantiek bestaan. En elk gespreksonderwerp dat me van die andere kwestie afleidt is meer dan welkom, toch? We zijn hier in huis tot de stilzwijgende afspraak gekomen een ijzeren sluier te trekken over die gruwelijke gebeurtenis in april en de unanieme gêne over mijn aanstellerij. Zelfs Maggie, koningin der schimpscheuten, heeft me met rust gelaten en niet gepest. Dat wil zeggen, niet met het onderwerp Hij Van Wie De Naam Voor Eeuwig Onuitgesproken Blijft. Wat alle overige onderwerpen betreft is ze dezelfde als altijd; een gemeen kreng dat me al kan wurgen als ik alleen al vanuit mijn ooghoek naar haar kijk.

Na bovengenoemde gebeurtenis heeft Sharon me in onbedekte termen gezegd dat het mislukken van het grote romantische gebaar dat ik heb gemaakt bewijst dat haar theorie klopt. Namelijk dat Sam een klootzak zonder kloten is. Bovendien denkt ze dat zijn gedrag ten aanzien van mij op die afschuwelijke avond precies de elektrische-schokbehandeling was die ik nodig had om me in de realiteit terug te brengen. Vanaf die avond is ze ook begonnen mijn gedrag in de gaten te houden; ze heeft mijn mobieltje uit mijn tas gepikt, Sams nummer gewist en de foto gedeletet van hem en mij samen op vakantie aan de Caribische Zee die ik als screensaver gebruikte. Ze bedoelde het goed, maar verspilde haar tijd, want vanaf de dag dat hij me zijn nummer heeft gegeven ken ik het uit mijn hoofd.

's Avonds in bed probeert ze me vaak met allerlei wilde,

idiote wraakfantasieën aan het lachen te krijgen. Dat hij sinds we hebben gebroken aan de drugs is en er twee mille per dag doorheen jaagt om zijn verslaving te onderhouden is een speciale favoriet.

'Wacht, ik weet nog een goeie,' riep Sharon enthousiast op een avond terwijl ze al rokend naar het plafond lag te staren en ik een van haar Danielle Steel-romans probeerde te lezen. 'Heb je er ooit aan gedacht dat hij gay is en het nu pas beseft? Dat heb ik eerder gezien, weet je. Zo'n rokkenjager die de ene vriendin na de andere verslijt en er dan opeens met een of ander broodmager David Furnish-typetje vandoor gaat.'

'Waar heb je dat eerder gezien?'

Ik denk: misschien iemand uit de straat? Een of andere sappige buurtroddel die ik niet ken?

'Bij *EastEnders*. Sorry, ik had het niet over de werkelijkheid. Denk je trouwens dat ik voor mannen aantrekkelijker ben als ik mijn naam zou veranderen?'

'In wat?'

'Shazwanda.'

'Ehhh... nee. Absoluut niet. Nou, welterusten... Shazwanda.'

Liefdesverdriet, heb ik ontdekt, is eigenlijk net zoiets als de mazelen; hoe ouder je bent als je het krijgt, hoe erger het is. Maar nu het genezingsproces is begonnen ben ik in staat om in mijn rustigere, kalmere momenten en met de kennis die ik nu heb de volgende redenering te accepteren: als Sam mij zo makkelijk uit zijn leven kan wegbonjouren, leek onze relatie sowieso op het communisme; in theorie goed, maar in de praktijk waardeloos. Hij kende al mijn gedaanteveranderingen, van eenvoudig manusje-van-alles bij Channel Six en weervrouw tot volleerd tv-presentatrice. Maar de gedaanteverandering waar hij niet mee overweg kon was de werkeloze loser. Wat, als je erover nadenkt, meer over hem zegt dan over mij. En dat ik de hele tijd contact met hem zocht was, om Sharons metafoor te gebruiken, net zoiets als haar relatie met Pot Noodles. Op de korte termijn onweerstaanbaar, uiterst bevredigend en bijna onmogelijk te weigeren, maar naderhand ben je gegarandeerd kotsmisselijk en heb je een nog grotere hekel aan jezelf omdat je je niet hebt kunnen beheersen. Sharon is dol op alle metaforen die met eten te maken hebben.

Goed, ik ben dus gestopt. Ik bel niet meer en ben niet meer voortdurend aan het sms'en. Ik lees zelfs geen kranten omdat er roddels over hem in kunnen staan. Als een alcoholist die zijn verslaving aan het overwinnen is, leef ik met de dag. Ik heb nu al bijna zeventig dagen geen contact meer met hem gezocht en ik vind dat een ongelooflijke prestatie van mezelf.

Er is niet echt veel positiefs te melden wat Sharons liefdesleven betreft. Na een intensieve websitespeurtocht en veel voorzichtige begeleiding van mij heeft ze uiteindelijk uit alle mannen met wie ze regelmatig e-mailde één man gekozen. Hij heette Dave en werkte in de IT: vijfendertig, gescheiden, geen kinderen. Hij zag er op de foto leuk uit, voor zover je dat kon zien want de foto was van een behoorlijke afstand genomen. Het enige minpuntje was dat hij zich in een nachtelijke e-mail aan Sharon had laten ontvallen dat hij vond dat ze wel erg veel tv-keek, terwijl hij iemand was die het echte leven een stuk interessanter vond. Een kardinale fout. Het heeft me een paar uur gekost om haar ervan te overtuigen dat dit een heel normale opvatting is en hij er echt niet alleen in staat. Maar goed, op een gegeven moment e-mailden ze elkaar dagelijks, soms zelfs meerdere keren per dag en toen het uiteindelijk zover was dat ze elkaar zouden ontmoeten, was ze helemaal door het dolle. Ze had het plan opgevat om af te spreken in een duur restaurant in de stad; een heuse, volwassen afspraak die met een beetje geluk aan het eind van de avond zou uitmonden in een potje zoenen.

Geen goed idee, zei ik, ook al vond ik het vervelend om advocaat van de duivel te spelen, maar ervan overtuigd dat ik geen keus had. Je komt online veel van iemand te weten, maar je kunt niet inschatten of de mysterieuze 'vonk' ook in het echt overslaat. Stel dat je na vijf minuten al weet dat je hem niet leuk vindt. Wat dan? Je verveelt je kapot, en hebt ook nog een etentje van twee uur voor de boeg dat je je week-salaris kost. Of nog erger, ik vond het echt vreselijk om te zeggen, maar iemand moest het doen: stel dat hij niet op komt dagen en je daar in je eentje met een glas kraanwater in zo'n kakkerig restaurant laat zitten? Nee, je kunt de eerste keer veel beter in een koffiebar afspreken. Dat duurt niet lan-ger dan een halfuur, en als het klikt maken jullie gewoon een nieuwe afspraak. En als het niet klikt, kost het niet meer dan een halfuurtje en een americano.

'En er zit nog een ander voordeel aan een koffieafspraak,' voeg ik er zelfgenoegzaam aan toe.

'Namelijk?'

'Je kunt heel veel afleiden uit de manier waarop een man drinkt. Als hij bijvoorbeeld op zijn koffie blaast om het af te laten koelen, is de kans groot dat hij in bed overdreven voorzichtig is. En als hij slurpt kun je er donder op zeggen dat hij nat zoent.'

'Jemig, je zou je brood hiermee kunnen verdienen.'

Voor we het wisten moest Sharon van alles gaan regelen om zich op de grote avond voor te bereiden. Ik nam haar uiterlijk voor mijn rekening, iets wat ik al heel lang dolgraag wilde, en ik kreeg haar zelfs zover dat ze een afspraak met die kapsalon van Joan maakte om iets aan dat vreselijke haar te laten doen. En alsof dat nog niet genoeg was, trok ik alle overtollige haren uit haar wenkbrauwen en kon ik haar er zelfs toe overhalen dat ik haar snor onder handen mocht nemen, na veel gemopper over hoe pijnlijk dat zou zijn. Ze had zichzelf op een nieuwe spijkerbroek getrakteerd en achter in Joans kledingkast vond ik een Whistles-twinsetje dat haar perfect paste. Daarna doorzochten we samen mijn spullen in de garage en vonden voor haar een van mijn Birkin-tassen, nepoorbellen en een ketting.

Het resultaat? Een complete transformatie.

Maggies commentaar? 'Ik vind dat je meer accessoires nodig hebt. Een pooier en een lantaarnpaal, bijvoorbeeld.' Toen Sharon de kamer uit was, wendde Maggie zich tot mij en grauwde, *grauwde*, dat als er iets met Sharon zou gebeuren ze mij daarvoor verantwoordelijk hield. Ik begon me te verdedigen, mompelde iets over dat het beter is de liefde gekend te hebben en te verliezen dan niet te weten wat liefde is (komt door de Danielle Steels die ik lees), maar Maggies antwoord was: 'Alsjeblieft zeg. Kijk nou eens hoe je haar de deur laat uit gaan. Waarom zet je haar niet meteen in hotpants bij de haven af?'

Ik vertelde Sharon niets over deze woordenwisseling, maar herinnerde mezelf er in stilte aan dat mensen nu eenmaal altijd hun maatschappelijke status aan anderen willen spiegelen om zich goed te voelen. Wat de enige reden kan zijn waarom Maggie zich zo bedreigd voelde door dit alles. Ze is single en wil dat het hele huis haar gezelschap houdt.

Maar Joan vond het allemaal geweldig. Ik denk dat de gedachte dat een van haar dochters een afspraakje had haar misschien zelfs in een goed humeur bracht. Het enige probleem was dat veel van haar goedbedoelde adviezen lijnrecht tegen die van mij in gingen. Ik adviseerde Sharon bijvoorbeeld gevat en hartelijk te zijn maar toch enige reserve te houden; het kan immers geen kwaad een beetje geheimzinnig tegen heren te doen. Terwijl Joan zei: 'Laat vooral duidelijk blijken dat je beschikbaar bent en bedenk dat je zo'n twaalf jaar hebt drooggestaan, dus ik zou zeggen: pak wat je pakken kan.'

Ook raadde ik Sharon aan de tijd goed in de gaten te houden en na ongeveer veertig minuten te doen alsof ze weg moest, dat ze nog een ontzettend belangrijke afspraak had. Dit is gebaseerd op het showbizzprincipe dat het altijd goed is de ander naar meer te laten verlangen. Maar Joan zei dat ze hem best mee naar huis kon nemen. Dan kon zij hem ook goed bekijken, en als hij wilde blijven slapen zou ze de volgende ochtend een compleet Engels ontbijt voor hem klaarmaken.

'Jezus, zie je het voor je?' fluisterde Sharon toen we naar de deur liepen. 'Dat ik die arme ziel voor het eerst mee naar huis neem en dat ma ons zit op te wachten? Je weet hoe ze is; hoe aardiger ze tegen hem doet, hoe meer ze hem zou afschrikken. Als een soort reusachtige dating-vogelverschrikker.'

Ik leende Joans auto en zette Sharon af bij Starbucks in Dame Street, midden in het centrum van de stad; zij bibberend als een juffershondje van de zenuwen en ik helemaal opgaand in mijn rol als relatiegoeroe. Ik verzekerde haar dat ik in mijn leven heel wat mensen op relatiegebied gecoacht heb en dat het allemaal goed afgelopen is.

Ik hoopte zo dat het iets zou worden, maar... helaas. Ik was nog niet terug in Whitehall of mijn telefoon ging. Sharon, in tranen, wilde opgehaald worden. Als hij nou niet op was komen dagen was het niet zo erg geweest, maar wat er gebeurde was veel, veel erger. De man kwam binnen, sloeg een blik op Sharon en zei dat hij vergeten was de parkeerautomaat bij te vullen. Hij kwam nooit meer terug, de schoft.

'Ik heb me nog nooit van mijn leven zo vernederd gevoeld,' snikte ze al rokend toen we naar huis reden. 'En ik gril verdomme hamburgers voor de kost. Het was alsof zijn lippen "nee" zeiden en zijn ogen "lees mijn lippen". Nietige eikel.'

Goed beschouwd is het nu dus één-nul voor Maggie.

De ruzie die avond zal ik nooit vergeten. Voornamelijk vanwege het uitzonderlijke feit dat ik er nu eens niet bij betrokken was. Ik was heel onschuldig de afwasmachine aan het inruimen toen ik Maggie tegen Sharon tekeer hoorde gaan, een hoogst ongebruikelijk fenomeen. 'Zie je nou wel? Dat gebeurt er nou als je beste vriendinnen wordt met zo'n trut als Cinderella Rockefeller. Wedden dat zij zich rot lacht? Ze dost je uit als een of andere malloot voor die vent, maar hij heeft je nog niet gezien of hij neemt al de benen.'

'Hou Jessie erbuiten, wil je? Zij kan er niks aan doen. Bemoei je er niet mee en laat haar met rust!'

'Het verbaast me niks dat je het voor haar opneemt. Jullie zijn wel dikke maatjes tegenwoordig, hè? Slapen in dezelfde slaapkamer, lekker roddelen en kletsen en internet afspeuren naar sukkels voor wie je hard weggerend zou zijn als je ze gewoon in de kroeg tegenkwam. Ze bespeelt je als een viool, en je hebt het niet eens door. Ze heeft zich in je leven gewurmd, alleen maar om te krijgen wat ze zelf wil. En ze heeft nog succes ook; ze heeft je zover gekregen dat je je kamer met haar deelt en nu heeft ze het zelfs voor elkaar dat wij elkaar naar de keel vliegen.'

'Weet je, Maggie,' zegt Sharon, en ze klinkt sterker dan ooit. 'Toen Jessie hier kwam wonen, hebben we haar opzettelijk de goorste klusjes laten doen. En zij heeft het allemaal gedaan en nooit gemopperd of geklaagd. Nooit.'

'Alsjeblieft zeg, Jessie Woods en huishoudelijk werk zijn twee absoluut onverenigbare zaken.'

'Je zou jezelf eens moeten horen! Je moet verdomme eens ophouden met haar altijd zo af te kraken! En je moet ook eens kappen met op mij te katten! Ik ben het zat om alleen te...'

'Je bent niet alleen...'

'Ik ben het spuugzat om eeuwig en altijd voor de tv te zitten en al helemaal om alleen te zijn. Ik ben verdomme tweeendertig, en ma heeft een leuker sociaal leven dan wij. Ik wil niet dat jij en ik eindigen als twee gestoorde ouwe wijven die uitgejouwd worden door de kinderen in de straat, en bij wie ze belletje trekken en dan hard wegrennen.'

'Wat is er met jullie aan de hand?' hoor ik Joan van boven aan de trap schreeuwen.

'NIKS,' gillen ze in perfecte harmonie terug.

'Kan het wat rustiger dan?' roept Joan. 'En als er bloed vergoten wordt op het tapijt zullen jullie je bij mij moeten verantwoorden.'

De badkamerdeur wordt met een klap dichtgesmeten en de ruzie wordt hervat, een tikje zachter dit keer.

'Weet je,' zegt Sharon, ietsje kalmer nu. 'Ik wil een vriend en ik ga mijn best doen er een te vinden. En als het niet lukt, heb ik het tenminste geprobeerd. Ben ik in elk geval met m'n luie kont van de bank gekomen en heb ik voor de verandering eens een poging gedaan te krijgen wat ik wil.'

'Ik zit helemaal niet avond na avond met mijn kont op de bank...'

'Maggie, kijk nou eens naar jezelf! Je kunt zoveel meer met je leven. Jemig, je bent de grappigste, scherpste persoon die ik ken en je zegt altijd dat je ervan droomt stand-upcomedian te worden. Je zou er geweldig in zijn, je zou het leuk vinden en je kunt het slapend. Maar nee, je vindt het wel best om elke avond op de bank te hangen en steeds maar weer herhalingen van dezelfde programma's te bekijken. Maar ik heb er schoon genoeg van. Ik wil meer.'

'Wacht even...'

'Want als ik één ding van Jessie heb geleerd, is het wel dat dit de gouden jaren zijn waarin we kunnen bewijzen dat onze moeder ongelijk had. En dat is precies wat ik ga doen.'

De deur werd dichtgeslagen. Net als in een soapserie.

Ik stond in de keuken, theedoek in de ene hand, de andere hand op mijn mond, elk woord in me opnemend. En ik dacht maar één ding. Bravo, Sharon.

Nog meer nieuws. Ongeveer twee weken geleden belde Emma 's ochtends vroeg. Ze wilde vragen of ik tijd had (Ik? Geen tijd? Laat me niet lachen). Ik legde haar de weg uit en een uur later zat ze aan de keukentafel en dronk ze koffie uit een van die afzichtelijke, perzikkleurige bekers van Joan. Het was zo fijn haar te zien dat ik me moest bedwingen niet te gaan huilen. We hadden natuurlijk wel telefonisch contact gehouden, maar het was zo lief van haar dat ze de tijd en moeite had genomen me helemaal hier in Whitehall op te zoeken.

Zoals altijd zag ze er in een van haar keurige nieuwslezer-outfits beeldschoon uit en was tiptop verzorgd. Haar huid was goudgebruind; ze was met haar vriend Simon net terug van een weekje Portugal, waar ze van plan zijn dit jaar kerst te vieren. Ze nodigde me uit om ook te komen, onwijs aardig natuurlijk, maar aangezien ik er niet op hoef te rekenen dat ik in de tussentijd de loterij win is de kans nihil dat dat gebeurt. Emma is een engel, ze gaf me zelfs een compliment over mijn nieuwe rode kapsel. Maar terwijl ze over alles en iedereen van Channel Six vertelde vond ik het heel vreemd om aan mijn oude leven herinnerd te worden. Te beseffen wat ik allemaal mis.

Hoe dan ook, ze had onlangs gesproken met Liz Walsh, hoofd Televisie, en het zag ernaar uit dat ze haar eigen talk-show krijgt in de eind zomer-/begin herfstprogrammering. Ook nog eens op primetime, en niemand verdient het meer dan zij. Emma doet ook niet neerbuigend of laatdunkend over mijn, hoe zal ik het zeggen, mindere omstandigheden, maar drukt me steeds opnieuw op het hart dat het echt allemaal goed komt en dat ik niet moet aarzelen haar te bellen als ik haar nodig heb.

Dame als ze is, begon ze zelfs een praatje met Joan. Toen die zich uiteindelijk uit bed had gesleept en naar beneden was afgedaald zag ze aan haar keukentafel een echte tv-ster zitten. Overbodig te zeggen dat Joan bij de aanblik van Emma ogenblikkelijk in een opperbest humeur schoot en per se met haar mobieltje foto's van haar wilde nemen. 'Om aan de dames op mijn werk te laten zien.'

Daarna beraamden ze samen een plan waarmee ik geld kon verdienen; ik zou de zakken met spullen uit de garage eens moeten verkopen. Iets wat ik al een eeuw geleden had moeten doen, maar waar ik me al die tijd niet toe kon zetten. Dat komt denk ik vooral omdat het zou betekenen dat ik mijn oude leven voorgoed vaarwel zeg en de laatste verbinding ermee verbreek. Maar aan de andere kant kon ik het geld verdomd goed gebruiken en toen Emma zei dat ze een tweedehandswinkel in de stad kent waar ze alleen designertassen en schoenen en zo aannamen en je een percentage van de winst kreeg, leek het moment me gekomen om aan de slag te gaan.

'Wat een geweldig idee,' kirde Joan, bewonderend naar Emma kijkend. Ze zag mijn geplande grote schoonmaak als de perfecte gelegenheid om van een berg oude, versleten kleren van Sharon en Maggie af te komen en die naar Oxfam te brengen. Een klus die gedaan moet worden als die twee veilig op hun werk zitten.

'We komen meteen in actie,' riep Emma vrolijk, want ze was de rest van de ochtend toch vrij en wilde me zelfs naar de tweedehandswinkel rijden omdat haar auto een enorme kofferbak had waar heel veel in kon. Het volgende uur ploegden we in de garage al mijn vuilniszakken door en legden we zonder pardon alles opzij waar ik nog wat poen voor zou kunnen krijgen. Prada-jurken, Vuitton-tassen, Jimmy Choo-schoenen, noem maar op.

Het was fantastisch om Emma naast me te hebben; ik deed mijn uiterste best haar positieve, ik-kan-alles-aan-houding over te nemen en stond mezelf niet toe te treuren over de gelukkige tijd waarin ik al die kleding daadwerkelijk droeg. Ik bleef me erop focussen dat ik er straks waar-

schijnlijk geld voor kreeg. Ik hield alleen een paar spijkerbroeken en truitjes achter die ik nog goed kan gebruiken,
een pakje voor het geval er een wonder gebeurt en ik een
baan krijg, en een paar accessoires zoals sjaaltjes en wat
nepsieraden die Sharon misschien kan afdragen. Ze was namelijk bezig om, zoals zij het noemt, 'haar uiterlijk te her-
zien', dus bewaarde ik alles wat haar goed zou kunnen staan.
Verder niets.

Ik had geld nodig, geen herinneringen.

In de tussentijd mestte Joan de kasten van Sharon en Maggie uit en vulde maar liefst vier vuilniszakken met de meest
afstotelijke, walgelijke exemplaren van hun trainingspakken,
sweatshirts en olifantenonderbroeken. Tegen lunchtijd waren
we alle drie klaar om te gaan; Emma en ik met haar auto
naar de stad en Joan in haar eigen auto naar de Oxfam-shop.
We laadden beide auto's vol met de zwarte vuilniszakken en
gingen ieder een andere kant op. Joan liet de arme, geduldige Emma bijna op de Bijbel zweren dat ze ons zou bellen en
binnenkort weer langs zou komen.

Nu denk je misschien dat het allemaal van een leien dakje
ging, maar zoals zoveel in mijn leven, liep het binnen de kortste keren op een ramp uit. Op een soort klucht. Toen Emma
en ik binnenstapten bij de winkel in de stad, die Second Ave-
nue heet, vroeg de verkoopster me de kleren op de toonbank
uit te stallen zodat ze ze kon uitzoeken. Wat ik deed.

Ik stak mijn hand in de dichtstbijzijnde vuilniszak en wat
ik tevoorschijn trok... was geen Prada-jurk en geen prachtig, elegant Jimmy Choo-sandaaltje, maar Maggies weerzin-
wekkendste trainingspak, die ene felroze Hubba Bubba-
kleurige. In paniek gooide ik de rest van de zakken op de
vloer van de winkel leeg en ik zie... Maggies onsmakelijkste

panty's, nachtponnen van Sharon met gaten erin, versleten bh's waar de haakjes van ontbreken en onderbroeken die vaal zien van het vele wassen. Niets van mijn designerspullen, helemaal niets.

Wat betekent dat de zakken op de een of andere manier verwisseld waren en al mijn spullen zich op dat moment in de liefdadigheidswinkel bevonden. En ik geen cent zou krijgen. Ik zal nooit de met afschuw vervulde blik op het gezicht van de verkoopster vergeten toen ze me beleefd maar duidelijk zei dat het haar erg speet, maar dat dit niet het type kleding was dat ze zocht. Toen we even daarna langs de liefdadigheidswinkel reden zag ik in de etalage een pop in mijn Marni-avondjurk en met mijn Manolo Blahniks. Emma probeerde nog me de positieve kant ervan te laten inzien: Oxfam zou mijn spullen voor een fortuin verkopen en al dat geld ging rechtstreeks naar de arme kindjes in Afrika enzovoort. Ze had natuurlijk gelijk, maar ik was het liefst ineengeklapt van diepe frustratie en onuitgesproken woede. Die jurk in de etalage was zelfs nog nooit gedragen. Ik kon het prijsje zien hangen.

Emma reed me naar huis en toen we uit de auto stapten herkenden een paar kinderen op straat haar, ze renden op haar af, vroegen haar handtekening en namen foto's met hun mobieltje. Toen vlogen de buren naar buiten om te zien wat er aan de hand was, je weet hoe onze straat is, en verdrongen zich om Emma om haar de hand te schudden, alsof ze iemand van het koninklijk huis was. Maar ze begroette iedereen hartelijk, gaf haar handtekening en accepteerde opmerkingen als: 'Kun je niet even een goed woordje voor Jessie doen zodat ze weer op tv komt? Ze is zo eenzaam hier. Ze komt nooit naar buiten voor een praatje, je ziet haar alleen met een baseballpet en een zonnebril op van en naar de auto rennen.'

Ik word afgeschilderd als een soort Norma Desmond uit *Sunset Boulevard*, maar ja, het is typisch een opmerking voor mijn buren. Goedbedoeld, maar het komt hard aan. Vandaar dat mijn langetermijnstrategie om te overleven uit vermijdgedrag bestaat. En natuurlijk handelde Emma het allemaal blijmoedig en glimlachend af. Toen ze uiteindelijk weg moest, omarmde ze me stevig voordat ze in haar auto stapte en zoefde toen mijn nieuwe leven uit en mijn oude leven in.

En nu... tadáá! Het goede nieuws. Ik heb een baan. Maar stel je er vooral niet te veel van voor. Het lijkt niet op wat ik vroeger heb gedaan. Helemaal niet. Niet in de verste verte.

Het gebeurde als volgt: eindelijk kwam mijn spoeduitkering binnen, maar toen ik Sharon had terugbetaald en die lui van Visa, die een 'aflossingsregeling' hebben opgesteld waar ik voor de rest van mijn leven aan vastzit, was er niets meer over. Niets meer. En ik wilde per se niet meer lenen, vooral niet van Joan, zij is zo iemand die het je voortdurend inpepert als je haar geld verschuldigd bent.

Bovendien was het feit dat ik helemaal niets te doen had bepaald niet bevorderlijk voor de depressie die ik de afgelopen paar maanden heb doorgemaakt. Na het bezoek van Emma kwam het op de een of andere manier allemaal weer bij me boven. Vroeger was ik net als zij; altijd druk en onderweg, actief vanaf het moment dat ik uit bed sprong tot het onzalige uur dat ik er weer in kroop. Oké, ik was veel tijd kwijt met schulden maken, maar je begrijpt wat ik bedoel. Bezig zijn is goed voor me. Geld verdienen is nog beter.

Ik heb Roger mijn agent de afgelopen weken zo vaak gebeld dat ik al voor me zag hoe hij met zijn zakdoek met monogram naar zijn secretaresse zwaaide en mimede: 'Als dat Jessie Woods weer is, ben ik er niet en nee, er zijn géén banen.' En dat geldt niet alleen voor de showbizz. Niemand neemt mensen aan. Niemand. De uitdragerij op de hoek van de straat niet, de afhaalrestaurants niet, zelfs het bezinestation niet. Geloof me, ik heb ze allemaal geprobeerd. Het is de eerste zomer sinds mensenheugenis dat zelfs studenten geen parttimebaan kunnen krijgen en bofkonten die een zaterdagbaantje hadden worden de laan uit gestuurd.

Daar komt nog bij dat ik me toch wel een beetje zorgen maak dat ik helemaal geen ervaring in dat soort werk heb. Ik heb jaren geleden een studie media gedaan, maar sinds die tijd bestaat mijn werkervaring alleen maar uit wilde en gevaarlijke opdrachten, wat freelancereportages, het aanwijzen van lagedrukgebieden op *chroma key*-kaarten, en de oksels van een hysterische nieuwslezeres droogblazen met een föhn. Maar nu moet ik het opnemen tegen bachelors, MBA's en masters. Je weet wel, dat soort nuttige kwalificaties.

Dan is er nog een ander, iets hachelijker probleem. Wie neemt er nu iemand in dienst die zich live voor het volk zo te schande heeft gemaakt? Terwijl er achter mij een hele rij, zeg maar normale, betrouwbare, degelijke kandidaten staat? Het maakte me wanhopig en ik stond op het punt het bijltje erbij neer te gooien, toen Sharon me te hulp kwam, niet voor het eerst trouwens.

Ongeveer een week geleden kwam ze zo opgetogen van haar werk thuis dat ik dacht dat een knappe, tv-verslaafde fastfoodfan haar mee uit gevraagd had. Maar het bleek iets veel leukers te zijn.

'Ik heb nieuws,' zei ze stralend. 'Je raadt het nooit. Smiley Burger zoekt een nieuwe werknemer en wie denk je dat er morgen gaat solliciteren? Jij! Ik heb een goed woordje voor je gedaan, maar je moet niet zeggen dat we zussen zijn, anders zien ze het als vriendjespolitiek.'

Ondanks mijn protest dat ik net zoveel van de kunst van hamburgergrillen weet als van het besturen van een spaceshuttle, hield Sharon voet bij stuk. Zie het als een van je televisieopdrachten, zei ze. Een kind van vijf kan het, en in feite zou Larry, de baas, (die ze allemaal Larry de Luis noemen) het liefst ook in werkelijkheid de keuken volproppen met minderjarigen, want die hoeft hij tenminste geen minimumloon te betalen.

Dan was er de kwestie van het salaris; € 9,31 per uur. Als ik zes dagen per week werk is dat iets meer dan € 446. Het dúbbele van mijn uitkering. Dan kan ik eindelijk mijn aandeel in het huishoudgeld leveren en ben ik voortaan van huishoudelijke klussen gevrijwaard. En het idee dat ik nooit, nooit meer in de godverlaten, lange, langzame rij voor het uitkeringsloket hoef te staan is genoeg om Sharons uniform, badge en mutsje van haar lijf te rukken en naar Smiley Burger te rennen om à la minute augurken te gaan hakken.

Sharon heeft me urenlang op vragen voorbereid die me tijdens het sollicitatiegesprek gesteld zouden kunnen worden. Sollicitatiegesprek? dacht ik. Wat kon het meer zijn dan komen opdagen, een inschrijvingsformulier invullen en een uniform in ontvangst nemen? Dat zou je denken, ja. Maar er wordt van me verwacht dat ik lyrisch over hun producten kan uitweiden en, zoals Sharon het zegt, kan bewijzen dat ik die troep ook echt eet.

Ze gaf me dus een stoomcursus over alles wat ze daar maken: Smiley burgers, Smiley friet, Smiley shakes; ze verkopen zelfs allerlei Smiley caloriearme maaltijden, die naar karton smaken en als je er Smiley saladedressing overheen gooit hetzelfde vetpercentage bevatten als een dikke burger met friet. Maar ook nu citeer ik Sharon.

Toen ze op de ochtend van het sollicitatiegesprek zag dat ik een spijkerbroek en een truitje aantrok, mijn dagelijkse kloffie, kreeg ze bijna een hartaanval. 'Jezus, kun je niet een beetje je best doen? Larry de Luis krijgt kandidaten op gesprek die eruitzien alsof ze voor de rechtbank moeten verschijnen. Mensen met een academische titel. Hup, ga je opdoffen.'

Mopperend deed ik wat ze zei, maar ik dacht; ja, ja, academische titels in wat? Patat bakken? Maar goed, ik vond tussen de weinige kleren die ik voor dit soort noodgevallen had bewaard een eenvoudig Peter O'Brien-achtig pakje. Ik hees me erin en ging op pad. Ik was verdomd blij dat ik iets zedigs had aangetrokken, want Larry de Luis staarde bijna het hele gesprek lang naar mijn borsten. Eerlijk waar. Zijn bijnaam past precies bij hem, hij ziet er inderdaad luizig uit; ogen die een beetje te dicht bij elkaar staan en een beetje te puntige en te scherpe tanden. En als hij niet naar mijn borsten keek, staarde hij naar mijn benen. De sukkel vroeg niets over alles wat ik uit mijn hoofd had geleerd: hoeveel calorieën er in een Smiley kipsalade zaten, of het vlees in de burgers honderd procent biologisch en van een naburige boerderij afkomstig was. Nee, hij wilde alleen maar weten of ik het erg vond dat ik niet meer bij Channel Six werkte en of Emma Sheridan vrijgezel was. Mijn lieve god, help.

Maar ik heb waarschijnlijk toch iets goed gedaan want tot

slot zei hij: 'Zo, wanneer kun je beginnen?' En toen ik hem op weg naar de deur de hand wilde schudden boog hij zich naar me toe en gaf me een hoogst ongepast kusje op mijn wang. Dat stukje huid zou later flink gescrubd worden.

Ik ben nu een volle week aan het werk, het is zaterdag, lunchtijd en vandaag word ik ingewerkt achter de kassa. Ik herhaal voortdurend de twee Smiley-kreten die in mijn hoofd zijn gestampt: 'Wilt u er frietjes bij?' en mijn favoriet: 'Nog een Smiley-dag gewenst!'

Kassadienst wordt hier als een promotie beschouwd, vooral omdat je in de schoonmaakdienst vloeren moet dweilen en wc's moet schrobben, klusjes waar de meeste personeelsleden de pest aan hebben. Het kan mij niet zoveel schelen, een paar dagen geleden deed ik dat soort dingen thuis immers nog helemaal gratis. Het overrompelt me wel een beetje dat ik nu met klanten moet communiceren, want hoewel mijn haar nu rood is, ben ik doodsbang dat iemand me herkent als 'dat mens van de tv dat live ontslagen is'.

Het is heel erg druk. Afgeladen. Dit filiaal loopt altijd goed omdat het vlak bij het Omni Park-winkelcentrum en redelijk dicht bij het vliegveld ligt, maar het is nu echt hectisch, het is één uur en de rijen zijn lang. We staan met zijn zessen achter de kassa, inclusief Larry de Luis die deze dienst de leiding heeft en vlak naast me staat, en laten we zeggen meer dan gemiddelde belangstelling heeft voor alles wat ik doe.

Hoe dan ook, ik ploeter met gebogen hoofd voort, neem bestellingen op, reken af en geef het eten door zodra het uit de smoorhete keuken komt. Ik kijk op om te checken hoeveel klanten er nog in mijn rij staan... en op dat moment zie ik ze.

Eva en Nathaniel staan in mijn rij, terwijl hun twee zoontjes als wilden door de zaak rennen.

Nee, nee, nee, nee, nee, nee, nee, nee. Dit kan niet waar zijn, dit kan niet waar zijn.

'Josh? Luke? Ogenblikkelijk hier komen, anders mogen jullie straks thuis niet tv-kijken!' hoor ik Eva gillen.

Het is echt zo. Oké, ik moet rustig en kalm blijven. Ze hebben me nog niet gezien. Ik kan nog proberen weg te komen. Ik heb nog tijd. Denken, denken, denken…

'Ehh, Larry? Mag ik nu pauze nemen?'

Hij werpt me een geïrriteerde, knaagdierachtige blik toe. 'Waar heb je het over? Je hebt net pauze gehad.'

Shit. Eva en Nathaniel komen al dichterbij, zo dichtbij dat ik ze kan horen ruziën.

'Nathaniel?' snauwt Eva hem toe. 'Ik snap niet waarom we niet met de kids naar de Four Seasons zijn gegaan. Je weet toch dat ik het vreselijk vind als ze dit soort troep eten. Het is je reinste junkfood, vol suiker en vet en E-nummers.'

'Voor de duizendste keer,' hoor ik Nathaniel nu duidelijk antwoorden, 'omdat ik níét helemaal naar huis ga rijden terwijl de kinderen zeuren en zeiken dat ze honger hebben. Jij wilde ze zo nodig laten slapen tijdens de vlucht in plaats van dat je ze liet eten. Ik ben moe, ik heb een jetlag, ik ben gestrest en wat mij betreft mogen ze zoveel van die troep eten als ze maar willen zolang ze hun mond maar houden en ik rustig naar huis kan rijden.'

Ik werp vliegensvlug een blik op hen en zie dat ze een bruin kleurtje hebben en het 'net een lange vlucht achter de rug'-type kleren aan hebben. Eva in een kakibroek en een T-shirt en in haar lange, zwiepende haar schitteren nieuw uitziende highlights.

'De jongens zullen in de auto moeten eten,' klaagt ze zeurderig. 'Want je moet niet denken dat ik hier ga zitten. Straks ziet iemand ons.'

'De kans is klein dat we in deze tent een bekende tegenkomen.'

'Je hoeft voor mij niets te bestellen. Ik moet dat eten niet, al zou je het door een bad met ontsmettingsmiddel halen.'

'Larry,' zeg ik paniekerig, er staan nog maar twee mensen voor hen in de rij. 'Ehh... ik moet... naar de wc. Nu. Hoge nood.'

'Je had moeten gaan toen je pauze had.'

Hij kan de pot op. Als Sharon vandaag de leiding had, was er niets aan de hand geweest, maar helaas is zij vandaag vrij.

'Alsjeblieft, Larry,' smeek ik, terwijl de hysterie in mijn stem stijgt. 'Het is...' Maar dan weet ik plotseling met welke vernederende actie ik misschien verder kom dan met smeken. 'Weet je, het probleem is, ik ben, je weet wel... een typisch vrouwenprobleempje. Maandelijks ongemak...'

Hij zucht diep, alsof het niet voor het eerst is dat hij op deze manier om de tuin wordt geleid. 'Goed dan. Als je met deze klanten klaar bent, kun je vijf minuten weg, meer niet.'

Een sprankje hoop. Misschien, heel misschien red ik het. Ik help de klant die voor me staat zo snel mogelijk en sta net op het punt om het op een lopen te zetten naar de personeelstoiletten beneden... als alle hoop verdwijnt, als een Smiley muffin in de regen.

'Twee Smiley meals met Smiley juice en een Smiley latte,' zegt Nathaniel, terwijl hij met zijn neus in zijn portemonnee zijn kleingeld telt en me niet aankijkt.

'Ehh... sorry meneer, deze kassa is gesloten,' mompel ik met gebogen hoofd. Dan bedenk ik dat ik mijn stem moet verdraaien. *Nu.* 'Wilt u alstublieft de volgende kassa nemen,' voeg ik eraan toe, in een belabberde poging een Cork-accent na te bootsen.

'Doe niet zo belachelijk, zeg. Hoe kun je nou gesloten zijn terwijl je die mensen voor me nog hebt geholpen? Ik wil twee Smiley meals...'

Shit. Hij kijkt me nu recht aan, stomverbaasd.

'Goeie god, niet te geloven! Jessie? Jessie Woods? Ben je het echt?'

Ik word zo rood als een bosbrand en het koude zweet breekt me uit. Over mijn ruggengraat, over mijn hele lijf.

'Jezus, je bent het! Wat was dat nou voor raar accent?'

'Ehhh... zere keel.' Ik begin te kuchen.

'Eva! Kom! Moet je eens kijken wie hier is!'

Nee, nee, nee, nee, nee, laat er alsjeblieft een aardbeving of een of andere wereldramp gebeuren zodat ik kan vluchten... Maar Eva, die helemaal aan de andere kant van de zaak achter haar kinderen aanrent, is in een mum van tijd bij ons.

'Jessie! Niet te geloven! Wat doe jij hier?'

'Ehh... tja, lang verhaal...'

'Je haar is rood!'

'Ehh...'

'Doe je dit voor een liefdadigheidsinstelling of zo?'

Als een vloedgolf die in kracht toeneemt ontwikkelt zich in mijn binnenste een keiharde schreeuw. 'Nee, mafkees, ik sta hier niet in zo'n walgelijk bruingestreept uniform met bijpassende, even onpasselijk makende muts, uit liefdádigheid op jullie te wachten. Ik doe dit omdat ik geld nodig heb. Ik ben ontslagen, weet je nog? En nu oprotten jullie, dan kan ik weer aan het werk.'

Dit zeg ik natuurlijk niet hardop. Vooral niet omdat Larry

de Luis pal naast me staat en hij me dan zo weer op straat zet wegens het beledigen van klanten. Het punt is dat als Eva me in mijn ogen had gekeken en eerlijk was geweest, als ze bijvoorbeeld had gezegd: 'Ik vind het echt heel erg voor je, het is vreselijk, het is afschuwelijk dat je hier nu moet staan, terwijl je leven ooit zo fantastisch was...' ik er iets mee zou kunnen. Omdat ik eerlijkheid op prijs stel. Maar dat deed ze niet. In plaats daarvan deed ze zo Marie Antoinette-kleinerend dat ik louter uit angst dat ik mijn baan zou verliezen geen gloeiend hete Smiley thee in haar egaal gebruinde gezicht heb gesmeten. Ze klopt op mijn hand en zegt: 'Wat geweldig dat je weer aan het werk bent! Wat super voor je! Gefeliciteerd, joh! Oké... we moesten maar weer eens gaan. We hebben haast! Fijn je gezien te hebben!'

Ze wachten niet eens op hun bestelling, maar rennen naar de deur, de hele familie, en zodra Eva veilig buiten is, zie ik door de glazen deuren dat ze haar mobieltje dat met dimanten bezet is uit haar tas grist om iedereen die ze ooit in haar hele leven heeft gekend op de hoogte te stellen. Ook Hij van wie de Naam Voor Eeuwig Onuitgesproken Blijft, dat spreekt voor zich.

Maar geen tijd om te piekeren. Of om kwaad te worden. Zelfs niet om Sharon te bellen om te vertellen dat ik me zojuist het apelazarus geschrokken ben. Omdat Larry de Luis, berucht om zijn gemene straffen als je hem ergert (in dat opzicht is hij precies een gevangenisbewaarder) zegt dat ik de kassa kan verlaten en vloeren moet dweilen. Prima. Past precies bij mijn stemming. Want eerlijk gezegd voel ik me net een Viking-dorp vlak nadat het leeggeplunderd is. Vijf minuten later bonk ik woest met een mop tegen tafelpoten en stoelen, witheet van woede en vol venijnige opmerkingen die ik Eva en Nathaniel naar hun hoofd had moeten slingeren. Maar dan pakt iemand me bij mijn arm. Een mannenhand, die hoort bij een man met lachwekkend lange benen die me danig in de weg zitten.

'Ga je deze schoenpoetsbeurt in rekening brengen?'

'Sorry, meneer,' mompel ik, terwijl ik het niet meen. Eigenlijk denk ik: haal je voeten weg, pummel, je ziet toch dat ik aan het schoonmaken ben?

'Jessie, ik ben het.'

Pas nu kijk ik op en zie dat het... Steve is. Hannahs grote broer. Shit. Verdomme. Steve Hayes die ik die afschuwelijke avond met Joan heb laten zitten, toen hij met bloemen voor de deur stond en... oké, ik moet maken dat ik hier wegkom.

'O, hoi Steve. Ehh... sorry van je weet wel... alles, maar ik moet nu echt weer naar de keuken...'

'Ga even zitten, Jessie.'

Ik weet niet waarom, maar ik doe wat hij zegt. Want ik doe maar zelden wat mensen zeggen. Maar nu zit ik tegenover hem aan een Smiley-tafeltje en kijk recht in zijn grote blauwe ogen. Vluchten kan niet meer.

'Oké dan,' zucht ik diep. 'Ik weet dat het onvergeeflijk was wat ik die avond deed...'

Hij wuift mijn woorden weg en buigt zich over tafel terwijl hij een Smiley-dienblad dat tussen ons in staat wegschuift en mij indringend aankijkt. 'Jessie, gaat het wel goed met je?' vraagt hij bezorgd.

'Ehh...'

'Ik wil niet nieuwsgierig zijn, maar toen ik net in de rij stond zag ik die mensen met wie je stond te praten. Je moet het eerlijk zeggen als ik me er niet mee mag bemoeien, maar ik krijg de indruk dat ze je van streek hebben gemaakt.'

'Lang verhaal,' zeg ik wrokkig.

'Waren het mensen van vroeger? Deden ze er vervelend over omdat je hier werkt?'

'Hoe weet jij dat?'

'Wilde gok. Weet je wat je tegen ze had moeten zeggen?'

'Nou?'

'Dat je onderdeel uitmaakt van een getuigenbeschermingsprogramma. Dat had hun snel de mond gesnoerd.'

Ik glimlach, of ik wil of niet. Dan denk ik er weer aan. Ik ben hem een excuus schuldig. 'Steve, die avond dat je aan de deur kwam, ik zal je uitleggen wat er aan de hand was. Ik schaam me rot. Weet je... ik moest ergens heen, het was belangrijk, zo belangrijk dat ik niet goed nadacht...'

'Je hoeft het niet uit te leggen,' zegt hij glimlachend.

Een aardige glimlach. Sympathiek en hartelijk.

'Ja, natuurlijk wel.'

'Nee, echt niet. Sharon heeft het Joan verteld, en zij vertelde het aan mijn moeder, die het mijn zus vertelde, en zij vertelde het weer aan mij. Over waar je die avond heen ging en... over wat er daar gebeurd is.'

Shit. Ik vergeet altijd dat je in onze straat onder een microscoop woont. Ook als semikluizenaar zoals ik. Iedereen weet alles. Als een van de buren je om 09.00 uur hoort niezen, belt er om 09.30 uur iemand aan om te zeggen dat hij heeft gehoord dat je met een flinke longontsteking in bed ligt.

'Vervelend dat het uit is met je vriend. Maar sorry dat ik het zeg, wat een eikel is dat.'

Voor het eerst die dag moet ik lachen.

'Ik ben blij dat je aan dat inbreken geen strafblad hebt overgehouden.'

'Ja, ik ook.'

'Je werkt dus nu bij Smiley.'

Er klinkt absoluut geen oordeel door in zijn opmerking.

'Ja, gelukkig heb ik een baan kunnen vinden. Ik moest trouwens maar weer eens aan het werk gaan, want...' Ik werp een blik op de kassa's en zie dat Larry de Luis naar me kijkt en op zijn horloge wijst.

'Vind je het leuk om hier te werken?' vraagt Steve onschuldig. Quasinonchalant.

'Nou, wat denk je zelf?'

'Als je het niks vindt, kan ik je misschien aan iets anders helpen. Iets waarbij je je talenten meer kunt gebruiken.'

Ik word overspoeld door een zeer ongewone sensatie: hoop.

Dertien

Ik heb het vermoeden dat Sharon iemand gevonden heeft. Om het zeker te weten zal ik haar het hele verhaal moeten ontfutselen, maar als ik later die avond van mijn werk thuiskom staat ze me in het halletje op te wachten. Ze heeft een kek nieuw jasje aan, is tiptop opgemaakt en haar haar is gewassen en glanst. Tot mijn grote verbazing kondigt ze aan dat we uitgaan. Dat is zo ongebruikelijk hier in huis, met uitzondering van Joan, dat ik haar vraag het nog eens te herhalen.

'UIT? Het huis uit? Weg van de tv?'

'Wat is daar mis mee? Het is zaterdagavond en we gaan uit. Heel normaal.' Dan voegt ze er fluisterend aan toe: 'Ik moet je iets vertellen. We kunnen beter even ergens anders heen gaan.'

Ze geeft me precies twee minuten om mijn smerige Smiley-uniform uit te trekken en een T-shirt en een spijkerbroek aan te schieten, en binnen no time slaan we de deur achter ons dicht en zijn we op weg naar de Swiss Cottage, Maggie helemaal in haar eentje in de tv-kamer achterlatend voor haar gebruikelijke zaterdagavond-tv-festival met *American Idol* en *X Factor*.

Een kwartier later zitten we samen in een rustig hoekje in de kroeg met twee glazen Bulmers. Grappig, ik begin cider steeds lekkerder te vinden.

'Ik heb nieuws,' zegt ze, een flinke slok nemend.

'Ik ook, maar jij mag eerst.'

'O Jess, ik heb iemand leren kennen... Oké, pauze om te reageren.'

Ik oh en ah, en spoor haar aan verder te vertellen.

'Nou, je zult het niet geloven, maar hij is leuk en normaal. Ik hoop tenminste dat hij ook in het echt zo is en me niet e-mailt vanuit een gevangenisbibliotheek of zoiets.'

'Je moet alles vertellen,' zeg ik streng, terwijl ik een slok van de koude, zoete cider neem. 'En je mag geen detail overslaan, hoe triviaal ook.'

Ik krijg een snelle, dankbare glimlach. 'Hij heet Matt en hij is actuaris, wat dat ook mag zijn.'

'O, dat is geloof ik iemand die kansberekeningen maakt. Als je een verzekering afsluit berekent zo iemand hoe groot de kans is dat je een ongeluk krijgt en zo. Eigenlijk werkt het net zo met internetdaten. Ik zei toch al, het is een kansspel, en als je maar lang genoeg doorgaat, is de kans groot dat je iemand ontmoet,' zeg ik grinnikend, in mijn nopjes dat ik gelijk heb gekregen. Voor de verandering.

'Actuaris,' zegt ze langzaam. 'Jezus, ik hoop niet dat hij het type treinspotter met een regenjack blijkt te zijn. Je weet wel, zo'n rare die op zondag naar de luchthaven gaat om naar vliegtuigen te kijken. Met andere woorden: een kneus.'

'Nou, dat weet je pas als je hem gezien hebt, toch?'

'Als ik hem ga ontmoeten moet jij me helpen met de voorbereidingen en me erheen brengen. Want wat mij betreft ben jij mijn konijn, Jessie.'

'Wat?'

'Je weet wel, een soort konijnenpootje. Om geluk te hebben moet ik over je heen wrijven.'

Ik laat die opmerking voor wat het is, want de vorige keer heb ik nou niet bepaald geluk gebracht. Plotseling denk ik aan iets anders. 'Natuurlijk breng ik je erheen, schat. Maar dit keer heb ik een tip voor je. Misschien is het beter thuis niets te vertellen, in elk geval voorlopig niet. Als het mislukt, is het al moeilijk genoeg om over je eigen teleurstelling heen te komen en staat je hoofd er niet naar anderen te moeten troosten. Als je begrijpt wat ik bedoel.'

'Ja, maar ik loop niet te hard van stapel, hoor, Jess. Jij zou toch ook voorzichtig zijn als je sinds de ambtsperiode van Clinton geen vent meer had gehad? En die eikel die me in Starbucks zag zitten en onmiddellijk de benen nam heeft mijn zelfvertrouwen ook bepaald geen goed gedaan. Maggie pest me er nog steeds mee.'

'Hij was je Defibrillatorman, meer niet,' zeg ik vol overtuiging.

'Mijn wat?'

'Defibrillatorman. Degene die je tot leven wekt als je een tijdje niet gedatet hebt. Je zou hem ook je Land-in-zicht-man kunnen noemen.'

'Leg uit.'

'Je weet wel, eeuwen geleden toen ontdekkingsreizigers op zoek gingen om land te ontdekken; ze zagen eerst een klein stukje, een eilandje of zo. Daar waren ze niet naar op zoek, maar het was wel een teken dat ze bijna veilig aan land konden.'

'O ja, ik snap het,' zegt ze, knikkend. 'Maar toch heb ik de zenuwen, Jess. Ik bedoel, die Matt lijkt me echt hartstikke leuk. Hij zegt steeds dat hij niet kan wachten me te ontmoeten. Maar stel nou dat het een zeikstraal is?'

'Dan is het een Nepper en gaan we verder met zoeken.' Ze kijkt me verbaasd aan, dus leg ik uit: 'Een Nepper is iemand die helemaal geweldig lijkt, maar die als je hem beter leert kennen net een nep-Prada-handtas is. Op het eerste gezicht fantastisch, maar na een paar weken valt-ie uit elkaar.'

'Wat ben jij goed in dit soort dingen.'

'Tja… ik ben ook actief geweest op het datingfront. Voordat ik je-weet-wel ontmoette. Voor hem.' Ik heb bepaald geen behoefte om me verder op dit pad van misère te begeven, dus we gaan verder met het verzinnen van datingcodewoorden en gekke bijnamen voor mannen. En als de cider ons naar het hoofd begint te stijgen hebben we al zo ongeveer de Jessie en Sharon Woods Definitieve Datinggids samengesteld.

Allereerst heb je Donald de Das. Dat is een man die één keer vlug kijkt wat er in de aanbieding is, maar zich dan weer in zijn warme, veilige holletje terugtrekt en daar blijft zitten tot de winter voorbij is. Of Leo de Landingsbaan. Hij zou bij wijze van spreken lichtgevende pijlen van de voordeur naar zijn lege tweepersoonsbed kunnen hebben want hij wil seks, en verder niets. Overbodig te zeggen dat hij, als je eenmaal met hem naar bed bent geweest, nooit meer iets van zich laat horen. Dat geef ik je op een briefje. Dan hebben we de Matador. Zo'n vent die je een enorme adrenalinestoot bezorgt als je in zijn gezelschap bent, maar na een tijdje kom je erachter dat hij je uiteindelijk levend aan het spit zal rijgen.

'Of de Airbagman,' stel ik Sharon voor, die zo buldert van het lachen dat ik bang ben dat ze een orgaan uitbraakt.

'Wat is dat?'

'Als er twee mannen op je afkomen in de kroeg van wie er maar één in je geïnteresseerd is. Dan vindt hij het waarschijnlijk zo eng een gesprek met je aan te knopen dat hij een vriend meeneemt om als zijn airbag te functioneren voor het geval jij hem afwijst.'

'Ik zou hem de Kanariepiet noemen,' zegt Sharon. 'Vroeger stuurden ze toch kanaries in kolenmijnen op onderzoek uit om te kijken of er wat loos was?'

We liggen dubbel van het lachen en ik sta op om nog een rondje te halen, blij dat ik kan betalen met het geld waar ik zelf hard voor gewerkt heb. Grappig dat kleine dingen je zo trots kunnen maken.

Het wordt nu razend druk in de kroeg en als ik aan de bar op mijn beurt sta te wachten komen er allerlei mensen naar me toe die zeggen: 'Alles goed, Jessie?' alsof ze me al jaren kennen. Ik knik en glimlach, en ik ben een beetje boos op mezelf dat ik het eng vind om te socializen met buurtbewoners. Terugkijkend zie ik hoe belachelijk agorafobisch ik ben geweest. Waar was ik nu eigenlijk bang voor? Het ergste wat mensen zouden kunnen doen is me in mijn gezicht uitlachen, maar ik voel me nu zo sterk dat ik ze dan gewoon lik op stuk zou geven. Of anders Sharon op hen afsturen.

Maar iedereen is aardig en geïnteresseerd. Een paar mensen hebben zelfs gevraagd of ik me oké voel vanavond, wat meer dan aardig van ze is. Dan zie ik, terwijl ik met de drankjes naar Sharon terugloop, Mrs. Foley en Mrs. Brady uit onze straat naast elkaar aan een tafeltje zitten met een glaasje whisky.

'Jessie?' roept Mrs. Foley. 'Ik wou alleen even zeggen dat ik het geweldig vind dat je uitgaat vanavond. Je hebt helemaal gelijk, schat. Laat ze allemaal maar barsten!'

'Helemaal mee eens,' zegt Mrs. Brady, instemmend knikkend. 'Het beste wat je kunt doen is je met opgeheven hoofd in het openbaar vertonen. Goed hoor, Jessie. Laat je niet kisten door dat tuig!'

Ik glimlach, bedank hen en loop naar Sharon. 'Ehh... waarom is iedereen zo aardig tegen me?'

'Omdat we aardig zíjn, dommie. Hoezo?'

'Nou ja, je hebt aardig en je hebt verdacht aardig.'

Het mysterie wordt nog groter als Joan twee minuten later komt binnenstormen, zoals gewoonlijk in één angstaanjagende kleur (vanavond is dat kanariegeel; ik vraag me werkelijk af waar ze in godsnaam een tas in precies die kleur heeft kunnen vinden), en met een daverend applaus wordt begroet. Plotseling lijkt het alsof de hele kroeg voor haar klapt en ze neemt het met een pirouette en een buiging in ontvangst. Dan ziet ze ons in de hoek zitten en ze stapt wankelend op haar hakken op ons af. Ze is geweldig in vorm vanavond, zo te zien.

'Meisjes, zijn jullie hier!' roept ze glimlachend. 'Ik vroeg me al af waar jullie uithingen. Maggie zit thuis vuur te spuwen omdat ze alleen achtergelaten is.'

Sharon en ik kijken elkaar schuldbewust aan. Maar dat probleem lossen we later wel op, toch? En hoe zatter we zijn, hoe beter we dat varkentje kunnen wassen. Ik weet niet precies waarom, misschien omdat Sharon en ik steeds closer worden, of omdat Sharon actief op zoek is gegaan naar de liefde, maar de afgelopen dagen gedraagt Maggie zich als het toonbeeld van woede. En waarom ze dat niet uit door zich net als iedereen in de kroeg te gaan bezatten, is me een raadsel.

'Waarom klapte iedereen?' vraag ik Joan, opzettelijk van onderwerp veranderend. Heel even dacht ik nog dat het vanwege haar outfit was.

'O, weet je dat dan niet? Vanavond...'

'Ze bedoelt dat ze vanavond repetitie heeft van de *musical*, toch ma?' valt Sharon ons waarschuwend in de rede.

'O, ehh, ja, later op de avond is er een muzieksoiree in het zaaltje achterin. We oefenen voor *The Mikado*, weet je wel,' voegt ze er ten overvloede aan toe, maar het is al te laat. Nu ben ik al wantrouwig geworden, en niet zo'n beetje ook. En een tel later komt de aap uit de mouw als een gezette, blozende man van middelbare leeftijd zijn arm om Joans middel slaat en zegt dat ze er goed uitziet en vaker op tv moet komen. Als hij haar naar de bar begeleidt om haar op een chardonnay te trakteren wend ik me tot Sharon.

'Leuk geprobeerd, maar wat deed Joan vanavond op tv?'

Ik had de vraag nog niet gesteld of het antwoord begon me te dagen. Jeetje. Wat ben ik toch een sukkel dat ik dat helemaal vergeten was. Dan zeggen Sharon en ik het samen in koor. 'De documentaire.'

Ik val tegen de muur van de bar en houd het koele bierglas tegen mijn voorhoofd als een koud kompres. Natuurlijk. Het *A day in the Life*-programma dat werd gemaakt in de meest afschuwelijke twaalf uur van mijn hele professionele carrière. Met Maggie, Joan en Sharon als figuranten; ze zijn immers toen geïnterviewd. Ik had het compleet uit mijn geheugen gewist.

'Ik haal nog wat te drinken voor je,' zegt Sharon bezorgd.

'Nee. Ik wil één ding van je weten. Hoe erg was het?'

'Nou, ik heb het niet helemaal gezien, want net voor het einde kwam jij thuis, maar wat ik ervan gezien heb... was helemaal niet zo erg,' liegt ze.

'Dus dat was de reden waarom je me vanavond zo haastig het huis uit werkte.'

'Sorry. Ik wilde niet dat je van streek zou raken. We hebben allemaal dingen gezegd die eigenlijk... niet helemaal eerlijk waren. Vooral ik en Maggie. Het spijt me, Jess, echt waar. Ik kende je toen nog niet zoals ik je nu ken. Als er morgen een cameraploeg voor de deur zou staan, zou ik heel andere dingen over je vertellen. Hoe cool en geweldig je bent. Ik zou zeggen dat... dat...'

'Je hoeft je zin niet af te maken,' val ik haar in de rede, bang dat ik emotioneel word en ga huilen. 'Maar bedankt voor je eerste woorden.'

'Maar Jessie, ik wil dat je weet dat je mijn beste vriendin bent.'

Ik ben ontroerd. Echt ontroerd. 'Dank je, Sharon, jij bent ook mijn beste vriendin. Ik zou het de afgelopen maanden zonder jou niet overleefd hebben.'

'En sorry dat ik je een loser heb genoemd.'

'Je hebt me helemaal geen loser genoemd.'

'In gedachten wel.'

'Kom op,' zeg ik flink. Vastbesloten niet sentimenteel te worden en die rottige documentaire uit mijn gedachten te zetten. Dat was vroeger, dit is nu. Zo simpel is het. 'Zullen we nog een drankje nemen? Laten we vanavond als een balletje naar huis rollen.'

'Dat laat ik mij geen twee keer zeggen,' grijnst Sharon. 'We moeten vieren dat je eerste werkweek bij Smiley Burger geslaagd is, toch?'

Shit. Ik heb het haar nog niet verteld.

'Ehh... Sharon? Ik moet je iets vertellen. Ben je bezopen genoeg om niet boos op me te worden?'

'Wacht even,' zegt ze, en ze slaat de rest van haar Bulmers in één keer achterover. 'Oké, steek maar van wal. En als ik toch kwaad word, koop jij straks onderweg naar huis een kebab voor me.'

'Ik heb ontslag genomen.'

Het is na tweeën als we eindelijk naar huis zwalken en hopen op de bank neer te kunnen ploffen zodat Sharon haar kebab kan eten en ik mijn ciderroes kan uitslapen. Maar Joan blijkt al thuis te zijn en ze is nog op. Ze zit, nog helemaal opgemaakt, in haar nachtjapon en bijpassende ochtendjas naar zichzelf op tv te kijken. Te staren, beter gezegd.

'O, meisjes, daar zijn jullie eindelijk, ik was net de video van de documentaire aan het bekijken. Jessica, kom, vertel jij nou eens wat je van mijn interview vindt. Er waren vanavond namelijk meerdere mensen in de kroeg die zeiden dat ik zo'n natuurlijke uitstraling op tv heb.'

'Weet je,' zeg ik met dubbele tong terwijl ik opsta, 'veel plezier met die klotedocumentaire. Ik ga naar bed.'

'Denk om je taalgebruik, Jessica. Kijk je echt niet mee? Iedereen in de buurt heeft het erover, hoor.'

'Heel hartelijk bedankt,' zeg ik met de deurkruk in mijn hand.

'Weet je het zeker?' zegt Sharon, en ze klopt uitnodigend op het plekje naast haar op de bank. 'Ik bedoel, dan weet je tenminste waar ze het over hadden vanavond in de kroeg. En ik ben sinds het interview twee hele kilo's afgevallen, dat wil je toch wel zien?'

Ik blijf staan. Een klein stukje kan misschien geen kwaad, toch? Iedereen heeft het waarschijnlijk al gezien, en met iedereen bedoel ik vooral Sam. Dus waarom zou ik niet even met mijn handen voor mijn ogen naar die ouwe roestbak van een tv kijken om zelf te zien hoe erg het is? Ik ben per slot van rekening dronken genoeg om alles aan te kunnen.

'Kom op, Jessie,' zegt Sharon. 'Je ziet het nu tenminste in je eigen vertrouwde omgeving. En als je er niet meer tegen kunt, ga je toch gewoon naar boven?'

Oké dan. Ik ga voorzichtig op het randje van de bank zitten, klaar om in de startblokken weg te rennen als er iets naars gezegd wordt, terwijl Joan de tape behulpzaam terug naar het begin spoelt. Het begint met een soort straatinterview.

'Jessie Woods?' zegt een jong meisje van een jaar of zestien voor de McDonald's op Grafton Street. 'Ik kijk altijd naar haar show. Ze is zo geweldig. Ze is grappig, fantastisch en cool. Ik ben echt een fan van haar. Als je het mij vraagt, zouden ze haar portret op papiergeld mogen drukken.'

'Nou, dat viel alles mee, hè Jessica,' zegt Joan gelukzalig en plotseling kan ik weer ademhalen. Dan komt er een vrouw van midden dertig met een buggy in beeld. 'Bedoel je dat mens dat die waardeloze show met uitdagingen presenteert?' blaft ze tegen Katie, de interviewster. 'Ben je niet goed bij je hoofd? Ik koop zelfs geen roddelbladen meer omdat ik meer dan genoeg heb van die verhalen dat ze zich met haar vriend te buiten gaat op allerlei feesten. "Superstel?" Ammehoela. Kan iemand haar misschien vertellen dat ze niet zo om aandacht moet bedelen? En dat sommige mensen wél last van de economische recessie hebben?'

'Goed, zo is het welletjes, ik ga naar bed,' zeg ik, en ik sta op. Ik heb het gehad. Nu al.

'Nee, wacht!' gillen de twee in koor en Sharon drukt me terug op mijn plaats op de bank.

Net op tijd om Margaret te zien, Sams arrogante secretaresse, die recht de camera in kijkt. 'Mr Hughes is momenteel op een zeer belangrijke zakenconferentie en kan niet gestoord worden. Ik wil u erop wijzen dat hij nooit publiekelijk spreekt over zijn relatie met mevrouw Woods. Hij heeft mij echter wel toegestaan het bericht te bevestigen dat hij benaderd is zitting te nemen in de jury van *Dragons' Den* en dat hij hierover binnenkort een persbericht zal laten uitgaan.'

Ik wil net reageren als Sams knappe, gebeeldhouwde gezicht in beeld verschijnt. Ik zit aan mijn stoel gekluisterd. Het is geen interview, maar een foto, en op de achtergrond hoor je zijn stem als een krakerige boodschap op een antwoordapparaat. 'En vergeet niet te zeggen dat mijn nieuwe boek *Als business de nieuwe rock-'n-roll is, ben ik Elvis Presley* binnenkort op de markt komt. Verkrijgbaar bij de betere boekhandel.' Dan licht een tekst op in beeld: Sam Hughes, ondernemer, ten tijde van de opnamen Jessies vaste vriend. Dit is een fragment van een voicemailbericht dat de makers van deze documentaire van hem ontvingen, ongeveer vijf minuten nadat we zijn secretaresse hadden gesproken.

Joan en Sharon moeten hier beiden om giechelen, en zelfs ik kan er de humor van inzien. Ik heb het eigenlijk nooit willen toegeven, maar Sam komt soms over als iemand die voor een beetje publiciteit zijn moeder nog te koop zou aanbieden.

Dan krijgen we Maggie te zien. Ze wordt hier in deze kamer geïnterviewd, op deze bank. Ze blaast haar sigarettenrook recht in de cameralens. 'Als je het mij vraagt, had Jessie beter het weerbericht kunnen blijven doen. Die baan paste perfect bij haar exceptionele talenten: een beetje rondhuppelen in een minirokje en wolkenformaties aanwijzen op de kaart. Die zielige tv-show die ze nu presenteert, is de elektriciteit die het kost om het uit te zenden nog niet waard. Ik ben blij dat we haar maar één keer in het jaar zien, met kerst. Tien minuten, of zo. Maar ik moet haar nageven dat het tijdschrift waar ze laatst op de cover stond heel handig was... om onder een wankele tafelpoot te leggen.'

Sharon en Joan kijken me schaapachtig aan. En dan neemt de Bulmers die ik vanavond gedronken heb het heft in handen. 'Kan iemand mij misschien uitleggen,' zeg ik, en ik herken mijn eigen stem niet, 'waarom zij zo de pest aan mij heeft? Wat heb ik haar ooit misdaan? Het is alsof ze al haar woede op mij projecteert. Ze zit me constant op de huid en zelfs op de zeldzame momenten dat ik aardig tegen haar probeer te doen, krijg ik de wind van voren. Waarom? Ik vraag het me echt af. Waarom?'

'Kom zeg,' zegt Sharon tussen twee happen kebab door. 'Dat weet je toch wel. Toen we nog kinderen waren was jij altijd het knapperdje zonder puisten en er liepen hordes vriendjes achter je aan. Je was goed op school en ook nog eens populair en slank. Je had verdomme niet eens een beugel nodig. Ik probeer Maggie niet te verdedigen, maar ik wil alleen maar zeggen dat haar jeugd totaal anders is geweest dan de jouwe, dat is alles.'

'Bovendien was jij je vaders oogappeltje,' zegt Joan, een beetje bedroefd.

'En toen je uit huis ging,' vervolgt Sharon, 'bereikte je alles wat je je voorgenomen had. Het kwam je allemaal aanwaaien. Alsof jouw leven magisch was. Terwijl Maggie dag in, dag uit vastzat in de saaiste baan ooit. Ik probeer het niet recht te praten, ik wil alleen zeggen dat het voor haar veel moeilijker was dan voor jou.'

Ik sta even perplex en vraag me af of we ooit de moed zouden hebben gehad deze dingen in nuchtere toestand te bespreken.

Dan komt Emma's mooie gezichtje in beeld. Gefilmd voor het gebouw van Channel Six, 's avonds laat gok ik omdat het pikdonker is. 'En wat dacht je toen je vanavond hoorde dat Jessies contract plotseling beëindigd is?' hoor ik de stem van Katie, de interviewster, peilend vragen. Shit. Dit is op dezelfde avond opgenomen dat ik de zak kreeg. Meteen daarna, volgens mij. 'Ik ben totaal in shock, uiteraard,' antwoordt Emma. 'Maar regels zijn regels en presentatoren mogen nu eenmaal geen cadeaus aannemen. Toch ben ik erg van slag door deze onverwachte gebeurtenis...'

'Lieve meid,' roept Joan boven de tv uit, 'maar wel wat vaag, vind je niet?'

'Hoe bedoel je?' Ik kijk haar aan.

'Nou, herinner je je nog dat ze kwam helpen met het uitzoeken van de kleding en dat de zakken verwisseld waren?'

'Of ik me dat herinner? Zoiets vergeet ik echt niet.'

'Het vreemde was,' mijmert Joan, 'dat toen jij in de garage was ik tegen Emma heb gezegd dat de zwarte zakken met rode labels van mij waren, zodat we ze niet door elkaar zouden halen. Dat heb ik duidelijk gezegd. Heel vreemd dat ze dat gewoon... vergeten was.'

Dan gaat mijn mobiel. Eerder vanavond ben ik ook al een paar keer gebeld, maar ik had veel te veel lol om er ook maar de minste aandacht aan te besteden.

'Zet dat ding uit, wil je?' zegt Sharon. 'Je leidt me af.'

Ik hijs mezelf van de bank en ga naar de keuken om beter

te kunnen luisteren. Een mooi excuus om de tv te ontvluchten.

'Een beetje opschieten graag!' gilt ze me na. 'Straks kom ik.'

Twee voicemails en een paar sms'jes. Allebei van Amy Blake, een van de assistentes van *Jessie Would*. Lieve meid, ze doet me denken aan de tijd dat ik zo oud was als zij. Ze is gemotiveerd en doet zonder morren alles wat je vraagt, zolang ze maar in de verhevenheid van een tv-studio mag werken. Beide berichten zijn precies hetzelfde. Ze heeft de documentaire vanavond gezien, vond het vreselijk en hoopt dat het goed met me gaat. Ze zegt dat ze altijd zo fijn met me heeft gewerkt, nog steeds plezier heeft van de iPod die ik haar met kerst gegeven had en dat ze het leuk zou vinden om in de toekomst weer eens met me samen te werken (wie weet, lieve Amy). In haar tweede bericht voegt ze eraan toe dat ze een doos vol spullen van de *Jessie Would*-productiekamer voor me heeft bewaard, en ze vraagt of ik haar terug wil bellen zodat we kunnen afspreken dat ze die een keer langs komt brengen.

Bedankt, universum, denk ik, en ik zet mijn telefoon uit en loop terug naar de tv-kamer. Nog een relikwie uit mijn vorige leven dat me eraan herinnert dat het allemaal voorbij is. Maar toch, ik ben niet zo van slag als ik gedacht had.

Veertien

Goed. Tijd voor een nieuw begin. Het is maandagochtend en ik kan niet geloven dat ik in twee weken tijd al met mijn tweede baan begin. Steve heeft aangeboden me op te halen, hij zei dat hij me wel een lift achter op zijn motor kon geven. Ik kon best met de bus, maar hij bleef aandringen.

'Je bezorgt me een goede baan en brengt me er op mijn eerste dag ook nog heen?' zeg ik glimlachend tegen hem. 'Ding je soms mee naar een award voor Aardigste Vent Ter Wereld?'

'Klopt,' grijnst hij van onder zijn helm terwijl ik die van mij vastgesp. 'Goed zo,' zegt hij goedkeurend. 'Spring maar achterop. Zo, de buren hebben ook weer iets om over te kletsen.'

Popelend van ongeduld klim ik achter hem op de motor en sla mijn armen om zijn middel.

'Ik moet je waarschuwen, dit monster gaat heel hard.'

'Prima. Snelheid is voor mij geen probleem,' gil ik van onder mijn helm terug.

'Mooi zo, Miss Woods; je bent de eerste vrouw die niet

stijf van de zenuwen staat voor een ritje met deze jongen.'
Ik grinnik in mezelf. Hij moest eens weten.

Grappig, toen hij laatst in Smiley Burger zei dat hij misschien een baan voor me had, was mijn eerste gedachte: als wat precies? Als achtergrondzangeres in zijn band? Want echt, als ik zing klinkt het alsof je met je nagels over een schoolbord krast.

Steve moest lachen toen ik hem dat vertelde. Nee, het ging niet om zingen.

Twintig minuten later spring ik van de motor en sta voor een heel gewoon uitziend kantoorgebouw in het centrum van de stad. We zijn in Digges Lane, een smalle straat met keitjes in hartje Dublin, te midden van drukke, bedrijvige cafés en koffiebars en ik zie aan de muur een onopvallend bord waar RADIO DUBLIN, MARCONI HOUSE op staat.

Hier kom ik te werken. En nee, niet als schoonmaakster.

Mag ik je voortellen aan de nieuwe presentator van *The Midnight Hour*-show. (Ik weet het, ik kan het zelf ook niet geloven).

Steve parkeert de motor en samen lopen we door de draaideur de hal in. Hij meldt ons bij de receptie en dan zoeven we met de lift naar de vijfde verdieping. Als we de lift uit stappen komen we in een grote kantoorruimte met manshoge ramen die voor veel licht zorgen en een ongelooflijk uitzicht op de stad bieden. Terwijl Steve me langs de rijen bureaus leidt, lijkt het of bijna iedereen opkijkt en hem lachend met een hartelijk 'Hoi Steve!' begroet.

Het zijn over het algemeen, het moet gezegd, vrouwen. Aantrekkelijke, knappe jonge vrouwen die zich waarschijnlijk afvragen wie die roodharige is die hij met zich meetroont. Heel even vraag ik me af of hij een vriendin heeft. Louter omdat hij, als hij single zou zijn, absoluut niet te klagen heeft over een tekort aan bewonderende vrouwenblikken. Ik zou het niet kunnen zeggen. Hij heeft het nog nooit over een vriendin gehad, maar eigenlijk weet ik maar heel weinig over hem. Ik weet alleen dat hij in zijn eentje in een flat in Santry woont en dat hij volgens Sharon minstens drie keer in de week bij Smiley Burger eet. Wat, nu ik erover nadenk, tamelijk single-achtig klinkt.

Hoe dan ook, ik kom er niet goed achter wat zijn relatie met Radio Dublin precies is en hoe hij daar een baan voor me heeft versierd. En hoe het kan dat iedereen hem zo hartelijk groet alsof hij met iedereen de beste maatjes is.

'Ik heb zo mijn relaties, je weet wel,' grijnst hij plagend, als ik hem er voor de twintigste keer naar vraag. 'Kom, we gaan een kop koffie voor je halen.'

Een minuut later staan we naast elkaar in de kleine kantoorkeuken en schenkt hij twee bekers verse koffie in. Hij torent hoog boven me uit en lijkt in zijn motorpak nog groter.

Steve is ongeveer drie jaar ouder dan ik, begin dertig dus, maar op de een of andere manier ziet hij eruit als een volwassene die er een jaartje tussenuit is. Een volwassenling, als die term zou bestaan. Het is onmogelijk een serieus gesprek met hem te hebben; hij maakt overal, echt overal een grapje van.

En dan komt er, zomaar uit het niets, een herinnering van jaren geleden bij me boven. Ik herinner me dat Steve als jongen van een jaar of achttien onze voortuin maaide en Maggie hem voor de eerste keer Milky Bar Kid noemde vanwege zijn blonde haar en het ronde John Lennon-brilletje dat hij toen droeg. Ik heb het nooit voor hem opgenomen, en nu werpt hij zich op als de redder die me verlost van Larry de

Luis en achtuurdiensten van patat scheppen in kartonnen Smiley-bakjes. Uit schaamte bloos ik een beetje en ik beloof in stilte om vanaf nu alleen maar aardig en lief tegen hem te zijn. Zo snoeperig dat hij er bijna diabetes van zou krijgen. Ik heb veel goed te maken; jarenlange treiterijen van het hele gezin Woods.

'Zo Steve,' zeg ik, glimlachend naar hem opkijkend. 'Je speelt in een band, hè? Ben je daarom zo populair hier?'

'Luister je niet naar burengeroddel?' vraagt hij grijnzend terwijl hij me de beker koffie aanreikt. 'Ik speel inderdaad in een band, maar alleen als hobby. Gewoon voor de gein. Als je ons ooit had horen spelen, zou je begrijpen wat ik bedoel.'

Ik glimlach en neem een slokje koffie.

'We hebben eind van de maand een optreden in Vicar Street,' zegt hij. 'Heb je zin om te komen?'

O, shit. Vraagt hij me nou mee uit? Want redder of niet, het spijt me, maar dat gaat me te ver. Behalve dat ik helemaal niet in de stemming ben om naar andere mannen te kijken, ben ik gewoon niet geïnteresseerd in Steve. Sorry, maar dat is gewoon zo. Althans, niet op die manier. Ik ben gewoon de meest monogame persoon die je ooit zult ontmoeten. Ook als ik treur over het einde van een relatie kan ik me er niet toe zetten naar andere mannen te kijken. Geen Morfineman voor mij (je weet wel, zo'n man die je alleen maar hebt om de pijn te verzachten). Maar nu bekruipt mij een nieuwe onzekerheid. Is dit soms de reden waarom Steve zo aardig doet? Want dan zal ik hem gelijk uit de droom moeten helpen.

'Er komen ook allemaal mensen van de radio, je bent dus van harte welkom. Hoe meer zielen, hoe meer vreugd.'

Oef. Gelukkig geen date. Halleluja. Geen gênante vertoningen. 'Lijkt me fantastisch.'

'Trouwens, weet je wie jou heel graag weer zou willen zien? Hannah.'

Shit.

Ik vergeet Hannah steeds. Nee, het is nog veel erger, ik zeg de hele tijd dat ik haar binnenkort absoluut zal bellen om zo snel mogelijk een afspraak te maken, maar doe het dan niet. Ik ben een vreselijk mens en een slechte vriendin. Of beter gezegd, ex-vriendin.

'Weet je,' zegt Steve glimlachend op mij neerkijkend, 'aanstaand weekend wordt haar dochtertje gedoopt. Er is een feestje na afloop, anders kom je daarheen. Je familie is ook van harte welkom.'

'Leuk!' zeg ik, opgelucht dat het ook dit keer niet om een gezellige tête-à-tête gaat.

Dan komt er een bleke, magere jongen binnen die er zo jong uitziet dat hij in een bar zijn ID zou moeten laten zien, en hij stelt zich voor als Ian. Hij heeft een T-shirt aan van de 360°-tour van U2, een spijkerbroek en sportschoenen en hij ziet eruit alsof hij zich met twee uur slaap per nacht overeind houdt.

'Ik ga me over je ontfermen,' zegt hij, mijn hand schuddend. 'Ik produceer *The Midnight Hour*, maar maak je geen zorgen, het lijkt moeilijker dan het is. Het is een beetje te vergelijken met jongleren: gewoon een kwestie van de bordjes in de lucht houden. Een eitje als je weet hoe het werkt.'

'Oké,' zeg ik, een beetje zenuwachtig. 'Maar weten jullie eigenlijk wel dat ik nog nooit zoiets gedaan heb? Een tv-programma presenteren kan ik wel, maar dit is totaal anders.'

'Als je tv aankunt, kun je volgens mij alles,' zegt Steve hartelijk. 'Ian zal je de komende dagen wegwijs maken. Trouwens,' voegt hij eraan toe, terwijl hij Ian uitgelaten op de schouder slaat, 'hoe moeilijk kan het zijn als deze sufkop het zelfs kan.'

'Wacht maar, ik krijg je nog wel,' dreigt Ian plagend, alsof ze altijd zo met elkaar omgaan. 'Oké, Jessie, we gaan beginnen. Neem je koffie maar mee naar de studio. De manager vindt alles goed.' Dan voegt hij er grijnzend aan toe: 'Dat is een vreselijke malloot. Ik denk dat hij hier tijdelijk gedetacheerd is door de orde van St-John of God. Als stageplek voor dwaallichtjes.'

Ik wend me tot Steve. 'Nou, ehhh, bedankt voor alles, maar... wat ga jij nu doen? Ik bedoel, ga je weg, of...?'

'Ehh, Jessie?' zegt Ian, het is alsof hij niet langer zijn lachen kan houden. 'Die manager is Steve.'

Dit is de beste week die ik in maanden heb gehad, ik overdrijf niet. Ik hou zo van mijn nieuwe baan, dat ik me bijna afvraag waarom ik ooit bij de tv in plaats van de radio ben gaan werken. Ik zit nog niet 'achter de knoppen' omdat ik deze week eerst word ingewerkt, maar volgens Steve en Ian kan ik volgende week al beginnen! Ik vind het nog steeds ongelooflijk, maar van 24.00 uur tot 02.00 uur zijn de radiogolven van Radio Dublin van mij, helemaal van mij.

Iedereen hier is aardig, hartelijk, enthousiast en energiek, en mensen die me uit mijn *Jessie Would*-tijd herinneren, zijn zo tactvol er niet over te beginnen. Hun enthousiasme werkt zo aanstekelijk dat ik met het uur het vuur in me voel terugkomen. Hoe langer ik hier ben, hoe beter ik me herinner waarom mijn hart bij het presenteren van programma's ligt. Het salaris is niet fantastisch, het is zelfs niet veel meer dan bij Smiley Burger. Laat ik het zo zeggen: voorlopig zal ik het logeerbed in Sharons kamer nog niet kunnen verlaten. Maar ik kan tenminste voor mezelf zorgen, in plaats van telkens geld te lenen.

Mijn accountant is ook in haar nopjes, want ze heeft een regeling met de mensen van Visa getroffen die zo uitgebreid is dat je zo'n vijf dagen en minimaal zes juristen nodig hebt om de papierwinkel door te ploegen. Ze heeft een aflossingsregeling voor elkaar gebokst waarbij ik wekelijks een klein beetje terugbetaal van het geld dat ik hun schuldig ben. Het is zo weinig dat ik er volgens mij tot mijn zevenentachtigste aan vastzit, maar oké, ik ben weer solvabel. En ik beland niet als wanbetaler in de gevangenis. Altijd meegenomen.

Vreemd genoeg was Emma de enige die me deze baan afraadde, terwijl ik juist dacht dat ze blij voor me zou zijn. 'Ach lieverd, is dit nou wel een goede move?' vroeg ze bezorgd toen ik haar belde met het goede nieuws.

'Waarom zou het geen goede move zijn?' vroeg ik beduusd.

'Kom, Jessie, je gaat van een primetime tv-show naar een nachtprogramma bij een klein, lokaal radiostation! Dat is een flinke carrièreval, en ik zou eerlijk gezegd bang zijn dat de pers er lucht van krijgt en je opnieuw te grazen neemt. En dat is toch wel het laatste wat je kunt gebruiken. Is het niet beter om je een beetje koest te houden?'

Ik weet dat ze me natuurlijk alleen maar wilde beschermen, maar in mijn positie was alles wat me van Smiley Burger kon verlossen een klein wonder dat ik met beide handen moest aanpakken. Ik was gewoon een pietsie verbaasd over haar reactie, meer niet. Verbaasd, en eerlijk gezegd een beetje teleurgesteld.

In de tussentijd heeft Sharon een date met Matt, de actuaris, en voordat ze elkaar überhaupt hebben ontmoet is er ook al een tweede date in het vooruitzicht. Hij wil haar namelijk later in de week per se mee naar de hondenrennen nemen en zij heeft daarin toegestemd. Hij vond dat ze het online zo goed met elkaar kunnen vinden dat hij geen nee accepteerde. Dit alles uitdrukkelijk tegen mijn advies in, dat snap je, ik vind het maar niets als het allemaal zo snel gaat, maar ik ben met mijn bedroevende liefdesverleden wel de laatste die een datingwet kan voorschrijven.

Begin van de week spreken Sharon en ik om zeven uur in de stad af. Mijn training eindigt rond zes uur en Sharon heeft een vrije dag. Ik breng haar rechtstreeks naar het Insomnia café in Dawson Street, stipt op tijd voor haar allereerste ontmoeting met hem. Ik bied aan op haar te wachten en in de tussentijd te gaan winkelen, maar ze wuift mijn voorstel weg en zegt dat ze zich als een kind van vijf voelt dat naar school wordt gebracht.

Ik moet toegeven: ze ziet er goed uit, de make-up (allemaal van mij) is onberispelijk, haar donkere haar zit perfect in een bobline en ze draagt weer iets nieuws, een zomerse bloemetjesjurk die we vorig weekend samen hebben gekocht. Eerst wilde ze hem niet, maar ik heb haar overgehaald want jurken staan haar goed. Casual, vrouwelijk en best sexy. Alles in het teken van haar metamorfose, en ik ben apetrots op haar.

'Wil je dat ik mee naar binnen ga?' bied ik aan als ze op straat nog gauw een sigaretje rookt.

'Nee. Maar bedankt. Ik ben zenuwachtig, straks ga ik nog tegen je snauwen. Trouwens, stel dat ik hem leuk vind en jij niet?'

'Sharon, ik ben zonder twijfel de slechtste mensenkenner

ooit, dat heb ik denk ik wel bewezen. Dus waarom zou mijn mening ertoe doen?' Toch leuk dat ze dat denkt.

'Stel nou dat zijn adem naar een kadaver stinkt?' vraagt ze aan haar haar frunnikend en met een schel stemmetje.

'Dan ga je gewoon weg als ik over precies een halfuur met het ontsnaptelefoontje bel. Makkelijk zat.'

'Stel dat hij één blik op me slaat en er dan sneller vandoor rent dan... dan een ladder in mijn panty?'

'In dat geval blijf je gewoon zitten; je drinkt je koffie op, bladert een magazine door en vertrekt met opgeheven hoofd. Het is maar een halfuurtje. Dertig minuten, dat lukt echt wel. Heb je nog iets nodig voor ik ga? Sigaretten? Geld? Pepperspray?'

Ze staart me wezenloos aan.

'Dat was een geintje.'

'O, ha, ha. Heel geestig. Zeg eens eerlijk, zie ik er echt niet uit alsof ik een douchegordijn van ma aanheb? Je zou het toch wel zeggen als ik er belachelijk bij loop? De laatste keer dat ik een jurk aanhad was met mijn eerste heilige communie.'

'Kom op, Sharon, je ziet er adembenemend uit. Ga nou maar naar binnen en geef hem van jetje. En vergeet niet dat het alleen maar een koffieafspraakje is, meer niet. Wat kan er nou in het ergste geval gebeuren?'

'Je hebt gelijk,' antwoordt ze. Ze is een beetje opgefleurd en klinkt nu minder zenuwachtig. 'En zoals ma al zei toen ik wegging: ik heb gelukkig geen koortsuitslag en een stel kinderen, toch?'

Ik omhels haar stevig en kijk hoe ze naar binnen loopt. Het is iets na zevenen, en zoals beloofd, bel ik haar precies een halfuur later met het standaard 'airbag'-ontsnaptelefoontje. Maar ze neemt niet op, en omdat ik dat een gunstig teken vind, stap ik op de bus naar huis.

Tegen negenen heb ik nog steeds niets van haar gehoord. Ik ben intussen in 's werelds meest overbezorgde moederkloek veranderd. Ik sms haar voortdurend om te vragen of het wel goed met haar gaat en loop te ijsberen in de gang. Ik ben gek van ongerustheid dat Matt de actuaris een of andere seriemoordenaar bleek te zijn die haar in de kofferbak van zijn auto heeft gelokt en om zeep heeft geholpen.

Maar gelukkig waren al mijn zorgen voor niets, want rond middernacht komt Sharon uiteindelijk wankelend aan, ze is flink teut en zegt dat ze een geweldige avond heeft gehad. Kennelijk klikte het onmiddellijk tussen hen en toen duidelijk werd dat ze geen van beiden wilden dat het na de koffie afgelopen was, stelde Matt voor naar de film te gaan en daarna iets te gaan drinken.

'Hij is niet moeders mooiste,' zegt ze met dubbele tong terwijl ze in bed stapt en ik haar met mijn armen over elkaar woest aanstaar. 'Hij is meer een beetje... nou... zoals je zou verwachten dat een actuaris eruitziet. Klein, iets van één meter zeventig, maar hij zegt dat hij van grote vrouwen houdt. Jezus, straks wordt hij nog gek op Maggie!'

'En was het te veel moeite om me even te laten weten dat het goed met je ging?' vraag ik, met een gezicht als een donderwolk, Joans taak in feite op me nemend. 'Ik heb maar lopen ijsberen, misselijk van ongerustheid...'

'Kom op, Jessie. Waarom voel je je nou niet hoe ik zou willen dat je je voelt?'

'En dat is?'

'Jaloers.'

Twee avonden later neemt Matt haar mee naar de honden-rennen. Hij heeft zelfs aangeboden haar thuis op te komen halen, maar dat heb ik flink ontmoedigd. Véél te vroeg om *The Munsters* te ontmoeten.

Nu Sharon vaak de hort op is en ook Joan bijna nooit thuis is, zijn Maggie en ik vaak op elkaar aangewezen, en dat is bepaald geen pretje. Vooral omdat ik sinds mijn ge-sprek met Sharon op de avond van de documentaire serieus mijn best voor Maggie heb gedaan. Maar het is pure tijd-verspilling; als ik een gesprek met haar probeer te beginnen krijg ik al een grauw. Dat wil zeggen, als ik geluk heb en ze me niet straal negeert. Het komt er dus op neer dat we meestal geen woord met elkaar wisselen.

Tot de avond van Sharons tweede date. Maggie en ik kij-ken naar een herhaling van *Frasier* als ze, zonder enige aan-leiding, met gif in haar ogen en een Bulmers-adem tegen me begint te praten.

'Je bent zeker pas tevreden als je met je toverstokje al onze levens hebt veranderd?' grauwt ze me vanuit haar leunstoel toe, terwijl ze haar sigaret als een dolk vasthoudt.

Ik kijk haar aan, vastbesloten niet te happen. Maar ik heb ook twee blikjes Bulmers op; als ze op ruzie uit is, ben ik tip-sy genoeg om in opstand te komen tegen haar getreiter en laag-bij-de-grondse passieve agressie. Of maak daar bij nader inzien maar onverholen, pure agressie van.

'Je bijnaam zou tegenwoordig Pollyanna Rockefeller moeten zijn, niet Cinderella,' zegt ze, mij met haar spijker-harde ogen aankijkend. 'Hoewel ik je persoonlijk liever als Cinderella zag. In die rol was je iets minder irritant.'

Oké, ik weet dat ik niet moet happen, maar ik doe het toch. Ik kan het niet laten. Sorry, maar ik heb schoon genoeg van haar gesar, het wordt tijd dat ik mijn grenzen stel. Hoe moet ik het uitleggen? Er komt een tijd dat je het beu bent om behandeld te worden als de antichrist in eigen persoon.

'Maggie, wanneer hou je eens op met dat eeuwige gezanik?'

'Op de dag dat ik in het huwelijk treed,' sneert ze terug. 'Dat is toch wat je wilt horen? Het is het enige antwoord dat een stoeipoes als jij begrijpt. Je kunt mij ook wel een make-over geven en opgedirkt de straat op sturen om met volslagen onbekenden uit te gaan. Want in jouw ogen stel je alleen iets voor als je een partner hebt. God, ben je zo'n domme bimbo dat je nooit van de feministische beweging hebt gehoord?'

Ik zak achterover op de bank, neem nog een slok cider en trek me uit de strijd terug voordat die goed en wel begonnen is. Arme Matt, de actuaris, denk ik. Ik heb nu al medelijden met hem.

Je moet er toch niet aan denken hierin verzeild te raken?

Als ik de volgende dag van Radio Dublin thuiskom, staan er zes kartonnen verhuisdozen in de gang op me te wachten. Joan is ook thuis, haar humeur is om op te schieten.

'De hak van mijn schoen brak zowat af toen ik over deze berg rotzooi struikelde,' is haar begroeting als ik binnenkom. 'Ik waarschuw je, Jessica, voor ik thuiskom moet die troep uit het zicht zijn.'

'Is dat dan allemaal van mij?'

'Nee, van paus Benedictus, nou goed! Van wie denk je? Ene Amy heeft ze langsgebracht toen jij op je werk was. Maar ik meen het, als ik vanavond van mijn soiree thuiskom, moet het allemaal weg zijn.'

Shit, ik had zoveel aan mijn hoofd dat ik het helemaal

vergeten was. Ze heeft het over Amy Blake, de assistente van *Jessie Would*. Wat ontzettend aardig van Amy. Dus voordat ik alle dozen in veiligheid breng, bel ik eerst Amy om mijn verontschuldigingen ervoor aan te bieden dat ik niet thuis was toen ze aan de deur kwam. Ze neemt onmiddellijk op.

'Hoi, wat fijn om wat van je te horen!' lacht ze vrolijk, en een paar minuten is het weer net als vroeger. Ze kletst gezellig, vertelt dat ze meewerkt aan Emma's nieuwe talkshow die binnenkort van start gaat en dat ze er helemaal vol van is. 'Maar het zal niet hetzelfde zijn zonder jou, Jessie. We missen je allemaal vreselijk. Je hebt geen idee. Zonder jou is er niets aan. En niemand behandelt de assistentes zo goed als jij.'

'Ah, dank je, Amy. En bedankt dat je de moeite hebt genomen al die dozen af te leveren. Echt.'

'Geen probleem. Ik denk dat het meeste weg kan, maar het leek me beter dat je dat zelf beslist. Na je ontslag haalde Emma alles meteen door de papierversnipperaar, maar ik heb zo veel mogelijk gered. Je weet maar nooit, misschien zit er nog iets bij wat je ooit nodig hebt.'

Ik bedank haar nogmaals en voordat ik ophang spreken we af binnenkort koffie te gaan drinken. Beetje vreemd, denk ik, terwijl ik de dozen naar de garage sjouw, dat Emma op kantoor allerlei documenten heeft versnipperd. Ik bedoel, los van alles, waarom zou ze dat doen?

Het is nu zaterdag en het gaat zo goed tussen Sharon en Matt dat ze hem niet alleen vanmiddag meeneemt naar het doopfeestje bij Hannah, maar dat hij haar ook nog komt ophalen om ons allebei een lift te geven.

Steve heeft onze hele familie uitgenodigd, maar Joan gaat,

surprise! surprise! naar de Swiss Cottage, dit keer voor 'zaken'. Ze fluistert het woord 'zaken' alsof het een topgeheim betreft en Donald Trump in het kantoortje boven de kroeg zit te wachten om in dit mysterieuze project te investeren. Ik glimlach maar wat naar haar, in de veronderstelling dat dit een nieuw eufemisme voor 'wijnproeven' is, maar nee, ze zegt dat het echt om zaken gaat en dat ze ons erover zal vertellen als 'het ondernemingsplan helemaal rond is'. Weet je, soms vraag ik me af waarom ze zo tegen me opschept. Ik heb haar onderbroeken gewassen, verdomme, we hebben géén geheimen.

Ik spreek met Steve af dat ik hem eind van de middag bij Hannah thuis zie, want de doopplechtigheid is alleen voor familie en de buren zijn uitgenodigd voor het feestje erna. Ik vind het spannend om Hannah na al die jaren weer te ontmoeten. En ik kijk ernaar uit Matt, de actuaris, eindelijk eens in levenden lijve te zien.

Hij arriveert, zoals Sharon hem uitdrukkelijk heeft opgedragen, klokslag zes uur en omdat zij boven nog haar haar staat te föhnen ben ik degene die die arme kerel moet binnenlaten en vermaken tot ze klaar is om naar beneden te komen. Dat is een trucje uit een of ander zelfhulpboek waarin staat dat je een man koste wat het kost zo lang mogelijk moet laten wachten als hij je komt ophalen. Ahum. Dat die belachelijke regel ook in dit huis zou gelden had ik niet kunnen bedenken, maar zo zie je maar weer.

Goed, ik ren de trap af naar beneden en doe de deur open. Sharon heeft gelijk, Matt is niet groot, maar gezet en kaal en hij draagt een bril met een zwart montuur en een keurig geperst pak. Het is moeilijk zijn leeftijd te schatten, maar ik denk zo rond de veertig.

'Goedenavond. Ik veronderstel dat jij Jessie bent,' zegt hij, zijn hand uitstekend. Formele omgangsvormen, denk ik, terwijl ik hem glimlachend de hand schud. Ouderwets. Wat ik vriendelijk, vertederend en ontwapenend vind. Ik stel hem zo veel mogelijk op zijn gemak en net als ik hem naar de keuken wil dirigeren, roept Sharon van boven aan de trap dat ik hem naar de tv-kamer moet brengen. Waar Maggie *Deal or No Deal* of een ander onnozel zaterdagavondprogramma zit te kijken en haar favoriete hobby uitoefent: met de gids op haar schoot haar tv-avond plannen. Ik heb vreselijk met die arme Matt te doen, maar ik neem hem mee naar binnen en stel hem voor aan Maggie, die als een sumoworstelaar in haar stoel zit en hem met haar steengrijze ogen strak aanstaart. Zich opwarmend voor de strijd.

'Dit is mijn zus Maggie.'

'Stíéfzus.'

Dan bied ik hem iets te drinken aan. Alles om de arme vent op zijn gemak te stellen.

'Cola, alsjeblieft, ik ben geheelonthouder,' antwoordt hij, en ik zweer het je, het ijzige stilzwijgen van Maggie spreekt boekdelen.

Dan besef ik dat ik om de cola uit de koelkast te pakken de kamer uit moet en hem over moet leveren aan Maggie op haar verschrikkelijkst: wanneer ze gestoord wordt tijdens het tv-kijken. Zo snel als ik kan ren ik naar de keuken, maar als ik terugkom, hoor ik haar nog net zeggen: 'Zo, Matt. Weet je zeker dat je niet van plan bent mij tot een sekte te bekeren? Ik wil je niet beledigen hoor, maar zo zie je eruit.'

Ik geef hem het glas cola en om Maggies gruwelijke gedrag te compenseren klop ik naast me op de bank en vraag hem te komen zitten. Alleen de ongetrouwde tante uit een zwart-witfilm, het haarnetje, de kanten mantilla en een paar breinaalden ontbreken nog.

'Je bent dus actuaris?' vraag ik vriendelijk.

'Ja, maar het is lang niet zo spannend als het klinkt, hoor.'

'Dat meen je niet,' bijt Maggie hem van achter een dikke wolk rook toe, de vijandschap straalt van haar af.

Aan haar reactie te zien is dit waarschijnlijk de eerste heteroseksuele man onder de veertig die sinds de begrafenis van mijn vader de tv-kamer heeft betreden: ze ziet eruit alsof ze hem elk moment met knoflook en kruisbeeld te lijf kan gaan. Maar Matt lijkt het niet eens te merken. Kennelijk heeft hij een dikke huid. Wat een goed teken is.

'Fijn je eindelijk eens te ontmoeten, Jessie,' zegt hij na een stilte. 'Het komt in mijn branche niet vaak voor dat je iemand ontmoet die een begrip is.'

'Zo kan-ie wel weer. Je bent behalve actuaris zeker ook komiek,' zegt Maggie, terwijl ze hem als een cobra toegrijnst. 'Ik kan je namelijk vertellen dat Jessie in haar eigen huis nog niet eens een begrip is.'

Omdat ik in zijn bijzijn niet de hele familie Woods wil afvallen ga ik, zoals meestal, niet op haar hatelijkheden in. Er wordt weer lange tijd gezwegen, en dan maak ik om de stilte op te vullen een of andere clichéopmerking over het weer: dat we geluk hebben dat het zo mooi is, vooral omdat de vooruitzichten voor vandaag zo waardeloos waren.

'Dat heeft in feite niets met geluk te maken,' legt Matt uit. 'Het is een mathematische zekerheid dat weersvooruitzichten in vijfenveertig procent van de gevallen niet kloppen. De waarschijnlijkheid dat het mooi weer zou worden was dus vrij groot.'

Een snelle blik op Maggie zegt me dat het een absolute

zekerheid is dat Matt binnen tien seconden een venijnige, sarcastische opmerking naar zijn hoofd geslingerd krijgt, maar gelukkig komt Sharon net op tijd binnen. Ze ziet er fantastisch uit in haar nieuwe outfit die ze zonder mij heeft gekocht. Gezien de hoeveelheid nieuwe kleren waarmee ze deze week is thuisgekomen, heeft ze haar hele salaris uitgegeven in de boetiekjes van het Omni Park-winkelcentrum. Lieve help, ik heb een shopverslaafde naar mijn eigen evenbeeld gecreëerd.

Wanneer we opstaan om weg te gaan, laat ik Maggie voor de zekerheid nog even weten dat ook zij voor het doopfeestje uitgenodigd is en dat het leuk zou zijn als ze meegaat. Dan kan ze daar in elk geval na afloop niet over zeuren.

'Ik ben niet zo'n kindervriend,' is haar antwoord, rook in mijn richting blazend.

'Weet je het zeker?' vraag ik, in een poging haar over te halen. 'Het wordt vast leuk.'

'Alsjeblieft zeg. Een doopfeestje, leuk? Weet je, ik heb de heks uit *Hans en Grietje* altijd een onbegrepen vrouw gevonden. Ze bouwde haar droomhuis, maar die twee etters van kinderen vraten het op! Ze hebben hun verdiende loon gekregen.'

Ik wist dat het verloren tijd zou zijn haar mee te vragen. Geen idee waarom ik het überhaupt probeerde. Dan gaat Matts telefoon en als hij naar de gang loopt om op te nemen, kijkt Sharon ons beiden aan.

'En? Goedgekeurd of afgewezen? Eerlijk zeggen, want ik gebruik hem alleen maar om op te oefenen. Mijn Defibrillatorman,' voegt ze eraan toe, met een veelbetekenende blik in mijn richting.

'Sharon, ik vind hem geweldig,' zeg ik, en ik meen het. 'En

hij is stapel op je. Kon zijn ogen niet van je afhouden toen je de kamer binnenkwam!'

'Jeetje, denk je echt?'

'Echt. Hij had zo'n liefdevolle blik in zijn ogen. Het was net... net...' Ik zoek ijverig naar een metafoor. 'Net een schattig... zeehondje.'

'Ja,' zegt Maggie. 'Dat je zo zou willen neerknuppelen.'

Als we even later met z'n drieën naar Matts auto lopen, zeg ik tegen Sharon: 'Het kan niet langer zo met haar. Ze zit nu al zo'n twintig jaar te chagrijnen en ik weet niet of ik het nog langer trek. Hoe aardiger ik probeer te zijn, hoe gemener ze wordt.'

'Ik weet het,' zegt Sharon, en terwijl Matt haar een arm wil geven duwt ze die weg. 'Maar wat moeten we er in vredesnaam aan doen?'

₊

We rijden naar het huis van Hannah, wat met de auto ongeveer vijf minuten bij ons vandaan is. Hoewel Sharon en ik hier geen van beiden ooit eerder zijn geweest, is het huis waar we moeten zijn al van een kilometer afstand te herkennen. Aan het hek hangen ik weet niet hoeveel heliumballonnen en de kleine oprit staat bomvol auto's. Het is nog vroeg, maar het ziet ernaar uit dat het feest al in volle gang is. Als we parkeren en naar de voordeur lopen zien we dat de voortuin krioelt van de spelende, joelende, vechtende kinderen.

Heel even gaan mijn gedachten naar mijn vorige leven; ik herinner me een kinderpartijtje dat Eva en Nathaniel voor hun tweeling hadden georganiseerd en waarvoor ze een strijkkwartet hadden ingehuurd. De kinderen verveelden zich dood en de volwassenen stonden bij het strijkje van hun cocktail te nippen en over geld te praten. Het was een bezadigde bedoening vergeleken met dit echte, ouderwetse feest waar je op dit tijdstip van de avond al ziet dat de meeste volwassenen zat worden. Maar ik weet wel waar ik liever ben, denk ik terwijl ik Sharon even bemoedigend in haar arm knijp. Bij mijn echte vrienden, graag.

Hannahs moeder, Mrs. Hayes, doet open en het duurt even voor ze ons herkent.

'O, mijn hemel, Jessie? Ben jij het onder al dat rode haar? Ik dacht dat je een vreemde was! Wat zal Hannah het leuk vinden dat je gekomen bent. Ze is boven de baby aan het verschonen, maar zodra ze beneden is zal ik haar zeggen dat je er bent. En Sharon, ik herken je bijna niet, wat zie je er goed uit en wat ben je slánk! Kom verder, kom verder, welkom!'

We stellen Matt aan haar voor en ze verwelkomt ook hem zo hartelijk en lief dat mijn gedachten onmiddellijk teruggaan naar mijn tienertijd, toen ik altijd bij haar over de vloer kwam. Nooit heeft deze gulle, sympathieke vrouw me het gevoel gegeven dat ik een extra mondje was dat gevoed moest worden. In een tijd dat iedereen het krap had, wist ze volgens mij dat ik het thuis moeilijk had en heeft ze me, zonder vragen te stellen, als vanzelfsprekend bij alle maaltijden en activiteiten van haar gezin betrokken.

'Mrs. Hayes, het spijt me dat ik niet eerder langsgekomen ben,' zeg ik, omdat ik het gevoel heb dat ik me moet verontschuldigen.

'Doe niet zo gek, Jessie. We zijn toch oude vrienden? En oude vrienden doen niet aan formaliteiten. Steve zegt dat je het fantastisch doet bij de radio, maar je moet wel een verzoeknummertje voor me draaien. Beloof je het?'

'Beloofd,' antwoord ik, terwijl ik bedenk hoe gelukkig hij en Hannah zijn dat ze zo'n moeder hebben.

'"Yesterday" van de Beatles zou ik fantastisch vinden, lieverd. Ik word maandag vijfenzestig jaar jong, als het je lukt om het dan te draaien kan mijn dag niet meer stuk.'

'Komt voor de bakker.'

Er komen andere gasten binnen en Mrs. Hayes loopt erheen om hen te verwelkomen. Sharon, Matt en ik banen ons een weg door de overvolle zitkamer en keuken. Er zijn minstens drie generaties aanwezig en iedereen vermaakt zich kostelijk. Ik loop langs een tiener die nog nauwelijks de leeftijd heeft om te mogen drinken en hoor hem tegen zijn moeder zeggen: 'Ik zweer het, ik ben níét dronken! Dit is pas mijn negende!' En ik zie een vrouw van ongeveer mijn leeftijd met een kind aan de borst dat oud genoeg lijkt om Smiley burgers te eten. Grappig om een doopfeestje mee te maken terwijl je zelf single en kinderloos bent; het is alsof het leven dat je niet hebt zich voor je ogen afspeelt.

'Daar is de bar, recht voor je, op twaalf uur,' zegt Sharon, voorzichtig over speelgoedtreintjes stappend waar een stel kinderen zit te ruziën. Als Matt haar bij de hand wil pakken slaat ze hem opnieuw af. Ik heb er verder geen mening over, het valt me alleen op.

Als we in de keuken komen, belanden we in een nog grotere janboel, dit keer staan mensen te kibbelen over het eten dat op de aanrecht uitgestald staat. Net op het moment dat ik wil voorstellen om naar de achtertuin te gaan voel ik een hand op mijn schouder.

Steve.

'Hé, wat leuk dat je er bent, ik had niet gedacht dat je zou komen!' zegt hij, zijn lange lijf vooroverbuigend om me hartelijk op mijn wang te kussen. Naast hem staat een lange, knappe brunette. Haar steile haar reikt tot haar billen en ze zwiept het voortdurend over haar schouders. Ze draagt een vierkante, trendy bril waardoor ze er als een architect uitziet. Hij stelt haar voor als Elaine. Ze geeft geen hand, maar hangt met een glas witte wijn aan zijn schouders. Ik stel Matt aan Steve voor en attendeer hem dan op Sharon. Ongelogen, zijn ogen puilen bijna uit hun kassen als hij haar ziet.

'Wauw, Sharon! Ben jij het echt? Ik bedoel... Je ziet er zo... ik bedoel, je bent veel... en je haar...' Dan moet hij, goedgehumeurd als hij is, om zichzelf lachen. 'Ik wil eigenlijk alleen maar zeggen dat het leuk is je weer te zien, en fijn ook jou te ontmoeten, Matt! Wat willen jullie drinken? Voor het geval jullie het nog niet in de gaten hadden, Hannah heeft mij vanavond tot barman gebombardeerd. Fooien zijn van harte welkom.'

Als hij onze bestelling heeft opgenomen zegt hij dat we het beste naar de achtertuin kunnen gaan omdat het daar minder druk is en dat hij onze drankjes zo komt brengen. Gedricën gaan we naar buiten waar we meteen op Mrs. Foley en Mrs. Brady stuiten die als een soort bewakers op twee plastic tuinstoelen zitten. Ze nemen Matt vluchtig op en vragen dan wie hij is. Sharon stelt Matt voor en verkneukelt zich zichtbaar over de uitdrukking op het gezicht van de dametjes als die in de gaten krijgen dat het hier om een hcuse date gaat. En dat met een heel normale vent.

Ik laat haar van de situatie genieten en loop verder de tuin in om een plekje voor ons te zoeken. Uiteindelijk zie ik helemaal achterin twee lege keukenstoelen. Ik laat ze vrij voor de anderen en ga zelf op een schommel zitten, blij dat ik uit de herrie van binnen ben. Een paar minuten later stapt Steve naar buiten, balancerend met een dienblad vol drankjes. Hij geeft Sharon en Matt een glas en als hij mij ziet komt hij met die lange stelten van hem door de tuin aanstappen en gaat op de schommel naast me zitten. We kletsen wat over het werk en hij vraagt hoe ik het vind om volgende week live te presenteren. Ik sta te popelen, zeg ik, genietend van de wijn, de nazomeravondzon en ons gesprek.

'Iedereen van Radio Dublin is trots op je, weet je,' zegt hij glimlachend.

'Hoezo?'

'Omdat je een nachtelijk programma bij een klein, lokaal radiostation doet, terwijl je professioneel op topniveau hebt gewerkt. Genoeg bekendheden zouden zich een air van een diva aanmeten, maar jij niet. Jij stort je er gewoon in, geeft je eraan over en gaat aan de slag. Geen aanstellerij of poeha. Daar hou ik van. Wij allemaal.'

'Neem je me nou in de maling, Steve? Jij bent degene die me gered heeft van het Smiley burgers grillen, augurken hakken en aan die krengen van kinderen vragen of ze er patat bij willen. Ik had het al een hele vooruitgang gevonden als je me een baan als glazenwasser bij Radio Dublin had aangeboden.'

'Je pakt het zo goed op na alles wat er gebeurd is. Ik weet niet of ik in jouw plaats ook zo sterk zou zijn.'

'Ik heb het er lang, heel lang moeilijk mee gehad. Maar nu kan ik de wereld weer aan. Dat wil zeggen, zo goed als. En dat is voor een groot deel aan deze baan te danken, dat kan ik je wel vertellen.'

Plotseling wordt hij serieus. 'Weet je, Jessie, ik heb die documentaire over je gezien. Die *A Day in the Life*-aflevering. Het was afgrijselijk en ik ben niet de enige die er zo over denkt. Heb je ooit aan de mogelijkheid gedacht dat het misschien allemaal doorgestoken kaart was?'

Ik schud mijn hoofd en glimlach. 'Ik denk dat je te veel complotfilms hebt gezien.'

'Misschien wel,' grijnst hij. 'Maar denk eens na of je misschien iemand kent die er baat bij had dat jij het veld zou ruimen.'

'Zelfs Oliver Stone zou zoiets niet kunnen verzinnen.'

'Sorry,' zegt hij, hoofdschuddend. 'Maar toen ik naar dat programma keek, vond ik iets niet kloppen.'

'Steve, ik heb het allemaal aan mezelf te wijten. Geloof me, ik heb het hele gebeuren duizend keer in mijn hoofd herhaald, maar mijn conclusie is dat ik, net als in de fabel van Daedalus, zo dicht bij de zon heb gevlogen dat mijn vleugels smolten. Ik heb een hoge prijs betaald, maar ook heel veel geleerd. Het was een harde les, maar dat is kennelijk de manier waarop ik het beste leer.'

'Jessie Woods, je bent de flinkste, dapperste vrouw die ik ken.' Hij kijkt me heel doordringend aan.

'Welnee!' lach ik het compliment weg. 'Ik ben gewoon verdergegaan met mijn leven.'

'Maar het moet vreselijk voor je geweest zijn. Ik heb beelden gezien van die ongelooflijke villa waar je woonde. Om dan weer hier terug te moeten komen...'

'En op de bank te moeten slapen...'

'Met Maggie en Sharon... Al moet ik zeggen dat Sharon heel erg veranderd is sinds jij weer in haar leven bent. Ze is een ander mens geworden. En niet alleen uiterlijk, ze is... hoe moet ik het zeggen... gewoon een stuk liever. Als je begrijpt wat ik bedoel.'

'Ze is fantastisch voor me geweest, ze heeft me er echt

doorheen gesleept. Ze heeft zelfs haar excuus gemaakt voor de dingen die ze in de documentaire over me gezegd heeft.'

'Fijn,' zegt hij goedkeurend knikkend, terwijl hij naar een paar kinderen kijkt die met de tuinslang een watergevecht houden. 'Want sommige dingen waren echt... Nou ja, het doet er niet meer toe. Wat ik in al mijn klunzigheid wil zeggen is dat je een paar moeilijke maanden achter de rug hebt en dat ik vind dat je je er geweldig doorheen geslagen hebt.' Hij werpt me een zijdelingse blik toe, en zegt dan: 'Ik bedoel... Je houdt je fantastisch staande.'

'Tja, dat is nu eenmaal het verhaal van mijn leven,' zeg ik grinnikend. 'Ik ben de yuppie die ten val kwam.'

'Maar het overleefde.'

In de verte zie ik Elaine, de vrouw met de zwiepende haren, uit het huis komen. Ze kijkt om zich heen, waarschijnlijk zoekt ze Steve. Als ze hem in de gaten heeft, komt ze bij ons zitten. Ze zegt niets, maar staart me van achter de architectenbril aan alsof ze wil zeggen: 'Opzouten, meid, je tijd is om.' Omdat ik geen idee heb wat die twee met elkaar hebben laat ik ze alleen, met het excuus dat ik Hannah binnen ga zoeken.

Ik vind haar uiteindelijk in de tv-kamer en zodra ik haar zie komt er een stroom van herinneringen bij me boven. Ze is nog helemaal de oude Hannah. Net als Steve groot en slank, ze heeft blond haar (van zichzelf, iets wat me jaren geleden misselijk van jaloezie maakte) en is na haar zwangerschappen geen grammetje aangekomen.

'Als iemand die verdomde Beyoncé Knowles nou niet als de sodemieter uitzet, gooi ik de cd-speler het raam uit!' gilt ze naar haar echtgenoot Paul.

'Ah kom op, dit nummer is juist zo aanstekelijk!' zegt Paul.

'Vind je? Schurft is ook aanstekelijk.'

Dat is typisch Hannah. En als ik gedacht had dat het ongemakkelijk zou zijn haar na al die jaren weer te ontmoeten zat ik er volledig naast. Godzijdank.

'Sorry,' zegt ze, afgeleid. 'Ik heb de pest aan dat liedje. Het gaat in je hoofd zitten en blijft nog zeker drie dagen hangen. Voor het eerst sinds vierentwintig uur kan ik eindelijk even rustig zitten met een glaasje wijn. En dat laat ik niet door dat rotliedje verpesten.'

'Goed je weer te zien, Hannah,' zeg ik, terwijl ik met haar proost. 'En nogmaals gefeliciteerd. Je dochter is een schoonheid. Net haar moeder.'

'Zeg dat maar tegen haar vader. Op weg naar de kerk kreeg ik woorden met Paul omdat hij zei dat ze op Chroesjtsjov lijkt. En daarna probeerde hij zich eruit te redden door te zeggen dat alle baby's op Russische premiers lijken. Het werd bijna vechten in de auto.'

Ik zie de hele situatie voor me en barst in lachen uit.

'Leuk dat ik Paul ook tref. Je zult wel blij zijn dat hij weer veilig thuis is.'

Paul is cadet in het leger en net terug van een missie in Tsjaad. Hij is geen spat veranderd sinds ik hem voor het laatst heb gezien; nog altijd even sterk en gespierd en hij heeft nog steeds geen nek. Alleen een hoofd en dan schouders.

'Ik ben ook blij jou te zien, Jess,' zegt ze lachend en ze ploft enthousiast naast me op de bank neer. 'Ik wist niet of je wel zou komen. Ik weet dat je de laatste tijd niet graag onder de mensen komt. Kan ik me wel voorstellen, trouwens.'

'Sorry, Hannah, het spijt me. Ik had je al een paar maanden geleden moeten bellen, maar de helft van de tijd kon ik me nauwelijks uit bed hijsen.'

'Het zal niet makkelijk geweest zijn. Vooral niet voor iemand zoals jij.'

Ik kijk haar aan en vraag me af wat ze bedoelt. Iemand als ik?

'Je was altijd zo gedreven, bedoel ik,' legt ze uit. 'Al zolang ik je ken, en dat is al heel lang, schat. Zo was je al vanaf de basisschool tot het eind van de middelbare school, en zelfs daarna toen we samen in dat klotige flatje in Beggar's Bush woonden. Je zat altijd vol ambitie. Je wilde zo ontzettend graag een tv-carrière. Weet je nog dat je die baan als assistente kreeg? Het was alsof je een ticket richting het paradijs had bemachtigd. Je schoot er als een hazewind vanuit zijn starthok vandoor.'

Ik was vergeten dat Hannah zo recht voor z'n raap was. Zo'n meid die zegt wat ze te zeggen heeft.

'Mijn god, was ik echt zo erg? Waarom heb je me niet de nek omgedraaid? Het moet een nachtmerrie geweest zijn om met mij samen te wonen!'

'Nee, hoor,' zegt ze grijnzend. 'Ik kende je achtergrond toch. Ik wist hoe moeilijk je het thuis had en hoe graag je het huis uit wilde. Ik snap heel goed dat je je verleden uitwiste, zo kon je je tot hip tv-sterretje ontwikkelen. Je hebt er hard voor gewerkt en het is je gelukt een succes te worden. Niemand is zo trots op je als ik.'

Maar dan verandert ze plotseling van toon. Ik hoor nu verdriet in haar stem, dat er eerder niet was. Ik zet me schrap voor wat er komen gaat.

'Maar Jessie, ik heb me altijd afgevraagd... waarom vond je het nodig ook mij uit je leven te bannen? Na alles wat we meegemaakt hadden? Ik heb nooit iets van je gehoord toen ik trouwde, mijn eerste kind kreeg en hiernaartoe verhuisde.

Wees eerlijk, Jess, geef het maar toe. Je hebt me nooit meer gebeld. Soms een kerstkaartje, dat was alles.'

Schuldgevoel snijdt door mijn borst. 'Hannah, het spijt me zo...'

'Begrijp me goed, tot op zekere hoogte snap ik het. Ik bedoel, jij had jouw leven en ik het mijne. Ik weet dat het heel moeilijk is voor alleenstaande vriendinnen om te begrijpen hoe anders het leven met een kind is. Maar het was fijn geweest als ik af en toe iets van je had gehoord. Maar je was ineens heel dik met die Emma Sheridan; je had nieuwe vrienden en andere uitjes om heen te gaan.'

'Ik ben nog steeds met Emma bevriend. Ze is de enige uit mijn tv-periode die nog de moeite neemt me te bellen.'

'Hmmm,' zegt Hannah, duidelijk niet onder de indruk.

Er komt een herinnering van jaren terug bij me boven. Hannah mocht Emma niet. Dat was ik helemaal vergeten. Toen ze elkaar jaren geleden voor het eerst ontmoetten, klikte het gewoon niet. 'Ze is te lief om eerlijk te zijn,' zei Hannah altijd. Een van de weinige dingen waar ze zich in vergist blijkt te hebben. Wat de overige zaken betreft heeft ze gelijk. Ik heb Hannah uit mijn leven gebannen en dat was vreselijk. Ik dacht dat we van elkaar vervreemd waren, dat we niets gemeenschappelijks meer hadden. En tot mijn schande moet ik bekennen dat ik ervan uitging dat Hannah er ook zo over dacht. Ik zal je iets vertellen: als ik de afgelopen maanden iets heb geleerd is het wel nederigheid.

'Goed,' zegt Hannah, terwijl ze onze glazen bijvult, 'als Madam Emma je gesteund heeft, siert dat haar. Maar zoals je weet, heb ik haar nooit kunnen uitstaan, ook niet op tv. Ik vind het een koude vis. Het is zo'n vrouw die nooit eens een foutje maakt en ik snap heel goed waarom ze jou aan haar gekoppeld hebben. Jij vrolijkte de boel op en was niet bang om op je bek te gaan en het dan weg te lachen. In tegenstelling tot die schijnheilige ijskoningin.'

'Ik kan bijna niet geloven dat je naar mijn programma gekeken hebt...'

'Ben je mal, natuurlijk heb ik gekeken! Ik heb je hele carrière meebeleefd, Jessie. Zo had ik het gevoel dat ik nog contact met je had. Ik volgde je op tv en in de kranten, als je naar die gala's en glamourfeestjes ging, en zo. En dan dacht ik, ze heeft gekregen wat ze wilde.'

'Maar het was niet van lange duur,' zeg ik, een flinke slok wijn achteroverslaand. 'Op het moment dat het fout ging, zijn al die mensen uit mijn leven verdwenen.'

'Ik weet het. Dat moet vreselijk voor je geweest zijn. Vooral wat er gebeurd is met Sam Hughes.'

Ik geef geen antwoord. Ik vind trouwens dat je maar een beperkte hoeveelheid tranen per man mag vergieten en dat ik aan mijn limiet zit.

'Sorry, Jessie,' zegt ze, haar toon is wat aardiger nu. 'Ik weet hoeveel hij voor je betekende. Weet je nog dat we, nadat je hem voor het eerst bij Channel Six had ontmoet, altijd alle kranten doorplozen om te kijken of er iets over hem in stond? Toen ik jaren later las dat je hem daadwerkelijk aan de haak had geslagen, kon ik het nauwelijks geloven. Je ging op je doel af en op de een of andere manier bereikte je het. Ik dacht, wauw, Cinderella heeft eindelijk de prins van haar dromen gekregen.'

'Met alle narigheid van dien,' zeg ik spottend. 'Ik denk dat ik voor iedereen een wandelende waarschuwing ben. Je weet wel, zo iemand naar wie je wijst en zegt, wees maar voorzichtig met wat je wenst. Maar ik ben een ander mens nu.'

'Nee,' zegt ze, heftig haar hoofd schuddend en met het scherpe inzicht van iemand met wie je samen bent opgegroeid. 'Je was tóén een ander mens. Je verlangde er allemaal zo naar. Je was zo gedreven en vervuld van het verlangen je verleden van je af te schudden en de wereld te ontdekken. Maar weet je? Je bent veranderd. Je bent nu rustiger, nuchterder en realistischer. Ik vind je zo het leukst.'

'Weet je? Ik vind mezelf zo eigenlijk ook het leukst.'

Vijftien

'**H**allo luisteraars, ik hoop dat jullie een geweldige avond hebben, waar je ook bent en wat je ook doet. Hier is Jessie Woods met *The Midnight Hour,* welkom en blijf luisteren. De lijnen staan open als je zin hebt in een praatje, maar voor we beginnen zou ik graag een speciaal verzoeknummer willen draaien voor een zeer speciale dame. Mrs. Mary Hayes uit Whitehall viert vandaag haar verjaardag, en nu om één minuut over twaalf willen wij van Radio Dublin de allereersten zijn om jou, Mary, een fantastische dag toe te wensen. Dus nu, speciaal voor jou de Beatles met je lievelingsnummer "Yesterday".'

'Dat was een fantastische presentatie... Jessie Woods, je bent een natuurtalent!' juicht Steve twee uur later, als ik uit de lucht ben na het eerste liveradioprogramma van mijn leven. Het is al na tweeën, en het verbaast me dat hij al die tijd heeft rondgehangen om de hele show te beluisteren, maar dan besef ik dat hij de baas is: hij moet natuurlijk wel. Als ik het smoorhete deejaystudiootje uit stap staat Ian, de producer, met zijn duimen omhoog en krijg ik van Steve een stevige omhelzing.

Het voelt raar om hem te omhelzen, want ik kom nauwelijks tot zijn schouders, zo groot en slungelig is hij.

'Dat je er op dit onchristelijke uur nog bent!' roep ik lachend.

'Tja, wat moet ik daarop zeggen?' zegt hij glimlachend. Hij is zoals altijd goedgehumeurd, zelfs op dit late tijdstip. 'We moeten talent goed in de gaten houden, toch, Ian? Vooral als je verzoeknummers voor mijn moeder gaat draaien. Ze is opgebleven om te luisteren en stuurde zelfs een sms met het dreigement dat ze me onterft als ik je niet genoeg bedank.'

Ik geef hem een speels duwtje en bedank Ian. Als hij me vorige week niet zo'n intensieve stoomcursus had gegeven zou het me in geen miljoen jaar gelukt zijn.

'Kom, opschieten,' zegt Steve tegen me, 'pak je tas, dan gaan we nog even iets eten voordat je thuis je schoonheidsslaapje gaat doen. Dat is wel het minste wat Radio Dublin je kan aanbieden na zo'n fantastisch debuut.'

De gapende Ian weigert met ons mee te gaan, maar ik ben zo opgewonden en heb zoveel adrenaline in mijn lijf dat ik absoluut nog niet naar bed kan. Dus ik doe wat me gezegd is en een halfuur later zitten Steve en ik tegenover elkaar bij Eddie Rocket in South Anne Street. Hij hapt in een hamburger, ik heb een hotdog met scherp gekruide patat. Want na een uitzending heb ik een koolhydratenshot nodig. Dat was altijd al zo, ook na een aflevering van *Jessie Would*. En ja, ik weet dat terug blijven denken aan het verleden net zoiets is als korstjes openkrabben en je dan afvragen waarom de wond niet geneest, daarom houd ik het bij deze kleine vergelijking.

In mijn vorige leven ontspande ik me na een show met eendenleverpaté en foie gras die ik met zoveel flessen Cristal wegspoelde dat je er een bad mee kon vullen. Daarbij gingen mijn na-werkgesprekken steevast over een van de volgende drie onderwerpen: Sam, Sams carrière of hoeveel geld Sam wist binnen te halen. Terwijl het met Steve moeilijk is om het over iets serieus te hebben, op de een of andere manier lijkt een gesprek met hem altijd in een grap en een grol te eindigen. Altijd vrolijk en luchtig, nooit ernstig of zakelijk.

'Heeft iemand wel eens tegen je gezegd dat je te veel junkfood eet?' vraag ik, terwijl ik net doe of ik op zijn vingers tik als hij een handje patat van mijn bord pikt. 'En ik kan het niet uitstaan dat je toch zo dun blijft! Als ik bij je achter op de motor zit, kan ik je ribben voelen. Het is gewoon niet eerlijk. Als ik zoveel vette troep zou eten zou ik net zo dik zijn als...' Ik wilde 'Maggie' zeggen, maar vind het bij nader inzien te gemeen.

'Pas op hè, je hebt het wel tegen een trouw erelid van de Smiley Burger-club,' plaagt hij, terwijl hij twee patatjes tegelijk in zijn mond propt. 'Maar je hebt gelijk. 's Zondags lunch ik altijd uitgebreid bij mijn moeder, en voor de rest leef ik voornamelijk op junkfood. Maar je hoeft je geen zorgen te maken over mijn gezondheid. Mijn grens ligt bij gefrituurde marsen.'

Typisch iets wat een vrijgezel zou zeggen, maar ik antwoord niet, glimlach wat en laat het voor wat het is. Want ik weet niet precies wat hij met dat haar-zwiep-mens van Hannahs feestje heeft?

Zo kletsen we nog wat verder en ik probeer hem zover te krijgen dat hij iets meer over zichzelf vertelt, of hoe hij ooit baas van een radiostation is geworden, maar zoals altijd lopen serieuze gesprekken met hem uit op grappenmakerij. Dus praten we over *The Midnight Hour*, wat de mogelijkheden zijn en wat ik zelf zou kunnen inbrengen. Grappig, maar nu ik weer een programma in de pocket heb en mijn zelfvertrouwen beetje bij beetje terugkomt, voel ik me als een renpaard dat eindelijk de baan op kan gaan.

Steve put zich uit in excuses over het tijdstip van het programma en dat het publiek voornamelijk bestaat uit vrachtwagenchauffeurs die 's nachts rijden en mensen die halfzat uit de kroeg komen, maar benadrukt dat als er een speciaal onderwerp is dat ik zou willen uitproberen, ik alle vrijheid heb. 'Zolang je maar niet naakt op de radio gaat jongleren,' zegt hij grinnikend, terwijl hij zijn bord van zich afschuift en zich lui uitstrekt alsof hij de hele nacht zou kunnen blijven.

'Wat?' Ik verslik me bijna in een patatje.

'Je voorganger heeft dat een keer geflikt. En ik, stommeling, had niet door dat het 1 april was. Ik ben nog wekenlang uitgelachen op kantoor.'

'Ik beloof dat *The Midnight Hour* een naakt-jongleer-vrije zone blijft,' zeg ik lachend. Maar mijn gedachten draaien op volle toeren. Want ik wil iets nieuws aan het programma toevoegen, er mijn eigen stempel op drukken. Misschien is het na mijn blunder bij Channel Six een kans om de wereld te laten zien dat ik toch geen onnozel gansje ben.

Het heeft even geduurd, maar ook mijn biologische klok begint zich nu langzaam aan mijn nieuwe werktijden aan te passen. Meestal ga ik niet eerder dan vier uur 's ochtends slapen en blijf ik tot het middaguur in bed liggen; het is net alsof ik weer een tiener ben. Inclusief Joan die op de slaapkamerdeur bonst en gilt dat ik met mijn luie reet uit bed moet komen. Officieel hoef ik niet voor negen uur 's avonds bij Radio Dublin te zijn, maar de laatste tijd ben ik er al uren eerder omdat Sharon bijna altijd met Matt uit is en ik geen zin heb om mijn avonden naast Maggie op de bank door te brengen. Dank je feestelijk.

Ondertussen is Matt al een paar keer langs geweest om Sharon op te halen en had ik de gelegenheid om die twee eens goed van dichtbij te observeren, zonder de drukte van een doopfeestje en een stel dronken herrieschoppers op de achtergrond. De relatiedynamiek zou ik als volgt omschrijven: hoe nonchalanter en afwijzender zij zich opstelt, hoe leuker hij het lijkt te vinden. De hoogste vorm van affectie die zij hem toont is een soort geërgerde tederheid. Terwijl hij met de dag verliefder op haar wordt. Zonder dat ze het zelf beseft is ze het klassieke voorbeeld van de hard-to-get-vrouw; ze doet alles wat nodig is om een man scherp te houden. Je weet wel, ze belt hem nooit, beantwoordt zijn telefoontjes nauwelijks, ergert zich aan hem en behandelt hem als een soort emotioneel stootkussen om zich op af te reageren. En hij lijkt er met volle teugen van te genieten. Alsof hij elke keer dat ze tegen hem zegt dat hij op moet lazeren opgewonden raakt. Vreemd. En dan te bedenken dat ik Sharons datinggoeroe was en het er nu op lijkt dat ik degene ben die adviezen van haar zou moeten aannemen.

Ongeveer een week later kom ik op een warme, zonnige avond om zeven uur het kantoor van Radio Dublin binnenhuppelen. Mijn hoofd tolt van de ideeën voor de uitzending van vanavond en ik weet nog niet zeker wat het gaat worden. Tegen de tijd dat ik naar het kantoor boven ga is het verbazingwekkend druk rond het primetimeprogramma dat live uitgezonden wordt. Ik loop naar het keukentje om een kop koffie te halen voordat ik de playlist ga indelen en bedenken hoe ik de platen aan elkaar zal praten. Terwijl ik in mijn koffie sta te roeren, mijn gedachten in de vijfde versnelling, valt mijn oog ergens op. Ik loop naar het mededelingenbord naast de koelkast en kijk even beter. Nee, ik heb het me niet verbeeld. Het staat er echt, zwart op wit. Het waarschijnlijke antwoord op al onze gebeden.

Ik lees het voor de zekerheid nog een keer. Het is een foldertje, verstopt achter allerlei andere folders met advertenties van dingen als tweedehands Fiat Punto's en vakantiehuisjes in Ballynahinch die voor recessieprijzen te huur zijn. Ik kijk even vlug over mijn schouder om zeker te weten dat er niemand achter me staat, gris het foldertje van de muur en prop het in de zak van mijn spijkerbroek.

Dit vereist uiterste diplomatie en tact. Kortom: dit is iets wat ik alleen aan Sharon kan overlaten.

Het loopt tegen tienen en straks begint de uitzending. Er is nu bijna niemand meer op kantoor. Ik heb de hele tijd uiterst geconcentreerd aan mijn bureau gezeten, midden tussen allerlei papiertjes met ideeën. Dan loopt Ian langs mijn bureau, hij ziet er moe uit, alsof hij een kater heeft. Maar hij is zo iemand die altijd de bleke gelaatskleur van een nachtbraker heeft. Alsof hij allergisch is voor daglicht.

'Hoi, Jessie, je programma was weer fantastisch gisteravond, goed gedaan!' zegt hij met een hese net-uit-bed-stem. 'Trouwens, de baas wil je spreken.'

Ik loop Steves kantoor binnen, waar het één grote bende is met stapels kranten op zijn bureau en een elektrische gitaar tegen de deurpost. Ik moet, of ik wil of niet, glimlachen als ik naar hem kijk; hij ziet er absoluut niet als een baas uit. Hij zit op zijn bureau met zijn lange benen voor zich uitgestrekt, in een verschoten spijkerbroek en een zwart T-shirt dat volgens mij in zijn hele bestaan nog nooit een strijkbout heeft gezien.

'Daar is onze nieuwe ster!' roept hij enthousiast, terwijl hij opspringt om me een kus op mijn wang te geven. 'Kijk,' zegt hij, me de *Daily Herald* toeschuivend. 'Dan snap je waarom ik gloei van plaatsvervangende trots.'

Ik blader naar de pagina die hij aanwijst om te zien waar hij het over heeft. Geen nieuwsitem, maar een klein artikeltje weggestopt in een hoekje van pagina acht, tussen het weerbericht en de horoscopen in. Er staat een klein fotootje van mij bij dat genomen is toen mijn haar nog blond was, en het bijschrift luidt: TERUG VAN WEGGEWEEST.

Radio Dublin lijkt goed gegokt te hebben door de uit de gratie geraakte Jessie Woods The Midnight Hour-*show te laten presenteren. We zijn benieuwd hoe ze het er met dit medium van afbrengt. In ieder geval wensen we haar alle succes en we zijn blij dat ze weer doet waar ze het beste in is. Jessie, we hebben je gemist.*

Ik weet even niet wat ik moet zeggen. Overdonderd kijk ik Steve aan. Ik leef al eeuwen in een zelf opgelegde mediablack-out omdat ik doodsbang ben iets over mezelf te lezen dat mijn zelfvertrouwen ondermijnt, dus om nu iets aardigs over mezelf gepubliceerd te zien is... gewoonweg heerlijk.

'Je verdient het,' grijnst hij, terwijl hij een lok haar uit zijn ogen strijkt. 'En ik ga de geschiedenis in als de man die je weer terugbracht in de ether...'

'Oké, je mag de zin wel afmaken met: "wat niemand anders aandurfde",' zeg ik lachend en ik ga op een lege stoel tegenover hem zitten.

Hij lacht en tikt met een balpen op een stapel kranten naast hem. 'Zomaar een ideetje voor de uitzending van vanavond. Dit zijn alle eerste edities van de ochtendkranten van morgen. Wat vind je ervan om in je show een kort item te doen over wat er allemaal in staat? Niet te serieus, gewoon de luchtige, showbizzachtige dingen. Die je natuurlijk in jouw eigen stijl presenteert.'

'Fantastisch idee. Vind je het goed als ik ze even snel doorneem?' vraag ik terwijl ik een krant pak en door begin te bladeren.

'Natuurlijk, daar liggen ze voor. Ik zal je wel even helpen.'

Even later zitten we samen de enorme berg kranten op Steves bureau door te spitten, en ik heb een markeerstift in de aanslag om alles wat in aanmerking komt aan te strepen. Ik stuit op een artikel over Emma, met een prachtige foto die in haar ultramoderne keuken genomen is, waarop ze er zoals altijd tot in de puntjes verzorgd en onberispelijk uitziet. Dit alles om haar nieuwe talkshow te promoten, die eind deze maand de lucht in gaat. Omdat ze de laatste tijd, net als ik, tot over haar oren in het werk zit, hebben we elkaar al een poosje niet gesproken, maar ik neem me voor haar te bellen en haar alle geluk van de wereld te wensen.

Dan valt mijn oog op iets heel anders. 'Valt dit ook onder "luchtige onderwerpen"?' vraag ik Steve, naar pagina veertien van de *Star* wijzend.

'Waar gaat het over?' vraagt hij zonder van *News of the World* op te kijken.

'De slechtste eerste date die er maar bestaat. Een vrouw gaat met een man uit eten, maar als zij naar het toilet is, jat hij haar sleutels uit haar tas en gaat er met haar auto vandoor.'

'Dat zuig je uit je duim.'

'Ik zweer het, het staat er echt. Zo zie je maar, in het echte leven gebeuren dingen die je met geen mogelijkheid kunt verzinnen.'

'Geweldig. Misschien kun je eerst een beetje over waardeloze eerste dates babbelen en dan verdergaan met...' Hij breekt zijn zin abrupt af en gooit de krant die hij aan het lezen is weg. Ik ben zo verdiept in het verhaal over de gestolen auto dat ik niets gemerkt zou hebben, als hij niet gezegd had: 'Ehh... in die krant staat niets, die kun je overslaan.'

Ik kijk hem aan.

'Maar dat is *News of the World*. Die is voor dit soort onderwerpen meestal juist geschikt.'

'Doe geen moeite, laat maar.'

Natuurlijk staan mijn voelsprieten nu rechtovereind. Ik loop quasiongeïnteresseerd naar de plek waar hij de krant heeft neergesmeten en pak hem op om te weten wat ik niet mag zien. Nieuwsgierig aagje dat ik ben.

'Jessie, niet doen, echt, je hoeft niet...'

'Ha, ha, te laat,' lach ik, de krant razendsnel doorbladerend.

Goeie genade!

Ongelooflijk. Hier staat het, op pagina drie. Sam. Op weg naar de presentatie van zijn nieuwe boek *Als business de nieuwe rock-'n-roll is, ben ik Elvis Presley.* Het feest is vanavond in Mansion House en waarschijnlijk op dit moment in volle gang. Hoewel het maar om een boekpresentatie gaat, hebben ze er twee volle kleurenpagina's aan gewijd. Het verbaast me nog dat ze er geen uitneembaar bewaar-

nummer van hebben gemaakt, zoals ze dat met de maan-
landingen deden.

Typisch Sam: zijn pr-mensen hebben de pers precies op
tijd laten aantreden om hem en zijn beroemde vriendjes op
weg naar binnen op de kiek te zetten, precies op tijd voor
de eerste editie van de ochtendkranten. Ik weet dat ik beter
niet verder kan lezen, maar ik kan het niet helpen, het gaat
nooit over. De gastenlijst is zo'n beetje een letterlijke op-
somming van alle mensen die de afgelopen maanden mijn
telefoontjes niet hebben beantwoord. Ze zijn allemaal braaf
op komen dagen, van mij kunnen ze de pot op. Sam incluis.
Want waarom mijdt hij de publiciteit niet, als een normale
miljardair?

Dan voel ik een warme, troostende arm om mijn schouder. 'Sorry, Jessie,' zegt Steve. 'Het was niet mijn bedoeling
dat je dit zou zien. Ik had geen idee dat dit in de krant stond.
Als ik dat geweten had, zou ik nooit voorgesteld hebben ze
door te nemen...'

'Het geeft niet. Echt niet.' Ik schud zijn arm van mijn
schouder. Want het doet me zogenaamd niets.

'Het is volkomen begrijpelijk dat het je nog steeds pijn
doet. Zoiets heeft tijd nodig. Gaat het echt?'

'Ja. Echt. Maak je geen zorgen. Ik ben een grote meid.'
Die alleen nog korte zinnetjes kan uitbrengen, realiseer ik
me plotseling.

'Je weet wat we in de showbizz zeggen, hè,' zegt hij vriendelijk. 'De krant van vandaag is niets anders dan de katten-
bakvulling van morgen.'

Ik glimlach, en waardeer het dat hij er een grapje van
maakt.

'Ik zal je eens wat vertellen, Jessie, toen ik Sam Hughes in die documentaire over jou zag, kreeg ik de neiging die eikel voor zijn arrogante, zelfvoldane smoelwerk te slaan.'

Ik kijk naar hem en word plotseling overspoeld door een enorme golf van dankbaarheid. Waarom was je er niet toen het uitging? Je bent de perfecte combinatie van kameraadschap en onverschrokkenheid.

.

De uitzending begint en ik ben in topvorm, al zeg ik het zelf. Ik heb veel te bewijzen. Bovendien komt er, telkens als ik aan Sam denk en zijn chique boekpresentatie in Mansion House met zijn nog chiquere vrienden met hun luxueuze, welgestelde leventjes, een onstuitbare golf van energie bij me op om ze allemaal eens een poepje te laten ruiken.

'Iedereen die op dit moment luistert kan bellen naar *The Midnight Hour* met adviezen over... wat te doen na het stuklopen van een relatie. Wat heb jij gedaan om eroverheen te komen? De telefoonlijnen staan open op 1850...'

Het is ongelooflijk. Dit had ik nooit verwacht. Tijdens het twee uur durende programma staat de telefoon roodgloeiend. Ik had tot vier uur 's morgens door kunnen gaan en dan zou ik nog niet iedereen aan de lijn hebben gehad. Mannen en vrouwen bellen om te vertellen hoe ze zich hebben weten te handhaven in die nachtmerrieachtige periode dat ze gedumpt waren door een partner die ze nooit hadden willen verlaten.

'Mijn advies,' zegt een vrouwelijke beller, 'is alle foto's te vernietigen die er ooit van jullie als stel genomen zijn, al die foto's waar hij zo knap op staat en jij zo gelukkig kijkt. Het kan je maanden terugslingeren in je verwerkingsproces als je op een zwak moment toevallig zo'n foto onder ogen krijgt. En bepaalde plekken in de stad zijn natuurlijk verboden terrein, gelegenheden waar jullie samen heen gingen, kroegen waar hij vaak komt...'

Ik heb nauwelijks tijd om te reageren omdat er een ander gesprek binnenkomt. Joe uit Irishtown belt om te zeggen dat het om over een scheiding heen te komen cruciaal is dat je voortdurend alle vervelende dingen van je ex in je hoofd herhaalt. Steeds opnieuw, benadrukt hij, net zo lang tot je gewoon blij bent dat je van hem of haar af bent.

'Er vaker op uitgaan,' zegt Gemma uit Sandymount. 'Veel vaker. Je moet je vooral niet als een kluizenaar in je huis schuilhouden.' Lizzy uit Clontarf belt om te zeggen dat ze het ermee eens is, maar voegt eraan toe dat je nooit, maar dan ook nooit onverzorgd het huis moet verlaten, want geheid dat je hem tegenkomt op de dag dat je in een smerig trainingspak, met vet haar en zonder make-up over straat loopt.

Dan belt Tara uit Temple Bar om te zeggen dat het helpt om een iTunes-lijst op te stellen van de beste nummers over gestrande relaties. 'Heb je suggesties?' vraag ik voorzichtig. 'I'm Not in Love' van 10cc is haar favoriet. In de productiekamer weet Ian het nummer op te diepen en we sluiten er de uitzending mee af.

Nog nooit in mijn leven zijn twee uur zo snel voorbijgevlogen.

Steve is er nog als ik uit de studio kom en hij biedt aan me op zijn motor naar huis te brengen, een aanbod dat ik graag aanneem.

'Ik weet niet hoe je het deed, Jessie,' zegt hij als we samen het verlaten gebouw uit lopen. 'Maar het lijkt wel of je iets groots hebt aangeboord. Ik wist natuurlijk wel dat veel eenzame zielen op dit nachtelijk tijdstip naar de radio luisteren, maar ik vind het verbazend dat ze bereid zijn te bellen om het over intieme, persoonlijke details van hun scheiding te hebben.'

'Ik dacht dat die laatste beller nooit op zou houden over haar ex. Als ze een gitaar had gehad zou ze een ballade voor hem geschreven hebben.'

Hij barst in lachen uit.

'Zo erg ben ik toch niet?' vraag ik plotseling.

'Jessie, zó erg is niemand.'

We racen door de vrijwel lege straten en hij zet me thuis voor de deur af. Ik spring van de motor, geef hem mijn helm en omhels hem stevig.

'Ik weet dat Radio Dublin veel van je vraagt, dus kruip maar gauw onder de wol,' zegt hij glimlachend. 'Tot morgen.'

'Kom je echt niet even mee naar binnen voor een kop koffie?' vraag ik om aardig te zijn, half in de hoop dat hij nee zal zeggen.

'Een andere keer. Maar doe Sharon de groeten. En zeg dat zij en haar vriend uitgenodigd zijn voor mijn optreden zondagavond. Jij komt ook, je hebt geen keus, ook al is het je enige vrije avond. Alle personeelsleden van Radio Dublin moeten naar optredens van de band van de baas. Het is verplicht.'

Ik word vervuld van een diep, warm gevoel. 'Je bent een geweldige vriend, Steve, dat weet je hè?'

Hij knikt van onder zijn helm, wacht tot ik binnen ben, en zoeft weg door de nacht.

Omdat Sharon en ik deze week in totaal verschillende 'tijdzones' gewerkt hebben, ben ik blij dat ze, als ik de volgende ochtend mijn ogen opensla, nog in onze slaapkamer is. Ze is haar haar aan het ontkrullen. Waarschijnlijk ben ik van de brandgeur wakker geworden.

Blij dat ik haar nog tref, spring ik uit bed en pak de folder uit mijn broekzak die ik uit het keukentje van Radio Dublin heb gepikt. Ze leest het en is, net als ik, stomverbaasd.

'Jeetje, dit is... ik bedoel... dit zou...'

'Ik weet het,' zeg ik knikkend.

'Maar denk je dat ze...'

'Als ik ermee aankom niet. Maar misschien als jij...'

'Laat het maar aan mij over. Met een subtiele mengeling van plagen en tact weet ik wel zeker dat ik vanavond al een antwoord voor je heb.'

* * *

Joan heeft ook nieuws voor me. Nu ben ik de eerste die toegeeft dat ik altijd in de lach schoot als ze zei dat ze naar haar wijnproeverij ging, gniffelde als ze zei dat ze ging oefenen voor de opvoering van *The Mikado* en me bijna in mijn cornflakes verslikte als ze beweerde dat ze 's avonds voor 'zaken' naar de Swiss Cottage moest.

Maar nu lach ik niet.

Als Sharon die ochtend naar haar werk is, ben ik alleen met Joan thuis. Ik loop op mijn tenen de keuken in, klaar voor een confrontatie met haar ochtendhumeur. Maar gelukkig is ze vandaag in haar hum en ze huppelt vrolijk rond. Ze biedt zelfs aan een Engels ontbijt voor me klaar te maken, wat ik dankbaar aanneem. Hoewel het al na elven is ben ik nog in pyjama, maar zij ziet er oogverblindend uit in een keurig zwart mantelpakje met alle bijbehorende accessoires.

'Wat zie je er mooi uit,' zeg ik, en om te plagen fluit ik naar haar. 'Helemaal Joan Collins in haar *Dynasty*-jaren.' Het is een gevaarlijke opmerking, in een rotbui had ze me voor minder de huid vol gescholden. Maar om de een of andere reden is ze vandaag een prozac-variant van zichzelf.

Ze maakt een pirouette en gaat naast me zitten.

'Ik heb groot nieuws, Jessica. Geweldig groot nieuws. En ik wil het jou als eerste vertellen omdat je dan misschien een beetje reclame voor ons kunt maken op de radio. O ja, en ik heb je ook nog voor iets anders nodig. In ruil heb ik een kleine verrassing voor je.'

'Natuurlijk, wat heb je dan?'

Dan vertelt ze dat ze van plan is om de slaapkamer van Sharon en mij op te knappen, omdat we die nu al zo lang delen. Ik weet niet wat ik hoor. Let wel, dit is voor Joan het ultieme gebaar van affectie voor een ander mens. In dit huis worden alle emoties geuit via de Laura Ashley-catalogus. Ontroerd bedank ik haar en vraag haar dan wat het grote nieuws is.

'Ik ga de zakenwereld in,' kondigt ze blozend aan. 'Je zit tegenover de directeur van een spiksplinternieuw bedrijf. Ik heb al visitekaartjes laten drukken. Kosten noch moeite worden gespaard.'

'Fantastisch, maar... wat voor zaken?'

'O, supermodern. Het was eigenlijk niet eens mijn idee, maar dat van Jimmy Watson van de Swiss Cottage. Een genie op zakengebied.'

'En...?'

'... en ik ben de belangrijkste investeerder en werknemer in het bedrijf.'

'Joan! Laat me niet langer in spanning!'

'We hebben een website. Op internet, weet je wel.'

Joan spreekt 'internet' uit alsof het iets heel nieuws is dat gisteren is uitgevonden. Ik houd me in en herinner haar er niet aan dat ze altijd op mij en Sharon liep te vitten omdat we zoveel tijd online doorbrachten. Haar commentaar, ik weet het nog precies, was dat het world wide web bestond bij de gratie van nerds die van andere nerds wilden weten wat ze van *Star Trek* vonden.

'Als je me maar niet uitlacht, Jessica...'

'Natuurlijk niet.'

'De site heet IPrayForYou.com.'

'Sorry?'

'Zoals alle lumineuze ideeën is het eigenlijk heel simpel,' zegt ze zelfingenomen glimlachend, alsof ze een voice-over voor een nieuw bankproduct inspreekt. 'We hebben al webruimte gekocht en zodra de website ontworpen is gaan Jimmy en ik van start.'

'IPrayForYou.com?'

'Het idee is dat mensen ons online hun creditcardgegevens geven en wij in ruil voor hen bidden. Onze tarieven zijn heel schappelijk. Vijftig cent voor het aansteken van een kaars, een euro voor een Weesgegroet of een Onzevader, vijf euro voor tien Weesgegroetjes en een tientje voor de hele rozenkrans. En het mooie is dat ik het overal kan doen, dat bidden. In de auto, op het werk, zelfs tijdens het tv-kijken.'

'Maar je bent niet eens gelovig!'

'Heb ik dat gezegd dan? Dit is búsiness, Jessica. Probeer het te volgen.'

Stomverbaasd kijk ik haar aan. 'En denk je dat daar een markt voor is?' weet ik tussen twee happen gebakken ei door uit te brengen.

'Hoor nou eens hoe cynisch je doet. Sommige mensen vragen zich bij alles af waarom. Ik vraag me liever af waarom niet.'

'Tja, wat moet ik ervan zeggen? Ik wens je veel succes, Joan.'

'Dank je. O ja, ik wil je nog een gunst vragen. Die troep in de garage moet zo snel mogelijk opgeruimd zijn. Die dozen moeten allemaal naar boven, naar je slaapkamer.'

'Dat is goed... maar waarom?'

'Omdat onze garage natuurlijk het officiële hoofdkantoor van IPrayForYou.com wordt.'

Ongelooflijk. Deze vrouw is ongelooflijk.

En later op de avond staat me een volgende verrassing te wachten. Ik zit op het kantoor van Radio Dublin aan mijn bureau mijn aantekeningen voor vanavond door te nemen als Sharon belt.

'Je kunt beter even gaan zitten!' gilt ze opgewonden.

'Wat is er aan de hand?' vraag ik, in de veronderstelling dat het iets met Matt te maken heeft. Maar ze is nooit enthousiast over iets wat met die arme vent te maken heeft. Als ik haar vraag hoe het tussen hen gaat, haalt ze haar schouders op en grijpt naar een sigaret.

'Ik heb precies gedaan wat je zei. Ik heb je instructies letterlijk gevolgd. Heb haar de folder gegeven die je van het mededelingenbord van Radio Dublin meegenomen had en...'

'En?' Ik ben nu niet meer te houden.

'Weet je, we moeten hier niet al onze hoop op vestigen. Ik bedoel, je weet hoe ze is, en...'

'En...?'

'... ik denk dat ze er voor gaat.'

Bravo, Sharon!

Mijn programma loopt intussen als een trein, en als ik om twee uur 's nachts de studio uit loop, heb ik vaak het gevoel dat ik er nauwelijks vijf minuten ben geweest. De hele week zijn de telefoonlijnen constant bezet geweest. Het is alsof *The Midnight Hour* plotseling de Centrale voor Gruwelijke Datingverhalen is geworden. Het is een complete hype, en Steve geeft me een geweldig compliment door te zeggen dat als de luistercijfers bekend worden het best kan zijn dat voor het eerst in de geschiedenis van Radio Dublin een nachtelijk programma een primetimeshow overschaduwt. Dat was zo'n oppepper voor mijn zelfvertrouwen dat het leek of ik op een roze wolk zat.

Ook in de media verschijnen er positieve berichten over *The Midnight Hour*. In *The Times* stond ik zelfs in de lijst 'Aanraders voor deze week'. Ontzettend cool. Zelfs Roger Davenport, mijn agent van wie ik in maanden niets had gehoord, belde om te zeggen dat hij mijn veelbesproken programma had gedownload en me wilde feliciteren. Ik weet niet wat me meer verbaasde: het idee dat die ouderwetse Roger wist wat downloaden was of dat hij de moeite had genomen me na al die tijd te bellen. Maar goed.

Je hebt ook geen idee wat voor telefoontjes ik tijdens het programma allemaal krijg. Misschien heeft het met de anonimiteit van radio te maken, maar er is een openheid die je op tv niet bereikt.

Gisternacht bijvoorbeeld. Het onderwerp was vreemdgaan en er belde een getrouwde vrouw die zichzelf Caroline noemde. Ze vertelde dat ze heel jong getrouwd was met een man die ze 'Meneer Goed-genoeg' noemde. Ze ging met de eerste de beste daten, vertelde ze me met trillende stem, en later waren ze, omdat iedereen dat wilde, ook maar getrouwd.

Ongeveer twee jaar geleden kreeg ze een verhouding met een man op haar werk. Die affaire is nu al een paar maanden voorbij, maar ze hield vol dat ze van plan was alles aan haar echtgenoot op te biechten en er zo mee in het reine te komen. Hij is dan wel niet de liefde van mijn leven, zei ze verdrietig, maar het is een goede vent en hij verdient de waarheid.

In reactie op haar verhaal kwamen er meteen allerlei telefoontjes en sms'jes binnen met de boodschap: 'Je bent er toch mee weggekomen!' Waarna er een verhitte discussie over vreemdgaan in het algemeen ontstond en er dingen werden gezegd als: 'Wat niet weet wat niet deert' en 'Is er alleen sprake van bedrog als je gesnapt wordt?'

'Ik begrijp het gewoon niet, waarom zou je je hele huwelijk riskeren voor iets wat niet meer speelt?' vroeg een beller aan Caroline.

Het goudeerlijke antwoord van Caroline raakte me. 'Omdat ik er niet mee kan leven dat ik ermee weggekomen ben.'

Daarna belde een man die zichzelf Brad noemde (ik weet het, ze verzinnen die namen natuurlijk) en hij vertelde dat hij had gedatet met iemand die zijn absolute droomvrouw was. Ze kregen een relatie en na een korte verkeringstijd waarin nooit één kwaad woord viel, trouwde hij met haar. Hij waande zich de gelukkigste man op aarde omdat hij haar niet alleen had ontmoet, maar ook nog met haar mocht trouwen. Maar dat veranderde vanaf het moment dat zij een trouwring om haar vinger had. Het was een soort Dr. Jekyll/Mr. Hyde-situatie. Weg was zijn zachtaardige, lieftallige vriendin en voor haar in de plaats verscheen er een tang van een wijf die zijn leven verziekte en die elke cent die hij verdiende uitgaf. En nu heeft hij een ander ontmoet, iemand die aardig en begripvol is, een schouder om op uit te huilen. Er is nog niets tussen hen gebeurd, dus hij is nog niet echt vreemdgegaan, maar omdat hij zich bedrogen voelt door de vrouw met wie hij getrouwd is, vindt hij dat hij het recht heeft om echt, duurzaam geluk na te jagen. 'Toen we verkering hadden,' zei hij, 'speelde mijn vrouw een spel. Een fantastisch spel. Ze heeft gewoon de hele tijd toneelgespeeld. En op het moment dat ze me in haar macht had, kwam haar ware aard boven.'

Het schakelbord voor me begint onmiddellijk te knipperen, woedende bellers die 'Brad' eraan willen herinneren dat hij trouw heeft beloofd, in voor- en tegenspoed, en dat hij nu de slechte tijd moet doormaken, of hij het nu leuk vindt of niet. Anderen hadden medelijden met hem, zeiden dat hij die nieuwe potentiële vriendin niet uit het oog moest verliezen.

We sluiten het programma af met een bittere opmerking van een alleenstaande vrouw. 'Weet je, Jessie? Door al dit geklets over vreemdgaan weet ik weer wat ik in een partner zoek. Ik wil een door en door betrouwbare man. Een man die precies doet wat hij belooft. Die van mij houdt, en van mij alleen. Punt.'

Ik kan niet anders zeggen dan dat ik hóú van dit werk. Iedereen bij de zender helpt me enorm, alsof ze voelen dat ik veel te bewijzen heb en dat het een lange weg voor me is om terug te komen. En Steve, die lieve, aanbiddelijke Steve die naast Sharon mijn beste maatje aan het worden is. Hij was er de afgelopen week op één keer na altijd, dus we propten ons na het programma vol met fastfood of raceten op zijn motor rechtstreeks naar huis. De ene keer dat hij er niet was sms'te hij me om te zeggen dat hij een bandrepetitie had en het hem speet dat hij er niet voor me was.

Het grappige is dat ik hem heb gemist.

Het is zondag en ik ben hondsmoe, maar vanavond speelt Steve met zijn band. Hij heeft me bijna een contract met bloed laten ondertekenen dat ik er zal zijn, en bovendien heb ik Sharon en Matt meegevraagd. De toegeeflijke, fatsoenlijke Matt heeft zelfs aangeboden ons met de auto thuis te komen ophalen.

Omdat ik het niet red om op tijd beneden te zijn, is die arme Matt al aan Joan voorgesteld. Ze is helemaal in haar element, vleit en fleemt alsof hij van adel is. Mijn stiefmoeder kennende is de kans groot dat ze boven op haar nachtkastje een of ander moeder-van-de-bruid-magazine heeft liggen waarin ze haar favoriete outfits met een markeerstift aanstreept.

Het punt met Joan is dat het vaak erger is als ze alle registers opentrekt om je te imponeren dan als ze in een pestbui is. Ik weet dus niet wat er op dit moment in Matts hoofd omgaat. We zitten wat ongemakkelijk bij elkaar met de tv zachtjes aan en ik probeer de sfeer met gebabbel luchtig te houden. Dan gaat Joan eindelijk de kamer uit om Tropicana-vruchtensap voor hem uit de koelkast te halen. Toevallig weet ik dat ze het speciaal voor hem heeft gekocht toen ze erachter kwam dat dat zijn lievelingsdrankje is. En ze zal het ongetwijfeld in een van die dure kristallen glazen serveren die normaal alleen met de kerst uit de kast worden gehaald.

Ik ben nu dus alleen met hem, Maggie en Sharon.

'Je hebt dezelfde glazige, geschrokken blik in je ogen als iedereen die mijn moeder voor het eerst ziet,' zegt Maggie, terwijl ze hem zonder te knipperen aankijkt en aan een sigaret trekt.

'Het moest er toch een keer van komen,' zegt hij, zijn

schouders ophalend. De situatie lijkt helemaal geen vat op hem te hebben. 'Sharon en ik hebben al meer dan tien dates gehad, de kans dat onze relatie slaagt is dus meer dan zestig procent.'

Het concert is in het centrum van de stad en ik vind het geweldig om te zien dat er een enorme club van Radio Dublin is om Steve te steunen. Onder hen is een stel knappe jonge grieten, Steves kantoorfanclub, die er allemaal fris, jong en prachtig uitzien. Sharon, Matt en ik gaan aan een tafeltje zitten en ik storm naar de bar om een rondje te bestellen. Ian is er ook, weer in een van zijn verbazingwekkende T-shirts. Op de voorkant staat: MIJN MOEDER IS HANDELAAR IN SCHULDGEVOELENS.

'Steve zal blij zijn dat je gekomen bent,' zegt hij glimlachend. 'Volgens mij is er iemand gek op je.'

'Kom, Ian, doe niet zo belachelijk. We zijn oude vrienden. Meer niet!' Een goede, sterke opmerking waarmee ik dat idee gelijk in de kiem smoor. Ik zou alleen willen dat ik niet tot aan mijn haarwortels bloosde terwijl ik het zei.

'O ja? Vind je het soms normaal dat hij tot na tweeën in de studio blijft rondhangen om jou naar huis te brengen?'

Ik zet het uit mijn hoofd en geniet verder van de band. Het optreden is briljant. Het blijkt dat *The Amazing Few* al hun nummers zelf schrijven en ze zijn verrassend goed. Steve is fantastisch op het podium, hij is absoluut niet zenuwachtig, speelt leadgitaar en hij lijkt wel een halve meter langer dan de rest van de band.

Sharon en Matt lijken ook te genieten, hoewel Matt het merendeel van de avond in adoratie naar Sharon staart of naar Sharon lacht als ze hem kleineert met die merkwaardige mengeling van minachting en tederheid waarmee ze hem behandelt. Als hij op een gegeven moment naar de wc verdwijnt, grijpt Sharon onmiddellijk de gelegenheid aan om om zich heen te speuren of er nog alleenstaande mannen vrij rondlopen.

'Mag ik je er even aan helpen herinneren dat je hier met iemand bent?' zeg ik streng, als ik haar zie flirten met een jongen tegenover ons die onder de tatoeages zit.

'Ben je soms van de datingpolitie? Ik kijk gewoon even wat er nog meer in de aanbieding is. Het is nu eenmaal zo dat als je een man aan je arm hebt andere kerels opeens meer belangstelling voor je krijgen. Alsof ze je in een heel ander licht zien. Geef toe, Jess, je weet best dat ik gelijk heb.'

Ik schud mijn hoofd en ga weer naar de band kijken. Soms vraag ik me af of ik een datingmonster heb gecreëerd.

Hoe dan ook, als het rond elven afgelopen is, kuiert Steve langs de jonge meisjes van Radio Dublin die naar hem joelen en kirren of hij bij hen komt staan en hij loopt naar onze tafel. Ik spring op om hem te omhelzen en zeg hoe fantastisch hij was. De waarheid, meer niet.

Het is een heerlijke, feestelijke avond; Steve als altijd grappend en grollend, iedereen is gezellig en ontspannen. Sharon en Matt stappen redelijk vroeg op omdat Matt de volgende ochtend een vergadering heeft en Sharon bij Smiley de vroege dienst draait. Ze bieden me een lift naar huis aan, maar Steve dringt erop aan dat ik blijf en zegt dat hij me later op de motor thuis afzet.

'Als ik dan tenminste nog nuchter genoeg ben,' zegt hij lachend, terwijl hij naar de bar loopt om nog een rondje te halen.

'Hoe vaker ik Steve Hayes zie,' zegt Sharon als ik haar ten afscheid omhels, 'hoe leuker ik hem ga vinden. Hij is de... Langzaam-op-gang-man.'

'Vind je hem saai?'

'Natuurlijk niet, gek. Ik bedoel juist dat hij steeds boeiender wordt. Langzamer maar zeker.'

Als ze vertrokken zijn, is Steve een en al lof over Sharon. 'Ik kan er niet over uit. Ze is zo veranderd,' zegt hij steeds. 'Ze ziet er fantastisch uit en haar hele persoonlijkheid is anders geworden. Ik was altijd doodsbang voor haar en Maggie, maar nu vind ik Sharon cool. Ze is nu een van ons.'

'Ik zal het aan haar doorgeven.'

'Gefeliciteerd, Jessie, er is hier sprake van een heus pygmalion-effect, waarbij jij Henry Higgins bent en zij Eliza Doolittle.'

Voor het eerst sinds ik weet niet hoelang kan ik zeggen: ik ben gelukkig.

Zestien

Dat gevoel blijft tot het einde van de volgende week voortduren en dan valt de klap. Die hard aankomt omdat iedereen tot dan toe in topvorm was. En ik bedoel echt iedereen, dus verbazingwekkend genoeg ook Maggie.

Herinner je je die folder nog die ik van de keukenmuur bij Radio Dublin griste? Het was een advertentie voor een *open mic*-wedstrijd die heel toepasselijk *So You Think You're Funny* heet en over twee weken in de Comedy Cellar in de stad gehouden wordt. Een avond om beginnende stand-upcomedians een kans te geven voor publiek op te treden. Je kunt een prijs van € 1000 winnen en het is bovendien een kans om door een van de meest vooraanstaande comedy-agents van de stad opgemerkt te worden. De enige voorwaarde is dat alle deelnemers beginnelingen moeten zijn. Volslagen onbekenden, dus iedereen heeft gelijke kansen.

Omdat ik weet dat Maggie, louter en alleen om me te pesten, altijd precies het tegengestelde doet van wat ik zeg, heb ik Sharon gevraagd haar voor te stellen om mee te doen. Met honderd procent succes. Maggie dacht één tel na en zei: 'Wat kan het mij verdommen, ik heb niets te verliezen.' Ze gaat het dus proberen.

Maar dit is nog maar deel één van wat ik wil vertellen. Het grote nieuws is dat er eindelijk, na al die tijd, een zogenaamd staakt-het-vuren tussen Maggie en mij tot stand is gekomen. Het is bijna niet te geloven, ik weet het, maar het begon allemaal een paar avonden geleden toen ik alleen met haar thuis was en we samen, *quelle surprise*, in de tv-kamer zaten.

Er hing om te beginnen al een heel andere sfeer. Maggie was opgewonden en zenuwachtig en het gekke was dat ik het voelde. Ze zat in haar eigen leunstoel, maar in plaats dat ze haar laserachtige blik zoals gewoonlijk op de tv gefocust had, zat ze met een blocnote op haar schoot voor zich uit te staren of schreef iets op. Zo nu en dan wierp ze een steelse blik in mijn richting, alsof ze op het punt stond me iets te vragen, maar dan bedacht ze zich en keek weer snel weg. Omdat ik eerst dacht dat ik het me verbeeldde, deed ik een experimentje.

'Vind je het goed als ik zap?' vroeg ik onschuldig.

'Hmm? Ja, ga je gang.'

Onmiddellijk begonnen mijn alarmbellen te rinkelen. Want we keken naar *EastEnders*, Maggies favoriete soap die ze nooit mist; ze zou je aan het mes rijgen als je het woord 'zappen' in de mond durfde te nemen, laat staan als je het echt deed. En omdat het nog wel eens heel lang zou kunnen duren voor ik nog zo'n buitenkansje kreeg, greep ik deze gelegenheid met beide handen aan.

'Maggie, ik hoop dat je het niet erg vindt dat ik het vraag, maar gaat het wel goed?'

Stilte. Het was bijna tastbaar dat ze enorm twijfelde of ze zich tegen mij, haar aartsvijand, zou uitspreken of niet. En toen gebeurde het wonder. Ze deed het.

'Nou, ja... eigenlijk...' begon ze, onzekerder dan ik haar ooit gehoord had.

'Ja?'

'Het punt is... er is binnenkort een *open mic*-avond in de Comedy Cellar. Sharon kwam ermee en... nou... ik heb besloten mee te doen.'

'Wat geweldig!' riep ik, mezelf eraan herinnerend dat ik verbaasd moest doen. 'Je doet het vast fantastisch. Ik weet het zeker.'

'Ja, maar...' vervolgde ze, 'weet je... ik moet mijn materiaal uittesten. Ik bedoel, ik zit vol ideeën, maar ik weet pas of het goed overkomt wanneer ik het op iemand uittest. Ik vroeg me dus af... omdat jij toevallig iets meer weet over optreden voor een publiek...'

'Maggie, als je je grappen op mij wilt uitproberen, vind ik het enig om te luisteren! Ik pak even twee blikjes Bulmers uit de koelkast, dan beginnen we meteen.'

Ze glimlachte, ja, glímlachte naar me en de volgende twee uur waren we samen bezig. Terwijl de tv... tromgeroffel voor een dramatisch effect... úit stond.

Het was verbazingwekkend. Met haar blocnote in de hand liep ze in de tv-kamer te oefenen, terwijl ik kritisch luisterde, nuttige tips gaf en haar moed insprak. Sommige anekdotes waren geweldig, maar heel Maggie-achtig, als je begrijpt wat ik bedoel. Ze had bijvoorbeeld een heel verhaal over hoe het is om belastingambtenaar te zijn en over de valkuilen die je moet vermijden als je er een lange carrière wilt hebben. Daarna ging ze over op haar leeftijd en dat ze binnenkort vierendertig wordt, de 'is dit alles?-leeftijd'. Het is de leeftijd waarop je eindelijk accepteert dat je op zaterdagavond nooit *X Factor* of de staatsloterij zult winnen. Of dat je tijdens het eten van een muffin in Starbucks op weg naar je werk nooit George Clooney zult versieren. Daarna begon ze over de merkwaardige effecten die een midlifecrisis op de normaalste, meest conservatieve personen kan hebben, zelfs op mensen die bij de belastingdienst werken. Dat in haar geval de schok bijna halverwege de dertig te zijn ervoor heeft gezorgd dat ze nu iets doet wat ze never nooit voor mogelijk had gehouden: proberen leuk te doen voor een stel dronken herrieschoppers die allemaal verwachten de nieuwe Jo Brand te zien.

Zodra ze klaar was, sprong ik op, gaf haar een staande ovatie en zei dat als er enige gerechtigheid bestond, zij met gemak zou winnen. En dat ik er voor haar was als ze weer eens voor iemand wilde oefenen.

'Ja, bedankt,' zei ze, toen we met een nieuw blikje Bulmers zaten. 'Ehhh... aardig van je.'

'Geef me een kans, Maggie. Ik bén aardig. Ik ben niet de antichrist die jij denkt.'

'Weet ik wel. Het is gewoon... niet altijd makkelijk.'

'Logisch. Dat ik hier weer kwam wonen was natuurlijk helemaal niet leuk voor jou. Dat begrijp ik wel. Vooral niet toen Sharon en ik zulke dikke vriendinnen werden.'

'Nee. Dat is het niet,' zei ze tot mijn verbazing. 'Of liever gezegd, dat is het niet alleen.'

Ik keek haar aan, verbijsterd. Verbijsterd en als ik eerlijk ben, half aangeschoten. Eén ding is zeker: in nuchtere toestand hadden we dit gesprek nooit gehad.

'Je hebt vast al die tijd gedacht dat ik de pest aan je had,' zei ze, een sigaret opstekend, 'maar ik had het moeilijk toen je weer thuis kwam wonen. Er kwamen allerlei herinneringen van jaren geleden bij me boven, van de tijd dat we hier woonden in onze tienertijd. Weet je nog?'

'Of ik dat nog weet? Ik ben er nog steeds voor in therapie.'

Ze schoot in de lach om mijn grapje en ging verder.

'Jij was altijd papa's kleine prinses, toch? Zijn oogappeltje. Jij deed alles goed in zijn ogen. Maar Jessie, het punt is... hij was ook mijn vader. Niet mijn echte vader, maar hij was wel mijn vaderfiguur en ik... hield echt van hem. Hij stimuleerde me op een manier zoals ma niet deed, hij complimenteerde me als ik het goed deed op school en was blij voor me toen ik die baan bij de belasting kreeg. Daar zou ik mijn hele leven wat aan hebben, zei hij. Toen hij overleed was het net alsof jij het monopolie had om verdriet om hem te hebben. Maar jij was niet de enige die van hem hield en die hem miste. En wie organiseert er verdomme elk jaar een mis voor hem? Ik.'

Ik was niet in staat een woord uit te brengen. Ik zat op de bank, helemaal beduusd en voelde me piepklein.

Tot mijn schande had ik Maggie nooit gezien als iemand die gevoelens heeft en dezelfde diepe emoties als ieder ander.

'Weet je nog dat je zo'n stennis trapte toen je zijn spullen in de schuur zag staan?' vervolgde ze, haar sigaret uitdrukkend. 'Ik was degene die al zijn spullen wilde bewaren. Als het aan ma had gelegen waren ze jaren terug al bij het grofvuil beland. Je weet hoe ze is. Om over haar opruimwoede nog maar te zwijgen.'

'Ja, dat weet ik nog,' antwoordde ik met een zacht stemmetje. 'Maggie, ik kan niet veel meer zeggen dan dat het me spijt. Ik heb me nooit gerealiseerd dat jij hem ook miste. Ik bedoel... ik wist het niet.'

Sinds die avond is het alsof het ijzeren gordijn tussen ons gevallen is. Maggie en ik praten nu gewoon met elkaar. Echt. Wat moet ik ervan zeggen? Als papa ons vanuit de hemel zag, zou hij trots zijn dat we zo goed met elkaar omgaan. Ik weet het zeker.

Avond na avond oefent ze haar materiaal al heen en weer lopend in de tv-kamer die bezaaid ligt met papiertjes vol ideeën, en test ze haar grappen op mij uit. Ik geef mijn commentaar, voor wat het waard is, dan slaat ze aan het herschrijven en doet het hele nummer zonder mankeren de volgende avond opnieuw.

Je zou haar moeten zien, ze is een totaal ander mens tegenwoordig. De oude Maggie is verdwenen en er is een nieuwe, verbeterde, actievere versie van haar voor in de plaats gekomen. Het is wonderlijk om te zien; deze vrouw bezit een ongepolijst talent dat zich langzaam, naarmate haar zelfvertrouwen groeit ontwikkelt, en ze gaat ontzettend goed vooruit. Dag na dag, stapje voor stapje. Verbijsterend is ook dat de tv-gids op de bank ligt, ongeopend. Intussen gaat Sharon nog steeds met de geduldige Matt uit, hoewel ik haar stevig aan de tand heb gevoeld en in niet mis te verstane bewoordingen heb duidelijk gemaakt dat als ze niets in hem ziet, ze die arme, verliefde vent moet laten vallen... zachtjes.

'Zo ver ben ik nog niet,' is haar resolute antwoord. 'Dat wil zeggen niet voor ik een ander heb. Al die afspraakjes zijn trouwens een goede oefening voor me. En ik wil hem nog niet midden in zijn gezicht zeggen dat hij me soms tot waanzin drijft; onze relatie duurt nog te kort om hem mijn ware aard te tonen.'

Diep in haar hart wil ze hem niet kwijt, is mijn conclusie. Ze vindt het veel te leuk dat er een alleenstaande man achter haar aan zit en zich voor haar uitslooft. Dus zeg ik er niets meer over. Dat wil zeggen voorlopig niet.

Ondertussen loopt Joan de hele week in de ene 'zakelijke' outfit na de andere druk rond en brengt ze haar tijd voornamelijk in de Swiss Cottage door met Jimmy Watson, haar 'investeringspartner'. Ze is daar zo vaak dat ik serieus begin te denken dat ze aandelen in die kroeg heeft. Grappig, de vraag of IPrayForYou.com wel of niet gunstig uitpakt is eigenlijk helemaal niet belangrijk meer. Want er is al iets heel positiefs uit voortgekomen, haar humeur was de afgelopen tijd net als mooi weer soms kan zijn: een aaneenschakeling van zonnige dagen.

Haar fantastische stemming duurt tot zaterdagmiddag, als ze me liggend op de bank aantreft terwijl ik naar een nieuwe act van Maggie luister. Beiden horen we hoe ze de gang in komt denderen en haar tas en sleutels neersmijt, geluiden die ons onmiddellijk waarschuwen dat haar stemming honderdtachtig graden is gedraaid. Helaas ben ik de eerste die ze ziet als ze binnenstormt, en dus de eerste die een uitbrander krijgt.

'Waarom ben je niet naar je werk?' bijt ze me toe zodra ze de deur van de tv-kamer openzwaait.

'Ik hoef er niet voor negenen te zijn,' antwoord ik stamelend.

'Jessica Woods, ik vraag je nu al de hele week die troep uit te garage te halen! Hoe vaak moet ik er nog om zeuren voor je met je luie achterste van de bank komt?'

'Ik ga al!' kreun ik, terwijl ik me van de bank hijs.

'O, Jessie!' roept Maggie terwijl ik naar de deur loop. 'Bedankt voor het luisteren. Als ik wat terug kan doen, hoor ik het wel.'

En ik zweer je, ik krijg een halve knipoog van haar. God allemachtig. Nog niet zo lang geleden moest je haar voor dit soort beschaafde omgangsvormen bijna wurgen.

Zodra ik de garagedeur opendoe, besef ik dat ik helemaal vergeten was hoeveel dozen er eigenlijk staan, allemaal met mijn naam erop. Stapels kartonnen verhuisdozen vol spullen uit het *Jessie Would*-kantoor. Logisch dat ik ze nooit heb doorgenomen, ik deed wat ik altijd doe met onaangename herinneringen: in de garage dumpen en uit mijn leven bannen. Opstapelen en er in gedachte een etiket op plakken met: afhandelen zodra ik onbeschrijflijk leed beter aankan.

Goed. Omdat het geen optie is de slaapkamer van Sharon en mij met al die verhuisdozen van Channel Six vol te stouwen, kan ik de hele mikmak beter in de groene verrijdbare vuilnisbak kiepen en het verder aan de vuilnismannen overlaten. Ik wil net tot actie overgaan als een zesde zintuig me doet stoppen.

Wacht eventjes. Ik heb bijna drie jaar gewerkt aan *Jessie Would* en afgezien van de beschamende afloop ervan, was het veruit de mooiste tijd van mijn leven. Wil ik werkelijk alles aan de schroothoop van de geschiedenis toevertrouwen? Zou er in al die dozen niet een souvenirtje of klein aandenken zitten dat ik als herinnering aan die vervlogen glorietijd kan bewaren? Een beker bijvoorbeeld, waar het logo van de show op staat. Of misschien een van de *Jessie Would*-T-shirts die we altijd aan de kinderen in het publiek uitdeelden? Ik ga zitten en begin bij het begin.

Het meeste is behoorlijk saai: memo's die op kantoor rondslingerden en camerascripts van lang vergeten shows, dat soort dingen. Ik vind geen beker of T-shirt, en ga met een andere doos verder. En dan zie ik het. Een keurige map waarop de datum van mijn allerlaatste show geschreven staat. Mijn adem stokt bij het zien van die datum. Want ik herinner me het hele gebeuren als een hartaanval.

Ik wil de map in de doos terugdoen en de hele boel in de vuilnisbak smijten als er plotseling een papiertje uitfladdert en pal voor mijn voeten landt. Het opschrift trekt mijn aandacht. Het is van Mercedes Ierland. Ik herken het logo onmiddellijk. Het is een uitgeprinte e-mail die gericht is aan Emma, afdeling productie, en afkomstig van een man die Joe de Courcey heet.

Beste Emma, staat er. In aansluiting op ons telefoongesprek van gisteren wil ik schriftelijk bevestigen dat alles geregeld is voor de show van morgenavond.

Show van morgenavond... Ik kijk naar de datum boven aan de print. De e-mail is verstuurd op de vrijdag voor wat later mijn laatste *Jessie Would*-uitzending bleek te zijn.

En langzaam dringt het tot me door dat hier iets goed mis is. Want waarom zou Emma überhaupt contact hebben gehad met Mercedes? Ik lees verder.

Tot ons genoegen kunnen we bevestigen dat we op uw voorstel ingaan om uw collega Jessie Woods morgenavond na afloop van de stunt op Mondello Park uit te nodigen om Mercedes voor de periode van een jaar te promoten.

Plotseling kan ik niet meer ademen. Op Emma's voorstel? Met stijgend ongeloof lees ik verder.

We begrijpen natuurlijk dat het verrassingselement een belangrijke factor is om haar zover te krijgen dat ze instemt, maar zoals u in onderstaande e-mail aangeeft, denken we dat, omdat haar sportauto onlangs is teruggevorderd, ze dit buitengewoon gulle aanbod niet zal weigeren. We vinden het natuurlijk bijzonder spijtig dat u ons aanbod afslaat, maar begrijpen volledig dat u geen nieuwe auto nodig hebt, aangezien u er onlangs een hebt aangeschaft. We zijn u echter zeer erkentelijk dat u uw plaats zo onbaatzuchtig aan uw collega wilt afstaan. Tot mijn genoegen kan ik u zeggen dat we het er allemaal over eens zijn dat Miss Woods een ideale kandidaat is om als ambassadrice van Mercedes op te treden.

We vertrouwen erop dat dit het begin van een lange, vruchtbare relatie zal zijn.

Hoogachtend,
Joe de Courcey

Het wordt nog erger. Nog veel erger.

Emma's originele e-mail staat onder zijn antwoord, zwart op wit. Hoewel ik nauwelijks kan geloven wat er staat.

Beste Joe,
In de eerste plaats wil ik me nogmaals verontschuldigen omdat ik niet op uw mooie aanbod inga, maar nogmaals bedankt dat u het zo goed begrijpt. Echt, als ik mijn eigen auto onlangs niet had ingewisseld voor een nieuwe, was ik zielsgelukkig met uw royale voorstel geweest!

Wat betreft het andere idee dat wij bespraken; ik was vergeten te vertellen dat Jessies auto een paar weken geleden is teruggevorderd en ik twijfel er niet aan dat ze, als

ze het spiksplinternieuwe showroommodel Mercedes SLK
ziet, die dolgraag zal accepteren. Wie zou er niet blij mee
zijn? Het is echter van groot belang dat u in gedachten
houdt dat u geen nee accepteert. Ze is trots en ze zal echt
overgehaald moeten worden! Misschien is een persoon-
lijk kenteken een goed idee. Hoe dan ook, ik geef de de-
tails graag over in uw meer dan capabele handen.

Nogmaals zeer bedankt voor uw hartelijkheid en gene-
rositeit in deze zaak, ik ben u uiterst dankbaar en ik weet
zeker dat Jessie er hetzelfde over denkt.

Vriendelijke groeten,
Emma

Ik denk dat ik moet overgeven. Mijn handen trillen, mijn
hart bonst en mijn ademhaling is kort en gejaagd, alsof ik
een regelrechte paniekaanval heb. Ik lees het nog eens en
nog eens, maar er is geen misverstand mogelijk.

Emma heeft me in de val gelokt.

Emma, de vriendin die ik helemaal vertrouwde.

Ik moet het hardop uitspreken omdat het totaal belachelijk lijkt, ik bedoel, ik heb het over Emma! Los van alles,
waarom zou ze me zoiets willen aandoen? Ik was haar co-
presentator, haar teamgenoot, verdomme!

Plotseling, als een donderslag bij heldere hemel, is het me
duidelijk. Voor ik kwam opdagen was zíj de rijzende ster
van Channel Six. Ik begon met een klein item van vijf minuten in wat toen haar show was, en vandaar breidde het
zich uit.

Zou ze echt zo wanhopig gewild hebben dat ik ver-
dween?

Hoe meer ik erover nadenk, hoe absurder het klinkt, maar

dan kijk ik weer naar de e-mail en herlees die nog een paar keer.

Maar het kan niet anders. Emma was de enige die ik in vertrouwen had verteld dat mijn auto was teruggevorderd, zij kende mijn zwakke plek en maakte er daarna verschrikkelijk misbruik van. Je kunt het niet anders zien. Daar komt bij dat ze, volgens deze e-mail, de auto eerst zelf aangeboden kreeg en die afsloeg in de wetenschap dat dit een reden voor ontslag zou zijn. En toen schoof ze mij naar voren. Ik denk nu werkelijk dat ik ga hyperventileren en een papieren zak nodig heb. Ik móét iemand in vertrouwen nemen, en wel nú. Sharon is met Matt op stap, Maggie loopt, verdiept in haar stand-upcomedyshow, beneden in de tv-kamer heen en weer, Joan is chagrijnig, dus ik bel de persoon van wie ik zeker weet dat hij me tot rede kan brengen. Oftewel Steve.

Ik heb nog geen hallo gezegd of hij vraagt of het goed gaat. Maar ik kan het hem onmogelijk allemaal over de telefoon vertellen. Dus zeg ik dat ik hem dringend moet spreken, ergens onder vier ogen.

'Waar ben je nu?' vraagt hij vastberaden.

'Thuis.' Ik zweer het je, mijn stem klinkt zo zacht, dat je zou denken dat die uit een andere kamer komt.

'Blijf waar je bent. Ik kom eraan.'

Een halfuur later zit hij op Sharons bed, zijn lange benen voor zich uitgestrekt, en leest voor de tiende maal de print van de e-mail. Ik zit tegenover hem op mijn eigen bed en mijn lichaam trilt van schrik.

'Jessie, gaat het echt wel goed?'

'Ja. Ik bedoel nee. Ik bedoel, ik weet het niet. Het is gewoon... Dit kan niet waar zijn. Het kan gewoon niet.'

'Het is inderdaad ongelooflijk allemaal.' Dan komt er een

spottend lachje op zijn gezicht. 'En je zei nog wel dat ik te veel complotfilms gezien had.'

Ik kijk hem schuldbewust aan. 'Sorry.'

'Weet je, toen ik die documentaire over je zag, was het mij al duidelijk dat er een luchtje aan deze hele zaak zat. Er klopte iets niet. Ik vond het er echt op lijken dat je er werd ingeluisd. En ik ben niet de enige die er zo over dacht.'

'Maar we hebben het over Emma. Emma!' Ik herhaal die zin wel honderd keer en laat me uit frustratie achterover op de kussens vallen. 'We zijn vriendinnen, al sinds...'

'Hoelang al?'

'Sinds ik als freelancer voor Channel Six ging werken. Daarna kreeg ik een klein optreden in haar talkshow...'

'Het is het oude verhaal. Ze was jaloers op jouw populariteit en kon in één klap van je af komen, en wel zo dat je niet gauw terug zou komen.'

'Het moet een vergissing zijn. Ik kan gewoon niet geloven dat zij...'

'Zoals in alle complottheorieën moet je jezelf eerst de vraag stellen: wie had er voordeel bij? Antwoord: Emma Sheridan. Kijk nu eens hoe ze erop vooruitgegaan is: ze is van jou af, en heeft ook nog haar eigen talkshow.'

'Maar waarom zou ze zo stom zijn om zo'n belastende e-mail op kantoor te laten slingeren? Stel dat iemand die gevonden had?'

'Dat was een foutje. Kijk maar naar de datum van de e-mail; het is de dag voor je laatste show. Ik denk dat ze toen haar kans schoon zag, maar het was op het nippertje. Ze had tijd tekort om al haar sporen uit te wissen. Misschien was het haar bedoeling de e-mail te wissen, maar heeft ze hem per ongeluk, in blinde paniek afgedrukt. Ik weet het niet, misschien kwam er wel iemand het kantoor binnen en heeft ze de print gauw ergens onder geschoven, met de bedoeling hem later te verscheuren. Maar niemand heeft die e-mail gevonden. En het is puur toeval dat jij hem nu vindt.'

'Mijn god, er schiet me opeens iets te binnen!' val ik hem in de rede, en plotseling zit ik kaarsrecht.

'Ik had toch verteld dat een assistente al mijn kantoorspullen hierheen heeft gebracht? Ze heet Amy en ik heb haar gebeld om haar te bedanken. Maar ik herinner me nu... dat ze iets zei wat ik heel raar vond...'

'Namelijk?'

'Ze vertelde dat ze na die afschuwelijke laatste show...' Mijn stem breekt.

'Kom, Jessie, diep ademhalen.'

Ik doe wat hij zegt. Twee tellen in en vier tellen uit. Twee tellen in en vier tellen uit... 'Nadat ik was ontslagen en alles,' ga ik verder, iets kalmer nu, 'heeft Amy gezien dat Emma allerlei papieren aan het versnipperen was. Wat ik heel vreemd vond. Want waarom zou ze dat doen? Ik begreep er niets van.'

'Maar dat is nu wel duidelijk. Het is een klassiek verhaal,' zegt Steve, hoofdschuddend. 'Het spijt me dat ik het zeg, maar ik had de hele tijd al het idee dat Emma een glimlachende sluipmoordenaar was.'

'Een glimlachende sluipmoordenaar,' herhaal ik langzaam. Diep in mijn hart weet ik dat hij gelijk heeft. Dan komen er andere voorvallen bij me boven. Die dag dat ze me hielp met het uitzoeken van mijn kleding en ik uiteindelijk met de verkeerde zakken in die tweedehandswinkel stond. Joan had haar duidelijk gezegd dat de geëtiketteerde zakken voor Oxfam bestemd waren en evengoed waren ze verwisseld. Ik weet dat ik het niet kan bewijzen, maar ik vraag me toch af of ze het met opzet heeft gedaan. Puur uit treiterij. Om te zorgen dat ik depressief en blut thuiszat.

Dan valt me plotseling nog iets anders in. 'Ze vond het ook geen goed idee dat ik die baan bij de radio aannam.'

'Dat verbaast me niks! Logisch dat ze dat niet zag zitten! Ze wilde natuurlijk niet dat je weer in de openbaarheid verscheen. Het is niet leuk om te horen, Jessie, maar het is de waarheid.'

We zwijgen, en ik probeer het tot me door te laten dringen. Ik moet de harde feiten onder ogen zien. Maar dan denk ik opeens aan iets anders.

'Die man van Mercedes Ierland, die Joe de Courcey,' zeg ik, hardop denkend. 'Ik snap het niet, waarom heeft hij niet verteld wat er werkelijk gebeurd is, na de enorme publiciteit in de kranten? Dat hij die auto eerst aan Emma had aangeboden, dat zij weigerde en toen voorstelde hem aan mij te geven. Waarom bleef hij zwijgen als het graf en keek hij toe hoe ik verraden werd?'

'Sorry dat ik het moet zeggen,' zegt Steve rustig, 'maar welkom in de keiharde zakenwereld, Jessie. Waarom zou hij dat doen? Wat was zijn bedoeling met het weggeven van de auto, denk je?'

'Publiciteit.'

'Natuurlijk. Denk nu verder. Mercedes kreeg tweehonderd keer meer publiciteit dan hij ooit had durven dromen, en het spaarde hem ook nog eens een auto uit. Voor De Courcey was het een win-winsituatie, vergeet dat niet. Het was voor hem beter om zijn mond te houden.'

Geschokt zak ik op het bed in elkaar.

'Gaat het wel?' vraagt Steve welgemeend en bezorgd.

'Het is te veel om te bevatten. Moet je je voorstellen. Ik ben er net achter dat ik ben verraden door de enige persoon uit mijn vorige leven die ik als fatsoenlijk en integer beschouwde.'

'Caesar was dol op Brutus en je weet hoe dat geëindigd is.'

Plotseling spring ik op. Ik houd het hier niet langer uit. Ik moet iets doen.

'Steve, ik wil je iets vragen.'

'Zeg het maar.'

'Wil je me een lift met de motor geven? Ik moet ergens heen. En het kan geen seconde wachten.'

'Natuurlijk, maar waarheen?'

'Naar Channel Six. Nu meteen.'

Zeventien

De conversatie tussen mij en Steve op de motor verloopt ongeveer als volgt:

Hij: 'Jessie, weet je wel zeker dat dit een goed idee is?'

Ik: 'Kan dat ding niet wat harder?'

'Ik meen het,' zegt hij, zich naar me omkerend als we voor een verkeerslicht staan te wachten. 'Waarom bel je Emma niet gewoon?'

'Omdat... omdat ik haar de print van die e-mail wil laten zien. Ik wil dat ze weet dat ik haar niet vals beschuldig, maar dat ik kan bewijzen wat ze me heeft aangedaan.'

'Je hebt de print toch wel veilig opgeborgen, hè?'

'Ja, ik heb hem in mijn beha gestopt om hem extra te beschermen.'

Dan slaat de angst opnieuw toe. 'Steve, het kan toch geen misverstand zijn? We hebben het toch goed gelezen? Ik bedoel, het kan toch niet zo zijn dat ze er een verklaring voor heeft?'

'Ze kan zich hier onmogelijk uit kletsen. De feiten staan zwart op wit. Maar denk je echt dat dit het goede moment is?'

'Ik heb nog nooit in mijn leven iets zo zeker geweten. Ik wil haar die e-mail onder haar neus wrijven en zien hoe ze van kleur verschiet. Ik wil horen wat ze te zeggen heeft.'

Maar de werkelijkheid blijkt gecompliceerder. Terwijl we verder rijden, oefen ik in gedachten prachtige volzinnen die ik haar naar het hoofd kan slingeren, maar eigenlijk wil ik Emma gewoon in de ogen kijken en haar rechtstreeks met de e-mail confronteren. Zodat ze me niet te slim af kan zijn of me kan afschepen. Ik wil naar haar wijzen en *j'accuse* zeggen. Ik wil haar zeggen dat ik maandenlang gekweld werd door de gedachte dat ik de architect van mijn eigen ondergang was, terwijl ik al die tijd niet meer dan een marionet ben geweest. Maar het liefst wil ik dat die verdomde motor harder gaat.

'Waarom moeten we eigenlijk naar Channel Six?' schreeuwt Steve boven de wind uit. 'Ik bedoel, hoe weet je dat ze daar is?'

'Ze is er, geloof mij maar!' gil ik terug. Ik ken Channel Six immers als mijn broekzak. De nieuwe liveshow van Emma gaat volgende week van start, en de zaterdagavond ervoor is altijd de zogenaamde testavond. Een soort generale repetitie. Met studiopubliek, een volledige cameraploeg, de hele mikmak. En daar ga ik haar pakken. Met een beetje geluk in haar kleedkamer, vlak voor ze op moet.

Ik herhaal het hele gebeuren steeds opnieuw in mijn hoofd en wat als een dolk in mijn hart steekt, is dat ik echt heb gedacht dat Emma mijn vriendin was. Dat zij aan mijn kant stond. De enige persoon die me in die donkere dagen bijstond. Maar Steve had gelijk: dat deed ze alleen maar om zichzelf beter te voelen. Om haar schuldgevoel te verzachten, meer niet.

Het duurt een eeuw voor we uiteindelijk door de hekken rijden van het industrieterrein waar Channel Six gevestigd is. Grappig, tot vandaag zou ik overdreven sentimenteel en nostalgisch zijn geworden bij het zien van het gebouw waarin ik al die jaren zo gelukkig heb gewerkt, of bij het zien van mijn vroegere parkeerplek, die nu waarschijnlijk aan Emma is toegewezen.

Maar nu niet. Ik tril niet eens. Er is geen spoortje van spanning in mijn lijf; ik ben ijskoud. Geen emotioneel gezeur vanavond. Ik laat geen spijtgevoelens toe, geen twijfels of ik het wel goed begrepen heb en in de eerste plaats zal ik ervoor zorgen dat Emma hier niet mee wegkomt. Ik ben nu lang genoeg vernederd en door de modder gesleurd. Het is tijd om terug te slaan. Ik ben er klaar voor.

'Wil je dat ik met je meega?' vraagt Steve zodra we voor de hoofdingang stoppen.

'Hoeft niet.'

'Ik doe het toch.'

'Oké. Bedankt.'

Hij knijpt in mijn hand, we doen onze helmen af en gaan naar binnen.

Eerste hindernis: de bewaking passeren. Als we de deur van de hoofdingang opentrekken bid ik in stilte dat een aardige bewaker dienst heeft, een die me herkent en ons zonder gedoe binnenlaat. Maar eigenlijk moet je een werknemersbadge of een bezoekerspasje hebben, en wij hebben geen van beide. Achter de balie van de bewaker hangt aan de muur een tv-monitor waarop een beeld zichtbaar is dat rechtstreeks van de studiovloer komt; ze zijn nog niet begonnen, je ziet alleen lichttechnici en decorbouwers aan het werk. Met andere woorden, dit is het ultieme moment voor mij om toe te slaan.

Maar ik heb pech. De bewaker die dienst heeft, is een man die ik nooit eerder heb gezien; pezig en klein en hij ondervraagt me zo grondig dat hij in de Koude Oorlog goed werk voor de Stasi had kunnen doen. 'Voor wie komen jullie precies?' Hij staart me aan.

'We zijn hier eigenlijk voor... eh... iets persoonlijks, weet u...'

De Stasi-man slaat zijn armen over elkaar, en net op het moment dat ik denk dat hij gaat dreigen dat hij ons eruit zet als we niet maken dat we wegkomen, voel ik dat Steve zijn arm om mijn middel slaat.

'Ze wil zeggen dat we hier voor de show van vanavond zijn, toch, schatje?' zegt hij brutaal grijnzend. 'We hebben twee kaartjes gewonnen en kijken al de hele week naar de show uit. We zijn nog nooit in een tv-studio geweest, toch, moppie?'

Waarom ben ik niet op dit idee gekomen?

'Mag ik dan uw kaartjes zien, meneer?'

'Tja, dat is nou net het probleem,' antwoordt Steve kalm. 'Weet u, ik dacht dat mijn vriendin de kaartjes bij zich had en zij dacht dat ik ze had, maar het punt is dat we ze geen van beiden hebben. Ze liggen waarschijnlijk nog thuis op de keukentafel, toch, lieverd? Best komisch eigenlijk.'

Maar de Stasi-man lijkt niet overtuigd. Dus ik spreek mijn improvisatietalent aan en speel het spelletje mee.

'Alsjeblieft, u hebt geen idee hoeveel dit voor ons betekent,' smeek ik. 'We hadden er onderweg vreselijke ruzie over wie z'n fout het was om die kaartjes te vergeten, en we komen helemaal uit...'

'Kerry,' maakt Steve mijn zin af. 'En het is vandaag een heel speciale dag voor ons. We verheugden ons zo op de show. U hebt geen idee.'

Er volgt een lange, ijzingwekkende stilte waarin de Stasi-man ons onderzoekend aankijkt en zich waarschijnlijk afvraagt of we twee ontsnapte gekken zijn of dat we de waarheid spreken. Maar ronduit liegen blijkt in dit geval te werken want hij reikt een balpen aan en schuift het gastenboek onder onze neus.

'Tekenen, graag.'

Terwijl we beiden het gevoel van overwinning proberen te verbergen, doen we wat ons gezegd wordt. Dan krijgen we onze bezoekerspasjes en gebaart hij in de richting van de hoofddeur.

Tot nu toe gaat het goed.

'Het is hier nog erger dan in Fort Knox,' fluistert Steve als we de deur door lopen. We komen in de lange, smalle gang die rechtstreeks naar de studio leidt.

'Deze kant op,' zeg ik, terwijl ik hem een ander gangetje inloods dat naar de kleedkamers gaat.

'Interessante gasten vanavond,' zegt Steve als hij een paar namen op de kleedkamerdeuren ziet staan. Ik kijk ook even vlug, en het ziet er inderdaad indrukwekkend uit voor een talkshow in de nazomer als veel beroemdheden nog met vakantie zijn. Bijvoorbeeld de vicepresident, een lid van een boyband dat onlangs zijn verloving bekend heeft gemaakt en zelfs een Ierse filmster die jarenlang in Los Angeles heeft gewerkt en nu hier is om zijn nieuwste film te promoten. Alle voorwaarden voor een fantastische uitzending zijn aanwezig. Jammer van de presentator, denk ik, terwijl we over de gang rennen.

Dan komt er een bekend gezicht uit een van de kleedkamers stappen. Ze ziet me meteen.

'Jessie? Jessie Woods? Ben jij dat onder al dat rode haar?

Mijn hemel, je bent het echt! Kom hier, geef me een knuffel!'

Ik kan mijn geluk niet op. Het is Amy, die aardige assistente.

'Mijn god, wat fijn om je te zien!' zeg ik terwijl ik haar zo stevig omhels dat ze bijna breekt.

'Dat geldt ook voor mij, schat. Ik heb je zo gemist! Toen jij hier werkte waren er tenminste geen mensen die er sterallures op na hielden.' Ze werpt een veelbetekenende blik op de kleedkamer waar ze net uitgekomen is, en dan zie ik het naamplaatje op de deur. MW. EMMA SHERIDAN. 'Hé, wil je me even aan je vriend voorstellen?' vraagt Amy als ze Steve ziet. Ze loopt meteen op hem af en schudt hem de hand.

'Amy, dit is mijn goede vriend Steve. Steve, dit is Amy.'

'En wat komen jullie hier doen? Ben je gekomen om Emma succes met de show te wensen?'

Ik kijk haar aan en twijfel of ik haar alles zal vertellen of niet. Maar tijd is belangrijk nu, het is beter dat ik het later uitleg. En als we net doen alsof we gekomen zijn om Emma succes te wensen kunnen we in elk geval zeker haar kamer binnen... Maar Steve is me voor.

'Klopt,' grijnst hij innemend. 'Ik ben een grote fan van Emma en wil haar al heel lang ontmoeten.' God, wat is hij goed. Ik zou hem bijna geloven. 'Jessie stelde voor om voor de show even bij haar binnen te wippen en te zeggen dat we voor haar duimen. Mag dat?'

Ik zie dat Steve met zijn eerlijke blond-haar-blauwe-ogen-uitstraling en zijn onschuldige gebrek aan slinksheid Amy al helemaal voor zich gewonnen heeft.

'Gewoonlijk zou ik het geen probleem vinden,' zegt ze, iets zachter pratend, 'maar vanavond is madam in een stemming om op te schieten! Je houdt het niet voor mogelijk, ze bestookt me al de hele middag met de meest idiote vragen...'

Op dat moment gaat de kleedkamerdeur open en komt mevrouw in hoogsteigen persoon tevoorschijn. Emma. Ze heeft een cocktailjurk aan die er peperduur uitziet en is behangen met de prachtigste sieraden. Ze ziet eruit als altijd: verzorgd, schitterend en, ik krijg het bijna niet over mijn lippen, adembenemend.

'Amy, ik heb vijf minuten geleden om mineraalwater gevraagd en ik wacht er nog steeds op...' Ze breekt haar zin af als ze mij plotseling ziet.

In een fractie van een seconde bespeur ik iets van angst bij haar. Wat ze ogenblikkelijk verbergt. Zo meesterlijk verbergt dat ik aan mezelf begin te twijfelen en me bijna afvraag of ik me alles heb verbeeld.

'Jessie! Lieverd, wat fijn om je te zien! Hoe is het met je?'

Mijn god, wat een actrice, denk ik, terwijl ze op me afstormt en me een luchtkus toewerpt. Gemeend, hartelijk en vriendelijk. Alsof ze dolblij is me te zien.

Ik stel Steve aan haar voor, en ze gedraagt zich ook tegenover hem allercharmantst.

'Wat brengt je hier, schat?' vraagt ze me vrolijk aankijkend.

'Eigenlijk, Emma,' zeg ik zo kordaat als ik kan, 'wil ik je graag even onder vier ogen spreken. Kan dat?'

'Kan het wachten? Je hebt waarschijnlijk wel gezien dat ik op dit moment midden in een show zit.'

'Nee, Emma, het kan niet wachten. Ik heb maar twee minuten van je tijd nodig. Het is belangrijk.'

'Dat geldt ook voor mijn nieuwe show, Jessie! Je weet wat een testavond inhoudt. Weet je, zullen we anders binnenkort een kopje koffie drinken en bijkletsen? In elk geval leuk dat je langskwam. Tot gauw!'

Ik kan het niet geloven.

Ze loopt weg, kalm, alsof ik een of ander onbeduidend sujet ben dat onder het tapijt geveegd kan worden tot het haar uitkomt om naar me te luisteren. Sorry, denk ik, terwijl er een gigantische woede vanuit mijn tenen omhoog komt borrelen. Emma zou die verdomde show vanavond niet eens gehad hebben als ze mij niet belazerd had.

Ik loop achter haar aan. 'Emma, ik zei NEE. Dit kun je niet terzijde schuiven. Ik zei dat ik je nú wil spreken. En geloof me, wat ik je te zeggen heb, zal onder vier ogen minder beschamend voor je zijn.'

Oké, nu negeert ze me. Ze doet alsof ik lucht ben. Het is bizar, we lopen allemaal achter haar aan door de gang naar studio één, maar de enige tegen wie ze praat is Amy, aan wie ze een of ander bespottelijk verzoek richt over het soort mineraalwater dat ze tijdens de show wil hebben. Ze marcheert sneller en sneller en ik moet bijna rennen om haar bij te kunnen houden. Dan, net voor de deur van de studio, grijp ik mijn kans. Hier komt ze niet onderuit.

'Emma, als je liever hebt dat ik je in het openbaar aanspreek, kan dat,' zeg ik tegen haar achterhoofd. Ze draait zich naar me om, een en al glimlach en lipgloss.

'Weet je, Jessie, als jullie in het publiek willen zitten, kan Amy vast wel een plekje voor jullie regelen. Maar nu zullen we toch echt afscheid moeten nemen.'

Lieve hemel, ze behandelt ons als fans, alsof we obsessieve bewonderaars zijn.

Ze staat nu in de deuropening van de studio, pal achter de tribune waar het publiek al klaarzit en zich vermaakt met de opwarmact. Dan komt er een visagiste aan die ik goed ken om haar nog even bij te werken voordat ze voor de camera verschijnt.

'Geen poeder, Cheryl,' beveelt Emma kortaf. 'Je weet dat poeder me ouder maakt.'

'God, krijgen we dat weer,' zegt Cheryl geërgerd. 'Kom op, je weet heel goed dat je je niet zonder poeder voor de camera kunt vertonen...' En op dat moment ziet ze mij. Loerend op de achtergrond als een geest uit vroegere tv-shows. Het juiste ogenblik afwachtend. 'Mijn god, Jessie Woods... je bent het echt! Ik herkende je bijna niet! Wat een verrassing!' Ze komt direct op me af om me te omhelzen, maar Emma houdt haar tegen.

'Cheryl, straks is er weer tijd voor prietpraat. Mag ik je er even aan herinneren dat ik op het punt sta een show te presenteren? Ik weet zeker dat Jessie dat begrijpt. Jessie hoort hier trouwens helemaal niet te zijn.'

De volgende momenten lijken in elkaar over te lopen. Ik beef, tril echt van woede, het feit dat ze me zo neerbuigend durft te behandelen terwijl zij degene is die...

Het volgende moment storm ik op haar af en doe ik mijn uiterste best om niet te gillen, wat niet lukt. 'Emma Sheridan, nu luister je naar me. Je kunt hier wel de diva uithangen, net doen of je neus bloedt met je nieuwe tv-show, veel succes ermee. Maar ik zal je eens wat vertellen: ik heb de waarheid ontdekt. Dat was natuurlijk niet je bedoeling, maar toch is het zo!'

'Waar heb je het over?' Emma kijkt me totaal verbijsterd aan.

'Dít!' snauw ik, terwijl ik met mijn hand onder mijn trui ga en een schietgebedje tot de hemel richt dat ik de e-mail onderweg niet verloren ben.

Godzijdank niet, ik pak hem en duw hem in haar gezicht. 'Híer heb ik het over, Emma. Lees en huil. Dit is je grootste nachtmerrie. De avond dat ik ontslagen werd? Ik ben er ingeluisd. Door jou. Door mijn vriendin. Door mijn hartsvriendin, die ik vertrouwde.' Mijn stem breekt. Ik kan er niets aan doen. Dat heb ik nu eenmaal bij extreme emotie. Maar ik heb nu tenminste wel de volle aandacht van Emma.

'Zoiets belachelijks heb ik nog nooit gehoord,' roept ze lachend. Ja echt, lachend. 'Ik? Jou er ingeluisd?' zegt ze bits. 'Weet je, misschien wordt het tijd dat jij en je vriend het gebouw verlaten. Ik kan de beveiliging laten komen, maar ik weet zeker dat je de schande wilt voorkomen om onder escorte naar de uitgang te worden gebracht...'

'Luister!' schreeuw ik nu bijna, terwijl ik de e-mail in mijn trillende handen neem en de meest belastende passages begin voor te lezen.

'"Beste Joe...

Wat betreft het andere idee dat wij bespraken; ik was vergeten te vertellen dat Jessies auto een paar weken geleden is teruggevorderd en ik twijfel er niet aan dat ze, als ze het spiksplinternieuwe showroommodel Mercedes SLK ziet, die dolgraag zal accepteren. Wie zou er niet blij mee zijn? Het is echter van groot belang dat u in gedachten houdt dat u geen nee accepteert."'

'Oké, Jessie, volgens mij hebben we nu wel genoeg gehoord,' zegt Emma, tot mijn verbazing nog steeds lachend.

'Heb ik gezegd dat ik klaar was?' snauw ik terug. En ik ga verder met voorlezen.

Maar ik besef niet dat ik ondertussen publiek heb gekregen. Een aantal mensen op de tribune in de studio heeft zich omgedraaid om te zien wat dat geruzie daar beneden aan de zijkant van de set te betekenen heeft.

Misschien denken ze zelfs wel dat het bij de show hoort.

'"Ze is trots en ze zal echt overgehaald moeten worden! Misschien is een persoonlijk kenteken een goed idee. Hoe dan ook, ik geef de details graag over in uw meer dan capabele handen.

Nogmaals zeer bedankt voor uw hartelijkheid en generositeit in deze zaak, ik ben u uiterst dankbaar en ik weet zeker dat Jessie er hetzelfde over denkt.

Vriendelijke groeten,

Emma"'

Ik stop en kijk Emma in de ogen. Ik wacht op een reactie. Ze staart me strak aan, en in al die jaren dat ik haar ken, zie ik voor het eerst dat het zweet haar uitbreekt.

'Dit is te absurd voor woorden,' zegt ze uiteindelijk, maar haar stem is ijzig. 'Ik kan je verzekeren dat ik absoluut niets met je ontslag te maken heb. Zoals je zelf toegegeven hebt, was het helemaal je eigen schuld.'

'Jij was de enige die wist dat mijn auto teruggevorderd was...'

'Dat is ook gelogen. Mijn god, Jessie, weet je niet wanneer je moet stoppen?'

'... en je hebt alles geregeld om er zeker van te zijn dat ik voor de bijl ging...'

'Je hebt die gratis auto zelf aangenomen, lieve schat. Ik niet. Einde verhaal.'

'Dat ontken ik helemaal niet. En God weet dat ik er de hoogste prijs voor betaald heb. Maar kijk me aan en geef toe dat je het allemaal hebt bekokstoofd, terwijl je donders goed wist dat ik niet doorhad dat het een reden voor ontslag zou zijn...'

'Dat je het in je hoofd haalt hier binnen te vallen en mij allerlei wilde beschuldigingen voor de voeten te gooien terwijl ik op het punt sta een testavond te draaien, gaat werkelijk alle perken te buiten. Kan de beveiliging komen, alsjeblieft?'

Ze loopt van me weg, de warmte van de spotlights in, en zonder te beseffen wat ik doe, zonder ook maar één moment na te denken, volg ik haar.

Er wordt geapplaudisseerd als we samen op de set verschijnen, en dan begint het geroezemoes.

'Is dat Jessie Woods?'

'Nee, deze vrouw heeft rood haar...'

'Ze heeft dezelfde stem...'

'Ruzie met Emma Sheridan? Lijkt me onwaarschijnlijk...'

Dit soort opmerkingen hoor ik vaag op de achtergrond, maar ik negeer ze. Straks heb ik genoeg tijd om me te schamen.

'Emma, STOM dat je wegloopt. Want ik ben nog lang niet klaar!' zeg ik, kalmer nu.

'Volgens mij wel,' zegt Emma, glimlachend. 'En als je denkt dat je zomaar met een of andere e-mail kunt gaan zwaaien die ik nooit geschreven heb en mijn show verpesten, heb je het goed mis.'

'Is dat alles wat je te zeggen hebt? Wil je soms beweren dat je die e-mail nooit geschreven hebt?' Ik haal diep adem voor ik mijn troef uitspeel.

'Vertel eens, hoe kan het dat jouw e-mailadres erboven staat? Je supergeheime privéadres?'

Ze negeert me.

Dom van haar.

'Wil jij dit alsjeblieft oplossen?' vraagt ze de floormanager, die onmiddellijk aan komt benen om ons uit elkaar te halen.

'Jessie, kom op, laat haar met rust!' zegt hij streng en hij leidt me de kant op waar ik vandaan kom. En dan staat de Stasi-bewaker naast me. In niet mis te verstane bewoordingen maakt hij me duidelijk dat ik moet vertrekken en dat hij me uitgeleide zal doen. Er wordt ruw aan mijn armen gerukt en een halve seconde later heeft hij me naar de studiodeur geduwd.

Dan gebeurt er iets vreemds. Ik ben zo beduusd dat ik niet eens weet wie, maar iemand trekt de e-mail uit mijn handen. Mijn enige bewijsstuk.

Maar ik blijf schreeuwen naar Emma, die voor deze ene keer zonder haar gebruikelijke damesachtige kalmte aan haar tafel op de set zit. 'Je kende mijn zwakke plek en je hebt er misbruik van gemaakt!' gil ik naar haar, halverwege de deur.

Ik maak me compleet belachelijk, maar het kan me niks schelen.

'Dames en heren,' zegt Emma, zich tot het publiek wendend, terwijl ze haar kalmte probeert te hervinden. 'Het spijt me vreselijk dat u getuige moest zijn van dit...'

Maar niemand luistert naar haar, iedereen is gefocust op het gegil van achter de schermen. 'Je wilde me weg hebben, je wilde dat ik ontslagen werd, je wilde me kapotmaken en het is je nog gelukt ook!'

Nu ze ziet dat ze de aandacht van het publiek verloren heeft, verdubbelt Emma haar pogingen die terug te winnen. 'DAMES EN HEREN! Ik kan u verzekeren dat dit maar een

klein incident is in wat een fantastische avond gaat worden...'

'... maar het ergste van alles is dat je zo hypocriet was om
net te doen alsof je mijn vriendin was! Je belde me voortdurend en deed net alsof je het allemaal vreselijk voor me
vond. Je kwam zelfs bij me langs om me te steunen!'

'... dan zou ik nu graag uw aandacht vragen, dames en
heren, en mijn eerste gast aan u voorstellen...'

'... en Amy heeft me verteld dat ze je heeft betrapt toen
je op kantoor allerlei documenten door de papierversnipperaar haalde vlak nadat ik ontslagen was. Het is nu wel duidelijk waarom!'

'Dat kan ik bevestigen, Jessie!' roept Amy loyaal, de schat.

Als ik eindelijk de deur van de studio ben uitgezet, staat
Steve op me te wachten, hij applaudisseert en grijnst trots
van oor tot oor.

'Je hebt het gedaan!' roept hij, terwijl hij me stevig om-
helst en me tegen zich aan drukt. 'Je hebt haar goed te grazen genomen! Ik ben apetrots op je, je was fantástisch!'

'Ik wil hier weg,' is alles wat ik kan uitbrengen. 'Nu.'

Hand in hand rennen we naar de hoofdingang, alsof we
zojuist een gewapende bankoverval hebben gepleegd of zoiets. We zijn nog niet buiten of iemand gilt mijn naam.

'JESSIE! Jessie, wacht even!'

Het is Cheryl, de knappe visagiste. Met de vermaarde e-mail
in haar hand.

'Hier, schat,' zegt ze buiten adem, terwijl ze me de e-mail
aanreikt. 'Sorry dat ik hem uit je handen griste.'

Ik kijk haar aan, nog napuffend en niet in staat iets te zeggen. Of helder te denken.

'Je was geweldig,' brengt ze hijgend uit.

'Wat moest je er eigenlijk mee?' vraag ik naar adem happend terwijl ik de e-mail van haar aanpak.

'Er kopietjes van te maken, natuurlijk. Daarna ben ik naar het kantoor van Liz Walsh gerend om er eentje achter te laten. Kan ze het met eigen ogen zien.'

'Wie is Liz?' vraagt Steve.

'Hoofd Televisie. Ik vond dat ze dit moest weten. Toch?'

Ik omhels haar ten afscheid, bedank haar uit de grond van mijn hart en dan zijn Steve en ik ineens samen in de late avondzon. Om de een of andere idiote reden barsten we allebei in lachen uit, baldadig als twee kinderen.

'Waar gaan we nu heen?' vraagt hij lachend, terwijl hij me met zijn arm om mijn middel naar zijn motor loodst.

Ik voel me uitgelaten en opgewonden en probeer nog steeds op adem te komen, maar op de een of andere manier weet ik uit te brengen: 'Naar Radio Dublin natuurlijk. Emma Sheridan is niet de enige die een show heeft vanavond.'

En ik weet niet wat er gebeurde, maar het volgende moment staan we elkaar te kussen.

Achttien

Aanstaande zondag is Maggies grote avond in de Comedy Cellar en ik zweer het je, iedereen hier in huis
kent haar act intussen vrijwel uit zijn hoofd. Ze heeft keihard gewerkt. Elke avond zag je haar in de tv-kamer heen
en weer lopen terwijl ze haar grappen uitprobeerde, voortdurend aantekeningen maakte en veranderingen en verbete-
ringen aanbracht. Gelukkig heeft ze sommige grappen aan-
zienlijk aangepast omdat die echt wel een beetje, zeg maar,
te persoonlijk waren.

'Mijn stiefzus is onlangs gedumpt door haar vriend,' zo
begon een van haar anekdotes, ha ha ha, 'en je had haar moeten zien, ze was er helemaal kapot van. Als er geen valium bestond, was ze aan de drugs gegaan.'

Ze keek me verwachtingsvol aan, maar ik kon alleen maar
mijn hoofd schudden.

'Schrappen?' vroeg ze.

'Absoluut.'

Ook Sharon werd niet gespaard.

'Mijn zus,' zo ging een van haar andere grappen, 'werkt bij Smiley Burger en was laatst "werknemer van de maand". Het bewijs dat het mogelijk is tegelijkertijd een winnaar en een mislukkeling te zijn.'

'Onmiddellijk schrappen, lelijke rotmeid!!' gilde Sharon, terwijl ze een handvol popcorn door de kamer in haar richting smeet, en eerlijk is eerlijk, Maggie deed wat haar werd gezegd.

Dus over een paar dagen is het zover, de act is nu scherp en geestig en in elke zin herken je Maggies unieke, eigenaardige kijk op de wereld. 'Ik ben een verstokte vrijgezel,' vertelt ze in een andere grap. 'En ik krijg vaak vervelende opmerkingen te verduren omdat ik geen vriend heb. Ik ben het zo langzamerhand spuugzat dat oude ooms en tantes op bruiloften tegen me zeggen: "Jij bent de volgende, hoor!" Dus zeg ik dat tegenwoordig op begrafenissen ook tegen hen.'

Het grootste compliment dat ik haar geef, en oprecht meen, is dat ik nog steeds om haar grappen moet lachen, ook al heb ik ze al tig keer gehoord. Het kenmerk van een ware komiek. Als ik dat tegen haar zeg begint ze te stralen.

'Zeg je dat niet gewoon maar?'

'Nee, dat zeg ik niet gewoon maar.'

'En beloof je dat je zondag op de voorste rij zit, niet laat merken dat je me kent en keihard om al mijn grappen lacht?'

'Ik zou het voor geen goud willen missen. Het is het hoogtepunt van mijn week.'

'Dank je, Jessie. Ik bedoel... voor alles.'

Ik heb haar, denk ik, nog nooit zo gelukkig gezien. Ze is de laatste dagen zelfs aardig tegen Matt, kun je nagaan!

Trouwens, Steve heeft me uit gevraagd. Althans, dat denk

ik. Na het zoenincident van afgelopen zaterdagavond doen we een beetje ongemakkelijk tegen elkaar. Zoals dat nu eenmaal gaat. Wat ik vreselijk vind, want boven alles is hij mijn vriend en ik zou zijn vriendschap voor geen goud willen verliezen. Zaterdagavond na *The Midnight Hour* gaf hij me een lift naar huis, maar er vond geen herhaling plaats van onze spontane zoenpartij voor het gebouw van Channel Six. Toen hij me in Whitehall afzette was het gewoon een beetje... vreemd. Alsof er iets tussen ons veranderd was. Ik voelde me verlegen en beschaamd in zijn gezelschap, terwijl ik me bij Steve nooit zo voel. We zeiden snel welterusten, en daarna heb ik de hele nacht wakker gelegen en de avond opnieuw in mijn hoofd afgespeeld. Het had vast te maken met de euforie van het moment. Na de scène die ik in Channel Six had gemaakt, nadat ik precies gedaan had wat ik met Emma van plan was, was het gewoon een ontlading van emoties, meer niet. Want hoe kan ik ooit een ander in mijn hart toelaten? Ondenkbaar. Niet zolang ik nog treur om het verlies van... je weet wel.

Steve belde me de volgende dag, het was zondag, mijn vrije dag. Opnieuw was het vreemd en ongemakkelijk tussen ons. Terwijl we normaal altijd urenlang over de meest onzinnige onderwerpen kunnen kletsen, verloopt ons gesprek nu stroef en moeizaam. We weten allebei niet wat we moeten zeggen, kunnen alleen maar wat hakkelen en stamelen.

'Sorry dat ik je op je vrije dag stoor, Jessie, maar ik belde eigenlijk om te zeggen...'

'Geeft niks. Ik ben Joan aan het helpen met haar website.'

'Geweldig. Toch? Voor Joan, bedoel ik...'

'Ja.'

'Maar eigenlijk, weet je... ik ga vanavond met de band repeteren. We spelen volgende week vrijdag en zaterdag op een festival op het platteland.'

'Wat leuk.'

'Anders zou ik, ik bedoel... ik bedoel als ik niet...'

'Nee, nee, ga maar lekker met de band repeteren.'

'Ik bedoel dat als ik vrij was, zou ik vragen of je... maar... je bent niet vrij, hè?'

'Nee... ik ben Joan aan het helpen...'

'O ja, natuurlijk. Sorry, dat zei je net. Misschien op je volgende vrije avond, volgende week zondag, misschien kunnen we dan samen...'

'Dan heeft Maggie haar stand-upact, ze heeft me plechtig laten beloven dat ik kom kijken. Iedereen moet komen.'

'Zal ik dan ook komen?'

'O... ja, natuurlijk! Dat zou... leuk zijn.'

'Ik zal het ook tegen wat collega's zeggen. Want dat wordt natuurlijk feest.'

'Ja. Oké. Goed idee. Nou, in dat geval...'

'Kan ik Hannah en Paul ook uitnodigen...'

'Fantastisch. Zou fijn zijn als ze weer eens een avondje uitgaat.'

'Nou, ik zou zeggen... tot morgen dan maar.'

En weg is hij. Mij hoofdschuddend en in verwarring achterlatend. Probeerde hij me nu uit te vragen of niet? Ik weet het niet. Want ik zou hem sowieso gevraagd hebben mee te gaan om Maggie op haar grote avond aan te moedigen, met de hele club van Radio Dublin. Dus het is meer een 'gezellig avondje uit met z'n allen', toch? En daarna kwam hij met het idee om ook Hannah en haar man uit te nodigen. Zodat we zeker niet met zijn tweetjes zouden zijn? Alles tegen elkaar afwegend, om Matt te citeren, is dit zeer waarschijnlijk géén date. Gewoon een avondje uit met een stel vrienden. Meer niet.

Het is vreemd, maar ik weet niet of ik nu opgelucht of teleurgesteld ben.

Maar aan de andere kant: we werken nog de hele week samen, misschien dat we dan alweer heel normaal met elkaar omgaan.

Maar tegen de tijd dat het zondag is, is mijn leven zo drastisch veranderd dat dit wel het laatste is wat me bezighoudt.

Het begint maandagochtend. Om precies te zijn halverwege de ochtend. Sharon heeft late dienst, de afgelopen dagen draaien zij en ik vampieruren; we zijn tot diep in de nacht op en slapen tot de volgende dag tegen lunchtijd.

Ik word wakker van mijn mobiele telefoon en om de slapende Sharon niet te storen sluip ik op mijn tenen naar de overloop. 'Hallo?' zeg ik slaapdronken opnemend.

'Jessie? Je spreekt met Liz Walsh van Channel Six. Ik vroeg me af of je vandaag nog een gaatje in je agenda hebt. Ik zou graag met je willen praten, als dat mogelijk is. Het lijkt me geen understatement om te zeggen dat we elkaar dringend moeten spreken.'

Ik laat bijna de telefoon vallen.

Ze begrijpt mijn stilzwijgen verkeerd en zegt: 'Als je daar tenminste voor openstaat, Jessie. De laatste keer dat we elkaar spraken moet zeer pijnlijk voor je geweest zijn, en dat vind ik erg jammer.'

Oké, ik sta op het punt om te gaan hyperventileren. Bood Liz Walsh zojuist een soort excuses aan? Ongekend. Liz staat erom bekend dat ze op de pijnbank nog niet haar excuses aanbiedt. De minister van Financiën heeft zich ooit bij

haar beklaagd na een scherp kruisverhoor in het actualitei-
tenprogramma van Channel Six. Het was legendarisch; zelfs
onder de druk van een hoog ministerie hield Liz voet bij
stuk en zei dat ze allemaal naar de maan konden lopen.
Je begrijpt dus wel waarom ik op dit moment op de bovenste traptrede in elkaar zak. Ik check het nummer van het
binnenkomende gesprek om er zeker van te zijn dat niet een
of andere idioot een gemene grap met me uithaalt. Maar het
is toch echt Channel Six. Zonder enige twijfel.

'Wat zou jou schikken?' vraagt ze beleefd.

Ook dit verbaast me. De zeldzame keren dat Liz iemand
wil spreken, wordt die persoon op een bepaalde tijd bij haar
op kantoor ontboden, en wee je gebeente als je daar een probleem mee hebt.

'Ehh... tja,' weet ik stamelend uit te brengen, 'ik woon nu
in Northside en heb geen auto, dus het kost me zeker een
uur om bij jou te komen...'

'O nee, Jessie, niet hier. Ik neem je mee uit lunchen. Zullen we halverwege afspreken? Misschien in het centrum. Wat
dacht je van het restaurant van Marco Pierre White? Ken je
dat?'

'Ehh... ja.'

Iedereen kent het. Het is namelijk zo'n beetje het chicste,
duurste restaurant van de stad.

'Mooi. Ik zal een tafel reserveren en zie je daar om één
uur. Tot straks, Jessie.'

Het duurt uren voor ik klaar ben, want ik ben niet meer
gewend naar deftige gelegenheden te gaan. Bizar om helemaal opgedoft te gaan lunchen, terwijl ik de laatste tijd alleen maar in jeans rondloop. Het is als een flashback naar
vroegere tijden. En tussen het aankleden door plof ik tel-

kens weer op het bed naast Sharon en verzucht: 'Waarom? Waarom wil ze me zien?'

'Misschien omdat je een gek wijf bent en ze medelijden met je heeft,' oppert Sharon hulpvaardig. 'Of misschien heeft ze een goede psychiater voor je. Je weet wel, na het trauma dat je door die beveiligingsman weggesleept moest worden.'

'Ze heeft me al ontslagen. Het ergste is achter de rug. De enige reden die ik kan verzinnen is dat ze me de les wil lezen over dat voorval met Emma, maar ik werk niet meer voor haar. Dus waarom oude wonden openrijten?'

'Geen idee,' zegt Sharon, terwijl ze rechtop in bed gaat zitten en haar eerste sigaret van de dag opsteekt. 'Maar één ding kan ik je wel vertellen. Na alles wat die oude heks je heeft aangedaan, is je op een duur etentje trakteren wel het minste wat ze kan doen.'

'Ze zal wel moeten, want je denkt toch niet dat ik Marco Pierre White kan betalen met wat ik bij Radio Dublin verdien?'

Ik moet zo lang op de bus wachten dat ik een beetje laat arriveer. Maar ik voel me sterk en zelfverzekerd in mijn enige overgebleven Peter O'Brien-pakje en denk: je hebt me dan wel de zak gegeven, maar deze feniks is uit de as herrezen en heeft een nieuwe baan... HA! Ik ben waarschijnlijk de enige gast die hier met het openbaar vervoer gekomen is. Ik loop naar binnen en de ober leidt me meteen naar een rustig tafeltje bij het raam waar Liz al zit te wachten. Ze wuift mijn verontschuldigingen dat ik te laat ben weg, wat opnieuw ongekend is. Liz is zelf heel punctueel, daar staat ze om bekend, en ze accepteert het absoluut niet als anderen dat niet zijn.

Ze komt gelukkig meteen ter zake. 'Ik weet wat er zaterdagavond allemaal gebeurd is,' zegt ze, kort en bondig als altijd.

'Liz, ik weet dat ik over de schreef ben gegaan, maar je hebt geen idee hoe woedend ik op Emma was.'

'Volkomen begrijpelijk,' zegt ze knikkend, terwijl ze de ober wegwuift zodat we wat privacy hebben.

'Ik wist dat het de testavond van haar show was,' vervolg ik, vastbesloten hier in elk geval geen misverstand over te laten bestaan, 'en dat ik geen slechter moment voor een confrontatie had kunnen kiezen, maar geloof me, ik had geen keus. Ze liep telkens weg, maar na alles wat ze gedaan heeft, had ik er werkelijk alles voor over haar niet te laten ontsnappen.'

'En terecht.'

Ik ratel verder en het duurt twee volle seconden voor tot me doordringt dat Liz het met me eens is.

'Weet je, Jessie,' zegt ze beslist. 'Ik heb de e-mail gelezen. En de feiten gecheckt.'

'Hoe bedoel je?'

'Ik heb die Joe de Courcey, de directeur van Mercedes Ierland, opgespoord.'

Mijn hart staat stil. 'En?'

'Toen ik hem er eenmaal van verzekerd had dat ons gesprek vertrouwelijk zou blijven, heeft hij me alles uitgelegd. Hij benadrukte dat hij er geen idee van had dat er sprake was van een immorele intentie, tot hij erover in de kranten las.'

'En toen was ik al ontslagen. Toen was het al te laat.'

'Helaas wel, ja. Het punt was dat Mercedes in alle landelijke bladen al bij naam genoemd was, en het leek hem het beste voor het imago van het bedrijf om niet nog meer olie op het vuur te gooien. Hij zei dat het hem zeer speet dat hij geen actie had ondernomen, maar dat het Mercedes een negatieve pers had opgeleverd. En dat is natuurlijk het laatste wat ze willen.'

'Precies wat Steve zei,' zeg ik, hardop denkend.

'Wie?'

'O, sorry. Een vriend. Een goede vriend.'

'Maar dit is niet de belangrijkste reden dat ik je uitgenodigd heb, Jessie. Er is nog iets wat je moet weten.'

'Ja?'

'Sinds vanochtend is Emma Sheridan niet langer werkzaam bij Channel Six.'

Mijn mond valt open. 'Heb je haar ontslagen?'

Ik moet mezelf nu echt dwingen adem te halen.

'Ik heb haar bij me op kantoor geroepen en een verklaring geëist. Ten eerste over haar contact met Mercedes Ierland en ten tweede over de laag-bij-de-grondse manier waarop ze een collega heeft behandeld. Het was werkelijk verbazingwekkend, ze leek wel een politica. Zelfs toen ze met de onweerlegbare waarheid werd geconfronteerd bleef ze in alle toonaarden ontkennen.'

Oké, ik weet nu niet goed wat ik moet voelen of denken. Deels ben ik opgelucht dat Emma eindelijk haar verdiende loon heeft gekregen, maar tegelijkertijd is het afschuwelijk dat een ander nu door moet maken wat ik heb doorgemaakt. Hoewel zij er geen moeite mee had om toe te kijken hoe ik ten onder ging.

Maar toch.

'Liz, het is nooit mijn bedoeling geweest dat Emma haar baan zou verliezen, het ging mij er alleen om... Ik bedoel, ik wilde haar recht in haar gezicht zeggen dat ik wist wat ze me aangedaan heeft. Dat ze er niet zomaar mee wegkwam, als ze dat soms gedacht had.'

'Je begrijpt het niet, Jessie. Jij bent ontslagen vanwege het schenden van een ethische code. Emma is ontslagen vanwege het schenden van een morele code. Ik houd mezelf graag voor dat Channel Six een team is, maar zij heeft zich absoluut níét als teamspeler gedragen. In de populariteitspolls stond jij voortdurend hoger dan zij en dit was waarschijnlijk haar poging om van je af te komen. Laakbaar gedrag, en na dit voorval wens ik nooit meer met haar samen te werken. Want hoe kan ik werken met iemand die ik niet kan vertrouwen?'

Ik zak achterover in mijn stoel en neem een slok water. In mijn wildste fantasieën had ik niet kunnen bedenken dat Emma, het toonbeeld van professionalisme, iets zou doen waarmee ze haar kostbare carrière op het spel zou zetten. Ik wil bijna een blik naar buiten werpen om te checken of de wereld niet vergaan is.

'Maar op dit moment is mijn grootste zorg,' vervolgt Liz, zich met de wijnkaart koelte toewuivend, 'dit alles uit de media te houden. Op de lange termijn zou dat namelijk heel ongunstig voor ons kunnen uitwerken. Ik zie onze pr-mensen vanmiddag en we laten een gezamenlijke verklaring uitgaan waarin staat dat Emma Sheridan dit het goede moment vindt om Channel Six te verlaten. Om persoonlijke redenen. Ze heeft tegen haar zin toegestemd, maar ze heeft geen andere keus. Voor Emma betekent het dat haar een schandaal wordt bespaard en het geeft mij de mogelijkheid om snel en geruisloos van haar af te komen.'

'Er is weinig kans dat het niet uitlekt, Liz. Channel Six is altijd meer een vergiet dan een tv-zender geweest. Dit soort zaken lekken nu eenmaal uit. En vergeet niet dat het studiopubliek het hele spektakel heeft gezien. Er hoeft maar iémand te zijn die het op Twitter zet en weg is de controle.'

'Klopt. Daarom wil ik je vragen geen interviews aan de pers te geven. Ik weet namelijk wel zeker dat ze je de komende dagen zullen benaderen. Laten we in elk geval proberen deze toestand binnen de perken te houden.'

Ik sta op het punt ermee in te stemmen, vooral omdat ik geschokt ben, als me opeens iets te binnen schiet... Wacht eens even.

Ook mijn reputatie staat hier op het spel. Ik ben in de kranten belasterd en word nu van alle blaam gezuiverd, dus waarom zou ik nee zeggen als de pers me belt en om uitleg vraagt? Ik ben niet meer bij Channel Six in dienst, dus waarom zou ik niet elke gelegenheid om mijn goede naam te zuiveren met beide handen aanpakken? Daarbij komt dat, na wat Emma allemaal gedaan heeft, haar goede reputatie intact blijft, dus waarom zou ik niet de kans grijpen om die van mijzelf te herstellen?

'En als lokkertje geef ik je dit,' gaat Liz verder. 'In ruil voor je volledige medewerking wil ik je je oude baan weer aanbieden. Met jouw instemming kan *Jessie Would* over een paar weken met een nieuwe copresentator weer in de lucht zijn. Wat vind je ervan? Jessie?'

Negentien

Terwijl Liz er in een taxi vandoor zoeft, wandel ik van Dawson Street naar het relatief rustige St. Stephen's Green. Ik heb zuurstof nodig. Ruimte om na te denken. Om te verwerken wat me zojuist is overkomen.

Ik vind in het park een rustig bankje, ga zitten en concentreer me op een diepe, rustgevende yoga-ademhaling. Twee tellen in en vier uit. Twee tellen in en vier uit. Het aanbod dat nu op tafel ligt, is als volgt (het is eerlijk gezegd een wonder dat ik me kon concentreren op wat Liz zei, zo'n chaos was het in mijn hoofd): ik heb mijn oude baan terug. Met tien procent salarisverhoging. Over een paar dagen krijg ik een gloednieuw contract. Zodra dat is getekend, verdien ik weer net zoveel als vroeger. Over twee maanden kan *Jessie Would* weer in de lucht zijn.

In deze shocktoestand moet ik mezelf er aldoor aan herinneren dat dit heel, heel, heel goed nieuws is. Dit is het antwoord op mijn gebeden. Maar waarom dans ik dan niet halleluja zingend door de straat? Opeens is het me duidelijk. Het komt niet door schrik of verbijstering. Nee, het komt door puur en onvervalst schuldgevoel. Omdat ik Steve zal moeten vertellen dat ik Radio Dublin ga verlaten.

In aanmerking genomen dat *The Midnight Hour* een nachtelijke, lowbudgetshow is, verbaasde het me dat Liz ervan op de hoogte was dat ik het presenteer. Ze feliciteerde me zelfs met het succes ervan. Maar het is uitgesloten dat ik het 's nachts werken kan combineren met de enorme druk van *Jessie Would*, dus het hing onuitgesproken, maar glashelder tussen ons in dat ik Radio Dublin zou moeten verlaten. Terwijl ik nog maar net was begonnen. En terwijl Steve zo manhaftig was dat hij het risico aandurfde om mij in dienst te nemen. Maar een stemmetje in mijn hoofd zei dat ik op mijn strepen moest blijven staan, ook al is Liz keihard in zaken.

Dat deed ik dus. Ik heb haar duidelijk gemaakt dat de manager van Radio Dublin een goede, persoonlijke vriend van me was die me hielp in een periode waarin vrienden dun gezaaid waren. En dat ik op zijn minst voor hem kon blijven werken tot er een vervanger voor me gevonden was.

'Maar Radio Dublin is niet meer dan een lokaal radiozendertje! Ik heb het over landelijke televisie,' was haar verbaasde antwoord.

'Ik vind het heel fijn om weer voor je te gaan werken. Maar ik laat Radio Dublin niet barsten. Dat is niet fair. Dat zou niet eerlijk zijn.'

Liz glimlachte spottend, ik denk dat ze geen loyaliteit gewend is. We komen tot de volgende afspraak: er wordt zo snel mogelijk een contract naar mijn agent gestuurd, en na ondertekening sta ik, alsof er niets is gebeurd, weer op de loonlijst van Channel Six. In de tussentijd werk ik elke middag een paar uur aan de voorbereidingen van *Jessie Would*, dat moet net lukken gezien mijn verplichtingen bij Radio Dublin. Zodra er een vervanger voor *The Midnight Hour* is gevonden, ga ik weer fulltime aan de slag bij Channel Six. Ik krijg mijn droombaan op een dienblaadje gepresenteerd. Liz biedt zelfs aan om later in de maand, als de ophef over het vertrek van Emma is geluwd, een persbericht te versturen om te laten weten dat 'We na rijp beraad en op grond van nieuwe informatie tot de conclusie zijn gekomen dat de beëindiging van het contract van Jessie Woods een zeer ongelukkig besluit was'. Ze schreef de hoofdpunten van het persbericht zelfs op een papieren servetje en schoof het ter goedkeuring onder mijn neus.

Maar in ruil voor alles wat me wordt geboden, krijg ik duidelijke instructies mee. Ik mag dit onder geen enkele voorwaarde met de pers bespreken en als ze ernaar vragen is het me alleen toegestaan te zeggen: 'Na al mijn mogelijkheden te hebben afgewogen, laat ik graag weten dat ik heel blij ben om met een nieuwe serie van *Jessie Would* te kunnen beginnen.'

Je snapt het. Koste wat kost reclame maken voor de show en alle onaangenaamheden onder het tapijt vegen.

Ik moet het nu alleen nog aan Steve vertellen.

Vanaf mijn bankje in het park bel ik hem op zijn mobiel en hij zegt dat hij naar een vergadering moet en dat hij me later terug zal bellen. Dan vraagt hij, fijngevoelig als altijd, of het goed met me gaat en ik zeg dat ik hem moet spreken. Dringend. Maar buiten het werk. Ik vraag of hij misschien tijd heeft om even snel koffie met me te drinken.

We spreken af dat we elkaar over een uur in café Bewley's

in Grafton Street zien. Volgens mij is dit het langste uur van mijn hele leven.

Hij komt binnenstormen, groot, blond en mager en – hoe schattig – zijn ogen beginnen te stralen als hij me aan een rustig tafeltje in de hoek ziet zitten, bleek en nog van slag na alles wat er gebeurd is. Grappig, maar nu ik op het punt sta mijn ontslag in te dienen is de ongemakkelijke spanning tussen ons helemaal verdwenen.

Ik vertel hem alles over de ontwikkelingen met Liz Walsh en hij neemt het heel goed op. Zo goed, dat mijn schuldgevoel nog groter wordt.

'Luister,' zegt hij vriendelijk glimlachend, 'eerlijk gezegd vonden we het al verbazingwekkend dat iemand met jouw ervaring een nachtbrakersprogramma wilde presenteren, dus jij bent degene die mij een dienst heeft bewezen. En het is heel netjes van je dat je aanbiedt te blijven tot ik een vervanger voor je gevonden heb. Dat hoef je helemaal niet te doen. Daar zouden maar weinig mensen toe bereid zijn.'

'Jij hebt me verlost van een leven lang hamburgers bakken, weet je nog? Jij gaf me een kans toen niemand anders dat deed. Dan kan ik op zijn minst wachten tot je een nieuwe presentator hebt gevonden.'

'Goed,' zegt hij, me doordringend aankijkend. 'Je zult wel in de wolken zijn. Je hebt alles gekregen wat je wilde. Als ik in jouw schoenen stond, zou ik de champagne laten knallen!'

Ik ben niet in staat te antwoorden en roer in plaats daarvan hard in mijn koffie.

'Jessie, gaat het wel goed?'

En op dat moment wordt de waarheid me plotseling duidelijk, scherper dan het gevoel van sambal in je oog. In tv-jargon noem je dit het tadááá-moment. Het voelt niet goed, absoluut niet. Zeker, ik ben blij dat ik terugga naar Channel Six, natuurlijk, maar... het werk bij Radio Dublin heeft mijn leven gered. Wil ik dat echt zomaar achterlaten? Ik hield ervan met de luisteraars te praten, en na elke uitzending had ik werkelijk het gevoel dat ik iets had bijgedragen, ook al was het maar een klein beetje. Dan schiet me ineens iets anders te binnen: Channel Six heeft me al een keer meedogenloos laten vallen, wie kan me garanderen dat ze me dat geen tweede keer flikken?

'Steve...' zeg ik, terwijl ik op het puntje van mijn stoel ga zitten en hem in zijn blauwe ogen kijk, 'ik moet je iets vragen, iets belangrijks. Ik kom vast niet goed uit mijn woorden, dus luister goed. Misschien vind je me een inhalig kreng dat het onderste uit de kan wil hebben, maar het zit zo... Liz Walsh wil dat ik Radio Dublin verlaat... maar ik niet. Ik ben dol op mijn werk daar. Ik vind het geweldig om met jou samen te werken. Maar ik weet dat ik *The Midnight Hour* én Channel Six onmogelijk kan combineren.'

Plotseling buigt hij zich over de tafel. 'Dat hoeft geen probleem te zijn,' zegt hij, hardop denkend. 'Het is natuurlijk uitgesloten dat je zes avonden per week *The Midnight Hour* doet, maar ik heb een idee. Je blijft voor ons werken en we noemen het programma voortaan *Woods at the Weekend*,' zegt hij opgewonden, zijn hand door zijn haar halend. 'Het programma wordt één avond in de week uitgezonden, op een zondag, wanneer je geen opnamen voor Channel Six hebt. Het programma kan hetzelfde blijven, misschien ietsje langer, maar met de oorspronkelijke formule: de luisteraars bellen met gruwelijke datingverhalen en jij praat met hen. Wat vind je daarvan?'

'Het is... ik bedoel... Dat zou... helemaal perfect zijn.'

Zo perfect dat ik hem wel om de hals zou willen vliegen. Maar ik doe het niet, ik kijk hem alleen maar aan, lachend en huilend tegelijk. Ik kan niet geloven dat alles zo'n positieve wending neemt. Dan staan we beiden op, hij heeft nog een vergadering en moet er nodig vandoor.

Hij blijft even staan, pakt me zachtjes bij mijn arm en plotseling lijkt hij... hoe moet ik het zeggen, in de war? Van slag? God, als er een vrouw bestaat die mannen nog slechter begrijpt dan ik, zou ik haar graag willen ontmoeten.

'Weet je, Jessie,' zegt hij, zacht. 'Over wat er laatst gebeurd is...'

'Nee, nee, zeg maar niets, het was mijn schuld...'

'Nee, ik wilde zeggen dat... Ik weet dat je nog heel erg worstelt met je vorige relatie en ik weet hoe moeilijk dat kan zijn.'

'Ja, dat is zo, maar...'

'Voor het geval je je misschien afvroeg waarom ik een stapje terug deed...'

'Nee, helemaal niet...'

Geweldig, we zijn weer helemaal terug bij de onsamenhangende zinnetjes.

'Goed, zie ik je zondag in de Comedy Cellar voor Maggies act?'

'Ja,' antwoord ik glimlachend. 'Natuurlijk.'

Heel even denk ik dat hij vooroverbuigt om me te kussen – en ergens zou ik dat helemaal niet erg vinden – als mijn mobiele telefoon gaat. Roger Davenport, mijn agent. 'Shit, ik moet even opnemen,' stamel ik, terwijl ik mijn telefoon bijna laat vallen.

Hij knikt, knijpt in mijn kin en geeft me een knipoog. En dan is hij weg.

Aan het eind van die middag heeft Roger het contract van Channel Six, inclusief salarisverhoging en keurig ondertekend. Alsof het de gewoonste zaak van de wereld is. Met de zondagavond vrij, zodat ik voor Radio Dublin kan blijven werken. Mooier kan het niet. Maar het gekke is dat ik me nog steeds niet euforisch voel of in een feeststemming ben.

Want er is nog iemand met wie ik moet praten, waar ik tgen opzie als tegen een wortelkanaalbehandeling.

Sharon.

Als ik thuiskom zit ze in haar eentje in de keuken. Ze leest de *Hot Stars* en eet pizza, terwijl Maggie in de tv-kamer haar grappen oefent. Het ideale tijdstip om het haar te zeggen, zo vlak na het eten. Ik vertel haar over de laatste ontwikkelingen en haal dan heel diep adem om die ene zin uit te spreken waar ik zo tegen opzie.

'Het punt is, Sharon...'

'Ja?'

'Tja, nu ik mijn oude baan terug heb en alles, dacht ik... Misschien is het nu tijd dat ik... je weet wel...'

'Ik denk dat ik weet wat je gaat zeggen, Jessie.'

Uiteindelijk is het makkelijker voor me om er gewoon mee voor de draad te komen. 'Ik ga verhuizen.'

Het is werkelijk hartverscheurend, en even denk ik dat we allebei gaan huilen.

'Kom op, Sharon,' zeg ik, terwijl ik zachtjes haar hand vastpak. 'Ik kan niet eeuwig bij je op je kamer blijven. Ben je niet ook een beetje blij dat je weer wat ruimte krijgt?'

'Nee,' roept ze uit. 'Helemaal niet. Die ruimte interesseert me geen bal. Ik wil niet dat je weggaat. Je *kunt* niet weg. Ma gaat die kamer speciaal voor ons opknappen.'

Heel even glimlach ik, geroerd door de gedachte dat een

Laura Ashley-make-over voor mij een reden zou zijn om te blijven. 'Jess, ik wil niet dat het weer zoals vroeger wordt, dat ik je eens per jaar tien minuten zie met papa's mis. Ik zou je veel te erg missen.'

'Maar ik ga toch niet voor altijd weg! Ik zal de deur hier platlopen, en niet alleen met kerst. We zijn nu toch vriendinnen?'

'Het zal oersaai zijn zonder jou. Je hebt geen idee.'

'Kom op, je hebt Matt toch ook? Je bent praktisch vijf avonden per week met hem de hort op.'

Ze doet wat ze altijd doet als Matts naam valt Ze haalt haar schouders op, steekt een sigaret op en verandert van onderwerp.

'Waar ga je heen?'

'Ik weet het niet. Ik wil iets huren in de buurt van Channel Six. Een tweekamerappartementje misschien. Maar het mag mijn budget niet te boven gaan en niet belachelijk groot zijn. Ik heb mijn lesje echt wel geleerd. Ik wil iets kleins en betaalbaars. De tijd dat ik me scheel leende om niet te hoeven onderdoen voor mijn zogenaamde vrienden is voorgoed voorbij. Geen verwende aanstellerij meer en geen poenerige auto's. Ik ga een fiets kopen en daar zal ik het mee moeten doen.'

'Joan en Maggie zullen je ook missen.'

'Ik zal hen ook missen. Maar Joan heeft haar IPrayFor-You.com-business en Maggie steelt zondag de show in de Comedy Cellar, wacht maar af. Ik zal jou het meeste missen.'

'Ik jou ook.'

Ik buig me naar haar toe om haar te omhelzen en dan beginnen we allebei een beetje te huilen.

'We hebben een lange weg afgelegd, hè?' zegt ze snotterend.

'Sinds je hier kwam wonen. Ik bedoel, wie had dat ooit gedacht?'

'Een heel lange weg.'

'Maar godzijdank kun je dan geen blikjes cider meer van me jatten. Jezus, dat zo'n mager scharminkel als jij zoveel Bulmers achterover kan slaan.'

'Nou, dan blijf jij tenminste met je tengels van mijn make-up af, dikke dief die je bent.'

Nu schieten we allebei in de lach.

'Vergeet nooit dat je mijn zus bent en dat ik er altijd voor je zal zijn.'

'Ik ben er ook altijd voor jou.'

Twintig

Ik weet niet hoe het precies gegaan is. En ik kan op het
graf van mijn ouders zweren dat ik er niets mee te maken
heb gehad. Maar die woensdag staan de kranten er vol van,
echt vol van.

Waarschijnlijk is een of andere slimmerik in het studiopubliek op het idee gekomen de confrontatie tussen Emma en
mij met zijn iPhone te filmen. En maandag stond het ponti-
ficaal op YouTube, inclusief een shot waarop je mij duidelijk
schoppend en krijsend door een beveiligingsman weggevoerd
ziet worden.

Ik kan me er niet toe zetten ernaar te kijken, maar Sharon zegt dat het er heel goed uitziet. Op een Jerry Springer-
achtige manier althans. Hoe dan ook, het filmpje heeft een
groot stuk in de *Evening Herald* tot gevolg. Dinsdag is het
nieuws uitgegroeid tot pagina twee van de *Star* en de voorpagina van de *Mail*. En woensdag is het verhaal overal te
lezen. En wel in de ongekuiste versie: hoe Emma me erin

heeft laten lopen, hoe ze het allemaal verborgen probeerde te houden en hoe ik wonderlijk toevallig op een bewijs daarvan stuitte. Dat ik mijn vroegere baan weer aangeboden heb gekregen, terwijl Emma om 'persoonlijke redenen' is weggegaan. De waarheid, de hele waarheid en niets dan de waarheid. Beter dan een soap. Mijn god, geen wonder dat de hele toestand zoveel stof heeft doen opwaaien, zoiets verzin je toch niet?

Mijn mobiel gaat onophoudelijk, en ik besluit alleen op te nemen als het iemand is die ik ken. Als ik door de pers gebeld word bij Channel Six of Radio Dublin zeg ik beleefd maar beslist dat ik geen commentaar wens te geven en verwijs ze naar Roger. Daar is hij voor.

'Afgedankte Jessie weer terug op primetime!' is een krantenkop die in mijn hoofd blijft hangen. En ik moet het die journalisten nageven, de verhalen zijn verbazingwekkend nauwkeurig. De feiten kloppen. Maar ik heb toch altijd al gezegd dat Channel Six zo lek als een mandje is?

Hoe dan ook, het is nu woensdagavond laat. Ik zit in het kantoor van Steve en neem de kranten door op zoek naar leuke verhalen die we voor het programma van vanavond kunnen gebruiken. Want ook al zijn de telefoonlijnen voortdurend bezet met bellers die hun gruwelijke datingverhalen willen vertellen, het kan geen kwaad een paar actuele anekdotes achter de hand te hebben.

'Het punt is,' zegt Steve grijnzend, 'dat jij deze week het belangrijkste nieuwsitem bent, Jessie Woods.'

Voor de grap gooi ik het sportkatern van de *Independent* over het bureau naar hem toe, en ik mis op een haar na zijn hoofd. Gek, maar sinds ik weer bij Channel Six in dienst ben, is alles helemaal als vanouds tussen ons. Alsof we allebei beseffen dat de dagen geteld zijn dat we zes nachten per week samenwerken en dat we hebben besloten deze laatste, kostbare weken zo veel mogelijk lol te maken. Het is leuk en gezellig, we gaan weer met elkaar om zoals we altijd deden: lachend en ketend, zonder dat we ons opgelaten voelen. En zonder dat er sprake is van een seksuele spanning. Dus dat is goed. Dat wilde ik toch?

'Hé,' zegt hij, 'voor de verandering hebben de kranten het een keer bij het rechte eind. Ook over Emma's ontslag.'

'Ja, dat zal madam niet leuk vinden. Channel Six heeft ook nog eens de dodelijke woorden "vertrekt om persoonlijke redenen" gebruikt.'

'Ja, precies. Dat klinkt alsof ze zich laat opnemen in een kliniek om een halfjaar af te kicken.'

Voor de uitzending loopt hij met me mee naar de studio en voordat ik naar binnen stap geeft hij me een hartelijke knuffel. 'Gewoon je fantastische zelf zijn, Jessie. En denk eraan, om te vieren dat je je oude baan terug hebt, ga ik je komende zondag ongenadig dronken voeren. Kacheltje lam en toeterzat, daar kom je niet onderuit.'

Ik glimlach dankbaar. Wat is het toch een schat, hij is waarschijnlijk de enige baas ter wereld die je mee op kroegentocht neemt nadat je ontslag hebt genomen.

Hoe dan ook, zodra we live de lucht in gaan, komt het ene telefoontje na het andere binnen. Op dit soort avonden is die arme Ian in de productiekamer meer een telefonist uit de jaren veertig dan een producer. De bellers zijn allemaal even aardig, ze feliciteren me ermee dat *Jessie Would* in ere hersteld is en komen na een kort babbeltje op de proppen met de ware reden dat ze bellen.

Om nauwelijks één over twaalf belt Carole uit Drimnagh

met de vraag of de andere luisteraars denken dat het mogelijk is een man te veranderen.

'Waarom wil je dat weten, Carole?' vraag ik vriendelijk.

'Omdat mijn ex-vriendje weer van zich heeft laten horen, maar toen het uitging was het een vreselijke klootzak. Oeps, sorry, Jessie, mag ik wel "klootzak" zeggen op de radio?'

'Beetje te laat nu!' zeg ik, en we moeten allebei lachen.

'Weet je, toen hij vier maanden geleden zei dat hij een time-out wilde, was ik er helemaal kapot van. Hij was ontzettend gemeen, beantwoordde mijn telefoontjes niet, niks. En net nu ik mijn leven weer een beetje op de rails krijg, belt hij me om te zeggen dat hij het weer met me wil proberen. Zo, recht voor zijn raap. Hij zegt dat hij veranderd is. Dat hij beseft hoe stom het is dat hij me zo wreed aan de dijk heeft gezet. Maar mijn vraag is, Jessie, kunnen mannen werkelijk veranderen?'

'Absoluut niet!' roept een andere beller, Jane uit Rathmines. 'Ze beloven van alles en praten je naar de mond, maar diep vanbinnen zal een man NOOIT veranderen. Het zijn net doelzoekers; ze voelen het wanneer je je van hen losmaakt en verschijnen dan opeens weer in je leven om het voor een tweede keer te verknallen. Luister naar mijn advies en houd je verre van hem. Nu het nog kan!'

'Toen we nog samen waren,' antwoordt Carole, 'zat ik altijd op hem te mopperen dat hij niet romantisch was, maar sinds hij weer bij me terug wil komen is hij van de ene op de andere dag veranderd in de Hallmark-versie van zichzelf.'

'Wat bedoel je daarmee?' vraag ik.

'Hij doet allemaal romantische dingen, ook al is het geen Valentijnsdag en ook al heb ik er niet om gezeurd. Hij koopt zomaar bloemen, ik krijg ontbijt op bed, hij zegt dat hij van me houdt zonder dat er een pistool op zijn hoofd gericht is...'

'Nou, het is wel duidelijk dat hij wil veranderen,' zeg ik. 'En laten we wel wezen, dit soort kleine romantische gestes zijn in onze kille maatschappij toch eigenlijk ongelooflijk belangrijk? Misschien kun je je ex-vriend het voordeel van de twijfel gunnen. Want als je dat niet doet, krijg je later misschien spijt en denk je constant "wat als...".'

Dan belt Tommy uit Blackrock om te zeggen dat Carole haar ex onmiddellijk de bons moet geven. Want dat iemand veranderen zo ongeveer neerkomt op het schenden van de rechten van de mens.

'Waarom zeg je dat, Tommy? Hebben jouw vriendinnen geprobeerd je te veranderen?' vraag ik.

'Voortdurend. Mijn kleren, mijn accent, mijn vrienden, mijn baan, noem maar op. Maar het enige wat ik verander zijn mijn vriendinnen.'

Hierna belt een kwade Fiona uit Temple Bar. 'Ik ben het spuugzat, die mannen die me willen veranderen. Al mijn vriendjes wilden dat ik me hoeriger kleedde en meer make-up gebruikte en eerlijk gezegd komt het me de strot uit...'

Dan zegt Susan uit Cabra: 'Weet je, het is een enorme misvatting te denken dat je een man kunt veranderen. Verder dan zijn kleren en zijn haar kom je niet. Let op mijn woorden: als je aan één draadje begint te trekken valt het hele breisel uit elkaar.'

Vanaf dat moment loopt de show als een trein, we hebben nauwelijks gelegenheid om muziek te draaien, en voor ik tijd heb om op de klok te kijken gebaart Ian dat ik nog één beller te woord kan staan.

'En wie hebben we hier op lijn één?' vraag ik.

Er volgt een lange stilte. Dode tijd, zeggen we bij de radio, en net als ik wil ophangen zegt een mannenstem plotseling één woord. 'Woodsie?'

Ik weet onmiddellijk wie het is.

Met absolute zekerheid.

Maar laat dat natuurlijk niet blijken...

'Hallo, je zit in de uitzending van *The Midnight Hour*. Met wie spreek ik?'

'Woodsie, ik ben het.'

'Sorry, zouden we je naam misschien mogen weten?'

Ik denk dat ik me louter zo kalm houd vanwege een uitgestelde schrikreactie. In combinatie met puur ongeloof. Ik bedoel, waarom zou hij dit doen? Als hij me wil spreken, kan hij toch gewoon de telefoon pakken? In plaats van naar een nachtelijk praatprogramma te bellen? Terwijl ik nota bene aan het werk ben?

'Je spreekt met Sam.'

Ik besluit het rustig aan te pakken. Voor zover je nog van rustig kunt spreken nu het zweet over mijn rug begint te lopen. 'Waar bel je vandaan, Sam?'

'Ik bel vanuit mijn auto. Ik wilde in reactie op de discussie even zeggen dat mannen absoluut kunnen veranderen.'

'Wat bedoel je daarmee, Sam?'

'Ik bedoelde dat je, tenzij je volslagen idioot bent, kunt veranderen als je inziet dat je fout bent geweest.'

'Ga verder.'

'We maken allemaal fouten. Maar wat een winnaar van een verliezer onderscheidt, is dat een winnaar bereid is te zeggen, luister, ik heb er een zooitje van gemaakt, ik wil veranderen als ik daarmee een dierbaar iets of iemand... terug kan krijgen.'

Mijn hart staat stil. Ik kan geen logische, zinnige vraag bedenken om mee verder te gaan. Maar gelukkig, ik word op het nippertje gered want Ian gebaart dat het tijd is. Het was geen droom of fantasie. Want de volgende dag belt Sam weer. En weer. En weer. Tegen lunchtijd heeft hij vijf voicemails voor me achtergelaten en ik heb nog niet één keer teruggebeld. Want ik ben in een vrije val geraakt. Voor het eerst sinds ik weet niet hoelang weet ik niet wat ik moet doen. Vreemd, het enige wat ik de afgelopen maanden deed was fantaseren dat Sam weer contact met me opnam, maar nu het gebeurt ben ik verlamd als een konijn dat in het felle licht van de koplampen staart. Het punt is... dat het goed met me gaat zonder hem. Heel goed zelfs, ik voel me uitstekend. Alles is eindelijk op z'n plaats gevallen, als lottoballetjes. Ik ben niet meer Cinderella Rockefeller, ik ben Humpty Dumpty, weer helemaal heel. Ik had nooit gedacht dat ik zonder Sam zou kunnen functioneren, ik heb mezelf heel lang voorgehouden dat ik mijn soulmate had verloren en zonder hem niets waard was. Maar zoals gewoonlijk had ik het helemaal mis.

Maar dat doet er niets aan af dat ik nu moederziel alleen thuis ben. Iedereen is naar zijn werk, en dat drijft me tot waanzin nu ik eens een klankbord nodig heb. Ik weet dat Steve er voor me is, maar het voelt om de een of andere reden niet goed dit met hem te bespreken. Alsof dit onderwerp voor ons verboden terrein is. Als hij gisteravond al in de gaten had dat er in het programma ene Sam had gebeld, heeft hij er met geen woord over gerept, waar ik erg dankbaar voor ben. Hij heeft me op zijn motor thuisgebracht en mocht hij vermoed hebben dat er iets aan de hand was, was hij gentleman genoeg er niet naar te vragen. Of iets erover te zeggen dat ik, in plaats van mijn gewoonlijke hypergebabbel na een show, de hele weg naar Whitehall nauwelijks mijn mond open heb gedaan.

Wat ik was vergeten is dat, als Sam iets wil, hij te werk gaat als een militair met de tactiek van de verschroeide aarde. Ik ken hem lang genoeg, hij gaat door roeien en ruiten en hij krijgt altijd, maar dan ook altijd wat hij wil. Dus na zijn twaalfde poging mij te bereiken, zwicht ik uiteindelijk. Trillend en onzeker zit ik aan de keukentafel en er is niemand in de buurt die me kan adviseren of kalmeren. Ik haal diep adem en neem op.

Het is een kort gesprek; zakelijk en to the point. Hij wil me ontmoeten en vraagt of we kunnen afspreken. Wat hij te zeggen heeft kan niet over de telefoon. Hij stelt voor dat we elkaar die avond om zeven uur in Bentleys Oyster Bar ontmoeten, voordat ik naar mijn werk ga.

'Woodsie? Ben je er nog? Schikt dat je? Ik bedoel... Wil je me wel zien?'

Er volgt een lange stilte.

'Ik knik.'

Het zijn de enige twee woorden die ik tijdens het hele gesprek gezegd heb.

Het goede nieuws is dat ik het vandaag loeidruk heb. Hoe minder tijd ik heb om na te denken, hoe beter. Eerst moet ik naar het kantoor van Roger om het nieuwe *Jessie Would*-contract door te nemen. (Om me te feliciteren geeft die beste Roger, op en top gentleman, me zelfs een bos bloemen met een kaartje met WELKOM TERUG. Echt wat voor hem.) Daarna heb ik een afspraak bij Chez Pierre, mijn vroegere kapper, om mijn haar weer te laten blonderen. Voor alle duidelijkheid: dit op uitdrukkelijk verzoek van Liz Walsh.

Wat mij betreft blijf ik de rest van mijn leven de goedkope pakjes thuisverf gebruiken. Salarisverhoging of niet, de nieuwe, zuinige Jessie Woods gaat voorlopig nog niet weg. Oké, ik heb dan weer geld voorhanden, maar ik zit nog altijd met die Visa-schuld. In feite betekent mijn nieuwe dienstverband bij Channel Six alleen maar dat ik mijn schuld ietsje sneller kan afbetalen. Misschien nog voor mijn pensioen. Met een beetje geluk. Maar, nee, Liz denkt dat de kijkers me alleen zullen herkennen als ik weer blond ben. Ik heb dus geen keus. Tegen zevenen zie ik er weer net zo uit als vroeger. Mijn haar is bijna platina en terwijl ik naar Bentleys loop voor de afspraak met Sam flitst het door mijn gedachten dat dit nog maar een paar maanden geleden mijn leven was. Rogers kantoor binnenstormen, peperdure kapsels, een afspraak met mijn vriendje in zijn favoriete, poenerige restaurant. Alsof er niets veranderd is.

Niets, behalve ik.

Als ik de Oyster Bar binnenloop, zit Sam in een rustig hoekje op me te wachten met op tafel een fles champagne in een ijsemmer. Als hij daarmee onze hereniging denkt te kunnen vieren, is dat tamelijk aanmatigend en voorbarig.

Ik besluit dat hij flink zijn best zal moeten doen.

Ik zeg kortaf gedag en ga tegenover hem zitten. Alsof het een zakelijke afspraak is.

'Wauw, je ziet er fantastisch uit!' is zijn openingszin, terwijl hij me op zijn gebruikelijke manier met zijn zwarte ogen doordringend aankijkt. Ik knik en laat hem praten.

En in feite laat ik het praten verder helemaal aan hem over. Ik gebruik de stilte als beschermingsschild. Zijn punt is duidelijk. Hij heeft me gemist en voelt zich rot over onze laatste ontmoeting toen hij me uit dat vreselijke politiebureau in Kildare moest redden. Ik neem een klein slokje van de champagne en probeer die herinnering uit mijn gedachten te bannen. Steeds weer zegt hij dat hij spijt heeft van de manier waarop hij me toen behandeld heeft. Dat hij in paniek handelde en dacht dat hij een time-out nodig had. Maar dat hij elke dag aan me gedacht heeft en alles wat er tussen ons is gebeurd diep betreurt.

Hij zegt dat hij bewondert hoe ik er weer bovenop gekomen ben. Dat hij van Nathaniel en Eva gehoord had dat ik bij Smileys hamburgers bakte en hoe trots hij op me was toen hij dat hoorde. Dat ik me als een winnaar gedragen heb. Dat ik niet ten onder ben gegaan, maar me er al vechtend bovenuit gewerkt heb. Hij verbaast me door te zeggen dat hij trouw naar mijn programma heeft geluisterd vanaf het moment dat hij las dat ik *The Midnight Hour* presenteerde, meestal in de auto op weg naar huis na een of ander chic feestje.

Ik smelt voor het eerst een beetje wanneer hij zegt: 'Ik vond het zo fijn om je stem te horen.' Toen hij over het drama bij Channel Six las, over mijn eerherstel en dat ik van alle blaam gezuiverd was, besloot hij weer contact met me te zoeken. Om me te feliciteren. Een terloopse opmerking tijdens de show trok hem over de streep, iets over kleine romantische gestes. Hij pakte zijn telefoon en belde vanuit de auto naar het programma. En kon niet geloven dat hij mij werkelijk aan de lijn kreeg. Het was als een soort teken van boven.

'En ik wilde natuurlijk vragen,' vervolgt hij, 'of je me kunt vergeven, me een nieuwe kans wilt geven, óns een nieuwe kans wilt geven. Want Woodsie, het punt is... Zonder jou ben ik niets, ik heb je nodig.'

Hij haalt zo diep adem dat het lijkt alsof hij de lucht vanuit zijn tenen opdiept. 'Ik... ik ben dol op je.' Dan kijkt hij me met zijn koolzwarte ogen hoopvol aan en ik besef dat hij een antwoord verwacht.

Dit is het moment waarop ik kan zeggen oké, goed dan, we pakken de draad weer op, we laten het verleden rusten en proberen het opnieuw. Alsof dat allemaal zo gemakkelijk zou zijn. Maar dat is het niet. Het is bizar, hij heeft alles gezegd wat ik had kunnen wensen, echt alles, maar ik voel... niets. Ik weet niet wat me mankeert. Dit is het antwoord op mijn gebeden, dit is alles wat ik gewild heb maar toch kan ik hem alleen maar wezenloos aankijken.

'Als je het echt meent...' zeg ik na een tijdje.

'Ik ben nog nooit in mijn leven zo serieus geweest. Ik zweer het.'

'Dan zul je moeten accepteren dat ik niet meer dezelfde persoon ben die ik was. Ik ben veranderd.'

'Veranderd... in welk opzicht?'

'In meerdere opzichten. Ik ben bijvoorbeeld gaan inzien hoe belangrijk familie is. Toen het erop aankwam waren ze er voor me en dat zal ik nooit vergeten.'

'Heb je het nu over je twee stiefzusters, die die avond in Kildare bij je waren? Vroeger zat je altijd op ze af te geven! Je zei dat het net Pattie en Selma uit *The Simpsons* waren, maar dan erger. Je moest je er altijd toe zetten om na afloop van de mis voor je vader met ze te praten en dan had je er na tien minuten alweer tabak van. Dan kwam je zo snel mogelijk naar mij toe voor een stevige borrel.'

'Ik heb me vergist. Ik heb me in heel veel vergist, ook in veel mensen. Dus als je me echt terug wilt...'

'Dat is op dit moment mijn belangrijkste levensdoel.'

'Dan zul je ook hun harten moeten veroveren.'

Want na alles wat hij me heeft aangedaan, ga ik het hem niet gemakkelijk maken.

'Wat je maar wilt, Woodsie.'

Uren later, als ik net op tijd voor de uitzending bij Radio Dublin aankom, loop ik Steve tegen het lijf.

'O, nee toch,' zegt hij, bedroefd zijn hoofd schuddend. Vanaf het moment dat hij me ziet, lijkt hij teleurgesteld.

'Wat is er aan de hand?'

'Ik vond je veel leuker met rood haar.'

Eenentwintig

'Je neemt me in de zeik,' is Sharons verbijsterde reactie als ik haar de volgende dag over de laatste ontwikkelingen met Sam vertel.

'Sharon, ik weet het, ik kan het ook niet geloven. Maar het is net of hij een pil genomen heeft waardoor hij precies de goeie dingen zegt en doet.'

'Heeft hij gezegd dat hij je mist?'

'Hij zegt dat hij niet zonder me kan.'

'Laat hem toch barsten, hij heeft je zelf gedumpt. Hij heeft geen recht op gevoelens.'

'Ik heb hem verteld hoe belangrijk jullie tegenwoordig voor me zijn. En dat hij, als hij enige kans wil maken, jullie harten zal moeten winnen. Ik meen het. Ik zal nooit vergeten wie me in mijn donkere dagen hebben bijgestaan. Zelfs Maggie, op haar manier.'

'Nou, het zal knap lastig voor hem worden, tenzij hij een Porsche voor me koopt en me een facelift en liposuctie cadeau doet. Jezus, Jess, wanneer leer je eens af om het verleden uit te wissen? Waar ben je in godsnaam mee bezig? Je doet alsof jullie een dipje hadden en nu alles weer koek en ei is.'

'Geef hem een kans, Sharon. Dat is alles wat ik vraag. Weet je, al die films met Hugh Grant waar jij naar kijkt maken één ding duidelijk: het pad van de liefde gaat niet over rozen. Iedereen moet obstakels overwinnen om daarna nog lang en gelukkig te kunnen leven. Ik heb mijn obstakel gehad en ik wil nu lang en gelukkig leven. Wat is daar mis mee?'

'Jessie, je houdt jezelf voor de gek. Ik was erbij toen je die avond bij hem thuis inbrak. Ik heb zelf gezien wat voor een eikel het is. Weet je dat niet meer? Voor het politiebureau in Kildare, toen hij je bij ons wegtrok, maakte hij je met de grond gelijk. Je leek wel een verkeersslachtoffer daarna, ik zweer het je. En hij ging gewoon lekker naar de K Club of welke kakclub dan ook, en was jou zo weer vergeten.'

'Ik hoopte eigenlijk dat je daar niet over zou beginnen. Trouwens, hij is veranderd.'

'Ja, ja. Hij is veranderd, tuurlijk.'

Maar ze heeft het mis. Hij is echt veranderd en ik ga het bewijzen. Hij belt me nu gemiddeld zo'n tien keer per dag om te vragen wanneer hij me weer kan zien. Hij is zelfs bereid te wachten tot de show afgelopen is, me daarna op te halen en thuis te brengen.

Met 'thuis' bedoelt hij natuurlijk zijn landhuis in Kildare, maar dat weiger ik. Want ik ben er nog niet aan toe om weer met hem de koffer in te duiken en te doen alsof er niets gebeurd is.

Wat me nog meer verbaasde was dat toen ik hem vertelde dat ik een klein huurappartement zocht, hij me zijn penthouse in Temple Bar aanbood. Dat staat toevallig leeg, de huurder is er net uit.

'Wat is de huurprijs?' vraag ik, als hij me met dit geweldige aanbod belt.

'Voor jou, Woodsie? Niets.'

Ik sla zijn aanbod af. Want ik wil nooit meer in de positie komen waarin ik afhankelijk ben van iemand die meer geld heeft dan ik. Ik ga mijn budget niet meer te buiten en van dat principe stap ik niet meer af.

Grappig, hoe meer ik Sam afwijs en al zijn genereuze aanbiedingen afsla, hoe meer hij zijn best doet. Hij heeft zelfs mijn gewoonte het verleden uit te wissen overgenomen. Hij zegt bijvoorbeeld dat hij Emma Sheridan nooit gemogen heeft. Dat hij haar altijd al stiekem vond en het idee had dat ze stinkend jaloers op mij was. Wat natuurlijk bullshit is. Als we met Emma uitgingen behandelde hij haar altijd uiterst charmant en hij zei nooit iets lelijks over haar. Maar hij bedoelt het goed, dus laat ik het zo. Ook zegt hij dat onze 'time-out', zoals hij het noemt, hem goed gedaan heeft. Hij heeft alles goed kunnen overdenken en ziet nu in hoeveel ik altijd voor hem betekend heb. Wat ik maar al te graag wil geloven.

Dan belt hij me om te vragen wat mijn plannen zijn voor mijn eerstvolgende vrije avond, dus komende zondag.

'Waarom wil je dat weten?' vraag ik, benieuwd naar zijn antwoord.

'Omdat we iets speciaals kunnen gaan doen. Vieren dat we weer bij elkaar zijn.'

'Sam, we zijn niet weer bij elkaar. We zijn in onderhandeling. Dat is alles.'

'Goed, dan neem ik je mee uit omdat er niets te vieren valt.'

'Nou weet je, ik heb eigenlijk al iets anders gepland.'

Noem me een kreng, maar o, wat vond ik het heerlijk om dat te zeggen. Na alles wat ik heb doorgemaakt voelt het heerlijk om niet meer honderd procent beschikbaar voor hem te zijn.

'Wat zijn je plannen dan, Woodsie?'

Ik vertel hem over Maggies optreden in de Comedy Cellar en dat ik haar plechtig beloofd heb op de voorste rij te zitten en keihard te lachen om haar grappen die ik ondertussen kan dromen.

'Zal ik met je meegaan?' vraagt hij.

Ik stem toe. Dit is tenslotte een avond waarop iedereen, maar dan ook echt iedereen die ik ken er zal zijn. Als Sam werkelijk meent dat hij mijn familie wil leren kennen, is dit zijn kans. Maggie heeft het halve belastingkantoor uitgenodigd, Sharon haar collega's van Smiley Burger en zelfs Joan neemt een stel vrienden van de Swiss Cottage mee. Maar als hij denkt dat ik het hem gemakkelijk zal maken, vergist hij zich.

'Je kunt me ook in Whitehall komen ophalen,' opper ik. 'Zodat iedereen persoonlijk met je kan kennismaken.' Op eigen terrein. In Whitehall, of 'het land van de tien jaar oude Toyota's', zoals Sam het altijd noemde. Want laten we wel wezen, als hij het overleeft om als een vroege christen voor de leeuwen te worden geworpen, overleeft hij alles.

Het is vreemd. Ik zou van vreugde op de daken moeten dansen, maar ik voel... niets. Alsof ik doelloos in een emotionele mist ronddwaal en er niet achter kan komen wat ik werkelijk voel.

Vertrouw ik Sam nog wel? Geloof ik hem als hij zegt dat

het dit keer echt voor altijd is? Ik heb eerlijk gezegd geen idee. Gek eigenlijk, op de radio geef ik relatieadviezen, maar in mijn eigen situatie zie ik door de bomen het bos niet meer. Daarbij komt dat de twee mensen tot wie ik me normaal gesproken wend er niet zijn, wat mijn gevoel van grote verwarring bepaald niet ten goede komt. Sharon is, zoals verwacht, helemaal klaar met Sam, de zakkenwasser, en ze kan zijn naam niet meer horen. En helaas is Steve, mijn rots in de branding, tot zondag weg omdat hij met zijn band op een zomerfestival in County Monaghan optreedt.

Vrijdagavond na mijn show trakteer ik mezelf op een taxi naar huis en mijn hoofd tolt nadat ik weer de hele dag en avond gebombardeerd ben met telefoontjes van Sam. Tegen de tijd dat ik thuis ben ligt iedereen al in bed. Ik sluip naar de lege tv-kamer, pak mijn mobieltje uit mijn tas en bel Steve, ook al is het al bijna halfdrie. Ik wil gewoon zijn stem horen. De telefoon gaat over en uiteindelijk krijg ik zijn voicemail. Maar dan besef ik dat ik eigenlijk niet eens weet wat ik tegen hem wil zeggen, dus hang ik op.

Waarom, o waarom ben ik wat mannen betreft toch zo'n sukkel?

Steve, heer als hij is, belt me de volgende ochtend terug. 'Hé, Jessie, gaat het goed?'

'Hoi,' mompel ik slaperig. Ik lig nog in bed terwijl het al ruim na elven is. Maar het is fijn zijn stem te horen.

'Ik zag dat je me gisteravond gebeld hebt. Ging het goed met je show?'

'Ja, de show ging... ehhh... goed.'

'Is er iets aan de hand? Je klinkt zo anders. Zo gespannen. Alsof er iets is.'

Op dat moment realiseer ik me dat ik het niet over mijn

hart kan verkrijgen. Ik kan hem niet vertellen dat Sam weer in mijn leven opgedoken is. In elk geval niet over de telefoon. En ik besluit, laf als ik ben, er maar wat omheen te draaien.

'Gaat het echt wel goed?' vraagt Steve ongelovig.

'Ja, echt. Eerlijk.'

'Nou, doe maar rustig aan. Ik zie je morgen.'

'Jep, tot morgen.'

Tweeëntwintig

Het is zondagavond en de enige persoon die zich niet uit
onze kleine, stampvolle tv-kamer laat verdringen is
Maggie, de ster van de show, de vedette van de avond. Ze
heeft de dag bloednerveus doorgebracht met het roken van
de ene sigaret na de andere en telt de uren af tot acht uur,
wanneer de wedstrijd officieel begint. En ze bestookt me
voortdurend met vragen als: 'Die Michael Jackson-grappen.
Laatste kans: wel of niet doen?'

'Niet,' antwoord ik ferm, zo ongeveer voor de twintigste
keer. 'Overdreven, ongepast en bovendien lang niet zo geestig als de rest van de grappen.'

'En moet die anekdote over de Renaissance en wentelteef-
jes er echt in blijven?'

'Absoluut. Die is hartstikke goed.'

Tegen zevenen krijgen haar zenuwen de overhand, en ze
besluit alleen naar de Comedy Cellar te gaan, om haar hoofd
vrij te maken en 'in de zone' te raken. Haar woorden, niet

die van mij. Ze heeft nog nooit opgetreden maar gebruikt het jargon van een prof die een BBC-contract in zijn zak heeft. Daar gaat ze dan, en wij blijven achter om haar later te volgen, op tijd voor de show.

Joan heeft in de tv-kamer haar eigen kleine feestje georganiseerd met haar 'zakenpartner' (ik zweer het je, telkens als ze hem voorstelt hóór ik haar bijna die aanhalingstekens zeggen). Ja, niemand minder dan Jimmy Watson, ik herken hem van de avond dat ik met Sharon in de Swiss Cottage was. Kort, dik en blozend, en een en al oog voor Joan, dat moet gezegd. Hoe dan ook, die twee hebben hun vrienden uit de kroeg uitgenodigd en de sfeer begint er al aardig in te komen. Ik ken niet iedereen, maar ze schijnen mij wel te kennen en zeggen dingen als: 'Gefeliciteerd, Jessie! We hebben er natuurlijk geen moment aan getwijfeld dat je binnen de kortste keren weer op tv zou zijn!' Iedereen komt hier even borrelen voor we naar Maggies optreden in de stad gaan en Joan heeft mij met de taak van het inschenken van de drankjes opgezadeld, dus ik draaf heen en weer van de tv-kamer naar de keuken. Ik zweer het, de dienbladen worden elke keer voller met chardonnay en hapjes van de Tesco, en alles wordt op uitdrukkelijk verzoek van madam in het deftige kerstmiskristal geserveerd.

Joan is helemaal in haar element, ze staat in het middelpunt van de belangstelling, kondigt met veel poeha aan dat IPray-ForYou.com binnenkort van start gaat en nodigt iedereen uit voor de officiële lancering. Dan gaat voor de zoveelste keer de deurbel. Omdat Sharon nog steeds boven bezig is met haar make-up doe ik de deur open. Het is Matt met twee sixpacks Bulmers, Sharons lievelingsdrankje. De lieverd. Ik omhels hem, zeg dat hij door kan lopen naar de keuken en ren naar boven om Sharon te waarschuwen dat hij er is. Ik moet hem bij Joan uit de buurt houden; ze is in zo'n stemming dat het me niets zou verbazen als ze hem aan iedereen als haar toekomstige schoonzoon zou voorstellen. In gezelschap van die arme Matt heeft ze namelijk altijd de neiging om zich te gedragen als een op hol geslagen Mrs. Bennet uit *Pride and Prejudice*.

Ik timmer op de slaapkamerdeur en roep naar Sharon dat ze naar beneden moet komen, maar in plaats van dat ze teruggilt dat ze eraan komt, vraagt ze me binnen te komen en de deur dicht te doen.

'Wat is er?' vraag ik.

'Vanavond gaat het gebeuren,' antwoordt ze, resoluut en zelfverzekerd.

Ik kijk haar niet-begrijpend aan en denk: waar heeft ze het over? Is ze van plan om voor het eerst met hem naar bed te gaan, aan te kondigen dat ze zwanger is of haar verloving bekend te maken? Wat bedoelt ze?

'Vanavond ga ik Matt dumpen,' maakt ze haar zin af.

Ik plof op het bed naast haar neer. 'Sharon, dat kun je niet maken, hij is verschrikkelijk verliefd op je! Mijn god, hij kwam net zelfs met twee sixpacks voor je aan, terwijl hij zelf niet drinkt.'

'Jess, ik ben je heel dankbaar voor alles wat je voor me hebt gedaan, maar je kunt me hier niet van weerhouden. Hij was mijn "Sla in geval van nood het ruitje in"-man, maar ik heb nu andere pijlen op mijn boog.'

'Maar hij zal er kapot van zijn!'

'Hij heeft de kloof tussen eikel en heilige graal overbrugd en het is hoog tijd dat ik verderga.'

Ik heb nauwelijks tijd om te reageren want Joan gilt naar boven dat er een gast voor me is.

Hij is dus gekomen. Ik wist eigenlijk niet zo zeker of hij dat zou doen, en had er niet van opgekeken als hij gebeld had om te zeggen dat hij niet kwam vanwege 'een spoedgeval op zijn werk'. Op zondagavond. Maar ik vergis me niet, en tegen de tijd dat ik beneden ben, zit Sam in Maggies leunstoel, de ereplaats, en wordt hij betutteld en verwend door Joan die eruitziet alsof ze zojuist de Messias heeft gezien. Mijn gevoel zegt me hem ogenblikkelijk te redden, maar hij lijkt het prima naar zijn zin te hebben. Hij heeft zich aan iedereen voorgesteld, ook aan Joan en wordt nu op zijn wenken bediend.

'Is dat jouw Bentley die voor op straat geparkeerd staat?' vraagt een opgeblazen, roodaangelopen Jimmy Watson hem. 'Die wagen zal een aardige duit gekost hebben.'

'Inderdaad bijna tweehonderdtachtigduizend euro,' zegt Sam kalm, terwijl de hele kamer diep onder de indruk lijkt. Dan ziet hij mij. Hij springt op om me een kus op mijn wang te geven. 'Jessie, wat zie je er prachtig uit. Waarom heb je me hier nooit eerder uitgenodigd? Je stiefmoeder is de charmantste vrouw die ik ooit heb ontmoet. En wat heeft ze haar huis smaakvol en stijlvol ingericht.'

Er zit een toontje in zijn stem dat alleen ik begrijp; een minieme stijging van toonhoogte die Sam laat horen wanneer hij iemand in de maling neemt. Maar Joan is zich er niet van bewust en begint als een bakvis te giechelen. Ze is zo ingenomen met deze eregast dat het me niet zou verbazen als ze hem zou proberen te versieren.

'Jessica, schat,' zegt ze zo bekakt als ze maar kan. 'Schenk eens een heerlijke gekoelde chardonnay in voor Sam. In het John Rocha-kristal.' Met een nauwelijks zichtbare knipoog van Sam loop ik naar de keuken om te doen wat ze beveelt, maar dan gaat opnieuw de bel en ik draaf naar de gang om open te doen.

Ik kan mijn ogen niet geloven. Het is Steve.

Ik wist dat hij vanavond met zijn familie naar Maggies optreden zou gaan, maar had absoluut niet verwacht dat hij eerst hierheen zou komen.

Ogodogodogodditwordtvreselijkvreselijkvreselijkvreselijk...

'Hoi!' zegt hij, terwijl zijn gezicht begint te stralen en hij vooroverbuigt om me te omhelzen. 'Heb je me gemist? Kon Radio Dublin het zonder mij af?'

Nog voor ik kan antwoorden staat Sam opeens achter me in de deuropening.

'Wie is dat, schat?' vraagt hij, Steve enigszins argwanend opnemend.

'Dit is Steve, een goede vriend van me,' stamel ik. 'En hij is ook mijn baas.'

Steve gaat rechtop staan en herkent Sam onmiddellijk. Hij is een kop groter dan Sam, maar ja, hij is nu eenmaal een kop groter dan de rest van de mensheid. 'Ja, ik weet wie je bent,' zegt Steve, killer dan ik hem ooit gehoord heb. 'Ik weet precies wie je bent. Ik heb je in die documentaire over Jessie gezien.'

'Dat kan wel kloppen, volgens mij kwam ik daarin voor, ja. Ik was op zakenreis toen die uitgezonden werd dus heb hem eigenlijk nooit gezien. Ik heb trouwens sowieso geen tijd om tv te kijken.'

'Je gebruikte die documentaire om reclame te maken voor je nieuwe boek.'

'O ja?' zegt Sam lachend, maar dan ziet hij plotseling een stel kinderen om zijn Bentley staan, met hun neuzen tegen de ramen gedrukt.

'Jezus, Jessie, moet je kijken, die kinderen zitten aan mijn auto!'

'Daar zijn het kinderen voor,' zegt Steve koud. Echt koud, en dat is helemaal niets voor hem.

'Kan iemand ze even wegsturen of zo? Straks stelen ze mijn navigatiesysteem.'

Als het tijd is om te gaan zit ik opnieuw in een lastige situatie; Steve en Sam staan aan weerszijden van me en bieden me allebei een lift aan.

Buiten staat de Bentley pal naast de eenvoudige motor van Steve geparkeerd. Wat moet ik doen? Glazen koets of pompoen? Mijn hemel. De avond is nauwelijks begonnen of ik heb er al schoon genoeg van.

En in de Comedy Cellar wordt het er al niet beter op. Ik doe alle mogelijke moeite om Steve te bereiken om hem te bedanken voor het aanbod van de lift. Ik wilde hem ook uitleggen dat ik Sam niet alleen wilde laten omdat hij helemaal niemand kent en dat dit de enige reden was waarom ik met hem meereed, maar ik krijg de kans niet. Het is stampvol in de zaal en er zijn zoveel mensen dat we geluk hebben dat we bij elkaar aan een tafel kunnen zitten.

De anderen zijn er al: Joan zit naast Jimmy, hoewel ze de hele tijd een gesprek met Sam probeert aan te knopen, die in het midden van de groep zetelt, het ene rondje na het andere geeft en niet toestaat dat een ander zijn portemonnee tevoorschijn haalt.

Het programma is net begonnen, een presentator op het toneel warmt het publiek op, legt uit wat de wedstrijd inhoudt en deelt mee dat de gelukkige winnaar behalve een pittig bedrag aan contant geld ook een agent toegewezen krijgt.

Maar ik luister niet naar wat hij zegt. Niemand luistert trouwens, iedereen is aan het kletsen, haalt wat te drinken en komt langzaam in de stemming om straks, wanneer de acts van start gaan, te juichen, boe te roepen of met rotte tomaten te gaan gooien.

Ik draai rond op mijn stoel om te kijken of ik Steve kan ontdekken. Uiteindelijk zie ik hem bij de bar met Hannah en haar man Paul, die ook net gearriveerd zijn. En net als ik naar hem toe loop en vraag of ze bij ons komen zitten komt Sharon binnen... alleen.

Als ik Hannah en Paul aan de anderen voorstel, valt Sam me in de rede. 'Luister allemaal, ik heb een verrassing.' Hij werpt me een veelbetekenende blik toe en heel even staat mijn hart stil. Niet van opwinding, maar van angst. Maar ik zou je niet kunnen zeggen waarvoor.

'Morgen is een speciale dag voor me,' gaat Sam verder. Alle ogen zijn op hem gericht en hij straalt een en al hartelijkheid uit. Plotseling is alles weer oké en kan ik weer ademen. Want ik weet wat er gaat komen, ik ken de datum maar al te goed.

'Ik word vijfendertig en zou het geweldig vinden als jullie allemaal op mijn verjaardagsfeest komen. Ik vier het in Bentleys om acht uur, en jullie zijn allemaal welkom als mijn persoonlijke gasten. Ik weet het, het is maandagavond en alles, maar het zou fantastisch zijn als jullie er allemaal bij zouden zijn. Het wordt een topavond. En Jessies vrienden zijn mijn vrienden.'

Ik moet het hem nageven, hij houdt zich goed aan zijn belofte mijn familie en vrienden beter te leren kennen. De triomfantelijke blik die hij me toewerpt bevestigt dat. Hij krijgt zelfs een applausje van het gezelschap. Van iedereen, behalve

Steve. In koor wordt er 'O, hartstikke bedankt!' geroepen en ik hoor Joan zelfs vragen of er ook beroemdheden zullen zijn.

'Bedankt voor de uitnodiging, maar ik denk niet dat ik kan komen,' zegt Steve rustig, een subtiele blik in mijn richting werpend.

Waarop Sharon hem smekend aankijkt en roept: 'Nee, nee, je moet komen! Kun je me niet een lift op je motor geven? Ik heb altijd al een keer achter op een motor willen zitten. Kom op, Steve, alsjeblieft!'

Hij kijkt haar vriendelijk aan en zegt: 'Als je het zo graag wilt, oké dan.'

Nu kan ik het niet langer meer aan. Ik baan me een weg naar Steve en vraag of ik hem apart kan spreken. Nu. Voordat Maggie opkomt. Tamelijk lomp, ik weet het, maar het moet. Ik voel Sams ogen in mijn rug boren, maar het kan me niet schelen. Ik moet dit doen.

Steve knikt en neemt me mee naar de andere kant van de zaal, ruim buiten gehoorsafstand.

'Ik moet met je praten,' begin ik, hoewel ik nauwelijks weet wat ik wil zeggen.

'Ik moet ook met jou praten.'

'Ik... ik... nou ja, om te beginnen wil ik... je alles... je weet wel... uitleggen. Ik had niet verwacht dat je langs zou komen, weet je, en ik hoop dat ik niet onbeleefd was...'

'Jessie,' zegt hij rustig. 'Ik moet je iets vragen.'

'Ja?' Mijn hart gaat als een bezetene tekeer, maar ik heb geen idee waarom.

'Ben je weer terug bij die vent?'

'Nee! Nee, helemaal niet, we zijn gewoon... Nou ja, herinner je je die beller laatst tijdens de show? Die allerlaatste? Nou, dat was hij.'

'Dat dacht ik al. Ik had heus wel door er iets goed mis was toen je na afloop op weg naar huis nauwelijks een woord zei.'

'Ik was in shock, ik hoop dat je dat begrijpt. Je hebt geen idee. Sam heeft me vreselijk behandeld...'

'Dat weet ik. Mijn vraag is, en ik hoop echt dat je eerlijk antwoordt, ben je van plan naar hem terug te gaan?'

Plotseling voel ik een golf van ergernis. Alsof er na alle spanningen van de afgelopen tijd iets in me knapt. 'Weet je, ik vind dat ik het volste recht heb je te zeggen dat het je niets aangaat.'

'Dat is niet waar en bovendien niet eerlijk. Het gaat me wel degelijk aan met wie je omgaat.'

'Wat zei je?'

'Want... Jessie, ik zou het je liever op een andere manier willen zeggen. Maar ik heb weinig keus meer.'

Ik kijk hem niet-begrijpend aan, terwijl ik wanhopig de achtergrondgeluiden probeer te negeren om me te concentreren op wat hij gaat zeggen. Wat het ook zal zijn.

'Want...' Hij haalt diep adem en strijkt zijn steile, blonde haar naar achteren, en ineens merk ik dat ik sneller ga ademen. 'Want ik ben gek op je, Jessie Woods. Ik ben smoor- en stapelverliefd op je. Ik denk dag en nacht aan je en... Jezus, moet je mij nou horen, ik lijk wel een tiener... Maar als ik niet aan je denk, tel ik de uren af tot ik je weer zie. De enige reden waarom ik je dit nooit eerder heb verteld, is omdat ik dacht dat je nog niet over die verwaande kwast heen bent. Dat ik het beter rustig aan kon doen en je tijd en ruimte moest geven. Ik wil niet als buffer dienen. Maar ik ben nog geen paar dagen weg of hij is er weer. In zijn Bentley. En hij doet net of je van hem bent. Maar hij is níét de man voor jou, Jessie. Misschien vind je wel dat ik dat ook niet ben, maar hij is het in elk geval niet. Zie je dat zelf niet? Je bent een slimme meid, waarom gedraag je je zo achterlijk? Hij breekt je hart, laat je vallen als een baksteen en laat maandenlang niets van zich horen. Maar als je weer officieel succes boekt, duikt hij opnieuw in je leven op. Dat is geen toeval, Jessie. Denk er maar over na. Diep in je hart weet je dat ik gelijk heb.'

'Steve, alsjeblieft...' Ik ben niet in staat mijn zin af te maken. Want net op dat moment vraagt de presentator het woord.

'Dames en heren, ik wil u vragen de eerste stand-upcomedian van vanavond met een hartverwarmend applaus te verwelkomen. Mag ik u voorstellen: *Maggie Woods!*'

Ik denk dat ik elk moment kan flauwvallen. Terwijl ik Steves woorden probeer te laten bezinken en me op Maggies act probeer te concentreren tolt mijn hoofd en mijn ademhaling is kort en pijnlijk. Alsof er een vreemd omkeerproces heeft plaatsgevonden en ik haar plankenkoorts heb overgenomen.

Want Maggie is gewéldig. Geen spoortje van zenuwen in haar lijf. Zwartgallig. Nihilistisch. En hoewel ik bepaald niet vrolijk ben, moet ik om sommige van haar precisiebom-grappen toch lachen.

'Ik kan niet multitasken,' is haar openingszin. 'Ik had eens op één ochtend twee afspraken: een met de tandarts en een met de gynaecoloog. Uiteindelijk lag ik verkeerd om in de verkeerde stoel. Zeer schokkend voor mijn homoseksuele tandarts.'

Het publiek schatert het uit en moeiteloos gaat Maggie verder met een uitentreuren gerepeteerd verhaal over werken bij het belastingkantoor en alle vreemde figuren/excentriekelingen/halvegaren daar. Het is verbazingwekkend, maar binnen een paar seconden voel je dat ze de hele zaal totaal, voor de volle honderd procent aan haar kant heeft. Wat moet ik ervan zeggen. A *star is born*.

Maggie wint niet. Ondanks veel gestamp en algemeen misnoegen wordt ze tweede, een nipte nederlaag tegen een jongen met een gitaar die liedjes zingt over hoe hij zich voelde toen het uitging met zijn vriendin en hoe ontroostbaar hij was. Om zijn leven weer op te pakken besloot hij een bedrijfje in wenskaarten op te zetten voor jongens die in dezelfde positie als hij zijn. Een van zijn grote successen is een eenvoudige kaart met de tekst: 'Voor mijn ex. In deze tijd van het jaar moet ik altijd aan je denken'. Als je de kaart openvouwt staat er: 'Gelukkige Halloween, heks die je bent'. Op een andere populaire kaart staat: 'Wil je met me trouwen?' En binnenin: 'Ha, ha, geintje, volgens mij is het tijd om eens wat andere mensen te ontmoeten'. Je snapt het wel.

Hoe dan ook, het beste en waarschijnlijk het enige moment van de avond waar ik met een blij gevoel op terugkijk, komt pal na de act, wanneer iedereen om een stralende Maggie heen staat om haar te feliciteren. Zelfs Sam neemt die moeite en hij nodigt haar niet alleen uit voor zijn verjaardagsfeest, maar vraagt ook of ze haar act voor zijn gasten wil herhalen. Er zullen flink wat invloedrijke figuren aanwezig zijn, zegt hij, die voor prachtige contacten kunnen zorgen.

Ik kijk om me heen en ben waarschijnlijk de enige die zijn woorden misselijkmakend bevoogdend vindt. Alle anderen roepen oh en ah en kijken naar Sam alsof hij de nieuwe

Simon Cowell is. Dan komt er een man van een jaar of veertig op Maggie afgestevend. Hij geeft haar zijn visitekaartje en zegt dat hij agent is en haar graag wil vertegenwoordigen. Is het misschien mogelijk een lunchafspraak te maken als ze tijd heeft? Morgen misschien?

Stomverbaasd kijken Maggie en ik elkaar aan. Oké, ze heeft dan wel niet gewonnen, maar wie had dit durven dromen?

'O, jij bent Jessie Woods, hallo!' zegt de agent, die me onmiddellijk herkent en me een hand geeft. 'Ben je een vriendin van Maggie?'

'Nee,' zegt Maggie beslist. En met een liefhebbende blik slaat ze haar arm om mijn schouder en zegt: 'Ze is... mijn zus. We zijn familie.'

Van deze hele ellendige, gruwelijke avond is dit het allermooiste moment.

Uren later zijn Sharon en ik in onze slaapkamer. Met zorg verwijdert ze haar make-up, terwijl ik op bed lig en zwijgend naar het plafond staar, in een wanhopige poging de door mij heen stormende gevoelens te ontwarren.

'Tot nu toe vier telefoontjes en zes sms'jes,' zegt ze met haar rug naar mij toe, terwijl ze in de spiegel staart en met haar mobiele telefoon speelt.

'Hmm?'

'Van Matt. Nadat ik hem gedumpt heb. Hij zegt dat ik een grote fout maak en hem nog een kans moet geven.'

'En wat ga je doen?' Mijn vragen zijn saai. Automatisch. Ik kan niet helder denken.

'Dat heb ik je toch al verteld. Ik heb een andere man op het oog. Ik heb mijn zinnen op een ander gezet en ik denk dat hij mij ook leuk vindt. En zodra ik mijn kans schoon zie, sla ik hem aan de haak.'

Plotseling schiet ik overeind. 'Sharon, die nieuwe vlam van je, is dat toevallig... Ik bedoel, is het iemand die ik ken?'

Maar voor ze iets zegt, weet ik het antwoord al. 'Natuurlijk ken je hem, suffie. Het is Steve. Wie anders?'

Drieëntwintig

Overbodig te zeggen dat ik de hele nacht geen oog dicht-doe. Ik lig maar te denken, te tobben, te piekeren, te woelen en te draaien of verval in een pure, ouderwetse somberheid. Telkens als het me te veel wordt, kijk ik of Sharon wakker is om mee te praten. Want ik moet met haar praten, daar is geen ontkomen aan.

Maar wat moet ik verdomme zeggen? *Ikweethetnietikweethetnietikweethetnietikhebgeenflauwidee...*

Eén ding is zeker: ik zal de naakte waarheid onder ogen moeten zien. Ik ben zonder enige twijfel de grootste, achterlijkste domkop die er op deze aardkloot rondloopt. Ik bedoel, wat is er in jezusnaam met me aan de hand? Mijn hele leven heb ik maar twee dingen gewild: een tv-carrière en Sam Hughes. Maar nu ze me allebei op een presenteerblaadje worden aangeboden, kan ik alleen maar aan Steve denken.

Steve. Die me zijn liefde heeft verklaard. Mijn lieve vriend. God, bij de gedachte zonder hem te moeten leven voel ik een steek in mijn hart. En als ik voor Sam kies, ben ik Steve kwijt. Want ik ken Steve goed genoeg om te weten dat er geen weg terug is.

Dus wat moet Cinderella Rockefeller doen? De zonsondergang tegemoet rijden met haar prins op het witte paard? Terugkeren naar een leven met schitterende landhuizen en pracht en praal? Of kiezen voor Steve, haar rots in de branding? Om wie ze heel, heel veel geeft. En die ze, laten we eerlijk zijn, wel erg leuk vindt. Omdat hij haar nooit zou teleurstellen, nooit zou laten vallen. Nooit.

Dus wie zal het worden? De knecht of de prins?

En dan Sharon, die heerlijk in het bed naast me ligt te snurken. Een nieuwe zorg bekruipt me. Stel dat Steve en zij voor elkaar bestemd zijn en niet hij en ik? Plotseling schieten me tientallen voorbeelden te binnen van aardige dingen die ze afgelopen zomer over elkaar hebben gezegd. Ik herinner me dat Sharon hem de Langzaam-op-gang-man noemde omdat ze hem steeds boeiender vond worden. Bovendien heeft Steve meerdere malen gezegd dat Sharon er zo goed uitzag en dat ze de laatste tijd veel liever was. Dat was precies het woord wat hij gebruikte, liéver.

Er zit niets anders op dan dat ik eerlijk ben tegen Sharon en de gevolgen voor lief neem. Maar de volgende ochtend is er nergens in huis een rustig plekje te vinden waar ik vrijuit met haar kan praten. Maggie heeft een vrije dag genomen en stiert opgewonden door het huis vanwege die agent met wie ze vandaag een lunchafspraak heeft. En vanavond op het verjaardagsfeest van Sam zal ze haar act nog eens opvoeren; ze is nog zenuwachtiger dan gisteren. Gek, maar ik dacht dat ik alle incarnaties van Maggie ondertussen kende. Van tv-verslaafde en passief-agressief, cynisch loeder, tot een zich ontpoppende stand-upcomedian. Maar deze kant van haar heb ik nog nooit gezien, ze is gespannen, druk, actief, luidruchtig en... gelukkig. Echt gelukkig. Waarschijnlijk de enige hier in huis.

Joan is in de keuken bezig, ze heeft een van haar Barbara Cartland-ochtendjassen aan en spuwt vuur omdat ze zojuist heeft gehoord dat Sharon Matt aan de dijk heeft gezet. 'Heb ik je zo opgevoed, ondankbaar kreng? Om begerenswaardige jongemannen aan de kant te zetten?'

'Het is uit, ma. Die dingen gebeuren nu eenmaal,' zegt Sharon, terwijl ze een hap van haar ontbijt neemt, een overgebleven pizza. 'Je zult je eroverheen moeten zetten.'

'Maar je kunt hem toch niet zomaar dumpen? Dat is... dat is... illegaal dumpen.'

'Mijn god, ma, hou je in.'

'Wat ik heel graag wil weten is het volgende: hoe gaat ons leven eruitzien als Jessica vertrokken is? Want als je weer avond na avond voor de tv gaat hangen, kan ik je nu meteen wel zeggen dat je bij mij aan het verkeerde adres bent, jongedame. Die Matt was een prima kandidaat en hij droeg je op handen...'

'We hadden niets gemeen, ma, hij drinkt of rookt verdomme niet eens.'

'Niemand is perfect. Je had hem geleidelijk aan kunnen africhten. Maar je was een heel ander mens met hem, je ging zowaar het huis uit, en hoe moet dat nu? Ga je nu weer tot vervelens aan toe naar herhalingen van *X Factor* kijken? En je zult Maggie niet meer als gezelschap hebben, madam. Zij heeft een heel nieuwe carrière voor zich.'

'Dat ga ik echt niet doen hoor, ma. Toevallig heb ik al een ander op het oog.'

Dit is het moment waarop ik besluit me ermee te bemoeien. 'Ik moet met je praten, Sharon. Kunnen we even naar boven gaan, alsjeblieft?'

'Níemand verlaat de kamer tot dit uitgepraat is!' gilt Joan, terwijl Sharon en ik 'm smeren.

Maar het gesprek verloopt minder gladjes dan ik had gehoopt.

'Even voor de duidelijkheid,' zegt Sharon, terwijl ze nijdig een sigaret opsteekt en door de slaapkamer ijsbeert. 'Maandenlang zit je over die borstelharige Sam te zwijmelen, en vanaf het moment dat hij bij je terugkomt, wil Hare Majesteit precies de man op wie ik verliefd ben, de eerste sinds jaren. Ben je wel goed bij je hoofd? Wat is er met je aan de hand?'

Ik barst bijna in tranen uit. Ik kan alleen nog maar knikken. Ik voel me diep ellendig en haat elke seconde van dit gesprek. En één ding kan ik je wel vertellen: eerlijkheid is een zeer overschatte deugd.

'Weet je,' zegt Sharon op bitse toon, woester dan ik haar ooit heb gezien. 'Het kan me geen bal schelen of je met Steve hebt gezoend en het interesseert me niet wat hij gisteravond tegen je gezegd heeft. Ik denk echt dat hij me leuk vindt. Hij heeft zelfs aangeboden me vanavond op z'n motor naar dat feest te brengen. Je kunt barsten, Jessie. Ga maar lekker terug naar Sam en bemoei je niet met mijn leven.'

Jezus-maria-jozef! Het mag een godswonder heten als deze avond niet in een bloedbad eindigt.

Sam zet zijn strategie om alle registers open te trekken onverminderd voort. Hij komt aan in een witte, verlengde limousine met chauffeur om ons allemaal op te halen. De auto is een bezienswaardigheid voor de kinderen uit de buurt, ze komen er allemaal omheen staan en vragen of er iemand gaat trouwen. Hij stapt achter uit de auto, in smoking en met een enorme bos rode rozen in zijn armen. Je zou hem moeten zien. Het is alsof James Bond in een achterstandswijk arriveert.

Iedereen is er, behalve Sharon en Steve, die zo'n vijf minuten geleden vertrokken zijn. Ik was me in gezelschap van een ijzig zwijgende Sharon boven aan het omkleden toen de bel ging. Ze stak haar hoofd uit het raam, vertelde me niet wie het was, zei geen gedag, rende de trap af en weg was ze. Ik kon uit het slaapkamerraam nog net zien hoe ze achter op Steves motor wegsjeesde.

Ik stap als laatste de auto in, voornamelijk omdat ik goedkope nepkristallen muiltjes aan heb die knellen en waarop ik me alleen maar strompelend kan voortbewegen. Reden waarom het me tien minuten kostte beneden te komen. Maar ik heb ze gekocht omdat ze bij Dunnes Stores voor het ongelooflijke bedrag van € 8 in de uitverkoop waren en ze goed bij mijn jurk passen, een zilverkleurig, nauwsluitend geval van € 24,99, ook in de uitverkoop bij Dunnes Stores. Ik weet het, al Sams vrienden en vriendinnen hebben zich natuurlijk van top tot teen in designerkleding gestoken. Ik zal de enige zijn die in goedkope kleren verschijnt, maar dat zal de nieuwe zuinige Jessie een zorg zijn.

Het valt Sam, een man van uiterlijkheden, onmiddellijk op; er ontgaat hem nu eenmaal niets. We zitten achter in de limo en hij deelt champagne uit aan Joan, Jimmy Watson, Maggie en mijn persoontje, om op zijn verjaardag te toosten.

'Je ziet er... wat zal ik zeggen... aardig uit, schat,' zegt hij. 'Waar heb je die outfit gekocht?'

'Alles komt bij Dunnes Stores vandaan,' zeg ik trots, blij met mijn koopjes. 'Bij elkaar kostte het nog geen drieëndertig euro.'

'Zullen we even wachten zodat je iets passenders kunt aantrekken?'

Het lijkt een vrijblijvende opmerking, maar zijn toon is bevelend.

'Nee hoor, dank je. Ik voel me hier goed in. Trouwens, ik heb niets anders.'

'Maar het is van Dunnes Stores. Je kunt ervan op aan dat de pers daarmee aan de haal gaat.'

'Geen probleem,' zeg ik kordaat. 'Ik voel me lekker zo.' Mijn blik zegt hem dat hij moet stoppen. En dat doet hij.

Dan begint Jimmy, die zo'n rood hoofd heeft dat ik zou zweren dat hij al de hele middag aan het pimpelen is, tegen Sam over het vermaarde IPrayForYou.com-idee en probeert hem als investeerder binnen te halen.

'Ja, misschien wel leuk, bel mijn secretaresse Margaret maar, dan regelen we een vergadering,' zegt Sam laatdunkend, zoals hij altijd doet als hij mensen probeert af te schepen.

Als we bij Bentleys aankomen, zegt hij gedecideerd tegen de anderen: 'Oké. De fotografen zullen een paar goeie shots van mij en Jessie samen willen maken. Wij stappen dus als eersten uit de auto. Kunnen jullie wachten tot wij binnen zijn? Sorry, maar we willen die foto's niet verpesten met allerlei anonieme figuren.'

Ik krijg geen kans hem van katoen te geven vanwege het feit dat hij mijn familie behandelt als een stel anonieme sukkels, want hij is al de auto uit en trekt me met zich mee. Mijn hemel, het lijkt wel of we naar een prijzengala gaan in plaats van een gezellig verjaardagsfeestje. Het is maar een paar meter van de limo naar de deur van het restaurant, maar je zou zweren dat we voor het Kodak Theatre staan op de avond van de Oscaruitreikingen, met een rode loper en verzamelde persfotografen die camera's in ons gezicht duwen.

'Lachen, Jessie! Kijk eens hierheen, Sam! Kunnen we een foto van jullie tweetjes maken? Naast elkaar?' is alles wat we horen, het lijkt wel een soort elektrische storm.

'Jullie zijn dus weer bij elkaar?' gilt een andere journalist en Sam en ik reageren tegelijkertijd.

'Ja!' antwoordt hij schreeuwend om boven al het lawaai uit te komen.

'Nee. Ik ben... ik ben hier voor zijn verjaardagsfeestje,' zeg ik, maar niemand hoort me. Het is onmogelijk me in deze drukte verstaanbaar te maken.

Dan slaat hij, alsof het de gewoonste zaak van de wereld is, zijn arm om mijn middel en laat me meedraaien, terwijl hij voor elke lens die in zijn gezicht geduwd wordt zijn stralende tandpastaglimlach ten beste geeft. Het is totaal surrealistisch. Mensen schreeuwen vragen naar me die ik in de kakofonie van geluiden natuurlijk niet allemaal versta. Ik gedraag me als een marionet en laat toe dat Sam me in de richting van de camera's duwt, terwijl ik het gevoel heb dat ik het vanbinnen uitschreeuw van ellende en niemand me hoort.

En dan gebeurt het. Een reporter van Channel Six die ik van vroeger ken, tikt op mijn arm en duwt een microfoon onder mijn neus, terwijl er een camera op me wordt gericht en de lamp me bijna verblindt. 'Hoi, Jessie,' zegt ze, 'ik heb maar één vraag voor je, is dat goed? Deze feestelijke hereniging met Sam Hughes, waarom nu opeens? Denk je dat het toeval is dat Sam het uitmaakte toen je bij Channel Six werd ontslagen, maar dat hij plotseling weer in je leven opduikt nu je je baan weer terug hebt en van alle blaam gezuiverd bent?' Haar vraag overrompelt me. Want Steve heeft gisteravond precies hetzelfde gezegd. Het zijn de feiten, de harde feiten. Als ik nog uit de gratie was geweest, had ik dan ooit iets van Sam gehoord? Natuurlijk niet, nog in geen miljoen jaar. Plotseling wil ik weg uit dit circus. En wel nú meteen. Voor ik weet wat ik doe heb ik me van Sam losgerukt en strompel ik op mijn pijnlijke hakjes naar binnen. Ik ga bijna languit, zo krap zitten ze.

Ik moet Steve zien te vinden. En Sharon. Ik moet hun mijn excuus aanbieden en zeggen dat zij allebei gelijk hadden en dat ik het mis had. Want Sam is niet veranderd, geen sikkepit. Hij vindt me weer succesvol, en alleen om die reden word ik weer in zijn verheven wereldje toegelaten. Ik denk zelfs niet dat hij van me houdt of ooit van me gehouden heeft. Ik was alleen maar zijn trofee, een bezit dat plotseling een probleem werd en op wonderbaarlijke wijze weer veranderde in een trofee. Maar voordat ik met iemand anders spreek, moet ik eerst de woorden vinden om hem dit recht in zijn gezicht te zeggen.

Bentleys is zowel een hotel als een restaurant en het feest speelt zich op drie verschillende verdiepingen af, want Sam heeft voor deze avond het hele gebouw afgehuurd. Pas na zes pogingen lukt het me zijn aandacht te trekken, voornamelijk omdat elke keer dat ik hem bijna te pakken heb, iemand hem wegsleept voor een foto. Het is er stampvol, en zoals altijd op feestjes van Sam bestaan de gasten voor vijftig procent uit journalisten, negenenveertig procent uit zakenrelaties en de resterende één procent zijn vrienden en kennissen.

Op een gegeven moment weet ik hem een hoek in te drijven. Ik zeg dat ik hem dringend moet spreken. Net als ik zijn aandacht te pakken heb, komt er een ober met een dienblad vol glazen langs die ons vraagt wat we willen drinken. 'We willen allebei graag champagne,' zegt Sam.

'Hebt u ook Bulmers?' vraag ik, snakkend naar een drankje. Alles om me hierdoorheen te slepen.

'Bulmers? Vroeg je nou om Bulmers?' herhaalt Sam stomverbaasd. Alsof ik om een emmer kattenbloed heb gevraagd.

'Ja, dat drink ik tegenwoordig.'

'Doe niet zo bespottelijk, Woodsie. Bulmers is voor sloebers. Maak jezelf niet zo belachelijk. Je bent in Bentleys, weet je nog. Niet in een of andere louche kroeg in Whitehall.' Dan gebiedt hij de ober: 'Zij neemt ook champagne.'

Ik krijg niet de kans om tegen hem in te gaan en te zeggen: nee, bedankt, ik drink tegenwoordig cider, je kunt de pot op met je champagne, want net op dat moment wil een fotograaf van *Social and Personal* een foto van hem nemen, en loopt hij weg.

Ik zie niemand van mijn familie, zij zijn waarschijnlijk in de bar op de bovenste verdieping van het gebouw aan het feesten. Met Sharon en Steve.

Maar één probleem tegelijk.

God, het lijkt wel alsof de tijd stilstaat vanavond, maar eindelijk, eindelijk, het zouden uren later kunnen zijn, krijg ik Sam dan toch te pakken, en ik duw hem tegen een boekenkast. 'Ik moet met je praten,' zeg ik zo kalm en vastberaden als ik kan. 'Nu. Ik probeer al de hele avond je aandacht te trekken. Het spijt me, maar dit kan helaas niet langer wachten.'

'Het zal toch even moeten wachten, Woodsie, er zijn mensen van *The Apprentice* met wie ik even moet babbelen. Een beetje strooplikken, je weet wel.'

Verdomme. Ik krijg hem gewoon niet alleen te spreken, dus kan ik het net zo goed recht voor z'n raap zeggen. 'Sam, sorry dat ik je dit moet aandoen. Op je verjaardag nog wel. Maar ik kan het niet. Ik kan niet zomaar weer de rol van je vriendin spelen. Want dat is niet wat ik wil. Ik dacht van wel, maar ik wil het niet, helemaal niet zelfs. En... ik denk dat jij me niet eens echt terug wilt. Jij... jij wilt je gewoon graag omringen met winnaars.'

Hij kijkt me woedend aan. 'Jezus, Woodsie, je kiest wel een leuk moment uit, zeg! Kunnen we niet gewoon feestvieren en dit later bespreken? Kijk, daar zijn Nathaniel en Eva, je hebt ze nog niet eens gedag gezegd.'

'Je moet begrijpen dat ik maar een gewoon mens ben, Sam. Ik heb een fout gemaakt en dat was voor jou een reden om me de bons te geven. Maar stel dat ik weer een fout maak? Wat dan? Ik kan niet meer je perfecte vriendin zijn. Want ik ben niet perfect. Ik wil gewoon mezelf zijn.'

Een prachtige speech. Jammer dat Sam op de helft ervan zijn mobiele telefoon uit zijn zak pakt en gaat staan bellen. Maar goed, ik heb gezegd wat ik wilde en wat mij betreft zijn we uitgepraat. Met een glimlach en een eenvoudig 'Dag, Sam' laat ik hem achter en loop, of liever gezegd hinkepink ik naar boven om mijn familie te zoeken.

Ik heb absoluut het juiste gedaan. Ik weet het zeker, want voor het eerst die avond heb ik het gevoel dat ik weer kan ademen. Alsof er een last van mijn schouders is gevallen. Met kleine stapjes baan ik me een weg de overvolle trap op als ik Eva vanaf beneden naar me hoor roepen. Ze staat te midden van een stel vrouwen. 'Jessie! Jessie, kom beneden! Ik wil je feliciteren!'

Ik zwaai naar haar en loop door. Het is tijd dat ik het

verleden laat waar het hoort, Nathaniel en Eva inbegrepen. Ik had gelijk. In de bar boven zie ik Sharon en Maggie bij een buffet hun borden volladen. Joan en Jimmy zitten aan een tafel en kletsen een man die tussen hen in zit de oren van zijn kop.

'Waar heb je de hele avond gezeten?' vragen Sharon en Maggie me bijna in koor. 'We hebben je overal gezocht.'

'Beneden, ik heb het uitgemaakt met Sam,' flap ik er met-een uit. 'Sharon, ik wil je mijn excuus aanbieden.'

'Mijn hemel, Jess, dat is toch helemaal niet nodig.'

'Wel. Want je had gelijk wat Sam betreft. Alles wat je over hem zei, was waar. En ik heb hem zojuist verteld dat ik niet naar hem terug wil. Nu niet en nooit niet.'

'Mijn god, hoe nam hij het op?'

'Volgens mij had hij het niet door, hij was aan het bellen.'

Dan barst Maggie in lachen uit. 'Dat ga ik voor mijn act ge-bruiken,' zegt ze grinnikend, terwijl ze kwarteleitjes op haar bord schept.

'En dan nog iets,' zeg ik, nu ik toch op dreef ben, 'het spijt me wat ik je over Steve vertelde en over wat hij gisteravond tegen me heeft gezegd. Steve is een goeie vent, Sharon, en als hij de ware voor je is, ben ik de laatste die je in de weg zal staan.'

'Hij is de ware niet, dat is wel duidelijk,' zegt ze, maar ze lacht.

'Wat?'

'Hij is het niet. De hele rit op de motor heeft hij het alleen maar over jou gehad. En vanaf het moment dat we hier aan-kwamen, is hij op zoek naar jou, maar in deze drukte is dat natuurlijk onmogelijk. Steve is smoorverliefd op je, Jessie, en volgens mij moet je er voor gaan.'

'Echt?' vraag ik, geroerd door haar onbaatzuchtigheid.

'Echt. En weet je, als ik hier vanavond niet een of andere miljonair aan de haak sla, kan ik altijd nog terug naar Matt. Vreemd, nu ik die druiloor niet meer om me heen heb, mis ik hem de hele tijd.'

Ik omhels haar en plotseling moeten we allebei lachen.

'Ik wist het! Ik wist dat je hem niet kon laten gaan!'

'Oké,' zegt Maggie. 'Als je toch niet meer met die achterlijke Donald Trump bent, stel ik voor dat we al zijn eten opeten en al zijn drank naar binnen gieten, dat ik mijn act opvoer en dat we er dan zo snel mogelijk vandoor gaan.'

'Zo'n goed idee heb ik nog nooit gehoord,' zeg ik lachend.

'Tenzij ik hem voor je te grazen moet nemen, Jessie. Want ik doe het zo, als je wilt. Ik ben minstens tien kilo zwaarder dan hij.'

Mijn god, je zou ons moeten zien. Grappend en giechelend. We zijn net drie zussen. Echte zussen.

'Hoeft niet,' zeg ik grinnikend tegen Maggie, 'maar bedankt voor het aanbod.'

Dan komt Joan naar ons toe. 'Geweldig nieuws, meisjes! Jullie raden in geen miljoen jaar wat het is, dus probeer het maar niet!'

We kijken haar alle drie niet-begrijpend aan.

'Niet meteen kijken,' zegt ze fluisterend, 'maar die man naast Jimmy is ondernemer en hij vindt ons IPrayForYou .com-idee de beste vondst ooit. Hij zegt dat hij misschien wel in ons bedrijf wil investeren! En hij is niet eens dronken! Wat zeggen jullie daarvan? Jullie oude moeder wordt rijk!'

We feliciteren haar en ze straalt van trots, alsof ze de prijs voor Zakenvrouw van het Jaar al overhandigd heeft gekregen. Dan schiet me, zomaar uit het niets, iets te binnen. 'Hoe laat is het?'

'Vijf voor twaalf.'

'Is het al zo laat? Shit, shit, shit, ik moet ervandoor.'

'Maar je mag nog niet weg!' zegt Sharon. 'Er is nog allemaal drank. En van het beste soort: gratis drank.'

'Ik moet... ik heb een show!'

Ik ren de bar uit en storm de overvolle trap af op weg naar de uitgang, als mijn kristallen schoentjes, die mijn voeten al de hele avond gemarteld hebben, te veel voor me worden en ik struikel. Om een fractie van een seconde later opgevangen te worden door Steve.

'Hé, ik heb je overal gezocht,' zegt hij nuchter.

'Ik jou ook. Kun je me een lift geven naar Radio Dublin?'

'Kom zeg, je gaat vanavond toch niet werken? Ik heb Ian al gebeld en gezegd dat hij maar een Best of-tape moet draaien. Blijf nog even. Geniet van de avond. Het is geen probleem.'

'Steve, ik ben zo vreselijk blij om je te zien.'

Plotseling klaart zijn gezicht op. 'Meen je dat?'

En ik vertel hem alles. Dat ik voor altijd met Sam heb gebroken, en dat hij in alles gelijk had. Ik vertel hem de werkelijke reden waarom Sam me terug wilde, en nog veel meer. We hebben ons ondertussen een weg naar buiten gebaand, het is er koud en verlaten en voor het eerst vanavond voel ik me rustig en vredig.

'Dus...' zegt hij, terwijl hij zich naar me toe draait en vanaf zijn belachelijke hoogte op me neerkijkt. 'Heeft dit soms iets te maken met wat ik je gisteravond heb gezegd?'

'Steve, het heeft alles te maken met wat je gisteravond hebt gezegd.'

Ik kijk naar hem op, hoop dat hij me kust, echt kust. Zijn lippen op de mijne zouden beter dan wat ook uiting geven aan wat ik vanbinnen voel. Maar in plaats daarvan kijkt hij me alleen maar aan. Neemt me van top tot teen op, het lijkt een eeuwigheid te duren: mijn ogen, mijn haar, kleren, benen... mijn hele lichaam. Nog nooit in mijn hele leven ik heb me zo begeerd gevoeld. Dan slaat hij zijn armen stevig om mijn middel, zijn aanraking voelt als een elektrische schok. Al mijn zenuwuiteinden zoemen en zingen en mijn knieën knikken als hij zich dichter en dichter naar me toe buigt. En dan is zijn mond op de mijne, warm en teder en heel, heel sexy. Alle intensiteit is van zijn ogen naar zijn mond gegaan en we kussen elkaar onstuimig en hartstochtelijk.

'Kom, schat, we gaan,' kreunt hij, terwijl hij zich zachtjes van me losmaakt.

'Nee, niet stoppen,' fluister ik, met trillende knieën. 'Niet nu.'

'Ik stop absoluut niet. Ik neem je mee naar huis. En denk maar niet dat ik je ooit nog laat gaan, Jessie Woods.'

Ik kijk hem aan, verdoofd van geluk, en op dat moment weet ik dat ik verloren ben. Ik ben van hem, en van niemand anders.

Even later zitten we op zijn motor en scheuren we door de verlaten straten, ik heb mijn armen stevig om hem heen en druk me zo dicht mogelijk tegen hem aan. Hij knijpt in mijn handen en dijen en waar hij maar kan. En we gaan hard, zo hard, dat een van mijn kristallen sandaaltjes van mijn voet afglipt en op straat valt, maar ik vraag Steve niet te stoppen en terug te gaan.

Want het kan me niet schelen. Ik wil niet stoppen, ik wil bij hem zijn. Die prins hoef ik niet, geef mij de knecht maar.

Het laatste wat ik hoor is het krappe sandaaltje dat achter ons op het wegdek stuitert, maar ik negeer het en glimlach.

Net als Assepoester.

Claudia's vragenlijst voor Assepoesters

Is hij een droomprins of een glibberige kikker?

1. Je bent met een stel vriendinnen een avondje stappen in de stad. In een stampvolle kroeg ontmoet je plotseling de blik van iemand van het zeldzame, moeilijk te vangen mensensoort: de SAM (Sympathieke Alleenstaande Man). Hij:

A) maakt je met gebaren duidelijk dat zijn glas bijna leeg is en dat hij best een nieuw drankje zou lusten, als je toch naar de bar gaat.

B) loopt naar je vriendinnen en blijft, nadat je ze aan hem hebt voorgesteld, de rest van de avond met je beste vriendin kletsen, die toevallig een lingeriemodel is voor Victoria's Secret.

C) probeert je te imponeren met zijn favoriete feesttrucje: het volkslied boeren.

D) heeft alleen oog voor jou, flirt de hele avond met je, charmeert al je vriendinnen en geeft de hele tijd rondjes.

2. Het ongemakkelijke, gênante moment is aangebroken dat jullie telefoonnummers uitwisselen. Hij:

A) krabbelt je nummer met een balpen op zijn hand, maar belt je niet, en als je hem een week later toevallig tegenkomt zegt hij dat je nummer per ongeluk uitgewist is toen hij een klein kind in zee van de verdrinkingsdood redde. Echt.

B) belt een week later en biedt zijn verontschuldigingen aan dat hij nu pas contact met je opneemt, maar legt uit dat de Premier League weer begonnen is en dat hij tot de cupfinale slecht te bereiken is. Je hebt het maar te slikken.

C) zweert dat hij je zal bellen, maar heeft dat vijf dagen later nog niet gedaan. Je begint je af te vragen of je de lokale hulpdiensten moet inlichten voor het geval er een verschrikkelijk ongeluk gebeurd is.

D) noteert zowel je mobiele als je vaste telefoonnummer, je e-mailadres en je facebookgegevens. Nog voor je die avond de taxi uitstapt, ontvang je al een berichtje van hem waarin hij vraagt of je veilig thuis bent gekomen.

3. Jullie eerste afspraakje: Hij:

A) spreekt met je af in jouw favoriete restaurant, waar je vaak komt en het personeel kent, en laat je dan zitten: de ultieme vernedering.

B) neemt je mee naar een kroeg waar het voetballen aanstaat, en zit de hele avond aan het scherm gekluisterd, af en toe obsceniteiten naar de scheidsrechter roepend.

C) neemt je mee naar een obscure, ondertitelde Lars von

Trier-film en heeft het de rest van de avond over de stellingen van Dogma 95... tot in detail.

D) neemt je mee naar het hipste restaurant van de stad, fêteert je op wijn en een diner, en zegt dat hij het heerlijk vindt om je naar zulke gelegenheden mee te nemen zodat hij met je kan pronken.

4. Het is Valentijnsdag. Hij:
   A) vergeet het.
   B) herinnert het zich op het laatste moment en rent naar het dichtstbijzijnde benzinestation om een bos verlepte chrysanten voor je te kopen.
   C) neemt je mee uit eten, maar als de rekening komt tovert hij een rekenmachientje tevoorschijn. Hij legt uit dat jij extra doperwtjes wilde en hij niet, dus dat het wel zo eerlijk is dat de rekening pro rata verdeeld wordt.
   D) ontvoert je met de Eurostar naar Parijs en zegt de hele avond dat het met jou elke dag Valentijnsdag is.

5. Jullie zijn uitgenodigd voor een chic liefdadigheidsdiner in avondkleding, maar net als alle nette Assepoestertjes moet jij om middernacht weg om de nachtbus te halen. Hij:
   A) haalt zijn schouders op als je weggaat en wijst vaag in de richting van de bushalte. Maar je bent nauwelijks de deur uit of hij staat al met een cocktailserveerstertje te flirten.
   B) belooft plechtig dat hij samen met jou weg zal gaan, maar als het tijd is weigert hij de bar te verlaten omdat hij net een rondje heeft besteld.

C) brengt je naar de bushalte en zegt dan dat hij terug-gaat naar het feest omdat de tickets een klein fortuin hebben gekost en het zonde is ze te verspillen.

D) zegt: 'Jij met de bus naar huis? Alleen? Ben je gek geworden?' Hij komt je met de auto ophalen en brengt je ook netjes weer thuis; hij accepteert geen nee.

6. Je nodigt hem uit voor de lunch op zondag om kennis te maken met je stiefmoeder en stiefzussen. Hij:

A) zegt aarzelend dat hij er zal zijn, maar belt op het laatste moment af met het excuus dat hij dringend iets moet afhandelen op zijn werk. Op zondagmiddag!

B) komt te laat, en vraagt dan of iemand er bezwaar tegen heeft als hij die belangrijke wedstrijd kijkt op Sky Sports.

C) vraagt om een rondleiding door het huis en rekent stilletjes uit hoeveel geld het in de vrije verkoop op zou brengen en wat jouw erfdeel zou zijn.

D) gedraagt zich als de perfecte gast, neemt voor de hele familie bloemen en champagne mee en biedt zelfs aan te helpen met de afwas.

7. Jullie zijn al een tijdje met elkaar en zijn beste eigenschap is:

A) dat geen van jouw vrienden en vriendinnen hem mag en je je geen zorgen hoeft te maken dat een van je vriendinnen er met hem vandoor gaat.

B) dat hij een hobby heeft, ook al is dat op de scheidsrechter foeteren tijdens zijn dagelijkse portie voetbal en probeert hij jou nog steeds de finesses van de buitenspelregel uit te leggen.

C) dat hij stinkend rijk is. Het is alleen jammer dat hij zo weinig aan jou uitgeeft.

D) dat hij grappig, vriendelijk, sterk is. Hij kust de grond waarop jij loopt... Waar moet je beginnen? Het lijkt te mooi om waar te zijn.

8. En zijn slechtste eigenschap is:

A) als je heel eerlijk bent date je alleen maar met hem bij gebrek aan beter. Je ziet tegenwoordig in iédereen een potentiële kandidaat.

B) zijn obsessie. Helaas niet zijn obsessie voor jou, maar voor Wayne Rooney en Manchester United.

C) hm, ik weet niet hoe ik dit netjes moet zeggen, maar ik heb moeite met zijn ongelooflijk korte armen en zijn enorm diepe zakken. Eerlijk waar, het zou me niet verbazen als er een mot uit zijn portemonnee vliegt, gesteld dat hij die tevoorschijn haalt.

D) dat hij voor iedere dakloze die hij op straat tegenkomt iets te eten koopt, hem geld geeft voor een hostel en met hem kletst alsof ze oude vrienden zijn. En daarna de daklozenopvang belt om te vragen wat ze precies aan deze problematiek doen. Ja, dat is zijn slechtste eigenschap.

9. Jullie hebben besloten om de ultieme relatietest aan te gaan: samen op vakantie. Hij:

A) laat jou alles regelen en organiseren en zegt de dag voor vertrek af, net op het moment dat jij een *spraytan* krijgt, met als reden dat hij bezig is met een project op zijn werk waar hij niet onderuit kan.

B) stelt voor om naar Parijs te gaan. Niet uit romantische overwegingen, maar omdat er dat weekend een Six Nations-wedstrijd in het Stade de France is. Twee vliegen in één klap!

C) staat erop dat jullie een lastminutereis boeken, een goedkoop, afschuwelijk pakket met een charter die om twee uur 's nachts vertrekt en tachtig kilometer van jullie hotel verwijderd landt. Omdat het zo'n goede deal is.

D) komt er stiekem achter dat jij altijd al naar Thailand wilde, dus hij boekt het mooiste hotel dat jullie je kunnen veroorloven en doet er alles aan om jullie heenvlucht te upgraden.

10. Je stelt hem voor aan een oude jeugdvriend, iemand met wie je al sinds de basisschool bevriend bent, en die voor jou is wat de muizen voor Assepoester betekenen. Hij:

A) voelt zich bedreigd dat jij zo close bent met een andere man en gedraagt zich uitermate onbeschoft tegenover hem.

B) komt erachter dat je vriend geen sportgek is en probeert je er onmiddellijk van te overtuigen dat hij homo is.

C) wordt jaloers en onderwerpt hem de hele avond aan een kruisverhoor. Als jij naar het toilet bent, vraagt hij hem rechtstreeks of jullie wel eens in een dronken bui gezoend hebben.

D) staat erop jullie beiden mee uit eten te nemen en doet zijn best je oude vriend te leren kennen. Want jouw vrienden zijn automatisch ook zijn vrienden.

De resultaten

Vooral A: Assepoester zegt... mijn hemel. Het spijt me dat ik het moet zeggen, maar deze man is zo'n glibberige kikker dat het een wonder is dat hij geen vliegen vangt met zijn tong. Het enige wat je kunt doen is deze man mijden, mijden en nog eens mijden, en als je hem op straat tegenkomt, hard wegrennen. Zo hard als je kunt.

Vooral B: Assepoester zegt... hm. Hij is enthousiast, maar over Sky Sports en niet over jou. Kan misschien gepolijst worden als een ruwe diamant, maar is dat echt wat je wilt? Wil je zoveel tijd en energie steken in het veranderen van een man?

Jij, die geweldige meid die dit leest, kan wel een leukere vent krijgen.

Vooral C: Assepoester zegt... hij kan ermee door, dat staat vast, maar om heel eerlijk te zijn is hij niet bepaald Mr. Perfect. Je bent aan het daten met Meneer Goed-Genoeg. Leuk tijdverdrijf, maar stel je voor dat je intussen de Ware misloopt?

Vooral D: Assepoester zegt... gefeliciteerd! Dit is de jackpot, de heilige graal in datingland... jouw droomprins. Geniet ervan, je bent het waard!